Marié au barbare

Également par Keira Andrews en Français

Romance contemporaine

Lune de miel en solitaire
Par-delà l'océan
Rumspringa interdit (Romance Amish Gay t. 1)
Un nouveau depart (Romance Amish Gay t. 2)
Trouver son chez-soi (Romance Amish Gay t. 3)
Le voeu de Noël

Romance de Noël et les fêtes

Un pur joyeux Noël
Un daddy pour Noël
Un faux petit ami pour Noël
Huit nuits en Décembre
Quand l'amour brille de mille feux…
Au pied du sapin
Si ce n'est qu'un rêve

Action et aventure

Vaillant en movement (Vaillant t. 1)
À cœur vaillant (Vaillant t. 2)
Passion en arctique

Fantasy

Marié au barbare
Le Vœu du barbare

Historique

Kidnappé par un pirate

Paranormal

Vaincre les ténèbres (Vaincre les ténèbres t. 1)
Combattre la marée (Vaincre les ténèbres t. 2)
Défier l'avenir (Vaincre les ténèbres t. 3)

Sport

Rivalité sur glace
Transfert à Ottawa

Marié au barbare

Tome I de la duologie Barbare

KEIRA ANDREWS

Marié au barbare : Tome 1 de la duologie Barbare
Écrit et publié par Keira Andrews
Traduit par Alexia Vaz
Couverture par Dar Albert
Mise en page par BB eBooks
© 2021-2025 Keira Andrews
Print Édition

ISBN : 978-1-998237-61-6

Remerciements

Un grand merci à Leta Blake, Rai Anara et Lili pour leurs encouragements et pour m'avoir aidée à donner vie à l'histoire de Jem et Cador. xo

Chapitre 1

COMMENT UN HOMME pouvait-il posséder *autant* de muscles ?

Tandis que la prêtresse prêchait au centre de l'estrade du temple de pierres, sous un ciel sans nuage, le regard de Jem se posa à maintes reprises sur les étrangers farouches à l'autre extrémité de la cour carrée. Il n'avait jamais assisté à un sommet printanier, bien que, deux ans auparavant, il ait entendu des récits à couper le souffle sur les barbares du Nord qui étaient subitement réapparus aux rassemblements annuels.

Quand il était petit garçon, Jem n'avait jamais véritablement cru à l'existence du royaume reculé d'Ergh. Il s'agissait plutôt d'une légende, d'une mise en garde – mettez les dieux en colère à vos risques et périls.

Les dieux du vent, de l'eau, du feu et de la terre avaient conspiré pour détacher Ergh du continent et le bannir au nord pour… une raison quelconque. Spontanément, Jem ne se souvenait pas de la nature exacte du délit, mais ça avait un rapport avec l'une des guerres qui avait un jour meurtri Onan.

Oui, les prêtres avaient vogué, de temps à autre, pour traverser l'hostile mer d'Askorn, afin de tenter d'inciter Ergh à revenir sous la coupe de l'Église et de restaurer l'équilibre du monde, et tout le toutim, mais c'était purement théorique. Ergh était resté une fiction pour Jem, même à l'époque où ses frères étaient revenus des sommets printaniers avec des rapports goguenards sur les barbares qui y avaient assisté pour la première fois depuis des siècles.

Et pourtant, ils étaient assis là ! Presque deux douzaines d'Erghiens, avec leur chair impressionnante, juste sous ses yeux. Ils parlaient la langue commune d'Onan, bien que leur accent soit plus sec. C'était la preuve qu'effectivement, ils avaient fait partie du royaume à une époque lointaine.

Ils étaient menés non pas par une reine, par un roi ou par un membre de la famille royale, comme ils l'avaient été avant qu'Ergh soit banni au nord, mais par un chef de clan – un titre qui laissait supposer à Jem qu'il s'appliquait à tous les genres. Le chef de clan actuel, Kenver, détenait apparemment le pouvoir depuis un certain temps. Il était manifestement un homme sans humour.

Les délégués avaient des allures diverses, un peu comme les habitants de la terre de Jem, Neuvella, ou encore ceux de Gwels à l'est et d'Ebrenn à l'ouest. Les peaux pouvaient être pâles comme sombres, les cheveux argentés comme noirs et les corps maigres comme larges.

Pourtant, ils ne ressemblaient nullement à ce que Jem avait déjà vu. Bien qu'ils soient moins nombreux que dans les autres délégations, de moitié, les gens du Nord semblaient curieusement remplir leur portion du temple jusqu'au point de rupture. Ils ne portaient pas de soie, mais étaient plutôt vêtus de peaux de bête, avec quelques fourrures encore attachées chez certains malgré la chaleur de l'après-midi.

Leurs jambes étaient largement écartées quand ils étaient assis. Leurs bottes étaient volumineuses et lourdes, plutôt que lisses et sculptées. Jem ne voyait aucune arme sur eux, même s'il imaginait que le plus petit habitant d'Ergh réussirait à lui briser le cou en un geste brutal. Sans parler des plus grands délégués, qui ressemblaient fortement aux guerriers meurtriers des montagnes kidnappant l'héroïne dans le livre préféré de Jem.

Baissant la tête, comme s'il était plongé dans une profonde réflexion, il observa au travers de ses cils le second fils du chef de clan. Un tissu râpeux longé de fourrures était posé sur ses larges épaules. Ses bras musclés étaient nus et une veste en cuir noir couvrait – à peine – son torse. Le même cuir s'étirait sur des cuisses semblables à des troncs d'arbres. Ce fils devait avoir une trentaine d'années et avait les mêmes cheveux blonds comme les blés et la peau pâle que son père et son frère aîné.

La fille du chef avait une peau sombre et des cheveux noirs, coupés courts comme ses frères. Certains délégués avaient des cheveux plus longs qui retombaient de façon rebelle. Ils n'étaient pas bouclés et nettement sculptés comme ce que Jem avait l'habitude de voir. Les cheveux du chef de clan atteignaient ses larges épaules. En place d'une couronne de bijoux, il portait une coiffe faite de deux défenses blanches recourbées.

De loin, il semblait que la mâchoire carrée du second fils n'avait pas vu de rasoir depuis des jours. Son parfum était-il aussi âpre et sauvage qu'il en avait l'air ? Jem imagina la sueur musquée, la terre et la glace. La glace avait-elle une odeur ? Si c'était le cas, le second fils empestait sûrement ce parfum. Si Jem était immobilisé, impuissant, sous son corps, cette senteur envahirait ses sens…

Il réprima un frisson de désir tout en jouant avec le col en soie de sa chemise verte. De là où il était assis, presque à l'extrémité du premier rang, au côté sud du temple, il pouvait observer l'homme tout en donnant l'impression de prêter attention au sermon de l'ecclésiastique en chef, dont la voix rauque faisait écho alors qu'elle évoquait avec passion un sujet qu'il était certainement censé trouver profond. Au moins, Jem ne risquait pas de s'endormir tant il s'ennuyait – pas avec tous ces muscles ceints de cuir à reluquer.

Tout de même, il ne devrait pas être en train de lorgner le fils du chef de clan d'Ergh. N'avait-il pas appris sa leçon ? Si ses frères le remarquaient, l'humiliation suivrait, sans aucun doute. Jem reporta son regard sur le côté est du temple et la famille régnante au premier rang, dirigée par deux reines dont l'une était sa cousine.

Là. Elles avaient un fils qui n'était pas trop grand ou trop large et qui aimait les sommes et les formules mathématiques, si les souvenirs de Jem étaient corrects. Il était un compagnon bien plus approprié. Il était moins susceptible d'éclater de rire si Jem l'approchait avec une invitation audacieuse à le rejoindre plus tard.

Non pas qu'il l'inviterait. Il ricana presque en y songeant et toussa pour couvrir le bruit impromptu. Depuis qu'il était devenu un homme, il avait invité une unique personne à coucher avec lui et il ne reproduirait pas cette expérience.

À point nommé, l'humiliation d'un festin ayant eu lieu quelques années auparavant lui revint, poisseuse et écœurante, alors même qu'elle le blessait profondément. Lorsque Jem serait aussi vieux que la prêtresse voûtée et ridée, connaîtrait-il la même honte et la même horreur face à ce rejet, comme si c'était hier ?

La faute lui incombait. Il aurait dû savoir que c'était une farce. Ses deux frères aînés avaient toujours aimé le faire souffrir, mais quand ils lui avaient confié qu'un soldat en visite avait exprimé du désir à son égard, Jem avait été pathétiquement excité au point d'y croire.

Il avait été fou d'envisager, même pour un instant fugace, qu'un homme avec la bravoure et la force d'un soldat voudrait de *lui*. Non. Jem était trop petit, trop faible, trop discret, trop bizarre. Il aurait de la chance si un homme quelconque acceptait de le prendre pour époux. Il était un prince. Quelqu'un finirait donc par le faire pour des gains politiques, si ce n'était pour autre chose, mais ce ne serait pas Jem qui en ferait la demande.

Il gigota sur la chaise en pierre. Même une fois que le soldat s'était rendu compte que Jem ne plaisantait pas avec son invitation, il avait été incapable de retenir son rire face à l'absurdité de la situation. Face à l'absurdité de Jem en personne, apparemment. Cet homme s'était ensuite repris et avait tenté de refuser de façon plus délicate, mais Jem avait fui dans la nuit. Il aurait aimé, plus que jamais, pouvoir déployer des ailes et s'envoler dans la nuit infinie.

Le soldat appartenait au régiment de la garde royale de Gwels. Un soldat, chacun d'une garde royale de Neuvella, Ebrenn et Gwels, montait actuellement la garde devant l'unique entrée et sortie du temple sous une arche de marbre blanc. Ils portaient des casques de bronze brillants. Cette fois-ci, le soldat de Gwels était heureusement une femme.

Depuis son arrivée sur la Place Sacrée, la veille, Jem avait retenu son souffle chaque fois qu'il croisait un garde royal de cette nation. Il pourrait se recroqueviller et mourir d'humiliation s'il rencontrait réellement l'homme qui l'avait rejeté. Plus vite il pourrait s'échapper et retrouver la sécurité de sa maison pour vivre des jours paisibles avec ses oiseaux au bord du lac et des nuits confortables en compagnie des récits fantaisistes dans les pages de ses livres, mieux ce serait.

Il se demanda une nouvelle fois si les minuscules oisillons dillywigues avaient survécu. Ils n'étaient encore que de petites masses beiges, chauves et aveugles avec leurs becs jaunes ouverts dans des protestations silencieuses lorsqu'ils avaient quitté la sécurité de leur œuf ayant craqué trop tôt. L'un des gardiens avait juré de prendre soin d'eux en l'absence de Jem. Celui-ci détestait ne pas connaître le destin des minuscules créatures.

Il tourna suffisamment la tête pour jeter un coup d'œil aux délégués crispés de l'ouest, ceux d'Ebrenn. Le roi Perran était vilain. Son dos était droit et il maintenait une expression neutre lors du sermon, mais Jem imaginait les pensées cruelles qui passaient par la tête du monarque. Son visage pâle était ridé et ses cheveux grisonnaient, mais il était encore fort. Sa couronne de joyaux était si énorme que Jem se demanda comment il pouvait rester assis avec ça sur la tête.

Son épouse était morte quelques années auparavant après une maladie subite. Des rumeurs disaient qu'elle avait été malheureuse, en se mariant au vieil homme, et que son trépas avait été un meurtre. D'autres disaient qu'elle avait péri de sa propre main, par chagrin pour sa fille qui avait elle-même été malade et n'avait vécu qu'une décennie.

À la droite du roi était assis l'enfant qui lui restait. Le prince Treeve d'Ebrenn avait certainement grandi depuis toutes ces années où Jem ne l'avait pas vu. Ses épaules étaient larges – mais pas autant que celles du barbare. Sa peau et ses cheveux étaient tannés et ses jambes étaient longues dans des hauts-de-chausse qui se terminaient sur de grandes bottes.

Sa couronne luisante était moins décorée que celle de son père, mais les émeraudes semblaient faire scintiller des profondeurs cachées dans ses yeux marron. Seule la tradition d'Ebrenn voulait que les enfants des chefs royaux portent également des couronnes. Jem était donc soulagé de ne pas être obligé de parader avec l'une d'elles. Cependant, les émeraudes convenaient à Treeve. Ses dents étaient blanches et droites, ses lèvres pulpeuses…

Et elles se fendirent d'un sourire quand il remarqua le regard furtif de Jem ! Ce dernier retint à peine son couinement alors qu'il tournait la tête bien trop vivement sur la droite, attirant ainsi l'attention des délégués de l'Est. Se maudissant, il dévisagea la prêtresse sur le piédestal et respira péniblement. Il n'avait certainement pas besoin que le prince Treeve se moque de lui. Ses propres frères le faisaient déjà suffisamment.

De plus, depuis aussi longtemps que Jem s'en souvenait, on lui avait dit qu'on ne pouvait faire confiance aux habitants d'Ebrenn, et que le roi, en particulier, était perfide et cupide. Bien qu'il soit plus agréable à regarder, son fils était sans doute tout aussi horrible. Le roi avait audacieusement envahi une partie de la côte de Neuvella, depuis bien trop longtemps, en passant par une vallée contestée.

La colère de la mère de Jem envers Ebrenn s'était récemment si intensifiée qu'il s'en inquiétait. Jem négligeait généralement tout ce qui concernait la royauté et la politique, mais il sentait que, sans la présence des religieux, sa mère et le roi d'Ebrenn en seraient déjà venus aux mains.

En l'état, ils échangeaient des hochements de tête péniblement courtois et des sourires si précaires que la plus infime des indignations mettrait certainement fin à la paix. La menace de la guerre n'avait jamais été aussi réelle, alors même qu'ils étaient assis dans le temple pour un sermon sur l'unité. Une terre en valait-elle vraiment la peine ? Ne pouvaient-ils pas partager la vallée en question ?

Ses frères se moqueraient de lui et le traiteraient de naïf, sans aucun doute. Ce n'était que l'une des raisons pour lesquelles Jem préférait rester chez lui avec ses livres et ses oisillons. Il redoutait de s'impliquer en politique, sans parler de guerre.

Gigotant, il tenta de dissimuler la grimace provoquée par ses fesses engourdies. Il savait que ce site sacré, posé comme une couronne sur le continent d'Onan, n'avait pas changé depuis les récits les plus anciens. Il savait aussi qu'il s'agissait de la terre la plus sacrée – choisie par les dieux eux-mêmes, comme le leur rappelaient souvent les ecclésiastiques. Il savait qu'il devrait être respectueux, immobile et dévoué alors qu'il écoutait la sagesse infinie de la prêtresse.

Mais quelques coussins ne seraient certainement pas de trop, n'est-ce pas ?

Il jeta un nouveau coup d'œil aux délégués d'Ergh. Même la fille du chef de clan faisait une tête de plus que Jem et était bien plus musclée. Nombreux étaient les membres de ce groupe qui donnaient l'impression de passer leur journée à chasser des sangliers à dos de cheval, avec des lances mortelles, ce qui était parfaitement possible, puisque les sangliers étaient apparemment la principale industrie d'Ergh.

La légende disait que lorsque les dieux avaient banni Ergh de l'autre côté de la mer d'Askorn, les mythiques sangliers avec leurs défenses s'y étaient retrouvés coincés. En effet, les autres peuples avaient pu apprécier la viande de sanglier fumée sur le continent uniquement depuis le retour d'Ergh, et ceux-ci ne l'échangeaient qu'au meilleur prix. Jem supposait que tuer des sangliers n'était pas une tâche aisée.

Les enfants du chef de clan semblaient certainement faits pour brandir une lance. Le fils aîné avait le visage lardé de cicatrices. Il était renfrogné et franchement terrifiant. Mais le plus jeune avait une beauté séduisante qui soulignait sa puissance. À quoi ressemblaient ses lèvres quand elles dessinaient un sourire ? Son rire était-il chaleureux et rauque ? Les Erghiens riaient-ils ? Il était merveilleusement étrange de les voir en chair et en os. Une chair qui était...

Des yeux d'un bleu glacial croisèrent le regard curieux de Jem et il ravala un halètement tout en baissant brusquement la tête. Le fait que l'homme qu'il reluquait l'ait regardé droit dans les yeux était comme si un héros des pages de l'un de ses livres était subitement apparu devant lui dans sa chambre.

Jem ne devait pas dévisager les gens du Nord comme s'ils étaient des bêtes exotiques, capturées dans les montagnes d'Ebrenn. Il releva la tête, à contrecœur, et regarda partout sauf de l'autre côté de la cour.

Des pierres anciennes s'élevaient autour du temple. Elles étaient taillées pour représenter les quatre dieux de la terre, du vent, du feu et de l'eau. Les oiseaux pépiaient, leurs gazouillis et leurs pleurs rappelant à Jem les longs croassements des corbeaux qui lui manquaient ainsi que les chants des dillywigues hautement perchés dans les branches au bord du lac.

Les oisillons avaient-ils trop froid ou faim quand il n'était pas là pour prendre soin d'eux ? Jem passait des heures dans sa volière chaque fois que des oiseaux blessés ou orphelins avaient besoin de lui, parfois même la nuit. Il ne pouvait qu'espérer le meilleur, mais il aurait aimé n'être jamais parti.

Sa mère lui avait toujours permis de rester dans le palais plutôt que d'assister à des sommets barbants, au grand agacement de sa fratrie. Même Santo s'était plaint du fait que Jem était pourri gâté, que leur mère était trop laxiste avec lui et qu'il devrait assumer des tâches officielles de prince. Jem était un homme, à présent. Il admettait donc, avec réticence, qu'il était plus que temps qu'il remplisse ses obligations envers Neuvella. Son palais lui manquait tout de même et il serait heureux de ne plus jamais le quitter.

S'il fermait les yeux face au jour déclinant, Jem pouvait imaginer la lumière dorée qui devenait orange et rose derrière les branches vertes sur l'autre rive de son lac, ainsi que les grillons se réveillant pour leur concert du soir dans les hautes herbes. Il sentait presque le parfum des roses d'été.

Il ouvrit à nouveau les yeux et les fines semelles de ses cuissardes glissèrent sur le sol en pierres alors qu'il remuait. En tant que prince de Neuvella, s'il ne pouvait paraître captivé par les événements, il devait au moins sembler éveillé. Il lissa une paume sur le doux tissu de ses hauts-de-chausse, puis tira sur un fil lâche au niveau de son genou. Il l'enroula autour de son doigt, traçant des cercles pâles sur sa peau d'une teinte marron et dorée.

Alors qu'il réalisait que les grands discours de la prêtresse s'étaient en fait terminés, un silence tendu s'installa. La chair de poule le parcourut tandis qu'une énergie soudaine crépitait dans le temple. Les étrangers excitants d'Ergh avaient-ils fait un scandale ? Jem leva impatiemment les yeux et son cœur sursauta à cause d'une peur soudaine.

Tout le monde était en train de le toiser.

Jem rigidifia sa colonne vertébrale et recula ses épaules, se rappelant le refrain constant de son père pour qu'il se tienne droit plutôt que d'être constamment penché au-dessus de ses livres et de ses oisillons. Les délégués de tous les côtés le dévisageaient alors qu'il avait la mâchoire décrochée et que sa bouche devenait aussi sèche que de la terre.

Avait-il parlé de son ennui pour ce sermon à voix haute ? Avait-il insulté les religieux ? Les dieux ? Avait-il trahi d'une manière ou d'une autre ses fantasmes libidineux dans lesquels le fils du Nord le piégeait dans une passion sauvage et frénétique ?

Personne n'osa même chuchoter et Jem s'interdit de respirer.

Oh, mes dieux, qu'avait-il fait ? Son cœur tambourina avec

tant de puissance qu'il était convaincu que chaque âme dans le temple l'entendait dans ce silence ahuri. Sa peau le picotait chaudement. Il n'eut pas d'autre choix que de prendre la parole, comme un étau invisible entourait apparemment les langues de toutes les personnes présentes.

Il observa son cher Santo à côté de lui. La bouche de ce dernier s'affaissa et de la compassion se lut dans ses tendres yeux marron. Pourtant, iel demeurait muet.

— Pardon ? demanda Jem à toute la cour.

De toutes les personnes présentes, ce fut le second fils du Nord qui brisa le silence. Il grogna avec un dégoût évident.

— Es-tu fou ? aboya-t-il en regardant son père. Que je l'épouse ? *Lui* ?

Il posa ensuite son regard méprisant et narquois directement sur *Jem*.

— Ce… dit-il alors que sa lèvre se recourbait et qu'il montrait le Neuvellan. Ce…

— Cador, l'avertit sa sœur en haussant les sourcils.

— Ce *garçon* ? cracha Cador comme si ce mot était un poison des plus amers.

— Je suis un homme ! s'exclama Jem en serrant le poing.

La réponse bafouillée lui vint comme par réflexe, après des années de moqueries de ses frères quant à sa stature. Sa voix devint trop aiguë sous l'effet de l'indignation et tout le monde ou presque éclata de rire, brisant le choc.

Quoi ? C'était quoi cette histoire de *mariage* ?

Jem avait sûrement mal entendu. Il *devait* avoir mal entendu. Il n'allait certainement pas épouser quiconque dans un avenir proche, encore moins ce barbare ! Surtout pas ce barbare qui se moquait de lui avec une aversion scandalisée. À côté de Santo, leurs frères Pasco et Locryn semblaient choqués. Ce dernier lutta pour réprimer ses gloussements.

Santo secoua la tête.

— Oh, Jem. Je suis navré.

— Que se passe-t-il ?

Le pouls de Jem tambourinait dans ses oreilles et il entendit à peine sa propre question.

La voix fluette de la vieille prêtresse éclata alors.

— Cador d'Ergh et le prince Jowan de Neuvella s'uniront par le mariage. Le chef de clan d'Ergh et la reine de Neuvella ont volontiers accueilli ce partenariat historique qui symbolisera leur union renouvelée et l'unité d'Onan. Nous ne devons tous faire qu'un.

Jem se voyait si rarement comme le prince Jowan que pendant un instant insensé, il espéra que la prêtresse soit en train de parler de quelqu'un d'autre. Ses parents regardaient droit devant eux et Jem dut se pencher sur l'horrible chaise en pierre pour jeter un coup d'œil à leurs visages, à côté de Santo et de leurs frères qui avaient au moins cessé de rire.

— Mère, Père !

Il y avait désormais un méli-mélo de conversations.

Mère ! eut-il envie de hurler. Comment pouvait-*elle*, plus que les autres, lui faire ça ?

Son père ne dit rien, comme d'habitude – il ne prenait pas les décisions et ne se disputait jamais avec leur mère. Le visage calme, elle soutint son regard de ses yeux noirs qui scintillaient d'une compassion implicite.

— C'est déjà fait. Pour le bien d'Onan et le plaisir des dieux.

Jem faillit passer à côté du voile de larmes avant qu'elle le chasse en clignant des yeux et tourne la tête pour regarder devant elle.

De l'autre côté du temple, le fils du chef de clan – Cador –

semblait avoir une discussion similaire avec son père, qui avait un visage de pierre et un air clairement intransigeant. Manifestement, il n'y avait aucun autre parent. Un air tempétueux creusait le visage marqué du frère aîné de Cador et il discutait vivement avec leur père, tandis que la sœur semblait les ignorer.

Marié? À cet inconnu venant d'un endroit qui pourrait sortir de l'un des livres de Jem? Marié à un homme immense, avec tous ces muscles qui l'appâtaient tout autant qu'ils le terrifiaient? Grands Dieux. Non. Ça ne pouvait arriver. Jamais, tout simplement.

Il avait dit à ses parents qu'il préférerait un époux ou peut-être une personne au genre fluide comme Santo. Santo était marié à un homme merveilleux et les frères de Jem étaient mariés à des femmes. La sœur de sa mère avait une épouse et, dans tout Onan, les mariages avaient toujours lié ceux qui choisissaient de l'être. Les enfants étaient adoptés ou naissaient de ces unions.

Le *choix* jouait un rôle vital. Après avoir été éconduit par le soldat et s'être réfugié dans ses rêveries ainsi que les pages de ses livres, Jem avait distraitement espéré trouver un homme bon, à la fois beau et gentil, qui aimait lire le soir. Il ne visualisait certainement pas ce barbare bestial qui ne savait probablement même pas lire son propre nom.

Pourtant, il était vrai que Cador avait fait voler les papillons dans le ventre de Jem comme un héros guerrier de l'un de ses livres. Cela avait été un fantasme inoffensif! Une tocade pour faire passer le temps pendant qu'il était obligé de rester assis pour assister au sermon. Rien de plus!

Impossible.

L'esprit de Jem tourbillonna dans tous les sens, telle une nuée de dillywigues décrivant des zigzags dans le ciel. Ce soir, il implorerait ses parents. Santo l'aiderait. Il devait y avoir un autre moyen de s'unifier avec Ergh. Les mariages neuvellans avaient lieu après les moissons, qui n'arriveraient pas avant des mois. Jem trouverait un moyen d'empêcher cela. Il s'enfuirait, s'il le devait.

Si seulement il pouvait voler. Ses compagnons à plumes autour du lac lui manquaient, avec un picotement d'envie si féroce qu'il en avait le souffle coupé. Il bondit, son besoin de bouger affectant son choc inflexible.

Un nouvel éclat de rire nerveux résonna dans le temple, ce qui déplut évidemment aux religieux. Une voix derrière Jem se manifesta, parmi son propre peuple.

— Il a peut-être hâte !

— Mes dieux, tu imagines ? répondit quelqu'un d'une voix basse qui n'était pas assez discrète. Regarde ces sauvages ! Je parie qu'il ne survivra pas à la nuit de noces. Son mari pourrait le briser en deux !

Les rires se propagèrent malgré les regards réprobateurs des prêtres. Le roi d'Ebrenn ne semblait nullement amusé et arborait une expression tempétueuse. Le visage de Jem s'enflamma alors que de nouvelles voix échangeaient des ragots dans le temple, comme si tout ça n'était qu'une sottise et que sa *vie n'était pas en jeu*. Se tenant là, alors qu'il souhaitait simplement disparaître, il regarda à gauche, puis à droite.

La cour surélevée du temple n'avait qu'une entrée, sous l'arche en marbre, et un chemin menait dans la colline pour s'entortiller sur une route sinueuse jusqu'à une prairie en fleurs et la résidence tentaculaire des religieux en bas.

Les délégués dormaient dans des chambres austères, au sein des ailes correspondant à leur royaume. L'aile d'Ergh était restée déserte une éternité. Et désormais, on s'attendait à ce que Jem *épouse* l'un d'eux ?

L'arche de la liberté était trop loin pour qu'il s'enfuie en courant dans cette direction, mais maintenant qu'il était debout, se rasseoir sur l'horrible chaise serait une capitulation insoutenable. Il garda la tête haute et traversa calmement le temple, posant une botte à fine semelle devant l'autre.

Il ne prit pas le risque de jeter un coup d'œil en direction des délégués du Nord. Ses yeux le piquaient, et s'il fondait en larmes devant tout le monde – encore plus devant les barbares –, il ferait aussi bien de disparaître et de mourir ici et maintenant.

Des chuchotements le suivirent dans le tunnel sinueux qui traversait la terre. Les lumières vacillantes des torches projetaient des ombres macabres sur son chemin. Les murmures s'estompèrent et sa respiration laborieuse combla le silence alors qu'il commençait à courir, passant devant un jeune soldat étonné qui surveillait la sortie devant le champ violet.

Jem mourait d'envie de se glisser sous ses couvertures et de se réveiller ensuite pour se rendre compte qu'il ne s'agissait que d'un rêve malheureux. Des pas faisaient écho sur le sol de pierres dessinant le chemin le long de la colline. Il imagina le barbare surgir hors du temple et le porter sur sa large épaule comme un sac de grains, pour le kidnapper vers le Nord glacé.

Il étouffa impitoyablement un élan traître de désir.

Santo apparut dans la prairie et Jem résista à peine à l'envie de se jeter dans les bras de cet être fraternel. Sa peau brune luisant, Santo essuya la sueur sur son front. Iel fronça les sourcils sous le soleil, bas dans le ciel, et poussa Jem en direction de l'aile sud du quartier des invités.

Ses cheveux bruns et brillants étaient bien plus longs que ceux de son frère. Iel releva les boucles sur sa nuque.

— Je ne savais pas qu'il faisait si chaud, ici, sur la Place Sacrée. J'ai l'impression que nous sommes à la maison, se plaignit Santo.

— Si seulement, marmonna Jem.

Santo râlait la plupart du temps à cause de la chaleur, mais iel aimait ses cheveux longs, autant que son époux qui aimait les tresser dans des motifs complexes. Jem avait toujours trouvé cela romantique, mais en ce moment, toute notion de romance lui retournait l'estomac.

Le quartier des ecclésiastiques n'était pas un château comme celui dans lequel vivait la famille de Jem depuis des siècles. L'idée était que la Place Sacrée soit austère et simple, car elle n'existait que pour être au service des dieux. Bien qu'elle possède tout de même un grand réfectoire et que Jem suspecte l'existence de chambres plus confortables dissimulées dans ce labyrinthe de bâtiments.

Dans le couloir en pierres froides de l'aile des invités, au sud, une servante leur adressa un salut serein de la tête et proposa d'apporter des rafraîchissements dans la chambre où Jem dormait. Une fois qu'ils se retrouvèrent seuls à l'intérieur, avec de l'eau fraîche, du thé et un plateau de petits gâteaux ronds, Jem ne put que siroter sa boisson, car l'idée du sucre lui retournait l'estomac.

— Je ne l'épouserai pas, annonça-t-il en faisant les cent pas près du lit étroit.

Lors d'un aller-retour, il se cogna contre la table basse et tendit une main pour sauver la pile de livres qu'il avait apportés afin d'éviter qu'elle s'effondre.

— Nous ne savons presque rien de lui ou de son peuple ! Ils réapparaissent après une éternité et nous sommes censés les… les… *épouser* ? *Je suis* censé épouser l'un d'eux ? Je ne le connais même pas ! Et mes dieux, regarde-le !

Perché au bord du matelas, les manches de sa chemise violette remontées, Santo soupira lourdement. Iel portait des cuissardes et des hauts-de-chausse moulants, comme ceux de Jem. Iel glissa les mains sur le tissu, créant un bruit de friction.

— Jem, tu n'as pas le choix. Le marché a été conclu.

— Ils peuvent le dé-conclure, alors. Nous ne sommes qu'au printemps. Il reste plusieurs mois avant la saison des mariages. Ergh peut nouer une alliance avec Neuvella et satisfaire les caprices des dieux d'une autre manière.

Santo émit un petit bruit de… quoi ? Jem le dévisagea, ses cheveux se hérissant sur sa nuque face à l'horrible expression qui creusait le visage de Santo.

— Qu'y a-t-il ?

— Eh bien… Le truc, c'est que le mariage se déroulera hors saison. Pour l'affirmation de ce lien avec Ergh, expliqua-t-iel en levant les mains. Je ne l'ai appris que plus tôt dans la journée. Je suis désolé. J'ai essayé de t'avertir, mais tu suivais les oiseaux, comme d'habitude.

— Hors saison, répéta Jem.

Une nouvelle peur s'instillait en lui.

Santo se mordit la lèvre.

— Pour le bien d'Onan ?

— Quand ce mariage aura-t-il lieu ?

La terreur referma sa poigne de fer autour du ventre de Jem.

— Quand ? répéta-t-il en élevant la voix. *Quand* ?

— Demain.

Ses genoux cédèrent, mais il se rattrapa. Santo se leva à moitié, mais Jem le chassa d'un geste de la main et se laissa tomber sur le lit à ses côtés. Il posa une main sur ses propres cuisses avant d'y appuyer ses doigts, le doux tissu de ses hauts-de-chausse se froissant.

— Je ne comprends pas, chuchota Jem.

Il s'effondra contre Santo, qui passa un bras autour de lui.

— C'était la suggestion des religieux, expliqua sa mère depuis l'embrasure de la porte.

Elle entra, regroupant la soie brillante de sa longue robe rouge sur le côté avant de se percher sur la chaise en pierre face au lit, dans la chambre étroite.

Leur père entra derrière elle et ferma la porte en bois dans un craquement sourd, puis un claquement bruyant. Ses cheveux noirs étaient ponctués de gris et pourtant, son ventre ne se ramollissait nullement sous l'effet de l'âge. Il joignit les mains derrière son dos et ne dit rien, attendant que sa femme prenne la parole.

Des anneaux d'or et d'argent luisaient sur les doigts fins de cette dernière. Jem regarda son préféré, décoré d'un oiseau argenté aux ailes déployées avec des pierres vertes en guise d'yeux. Quand Jem était enfant, elle le laissait le porter sur son pouce chaque fois qu'il le lui demandait, même s'il l'avait perdu plus d'une fois et qu'il devait un service aux domestiques et à leurs yeux d'aigles, car ils la retrouvaient toujours.

Mais sa mère ne lui avait jamais rien refusé, même quand elle aurait dû le faire. Jem la dévisageait, désormais, et il avait l'impression qu'elle avait glissé un couteau létal entre ses côtes.

— Chéri, je t'ai déjà dit que tu ne pourrais passer éternellement toutes tes journées avec tes livres et tes oiseaux. Tu as atteint la vingtaine. J'ai été patiente, je t'ai accordé le temps dont tu semblais avoir besoin. Mais tu savais que ce jour arrivait.

Jem ne put réprimer une vague d'indignation alors qu'il se redressait dans la semi-étreinte de Santo.

— Non ! Je savais qu'on m'assignerait davantage de tâches diplomatiques et que je finirais par me marier. Je n'ai jamais été averti pour *ce* jour. Pour un mariage avec ce barbare ! *Demain* !

Une boucle parfaite s'était échappée de la tresse complexe et ornée de bijoux autour de la couronne dorée sur la tête de sa mère, et elle l'écarta de son front. Toute leur famille avait de longs cils épais, mais elle les avait davantage recourbés pour le rassemblement, agrandissant encore ses yeux marron. Elle cligna des yeux pour chasser un nouveau voile luisant. Lorsqu'elle prit la parole, sa voix fut sereine.

— C'est une bénédiction qu'Ergh soit revenu à Onan. Nous serons officiellement unis à nouveau sous les yeux des dieux. C'est un honneur de jouer nos rôles.

— Je suis censé me sentir *honoré* d'être contraint d'épouser cette brute ? Un véritable inconnu ? Nous ne savons presque rien d'Ergh et de son peuple ! Je ne veux rien avoir à faire avec eux, s'emporta Jem en luttant contre une nouvelle vague de panique. Ce n'est pas juste !

Ses parents échangèrent un regard.

— Non, je ne dirais pas du tout que c'est juste, répondit son père. C'est seulement nécessaire. Nos autres enfants sont déjà mariés, et de tous les enfants royaux à Onan, tu es le meilleur candidat.

— Mon cousin de l'Est est en âge de se marier !

— Il est censé épouser la fille d'une famille importante de Gwels, lui expliqua sa mère. Il l'aime et le marché a déjà été conclu.

— Mais que… que… commença-t-il en cherchant ses mots. Le prince Treeve d'Ebrenn ? Il n'est pas marié !

— Tu connais la réputation de l'Ouest. Leur roi ne leur accorde aucune faveur. Cet homme est…

— Je sais.

Jem l'interrompit avant qu'elle puisse se lancer dans une

liste de griefs.

— Mais quand même, Treeve semble assez charmant, ajouta-t-il.

Les lèvres de sa mère se crispèrent.

— Ne laisse pas son beau visage te tromper. On ne peut faire confiance à personne, dans cette famille.

Elle leva une main et Jem aperçut la marque de mariage de la forme d'une couronne qui avait été gravée sur sa paume.

— Tu épouseras Cador d'Ergh demain. Il n'y a pas d'alternative. Nous savons que tu préfères les hommes, autrement, tu aurais pu épouser la fille du chef de clan. Nous voulons tous former un beau couple.

La fille ne serait pas moins effrayante.

— Pourquoi dois-je me marier, déjà ? bafouilla-t-il.

— Les religieux le souhaitent, répondit sa mère. Ils triment depuis des lustres pour qu'Onan soit à nouveau réuni. Les dieux le souhaitent. Il est temps. Des liens doivent être forgés.

— Mais pourquoi ?

Jem eut envie de taper du pied. Il se racla la gorge avant de baisser la voix. Continuer d'agir comme un enfant serait inapproprié.

— Nous n'avons pas eu besoin d'eux pendant de nombreuses années. Nous n'en avons pas plus besoin. Ils peuvent les garder, leurs sangliers et leurs fourrures.

Sa mère se renfrogna.

— Ils ont peut-être besoin de nous, Jem. Ergh s'est retrouvé seul alors que nous avons été bénis par les dieux et avons vécu ensemble, en harmonie.

Jem ricana vigoureusement.

— Tu te disputes avec l'Ouest depuis une éternité ! Tu *viens de dire* qu'on ne pouvait faire confiance à aucun d'eux ! Si ce n'est pas à cause de la frontière dans la Vallée des Dieux, c'est pour le prix de l'huile provenant du plus profond de leurs montagnes ou même pour le coût des boisseaux de yucca.

La mâchoire de sa mère se contracta.

— Tu n'imagines pas comme le roi a monté les prix. Nous avons besoin d'huile, Jem. Pour allumer nos lampes, pour fabriquer nos parfums et des lotions ainsi que toute sorte de commodités auxquelles tu n'as jamais pensé. Tu sais à quel point Neuvella dépend de son industrie du parfum ? Ebrenn n'a produit que de pâles imitations qui prennent la poussière sur les étagères. Bien que nous cultivions tous les autres ingrédients et que nous possédions la connaissance artisanale, l'huile ne vient que de ces satanées montagnes.

Il ne pouvait nier qu'il n'y avait jamais accordé la moindre considération.

— Très bien, donc admets-le ! Tu détestes le roi. Sans les religieux qui vous réconcilient constamment, nous serions en guerre depuis des années. Ne viens-tu pas tout juste de menacer d'interrompre la livraison de grains à Ebrenn depuis l'Est parce qu'ils empiètent sur la frontière ? Et n'ont-ils pas promis de se venger pour... Je ne sais même pas pourquoi, mais le roi te grognait dessus.

Ses parents ne pouvaient le réfuter et semblaient résolument mal à l'aise. Santo demeura silencieux.

— Il est vrai que nous avons quelques différends, particuliè-rement avec Ebrenn, répondit sèchement sa mère. Les échanges doivent être justes et nous devons défendre notre frontière. Mais personne ne veut la guerre.

Jem soupira.

— Pourquoi ne pouvez-vous pas simplement vivre les uns avec les autres dans une véritable harmonie ? Vous défendrez ce que vous appelez une frontière... bien que l'Ouest soit en désaccord. Puis ils perpétreront leur vengeance, vous riposterez et les religieux nous mettront en garde contre la colère des dieux. Ils promettront une sécheresse, des inondations ou des ouragans, voire un bannissement, comme Ergh. Vous vous calmerez un temps, jusqu'à ce que de nouvelles tensions éclatent pour une raison quelconque. Et si tu coopères à ce point avec Gwels, c'est uniquement parce qu'il s'agit de la terre natale de Père et que tu y es obligée.

Sa mère haussa les épaules.

— Oui. C'est précisément la raison pour laquelle les religieux ont arrangé le mariage entre le prince de Gwels et moi, expliqua-t-elle en lançant un regard tendre au père de Jem qui le lui rendit. Nous étions *particulièrement* mécontents, à l'époque, mais c'était un cadeau qu'on nous faisait.

Son époux lui prit la main et appuya leurs paumes marquées l'une contre l'autre.

— Les dieux nous ont véritablement bénis. Non seulement nous maintenons la paix entre nos terres, mais nos cœurs sont comblés et...

— Oui, oui, c'est merveilleux pour vous ! répliqua Jem. Pouvons-nous en revenir au fait que je vais me marier avec cette bête qui, visiblement, préférerait me tuer de sang-froid plutôt que de me chérir au fond de son cœur ?

Sa mère haussa un fin sourcil.

— Ne viens-tu pas de dire que nous devrions vivre tous ensemble en harmonie ?

— Eh bien... oui.

Il grimaça et patienta.

— Quelle meilleure façon de trouver l'harmonie avec Ergh que de mélanger nos familles ? Si cette réunification doit être un succès, nous devons nous montrer ouverts d'esprit avec les Erghiens. Ce ne sont pas des bêtes. Ce sont des enfants des dieux, tout comme nous, et nous devons les aider à retrouver grâce aux yeux de tous. À s'élever vers…

Jem grogna.

— Ça suffit, je t'en prie.

Il ne pensait pas que sa mère croyait sincèrement aux dieux, mais elle palabrait cette rhétorique quand cela l'arrangeait.

Elle le gratifia d'un sourire sincère.

— Mon chéri. C'est effrayant, je le sais. Mais tu pourrais être agréablement surpris. Je sais que les Erghiens semblent…

Ses sourcils délicats se rencontrèrent alors qu'elle cherchait apparemment ses mots.

— Bestiaux ? suggéra Jem. Féroces ? Au mieux, négligés ?

— Étrangers, choisit sa mère. Mais nous devons ouvrir nos cœurs. Comme je l'ai dit, nous sommes tous des enfants des dieux. Des enfants d'Onan. Les missionnaires m'ont assuré que les Erghiens ne sont pas si différents de nous. Ils sont peut-être plus grossiers. Plus grands. Mais c'est un bon peuple qui trime, ce dont j'ai été le témoin direct depuis qu'ils nous ont rejoints. Leurs manières sont peut-être… plus rustres, mais c'est une valeur ajoutée. Et nous pouvons les aider, Jem. Nous pouvons enrichir leurs vies et partager nos méthodes plus modernes. En fin de compte, c'est Ergh qui a cherché à se reconnecter avec nous après tout ce temps. Nous pouvons les aider à bâtir un meilleur avenir.

— J'imagine, marmonna Jem.

Pourtant, quand il envisageait d'*épouser* cet étranger sauvage, il avait envie de courir, aussi inutile que ce soit. Où irait-il ? Chaque fois qu'il avait quitté son palais, il l'avait fait en carrosse et il n'avait jamais prêté attention à la direction qu'ils prenaient, comme il avait le nez dans ses bouquins.

— Oh, chéri.

Elle se leva et encouragea Jem à en faire de même. Même sa mère mesurait quelques centimètres de plus que lui.

— Je sais que c'est soudain, lui dit-elle en écartant les cheveux courts et ondulés de son fils. J'aurais dû t'avertir, mais je craignais que tu t'enfuies chez nous.

— Pourrais-tu m'en vouloir ?

Elle sourit.

— Non, mon trésor, répondit-elle avant que son sourire s'estompe. Mais je t'ai dorloté trop longtemps. Santo et tes frères ont endossé bien plus de responsabilités alors que je t'ai laissé faire ce que tu voulais et je ne t'ai pas sorti la tête des nuages. Ou plus précisément, tu avais le nez dans tes bouquins. Toutes ces aventures que tu as en tête… il est temps d'en vivre une vraie.

— Mais…

Jem savait que toute dénégation ne serait rien de plus qu'un geignement et préféra donc se taire.

— Quand l'un de tes oisillons est prêt à s'envoler, mais qu'il a peur de quitter le nid, que fais-tu ?

Jem n'avait pas envie de le dire à voix haute.

— Je crois que tu leur donnes un petit coup de coude pour les encourager, répondit Santo avec grande obligeance alors qu'iel était toujours assis sur le lit.

— Je ne parlerais pas franchement de coup de coude ! rétorqua Jem.

Sa mère posa les mains sur ses épaules.

— C'est un coup de pouce. Tu as raison. J'aurais dû t'assigner des tâches petit à petit. Mais tu as insisté aujourd'hui pour dire que tu étais un homme. Il est temps d'agir en tant que tel. Tu es prince de Neuvella et tu dois assumer tes devoirs.

Elle tenta de garder un ton léger en caressant une fois de plus les cheveux de Jem.

— Cador semble tout aussi pris de court que toi, si ça t'aide. Son père jure qu'il n'est pas cruel, malgré les apparences. Il fera un bon mari. Ça vous liera peut-être tous les deux.

Il se souvint du tressaillement des lèvres de Cador et comme celui-ci avait accusé Jem de n'être qu'un simple garçon. Non, le dégoût de l'Erghien à son égard n'aidait nullement son affaire. Assurément, on ne s'attendrait pas à ce qu'il partage la chambre de Jem à leur retour à Neuvella, n'est-ce pas ? Il souhaitait poser la question, mais cela rendrait la chose bien trop concrète. Non, le château possédait de nombreuses ailes et son promis aurait certainement sa chambre à lui.

— Mon garçon chéri, tu n'as pas demandé à vivre cette aventure, mais je sais que tu trouveras ta voie sur ce nouveau chemin. Tu me rendras fière.

Elle déposa un baiser sur son front.

La gorge serrée, Jem eut envie de la serrer contre lui et d'oublier le monde, en sécurité dans ses bras. Il acquiesça plutôt et regarda ses parents partir. Sa mère quitta théâtralement la pièce tandis que son père lui lançait un sourire encourageant.

Il se laissa tomber aux côtés de Santo, sur le lit, soudain épuisé, comme s'il avait nagé des heures lors d'une chaude matinée d'été.

Iel lui asséna un coup de poing malicieux dans l'épaule.

— Vois le bon côté des choses. Le barbare est certainement une belle pièce de viande. Ces muscles ! insista-t-iel en souriant. Je serais jaloux si je n'avais pas déjà un mari parfait.

Ses doigts tracèrent la belle chaîne en or nichée dans le creux de sa gorge.

En plus de son alliance, Santa avait reçu un simple collier

entortillé. Son mari, qui l'adorait, avait insisté sur le fait que n'importe quel autre bijou aurait détourné l'attention de sa beauté naturelle. À quatorze ans, Jem avait trouvé que c'était la chose la plus romantique qu'il avait jamais entendue. Santo et son amoureux étaient toujours aussi épris l'un de l'autre à ce jour.

— Je ne veux pas ses muscles. Je ne veux rien avoir à faire avec lui.

Jem croisa catégoriquement les bras.

Santo ricana.

— Comme si tu ne l'avais pas reluqué toute la journée. Les autres ne l'ont peut-être pas remarqué, mais tu ne peux pas me duper, mon frère. Tu as toujours lorgné les hommes baraqués.

— Je ne faisais que regarder ! Ce n'était qu'une imagination inoffensive ! Rien de plus. Je n'ai jamais…

Il se tut, l'humiliation le transperçant comme une flamme le ferait avec du petit bois. À son âge, la plupart des gens avaient déjà flirté pendant des années avant de s'engager auprès d'un époux.

Santo haussa les sourcils.

— Tu n'es pas sérieux. Tu n'as jamais… Tu es…

Mal à l'aise, Jem sauta et commença à faire les cent pas.

— Vierge, marmonna-t-il.

— Mais, mais… *comment* ?

Jem se renfrogna.

— Je n'ai certainement pas besoin de t'expliquer ce qu'est le manque d'une certaine activité.

— Désolé. Non. Je pensais juste… Je sais que tu as eu le cœur brisé par ce soldat, après la plaisanterie de Pasco et Locryn. Mais une éternité est passée depuis !

— Je me suis complètement ridiculisé et je n'étais pas enclin à répéter cette expérience.

— C'est lui qui est ridicule d'être passé à côté de toi ! Je comprends que tu aies hésité à trouver le prétendant parfait, mais il y a tant d'options pour flirter. Pas de tonnelier ou de fermier ? De garçons d'honneur, de tailleurs de pierre ou de…

— Aucun ! Personne.

Jem était prêt à mourir. Parler de tout ça empirait encore la situation.

— Ah, conclut Santo en secouant la tête. Tu as toujours regardé les grands hommes, alors j'ai supposé que tu chercherais à jouer avec eux, une fois que tu serais en âge de le faire.

Jem ricana.

— Personne ne veut de moi.

Santo se pinça les lèvres.

— Ce n'est pas vrai. Mais depuis cette horrible blague, quand as-tu donné une chance à quelqu'un ? Tu t'es caché. Tu sais, si tu n'as pas l'envie d'avoir un partenaire dans ton lit, il n'y a rien de mal à ça.

— Je le sais ! répondit-il en soufflant bruyamment. Sommes-nous obligés d'en parler ?

Quand Santo se contenta d'attendre avec un sourcil haussé, Jem soupira.

— Ce n'est pas un problème de désir. Mon esprit est empli d'envie, mon… Je suis empli de désir.

— Et tu te satisfais ? demanda Santo en mimant un geste grossier avec sa main.

— Oui ! répondit Jem, qui ne comptait pas entrer dans les détails. Mais rendre tout ça réel avec une autre personne… Avec de la chair, du sang et pas seulement un fantasme… C'est trop intimidant.

Bien trop terrifiant.

— Je comprends.

Jem leva les yeux au ciel.

— Tu as couché avec la moitié du royaume avant de tomber amoureux d'Arthek.

Santo sourit brièvement.

— C'est vrai. Mais sincèrement, je le comprends. Ça vient plus facilement pour certaines personnes, mais quand tu rencontres le bon…

— Cette bête n'est pas le bon !

— Bon… répondit Jem en grimaçant. Je te l'accorde, il n'est pas l'idéal. Mais je peux te prodiguer des conseils. Tout d'abord, vois ta bouche comme un…

— Arrête de parler ! Vois ta bouche comme quelque chose que tu dois immédiatement fermer ! dit Jem, qui s'apprêtait à se mettre les doigts dans les oreilles.

Santo leva les mains.

— Très bien, très bien. Mais si tu changes d'avis, je suis là pour toi, lui assura-t-iel avant de sourire tristement. Ce sera bientôt terminé. Tu l'épouseras, nous ferons la fête et dans un jour ou deux, nous rentrerons à la maison. C'est une alliance politique… tu pourras prendre autant d'amants que tu le souhaites. Ou aussi peu que tu le veux. Tu auras rempli ton devoir envers la famille. Et je suis sûr que ce Cador ne sera pas à court d'amants enthousiastes à Neuvella.

Paradoxalement, un nœud de jalousie tirailla Jem. Une véritable folie ! Il l'ignora fermement.

— Bientôt, tu seras à la maison, près de ton lac, et tu reliras une centième fois *Marée Haute pour Morvoren*, ajouta Santo.

Jem soupira chaleureusement. Morvoren était une fille du sud, née sur terre, qui avait pris pour amant un triton musclé vivant dans la mer. Elle s'était échappée avec lui dans des mondes lointains envahis par des créatures marines. C'était son livre préféré depuis qu'il l'avait sorti discrètement de la section adulte de la bibliothèque. Il regarda son exemplaire corné, sur la table, sous la pile de nouveaux livres qu'il avait achetés. Il gardait toujours Morvoren à portée de main, même s'il pouvait sans doute raconter ses aventures par cœur.

— Alors, c'est vrai, tu n'as jamais… dit Santo en faisant un geste vague de la main. Pas même pour un jeu superficiel ?

— Pas même un baiser, admit Jem qui rougissait. Comme je l'ai dit, ce n'est pas un manque d'envie. Seulement un manque de courage.

Il secoua la tête.

— Je crois que j'aimerais être seul.

Après une étreinte ferme, quoique tendre, Santo le laissa tranquille. Plus tard, un serviteur lui apporta un plateau pour son dîner, mais Jem ne put en avaler une seule bouchée. Il s'obligea à boire le vin sucré, blotti sous ses couvertures, puis il ouvrit le livre de Morvoren sur son passage préféré.

Il lut la fuite audacieuse de son héroïne, coincée aux mains des pirates, avant ses retrouvailles avec son amant sur une île déserte où elle chevaucha son sexe imposant sur le sable mouillé, pendant que la mer balayait leurs corps en plein effort.

Tandis que la nuit se poursuivait, il lut encore ce passage.

Et une fois encore.

Et, bon sang, pourquoi pas ? Une fois encore.

Chapitre 2

IL ÉTAIT TROP petit, comme d'habitude.

La robe tombait autour de ses bottes brillantes. Jem eut l'impression d'être un enfant ridicule s'amusant à se déguiser plutôt qu'un homme le jour de son mariage. Se renfrognant, il remonta les manches de sa robe de mariage traditionnelle qu'un religieux lui avait apportée le matin même, proprement pliée et parfumée au citron.

Le léger tissu blanc passa au-dessus de sa tête pour draper son corps. Ses bras ressortaient des larges manches trop longues. La robe était censée retomber sous le genou de la personne qui la portait, et il avait donc ses hauts-de-chausse ordinaires et moulants en dessous. Cador porterait la même robe blanche, bien que la sienne serait assurément un peu plus grande. Ces robes avaient de larges cols et celui de Jem descendait presque jusqu'à ses tétons.

La chambre austère n'avait pas de miroir, mais tous ses doutes sur son allure ridicule se dissipèrent quand Locryn et Pasco surgirent par la porte sans même frapper, une bouteille à la main. Jem s'en voulut de ne pas s'être barricadé.

Il hocha la tête, la mâchoire contractée.

— J'ai l'air bête, j'en ai bien conscience.

— Oh, ne boude pas ! lui lança Pasco en souriant. Ça ne sublime en rien ta stature.

— Rien ne pourrait le faire, mis à part des semelles compensées dans tes bottes, ajouta Locryn.

Pasco et lui étaient grands, avec les mêmes boucles noires et brillantes que toute la famille. Locryn adressa un clin d'œil à Jem et lui donna un coup d'épaule.

— Allez, souris, mon frère ! Ton souhait se réalisera enfin.

— Mon souhait, c'est de rentrer à la maison et qu'on me laisse tranquille, marmonna Jem.

Posant la bouteille sur la petite table dans le coin, Pasco leva les yeux au ciel.

— Ce n'est pas ce que tu veux.

— Si ! Je veux rentrer à la maison !

Pasco plissa ses paupières d'un air perspicace.

— Allez. Ce que tu veux, c'est qu'un homme baraqué te prenne dans ses bras et te besogne jusqu'à ce que tu ne puisses plus marcher droit.

Locryn gloussa. Il était d'accord avec Pasco, comme d'habitude. Jem soupira. Pasco était l'aîné et le plus autoritaire de la fratrie. Il n'avait pas encore passé l'âge de faire des blagues, même après avoir épousé la fille d'un marchand fortuné et être devenu père. Ils n'avaient jamais été proches. Pourtant, Pasco semblait tout de même capable d'examiner l'âme de Jem pour lire aisément en lui.

— Je ne veux pas que ce soit *lui* ! s'exclama le cadet avant de pouvoir se maîtriser.

Il n'avait pas confié à Pasco plus que son parfum de glace préféré en été, depuis qu'il était enfant. Il savait qu'il valait mieux ne rien avouer. Pasco pouvait se saisir de l'information la plus anodine pour en faire une blague.

Locryn rit, mais Pasco se contenta de soupirer.

— Non. J'imagine que non. Il n'est pas un beau soldat royal et courageux, c'est certain.

Jem n'avait certainement pas envie de songer à cette *débâcle*.

— S'il vous plaît, vous pouvez me laisser tranquille ? Je vous assure que je vais être suffisamment humilié aujourd'hui sans que vous me donniez un coup de main.

Pasco ricana.

— Nous ne voulons pas te voir humilié, bien que tu aimes jouer la victime.

Jem serra les poings en se hérissant.

— Ne me fais pas ce coup-là. Vous m'avez fait croire que ce soldat me désirait…

— Parce que je pensais que c'était le cas ! Et je savais que tu étais bien trop timoré pour lui faire une proposition sans qu'on t'y encourage.

Pasco passa une main dans ses boucles avant de laisser retomber son bras.

— Tu sais que le résultat n'était pas ce que j'avais envisagé. Je pensais que le soldat avait bon goût et accepterait ta proposition. J'essayais d'aider.

Jem ouvrit la bouche pour répliquer, puis la referma. Pour une fois, Pasco n'arborait pas de sourire narquois. Ses yeux marron étaient solidement rivés sur Jem avec… sincérité ?

— Je ne sais rien de tout ça, marmonna tout de même Jem.

Locryn regarda Pasco en fronçant les sourcils.

— Tu veux parler de ce festival d'hiver, quand les reines de l'Est sont venues nous rendre visite ? Celui pendant lequel…

— *Oui*, comprit Pasco.

La confusion de leur frère sembla s'accentuer.

— Mais une éternité s'est écoulée depuis. Ça te dérange encore ? demanda-t-il en clignant des yeux, incrédule, devant Jem. Oublie ce soldat idiot.

— C'est peut-être facile pour vous deux, mais je ne suis

pas… Je ne…

C'était la raison pour laquelle il avait passé ses nuits avec ses livres plutôt que de chercher un amant. Il avait été en sécurité. Il avait eu le contrôle. Il n'avait pas eu besoin de gérer le chaos engendré par d'autres personnes.

Pasco soupira.

— J'ai essayé de convaincre maman d'annuler, mais elle ne le fera pas. Je crains que tu n'aies pas le choix.

Jem hésita. Une nouvelle fois, Pasco sembla honnête, ce qui était déroutant.

— Tu as fait ça ?

— Oui, mais elle ne cédera pas. J'ai vraiment pensé que Treeve de l'Ouest et toi, vous pourriez former un beau couple. Hélas, expliqua Pasco en ouvrant la bouteille de vin, puis en remplissant une coupe qu'il passa à Jem. Tiens. Ça calmera ta nervosité.

Oui, Treeve était beau, musclé d'une manière beaucoup plus raisonnable, et il était bien moins terrifiant comme mari potentiel, bien que l'Ouest soit leur adversaire depuis longtemps. Mais c'était apparemment trop tard, maintenant.

Jem renifla le vin d'un air morose, prêt à l'engloutir même si c'était une farce. Santo entra, sans prendre la peine de frapper non plus. Iel fronça les sourcils en regardant ses frères.

— Qu'est-ce que vous mijotez, tous les deux ?

— Nous célébrons la vie de notre frère le jour de son mariage ! insista Pasco avec une indignation si sincère que Jem fut obligé de ricaner.

— Comme pour mon anniversaire, dit-il, quand vous m'avez donné un gâteau aux baies de wyja et que j'ai passé la journée sur le pot de chambre ? Ou quand vous m'avez dit que vous aviez trouvé un nid de dillywigues avec des oisillons, dans les grottes, et que je l'ai cherché des heures avant de rester dans le noir lorsque ma torche s'est éteinte ?

— Tu as vaincu ta peur des grottes, n'est-ce pas ? répondit Pasco en ouvrant largement les bras. De rien.

Santo renifla la bouteille de vin.

— Buvez en premier, tous les deux.

Pasco et Locryn s'exécutèrent, insistant sur le fait qu'il n'y avait aucune farce. Santo se servit une coupe qu'il sirota d'un air suspicieux, mais Jem ne prit pas le risque. Il n'avait certainement pas besoin d'être farouchement malade face à l'autel et devant tout le monde.

— Pourquoi pensez-vous qu'ils sont revenus récemment ? s'enquit Jem. Ça fait une éternité. Je ne pensais même pas qu'il y avait autre chose que de la glace et de la roche dans la mer d'Askorn. Quelqu'un d'autre que les prêtres avait déjà vogué vers le Nord ?

— Pas à ma connaissance, répondit Pasco. Les nouveaux échanges commerciaux avec Ergh passent également par l'Église. Personne ne prendrait le risque de s'engager sur cette mer de glace sans la permission des dieux. Les religieux ont toujours déblatéré l'union retrouvée d'Onan, mais nous nous en sortions très bien sans Ergh, si vous voulez mon avis.

Locryn haussa les épaules.

— Ils se sentent peut-être seuls.

— Ils doivent vouloir quelque chose, ajouta Santo. En plus de la paix et de l'unité.

— Ils veulent notre petit frère, manifestement, répondit Pasco en souriant avec ses dents blanches luisantes. C'est comme dans l'une de tes histoires saugrenues, Jem. Marié à un sauvage ! Franchement, c'est excitant. Admets-le.

— C'est excitant quand ça arrive sur le papier ! Pas quand

c'est *réel*.

Pasco haussa les épaules.

— Eh bien, ce cuir ne cache rien et la queue de ce barbare semble bien réelle. Alors, essaie d'en profiter. Tu es resté vierge bien assez longtemps. Fais le grand saut.

Santo fronça les sourcils.

— Comment sais-tu qu'il est encore vierge ?

— Comment peux-tu l'ignorer ? demanda Pasco en levant les mains.

— Même moi, je le sais, ajouta inutilement Locryn. Souviens-toi quand…

— On peut arrêter d'en discuter, s'il vous plaît ? les supplia Jem.

Il but une gorgée de vin, faisant fi de toute précaution.

Son esprit lui afficha des images de son promis – des muscles, une barbe de trois jours et, oui, un renflement impressionnant dans ce pantalon de cuir moulant. Quelle sensation lui provoquerait-il, sous ses doigts ? Serait-ce comme avec sa propre verge ? Aurait-elle un goût de transpiration et de… férocité ? Le triton de Morvoren avait un goût de sel et de liberté, et elle adorait quand il lui prenait la bouche et se déversait dans sa gorge.

Jem s'imagina à genoux. Nu, alors que le barbare porterait toujours ses peaux et fourrures de sanglier ainsi que ces bottes impressionnantes qui remontaient à mi-mollet. Le cuir et les attaches seraient rêches, comparés aux tissus lisses et souples des fines bottes de Jem.

Il imagina la douleur dans sa mâchoire s'il se soumettait, prenant l'épaisse tige de chair dans sa bouche. S'il laissait le barbare se servir de lui. Des doigts épais et rugueux tireraient sur ses boucles, le maintenant en place. Ses mains seraient peut-être même fermement liées derrière lui. Il serait impuissant, à la merci du barbare et de son sexe immense, à peine capable de respirer…

Jem toussa et se tourna vers la fenêtre, ravi d'avoir une robe volumineuse. Son imagination avait toujours été déchaînée, mais la palpitation de désir fut rapidement éteinte par un frisson de peur glaciale. Son esprit était son propre royaume. Il y était le maître, mais le barbare auquel il était promis s'avérait bien trop réel, au-delà du contrôle de Jem.

— Pour Jem et le jour de son mariage, dit Santo en levant sa coupe. Qu'il trouve l'amour et le bonheur.

— Sans parler de… ajouta Pasco.

— Encore plus d'amour et de bonheur ! l'interrompit Santo d'une voix forte en le fusillant du regard.

Jem but à cela, priant les dieux auxquels il ne croyait pas pour que son mari ne soit pas aussi bestial qu'il le craignait.

GRÂCE À L'ARCHE en marbre, la cour du temple était baignée de la lumière étincelante du soleil. En retrait, dans l'ombre du tunnel, Jem battit des paupières et se protégea les yeux. Il ne distinguait que l'autel et entendait les murmures des délégués qui patientaient.

Les herbes brûlées pendant les mariages lui avaient toujours rappelé le pain sucré d'été qui cuisait à l'aube. Néanmoins, alors que le parfum se répandait dans le tunnel, il en fut écœuré. Ses parents et ses frères étaient déjà assis dans la cour tandis que Santo restait auprès de lui, à raconter des inepties et à tenter de le mettre de meilleure humeur. Ils attendaient depuis bien trop longtemps.

— Cador a peut-être réussi à s'enfuir, chuchota Jem à Santo.

— N'aie pas trop d'espoir, murmura-t-iel en observant la jeune prêtresse dans sa robe grise unie qui faisait mine de ne pas les écouter à l'extrémité du tunnel.

L'infime confusion provoquée par le vin que Jem avait bu s'était rapidement muée en peur répugnante. L'odeur de citron de sa robe de mariage se mêlait aux herbes brûlées… Il crut qu'il allait avoir des haut-le-cœur. Derrière eux, quelqu'un s'éclaircit la voix. Un serviteur était apparu, légèrement essoufflé.

— Je vous prie de m'excuser. Votre promis est…

Il ouvrit et referma la bouche avant de conclure.

— Souffrant.

Jem fronça les sourcils.

— Oh.

Il ignorait quel était le protocole pour une telle situation, comme il n'avait jamais été obligé d'accepter un mariage politique avec un étranger barbare, par le passé.

— Êtes-vous allé chercher le guérisseur ?

— Je ne pense pas que ce sera utile.

Jem se renfrogna.

— Le barb… Cador est *si* malade que ça ?

Mes dieux, avait-il été empoisonné ? Il avait certainement semblé en pleine forme, la veille.

— Ce n'est pas tant à cause d'une maladie que d'un… petit plaisir.

Le visage du serviteur était écarlate.

Santo gloussa.

— Ah. Il a une gueule de bois, ce matin ? Nous sommes tous passés par là, non ?

— Certainement pas, répondit la prêtresse en haussant les sourcils, un moment avant de reprendre un air impassible.

Jem ne pouvait le prendre personnellement si Cador s'était murgé la veille, aussi inopportun que ce soit.

— Il va sûrement assez bien pour rester debout devant l'autel et répéter ces vœux ridicules, non ?

Un cri rauque fit écho dans le tunnel, suivi d'un rire injurieux alors qu'un chant trop bruyant et dissonant résonnait. Jem se figea quand il comprit subitement la situation. Une nouvelle humiliation le refroidit et le brûla à la fois.

Cador n'était pas vaseux. Il n'avait pas de maux de tête et ne vomissait pas... Il n'avait pas la gueule de bois après avoir excessivement bu la veille. Non, il était *encore* rond comme une queue de pelle.

L'époux de Jem était ivre.

Ivre à ne plus pouvoir tenir debout, manifestement. Cador apparut dans le tunnel en éclatant de rire et en s'étalant rapidement sur la pierre poussiéreuse dans un bruit sourd qui vibra jusqu'aux bottes fines de Jem. L'Erghien portait encore son cuir bordé de fourrures et le tissu rêche de la veille.

Celui-ci moulait toujours ses muscles incroyables.

La sœur de Cador apparut et lui donna un rapide coup de coude dans les côtes qui n'avait rien de tendre. Elle aussi avait des muscles.

— Debout, espèce de porc, siffla-t-elle.

Elle hocha la tête en direction de deux hommes du Nord costauds qui les suivaient. Ils relevèrent Cador. Ses bottes étaient en cuir noir épais, mais malgré leur robustesse, il glissa et se retourna.

Sa sœur observa Jem comme elle le ferait avec l'avorton indésirable dans une portée de chiots.

— Mon frère devait épouser un autre chasseur, donc il n'est pas particulièrement ravi.

Santo se crispa aux côtés de Jem.

— Mon frère n'est nullement ravi, lui non plus.

Elle soupira.

— J'en suis sûre. Mais voilà où nous en sommes tous. C'est comme retrouver un sarf dans un seau de merde, il n'y a rien à faire.

Sa grossièreté fit sursauter Jem. De plus, il n'avait jamais imaginé un sarf, le reptile rampant dépourvu de membres qui pouvait vous mordre et vous tuer, caché dans des latrines. Il frissonna.

— Je m'appelle Delen, dit-elle.

Santo fit les présentations alors même que Cador marmonnait et jurait, tiré par la poigne implacable de ses camarades qui lui permettait de rester debout. Un prêtre plus âgé apparut. Il portait la robe de mariage proprement pliée de Cador et affichait sur son visage une désapprobation furieuse plutôt que son calme habituel.

— Quelle connerie, grommela Cador.

Jem partageait certainement sa frustration, mais comme Delen l'avait noté, il n'y avait apparemment rien à faire pour cela. L'un des habitants du Nord tenait une chope avec des cornes, et Delen obligea son frère à la boire. Ce qui se trouvait à l'intérieur devait avoir un goût ignoble, étant donné que le visage du barbare devint ensuite particulièrement rouge. Néanmoins, il avala.

Puis il vomit sur la pierre poussiéreuse.

Et il vomit.

Et il vomit un peu plus.

Jem, Santo et les religieux détalèrent vers l'extrémité du tunnel. Les gens du Nord semblaient si peu troublés que c'en était alarmant. Ils riaient même.

Mon premier baiser aura un goût de gerbe.

Jem eut envie de se jeter dans les bras de Santo et de pleurer, mais il garda la tête haute. Lorsque Cador eut terminé, ses compatriotes le débarrassèrent de sa chemise noire, révélant un torse large parsemé de poils blond foncé. Des tatouages aux lignes fluides étaient encrés sur sa peau pâle. Des crêtes musclées ponctuaient son ventre et des poils formant un V disparaissaient sous sa ceinture.

Jem arracha son regard au renflement souligné par le pantalon de cuir moulant. Cet homme bestial allait devenir son époux. Jem regarda fixement ce torse poilu et ces bras musclés, objets de fantasmes excitants, et il frissonna malgré lui par anticipation.

« *Son mari pourrait le briser en deux !* »

Les éclats de rire de la veille faisaient désormais écho et la peur anéantit toute flamme de désir. Même si Jem ne devait passer qu'une seule nuit avec lui, Cador serait-il cruel ? C'était la raison pour laquelle il s'en était tenu à ses fantasmes plutôt que de chercher des partenaires. La réalité d'un ébat avec un tel homme serait certainement différente des escapades dans ses romans.

Si la robe de Jem pendait bien au-delà de ses poignets, celle de Cador était ridiculement courte sur ses bras, bien qu'elle soit beaucoup plus large. Cador grimaça en baissant les yeux vers son corps, manifestement dégoûté. Il sembla alors remarquer Jem pour la première fois. Son regard fut plus lucide, mais le dégoût demeura.

— Toi, gronda Cador.

Santo gonfla le torse et se rapprocha de son frère.

— Ce n'est pas la faute de Jem.

Cador marmonna.

— C'est quoi, ce nom, « Jem » ? demanda-t-il (ou plutôt, l'accusa-t-il).

— Euh… Je n'en sais rien, répondit l'intéressé avant de s'éclaircir la voix. Ma mère disait que mes yeux ressemblaient à des gemmes faites de miel. Personne ne m'appelle vraiment Jowan.

Cador grogna.

— Finissons-en, dit Delen.

Une grande main attrapa son coude. Cador attira Jem hors du tunnel, sous l'arche de marbre, dans le temple bondé. Le Neuvellan planta instinctivement ses talons dans le sol et entendit les gloussements nerveux de leur public.

Cador pinça ses lèvres pulpeuses et tira sur le bras de son promis. Comme s'il était un poids plume, Jem s'envola quasiment en direction de l'autel au centre de la cour, sa robe trop longue s'emmêlant autour de ses bottes. Mes Dieux, cette brute pouvait le maîtriser en ne se servant que d'un doigt.

Une véritable peur serpenta le long de la colonne de Jem. Quand il avait imaginé un mari, il avait pensé à un homme bon et délicat, un compagnon avec qui tuer le temps, lors de longues journées paisibles au bord du lac. Il ne s'était jamais attendu à ce que ses passions secrètes pour la chair se concrétisent, pas plus qu'il n'aurait anticipé un triton musclé le kidnappant comme Morvoren l'avait été.

Maintenant qu'il se tenait devant l'autel, ses croquis partiels du mari idéal se clarifiaient grâce à des lignes plus nettes. Il souhaitait un mari qui le ferait rire. Qui lui tiendrait chaud lors des froides soirées d'hiver et partagerait son amour de la lecture, de la nage et du soin apporté aux oiseaux en détresse. Un homme qui ne satisferait certainement pas ses fantasmes obscurs et dangereux, mais qui lui ferait tendrement l'amour.

À défaut de cela, il allait devoir se donner corps et âme à cette brute ? Le mariage était censé être un échange équitable et pourtant, alors qu'il se tenait devant l'autel, avec ce barbare penché au-dessus de lui, Jem eut l'impression d'être un garçon innocent. Il avait insisté sur le fait qu'il était un homme, la veille, malgré les moqueries, et c'était effectivement une plaisanterie.

Cador relâcha son bras et Jem crispa ses cuisses pour que ses genoux ne cèdent pas. Sa peau le démangeait à cause du poids de centaines de regards. Chez lui, la plupart des gens avaient tendance à oublier qu'il existait. Désormais, il se tenait sur l'estrade, devant la grande prêtresse, tel un pion dans un marché politique. Le barbare qui lui était promis s'imposait à ses côtés.

Il ne s'était jamais senti aussi petit.

Chapitre 3

D E TOUS LES princes faibles et minables qu'il pouvait épouser à Onan, celui-ci devait être le pire.

Cador rit dans sa barbe. Que pouvait-il faire d'autre ? Il avait toujours un léger vertige. La sourde palpitation douloureuse à la base de son crâne s'intensifiait. Il se souvint trop tard qu'il était réellement devant l'autel et que tous les regards étaient braqués sur lui. Il toussa pour dissimuler son rire, mais peu importait.

Il jeta un coup d'œil autour de lui pour trouver son frère et échanger un regard avec lui. Peut-être même une grimace. Néanmoins, Bryok regardait fixement le sol en pierres du temple avec un visage de marbre, sa bouche fine pincée. Un tressaillement de la cicatrice irrégulière sur sa joue fut l'unique signe de vie. Cador savait que ce signe traduisait une fureur dangereusement glaciale.

L'agacement et le malaise qui frémissaient en Cador depuis la veille au soir, quand Bryok ne s'était pas joint à la beuverie, ne firent que bouillonner davantage. Cador n'aimait pas non plus cette histoire, mais que pouvait-il faire ? Ce mariage était vital pour leur plan. Il remplirait son devoir.

Bien qu'il se soit attendu à épouser un *homme*, et non pas ce petit prince pathétique. Exposé dans le temple, la veille, tandis que les habitants du continent les dévisageaient, il n'avait même pas remarqué Jem à l'extrémité de la rangée où était assise la famille royale sudiste. Que les habitants du continent croient que ce… garçon, ce *moins que rien*, méritait un mariage avec Cador était une telle insulte qu'il n'avait pas eu besoin de feindre le choc ou l'indignation.

Il regarda son époux avec dégoût. Le prince du Sud était minuscule et faible. *Jem.* Un nom idiot et inutile qui lui convenait parfaitement. Cador voulait bien concéder qu'il avait de beaux yeux. Ils étaient d'une couleur de miel, mis en avant par sa peau brune et dorée. Mais quelle était l'utilité de la beauté ? Cador ne lui en connaissait aucune.

Les habitants du continent pensaient différemment, c'était évident. Oui, ce vieux temple dédié aux dieux était austère et les religieux vêtus de robes unies. Toutefois, les délégués des trois royaumes du continent portaient tant de couleurs frivoles que Cador eut envie de se protéger les yeux pour ne pas être ébloui.

Une fois, au printemps, il avait assisté à la rare éclosion de pâquerettes jaunes et roses, mais ce n'était rien en comparaison aux teintes riches et vives pour lesquelles il n'avait même pas de nom. Ces doux tissus fluides ne survivraient manifestement pas à une chevauchée sur la plus gentille des juments dans un pré, et encore moins à une chasse dans les forêts denses d'Ergh. Ils n'avaient donc aucune importance.

Depuis l'enfance, on lui avait dit que les habitants du continent étaient cupides et paresseux. Qu'Ergh et son peuple étaient bien mieux, seuls, sans les faux dieux d'Onan. Puis tout avait changé et voilà où il en était, avec la terre et la pierre du continent sous ses bottes, sur le point d'épouser un prince qui n'en valait pas la peine.

Les restes acides de ses vomissements restaient cramponnés à sa langue. Delen aurait au moins pu lui apporter une branche de menthe à mâcher. La diversion plaisante, provoquée par une ivresse trop extrême pour qu'il puisse réfléchir, avait disparu.

Désormais, il voulait que la prêtresse en finisse.

Cette satanée bonne femme parlait d'unité et d'équilibre, des quatre coins d'Onan, de la satisfaction des dieux de la terre, du feu, du vent et de l'eau. Comme si cela n'avait pas été assez clair la veille et qu'ils étaient tous des idiots ne comprenant pas pourquoi ce mariage avait lieu.

Bien sûr, la véritable raison n'était connue que de quelques personnes.

C'était nécessaire, comme se le rappela Cador. Kenver, son T*as* et unique parent survivant, le chef de clan d'Ergh, était revenu en paix pour la première fois à Onan deux ans auparavant et il avait tenté de trouver une solution. Le fait que son Tas n'ait pas simplement tenté l'honnêteté, en demandant ce dont ils avaient besoin, turlupinait Cador. Toutefois, la sincérité était manifestement une denrée rare en politique.

Il était évident que le roi d'Ebrenn méprisait la reine de Neuvella et que ce sentiment était mutuel. Pourtant, ils faisaient semblant alors que les ecclésiastiques se faisaient passer pour des agneaux plutôt que des loups. D'après ce que Cador constatait, maintenant qu'il était lui-même sur le continent pour la première fois, tous les habitants d'Onan étaient aussi traîtres que ce qu'on lui avait dit.

Le désir de retourner à Ergh lui coupa le souffle comme un coup de poing. Il voulait être chez lui, dans la forêt, où seules des chèvres et des poules le dérangeaient. Oh, comme il aimerait *chasser*. Il avait son épée, mais ses lances étaient chez lui.

Jusqu'à maintenant, Ergh avait été en paix et isolé. Enfin, ils se battaient entre eux de temps à autre, mais pas dans les souvenirs de Cador. Ses souhaits ne lui feraient pas remonter les années. Il accomplirait son devoir. Même si cela signifiait qu'il devait épouser ce prince choyé.

Jem arrivait à peine à hauteur de l'épaule de Cador et une douce brise pourrait le tuer. L'Erghien se maudit de ne pas avoir épousé l'un de ses amants quand il en avait eu l'occasion. Jory avait un sourire facile et un amour des fellations. Il y avait aussi Rewan, dont la verge était presque – *presque* – plus grande que celle de Cador. Kensa était mortelle avec une lance et aurait été une épouse fiable. Ils avaient toujours partagé une affection pour la bière lors des froides soirées d'hiver.

N'importe qui aurait été mieux que ce *Jem*.

— Bien, pour le lien sacré et incassable, entonna la prêtresse.

Enfin. Comme Jem tremblait à ses côtés, Cador tendit la main gauche. La prêtresse avança lentement pour prendre le fer chaud, dans un pot cérémonial posé sur des charbons ardents. Cador n'arrivait pas à distinguer le motif de la marque que Jem avait dû choisir. Quoique, dans ce cas, c'était probablement la décision de ses parents.

La prêtresse revint lentement vers lui, prenant tant son temps que le fer serait glacé avant qu'il rencontre sa chair. Pendant ce temps, le soleil cognait sur sa nuque et il n'y avait aucun nuage en vue. La sueur coulait le long de sa colonne vertébrale, trempant ses cheveux. Le ciel gris et fiable d'Ergh lui manquait. Le temps était-il toujours aussi chaud et poisseux, sur le continent ? Ils étaient censés être au printemps.

Finalement, la prêtresse lui prit le poignet de ses doigts noueux avec une force surprenante. De son autre main, elle marqua sa paume. Cador tressaillit à peine alors que le fer calcinait sa chair, gardant une expression ennuyée sur son visage.

D'accord, c'était douloureux. À un tel point que la bile monta et qu'un cri griffa sa gorge. Il aurait eu un haut-le-cœur s'il avait été seul. Heureusement, son estomac avait été récemment vidé.

La prêtresse repartit chercher l'autre fer, celui-ci affichant les défenses de sanglier traditionnel. Tous les chasseurs d'Ergh portaient le même tatouage et se servaient de ce symbole quand ils épousaient leur compagne. La paume de son Tas était marquée par les défenses depuis qu'il avait épousé un grand chasseur.

Ressentant un picotement distant et familier, Cador aurait aimé que son second père soit toujours à leurs côtés. Il avait été encorné par un sanglier lorsqu'il n'était qu'un garçon. Après cette mort honorable, son époux, *Tas*, était devenu l'unique parent. Celui-ci était devenu chef de clan à la mort de la grand-mère de Cador. Elle avait été une gouvernante puissante jusqu'à la fin, alors même que son corps s'était courbé comme celui de la prêtresse qui se tenait devant lui, à présent.

Cette dernière attendait, alors que Jem tendait, à contre-cœur, sa main droite avec la paume vers le haut. Il sursauta et laissa échapper un cri pitoyable alors que sa peau crépitait, mais il ne se libéra pas. Il baissa les yeux vers les défenses alors que sa main tremblait.

Cador examina sa propre paume. Le motif, aux bords incur-vés, était difficile à distinguer avec le gonflement de sa peau carbonisée.

— Qu'est-ce que c'est ? demanda-t-il.

Dans le silence stupéfait, lourd et choqué, Cador jeta un coup d'œil autour de lui. La prêtresse fronça ses sourcils broussailleux et tout le monde sembla retenir sa respiration. Apparemment, il était mal vu de parler lors d'une cérémonie, sur le continent.

— Un dillywigue, chuchota Jem. J'aime les oiseaux.

Évidemment. Désormais, Cador aurait des ailes délicates gravées dans sa main pour l'éternité. Il lutta contre une envie rebelle d'attraper l'autre fer afin de remplacer l'oiseau par des défenses puissantes, mais il se contenta de grogner et de regarder la prêtresse pour en finir.

Après quelques minutes de sermon supplémentaires, Cador s'agrippa à la main droite de Jem, à sa gauche, scellant fermement leurs paumes marquées. Jem était crispé et respirait à peine. Il agonisait clairement. Sa main était petite, dans celle de Cador.

— Que ce sceau ne soit jamais brisé et que l'amour soit éternel sous le regard des dieux, dit l'Erghien.

À Ergh, c'était le chef de clan qui officiait lors des mariages. Cador, s'il avait un jour décidé qu'il appréciait suffisamment la compagnie de quelqu'un pour l'épouser, se serait attendu à ce que son Tas scelle le lien, en son rôle de chef. Le fait qu'il s'agisse d'une vieille femme courbée rendait le tout encore plus malsain. Et parler d'*amour* ?

Il savait que la majorité des couples choisissaient le mariage. Curieusement, ils croyaient sincèrement que l'amour durerait, même à Ergh, où l'utilité régnait. *L'amour*. Il n'était pas réel. Il ne s'agissait que du fruit de l'imagination des faibles d'esprit. Baiser, chasser, dévorer un festin, *ça*, c'était réel. C'était tout ce dont Cador avait besoin.

Jem répéta le vœu d'une voix rauque. C'était fait. La prêtresse se plaça une nouvelle fois devant eux et leva les mains vers le ciel, tandis que des applaudissements polis résonnaient dans la cour. Il ne restait plus que le baiser habituel.

Conneries. En place d'un baiser avec son nouvel époux, Cador s'exclama.

— Mangeons.

Il traversa ensuite le temple, attirant Jem sur ses talons. S'il avait son mot à dire, il n'embrasserait jamais ce petit prince. Et il aimait sincèrement avoir son mot à dire.

BUVANT UNE COUPE d'hydromel frais et sucré, Cador attendit que le serviteur le laisse seul avec son Tas dans la chambre des invités. L'aile nord de la résidence pour invités sur la Place Sacrée était propre, rangée et en bon état, comme si elle n'était pas restée déserte une éternité.

Son paternel le fusillait du regard.

— N'as-tu pas suffisamment bu, hier soir ? Sans parler de ce matin.

Cador ne pouvait le contredire. Il grimaça, à l'idée de se faire sermonner comme un enfant, alors même qu'il le méritait. Il était un adulte, mais même aujourd'hui, il ne désobéissait pas à son Tas. Il posa la coupe décorée sur la table. Il avait beau aimer avoir son mot à dire, il suivait les ordres de son père. Non seulement ceux de son père, mais aussi ceux du chef.

— Je sais que ce n'est pas facile pour toi, dit celui-ci en soupirant.

Il retira sa coiffe et se frotta l'oreille.

— Ce fichu frottement avec les défenses.

Il passa les mains dans son épaisse chevelure blonde, ses ongles ronds grattant son crâne. L'espace d'un instant, il ferma les yeux et parut particulièrement fatigué.

La culpabilité enfla en Cador.

— Asseyons-nous.

Il tira une chaise pour lui-même devant la petite table, sachant que c'était l'unique moyen de pousser son Tas à se reposer.

Effectivement, ce dernier acquiesça et se prit aussi une

chaise. Il détacha la cape de fourrure autour de son cou et la laissa tomber par terre. Il portait une tunique formelle en peau de sanglier et remonta les manches sur ses avant-bras parsemés de taches de rousseur. Les rides sur son visage semblaient s'être approfondies dans la nuit, bien que Cador sache que ce n'était pas le cas.

Il glissa la coupe en direction de son père.

— Tu en as plus besoin que moi.

Son père gloussa et but.

— Peut-être. C'est bon d'avoir un moment pour nous, mais nous devrions rapidement retourner au festin.

Il avala une autre gorgée avant de s'affaler sur la chaise.

— J'aurais aimé qu'il y ait un autre moyen.

— Tu es sûr qu'il n'y en a pas d'autres ?

Il était un peu tard, maintenant que Cador était marié au minuscule prince.

— Le temps est compté. Nous sommes venus en paix. Nous avons suivi les règles des religieux et avons tenté d'établir un commerce avec le continent. Avec Ebrenn. Nous nous sommes soumis à plus de sermons pour les dieux que quiconque devrait en subir. Ils prêchent l'harmonie et la dévotion pieuse envers leurs divinités, mais ne te méprends pas, fils, dit-il en serrant son poing et en baissant la voix. C'est le contrôle, qu'ils cherchent. Si nous révélons notre faiblesse, ils l'exploiteront. Avant que nous nous en rendions compte, ils construiront leurs fichus temples sur Ergh.

— Même si nous leur expliquons la véritable raison pour laquelle nous avons besoin de la ressource d'Ebrenn ?

— Ils s'en serviront pour en tirer profit ! Certaines personnes, dans notre peuple, se sont déjà retournées vers les dieux, par désespoir. Nous avons autorisé les visites des religieux par le passé, parce qu'ils n'ont jamais été une menace pour notre façon de vivre. Ils nous apportaient de précieuses nouvelles du continent, et leurs tentatives pour nous convaincre de suivre leurs enseignements pouvaient être repoussées comme des moustiques avec une chiquenaude. Mais si nous les laissons s'enraciner, ils empoisonneront Ergh jour après jour.

Pourtant, ne rien faire mènerait aussi sûrement à la disparition d'Ergh. Une disparition lente. Atroce. Cador fut ravi de ne pas avoir bu le reste de l'hydromel, comme la bile remontait dans sa gorge. Il ne supportait pas de penser à la souffrance. Il enferma cette partie de son esprit et jeta la clé.

Pour l'instant, il devait assumer son rôle. Il avait beau détester cette parodie de mariage et savoir que tout cela se finirait sur une guerre… Ergh avait un grand besoin – un fardeau insupportable –, mais le prix de la guerre serait élevé.

— Peut-être qu'avoir des temples sur Ergh serait un sacrifice acceptable, se risqua-t-il. Si les religieux pouvaient convaincre Ebrenn d'échanger…

Son Tas secoua la tête.

— Maintenant que tu es ici, sur le continent, tu vois certainement le dédain du roi d'Ebrenn envers nous ? C'est plus que du dédain. De la haine. De la suspicion. Du mépris. Nous avons essayé de l'approcher, en amis, et d'établir un commerce juste. En guise de réponse, il a ricané. Son arrogance et son entêtement causeront sa perte.

De temps à autre, son père était lui-même accusé d'arrogance et d'entêtement, mais Cador réprima cette pensée traîtresse. Il ne pouvait nier qu'il avait envie de remettre le prince hautain d'Ebrenn à sa place. Mais à quel prix ?

— Si nous donnons à Ebrenn un meilleur prix pour le poisson et le sanglier…

— Ils ont leurs propres poissons. Une longue côte et des mers chaudes, grouillantes. Ils n'ont pas besoin de nos prises. Ou de notre sanglier. Du moins, pas à sa juste valeur. Et même s'ils en voulaient, ils n'en ont pas *besoin*. Il y a une différence. Ils refusent les échanges équitables. Peu importe si c'est de l'entêtement ou de la haine envers nous.

— Mais si nous baissons le prix…

— Nous mourons de faim, l'interrompit Tas en ouvrant ses mains abîmées, paume vers le haut. Si nous baissons le prix du sanglier, nous devons en chasser davantage. Si nous en tuons trop, ils disparaîtront. Tu sais à quel point les blonek sont rares, à présent. Nous en avons chassé un trop grand nombre pour leur peau. Si les sangliers s'éteignent, Ergh suivra. Nos eaux nous fournissent suffisamment de poissons, pour l'instant. Nos quelques céréales suffisent. C'est un équilibre qui a déjà été extrêmement bouleversé.

Les cheveux sur la nuque de Cador se hérissèrent.

— Mais… nous n'avons jamais voulu faire ça pour la nourriture. Ce que je veux dire, c'est que nous n'avons jamais eu faim.

— Pas encore.

— Pouvons-nous troquer autre chose ? Nous devons garder les peaux de blonek pour nous, mais qu'en est-il de notre laine ?

— Ils en ont bien assez chez eux. En attendant, nous devons restaurer l'équilibre à Ergh.

Cador gigota, mal à l'aise, sur sa chaise de pierre. Il tenta une boutade.

— Si tu continues de parler d'équilibre, je vais commencer à croire que les ecclésiastiques ont fini par t'influencer, après tout.

Son Tas éclata de rire.

— Jette-moi dans les profondeurs de la mer d'Askorn avant que ça se produise, je t'en supplie. Tu vois comme ils prêchent l'unité et donnent l'impression que c'est charmant. Mais il ne faut pas les sous-estimer. C'est leur pouvoir qu'ils protègent. Ils nous réduiraient en esclavage pour pouvoir nous contrôler. Le continent en bénéficierait, bien sûr, mais les religieux ne font rien qui ne leur profite pas à eux-mêmes.

Cador soupira, dégoûté. L'inquiétude le rongeait tout de même.

— Mais si nous entrons en guerre et que nous perdons…

— Nous ne pouvons pas perdre, répondit son père en cognant du poing sur la table. Nous avons été patients. Notre stratégie doit être de viser un succès sur le long terme. Mais comment pouvons-nous continuer d'attendre à un tel prix ? Si nous avouons à Ebrenn que nous avons besoin d'eux, leur roi ne fera qu'accentuer son emprise. Ses prix grimperont en flèche. Et actuellement, la querelle entre la reine du Sud et Ebrenn est prête à dégénérer. C'est l'occasion parfaite.

— Même si des innocents meurent dans une guerre avec Ebrenn ? Même si…

— La guerre menace, avec ou sans nous. Avec notre aide, elle sera rapide. Le Sud ralliera l'Est. Ebrenn n'aura d'autre choix que de se rendre. Nous posséderons ensuite ce dont nous avons besoin. Nous n'avons aucun grief contre le peuple d'Ebrenn. Nous serons équitables. Nous serons justes.

— Tu me donnes l'impression que c'est simple, mais nous n'avons jamais véritablement été en guerre.

Les narines de son père se dilatèrent.

— Rien de tout ça n'est facile. Demande à ton frère si ces dernières années ont été simples !

La honte le transperça, aussi brûlante que le fer l'avait été.

— Pardonne-moi.

Son Tas soupira avant de lui serrer brièvement l'avant-bras.

— Bien sûr, mon fils. Et tu as raison, Ergh a pu rester éloigné d'Onan pendant des siècles. Nous n'avons eu aucune guerre à mener, dit-il avant de se redresser sur sa chaise et de prendre une voix plus grondante. Mais nous sommes des guerriers. Ne te méprends pas. Nous devons nous battre pour l'avenir de nos enfants, même si ça signifie que nous devons faire couler le sang, pour le moment. Ebrenn détient les clés et il ne les donnera jamais de son plein gré.

Ce fut au tour de Cador de s'avachir.

— Tu penses sincèrement que la guerre est inévitable ?

— Même si je laisse les religieux bâtir leurs temples sur Ergh, que je les laisse répandre leur dévotion envers des dieux qui n'existent pas, ils seront incapables de convaincre Ebrenn de nous aider. Ils ont une trop haute estime d'eux-mêmes. Nous en avons suffisamment vu sur l'Ouest et son roi pour savoir que c'est inutile. Nous devons agir et joindre nos forces avec la reine du Sud. Quand je l'ai rencontrée, à notre arrivée, elle a suggéré cette union et j'ai su que c'était le moment que nous attendions. Ce qui nous amène ici, au jour de ton mariage.

— Effectivement.

Cador tendit la main vers la coupe et en but les dernières gouttes.

— Mon fils, lui dit son Tas en le regardant sérieusement. Tu le regrettes déjà ?

— Bien sûr que non.

Sa paume marquée le faisait souffrir, mais il l'ignora.

— C'est insignifiant, ajouta-t-il. Je préférerais ne pas l'avoir comme fardeau jusqu'à ce que notre heure arrive, mais c'est mon devoir.

Il feindrait le mécontentement, le lendemain, comme s'il ignorait que le plan était de voyager vers Ergh avec son nouveau mari. Le prince Jowan lui ferait peut-être plus facilement confiance s'il croyait que Cador était tout aussi pitoyablement ignorant que lui.

— Il a l'air docile. Je suis sûr que tu le remarqueras à peine. Tu ne devras revenir pour le Festin de la Lune de Sang que dans quelques mois.

Au moins cinq, mais qui compte ?

Cador n'exprima pas cette pensée maussade.

— Et, à ton avis, qu'ont les religieux en tête ? Assurément, ce sont eux qui ont suggéré cette union entre Ergh et Neuvella.

— Oh, je suis convaincu qu'ils mijotent quelque chose. Mais ils nous ont fourni l'opportunité idéale pour nous aligner avec la reine. L'occasion idéale pour exploiter *sa* faiblesse. Nous devons agir.

— Tu es sûr qu'on ne nous mettra pas le kidnapping sur le dos ?

— J'en suis convaincu. Nos espions se feront passer pour des gens de l'Est et l'enlèveront lors de votre voyage de retour vers la Place Sacrée pour le festin. Tu seras dûment scandalisé lorsque tu exigeras ta vengeance. Pour l'instant, j'ai l'occasion de me rapprocher de la reine, maintenant que nos familles sont liées. Nous déclarerons la guerre ensemble.

— Tu es sûr qu'elle se joindra à nous ?

— Absolument. Comme je l'ai dit, elle est sur le fil du rasoir. Les espions que j'ai placés en sont certains. Quand elle apprendra que l'Ouest a kidnappé son fils favori pour l'obliger à redessiner la frontière en faveur d'Ebrenn, ce sera l'excuse qu'elle attendait. Et Gwels la suivra – leur lien est fort.

— Mais si le roi d'Ebrenn le nie ?

— Évidemment qu'il le niera, mais il sera trop tard. Quand la reine recevra la main coupée de son très cher garçon dans une boîte, elle agira.

Cador se souvint de la petite main de Jem agrippée dans la sienne, leurs marques fraîches et suintantes.

— J'ai pitié de lui, admit-il.

Il était ravi que Bryok ne soit pas là pour l'entendre.

La bouche de son père s'affaissa.

— Oui, il est innocent dans toute cette histoire, dit-il avant d'agiter la main d'un air dédaigneux. Il ne sera pas blessé, autrement.

Avoir une main sectionnée était une sacrée exception, mais le destin du prince avait été déterminé. Il n'était pas du fait de Cador. C'était le prix de la guerre. Le coût qui garantirait l'avenir d'Ergh.

— Tu es sûr que Jowan est le préféré ?

Les autres enfants de la reine semblaient bien plus utiles que le plus jeune qui rêvassait.

— Oui, assez. Elle ne l'a jamais admis, mais quel parent le ferait ?

Il sourit ironiquement et le cœur de Cador loupa un battement.

Son Tas se pencha en avant et attrapa sa main indemne.

— Tu dois savoir que tu nous as rendus prodigieusement fiers, ton père et moi. Tu l'as toujours fait.

Ses yeux bleus, ressemblant tant à ceux de Cador, brillaient de larmes.

— S'il était ici avec nous, je sais qu'il dirait la même chose, ajouta-t-il.

Ses poumons comprimés, comme son cœur triplait de volume, Cador ne put qu'acquiescer. Il imaginait presque son père les regarder depuis l'endroit où il résidait avec les dieux, même s'il n'avait jamais cru à de telles utopies.

Oui, il accomplirait son devoir et s'occuperait du petit prince jusqu'au kidnapping. Son papa était parti, mais il rendrait son Tas encore plus fier, même si c'était sa dernière œuvre.

CADOR ROTA.

À côté de lui, à la petite table au centre du réfectoire, son mari – *mari !* – tressaillit. Cador réprima un sourire. C'était puéril, mais il avait anticipé cette réaction et elle lui procura une joie mesquine.

Le festin qui avait débuté par un déjeuner se poursuivait désormais après le coucher du soleil. Jem avait trituré ses assiettes, mangeant à peine les plats infinis et ne buvant même pas son vin. Cador s'était rapidement rempli la panse, bannissant les séquelles persistantes de l'excès d'hydromel la veille. Sans parler de ce matin.

Il devait bien admettre qu'il n'avait pas hâte d'avoir une nouvelle gueule de bois. Il aurait préféré de l'eau ou de la bière plutôt que l'hydromel sucré traditionnel lors des mariages. Il but avec modération – seulement cinq coupes dans toute la journée. Cela lui provoqua des picotements dans le crâne, mais rien de plus.

Aux quatre côtés de ce réfectoire avec une grande hauteur sous plafond, les délégués mangeaient, buvaient et appréciaient le festin autour de longues tables, bien plus que les mariés. Enfin, les représentants d'Ebrenn lançaient des regards noirs, mis à part le joli fils du roi, qui semblait avoir un intérêt particulier pour le prince Jowan et ne cessait de regarder dans sa direction. Ils étaient peut-être amis.

Le visage amer du roi avait été constant, quoi qu'il mange, car il savait certainement que cette alliance entre Neuvella et Ergh n'augurait rien de bon pour lui. Cador ne se sentait pas moins amer. Il fusilla Delen du regard alors qu'elle dévorait un autre morceau de gâteau moelleux avec enthousiasme. Il ne devrait pas la jalouser. Les festins chez eux étaient copieux, mais il n'avait jamais vu une nourriture si sophistiquée et complexe. Certains plats avaient un goût tout aussi tarabiscoté et troublant.

Il y avait tant de fruits et de légumes colorés, y compris des saladiers manifestement infinis de sevels, dont la peau violette brillait autour d'une chair croquante et sucrée et des pépins au centre. Il lutta contre la tentation de s'en remplir les poches.

Au moins, les serviteurs avaient apporté les gâteaux sucrés et le festin s'achèverait. Cador n'avait qu'une envie : finir cette journée, bien dormir et se mettre en route vers le Nord, en direction du bateau qui les attendait. Il craignait le voyage du retour à travers la mer d'Askorn, mais il le supporterait.

Il se demanda si le prince Jowan de Neuvella allait apprécier le voyage. Il avait le sentiment que Jem ignorait qu'il voguerait vers le Nord, depuis le continent, avec eux. Cador feindrait aussi la surprise et jouerait la réticence. Ce qui, une fois encore, ne serait pas entièrement faux. Quand il songea qu'il resterait coincé avec Jem jusqu'au kidnapping…

Cador réprima un grognement. Les mois lui feraient le même effet qu'une vie entière. Tout d'abord, il devait supporter sa journée de mariage. Si l'absurdité ne l'achevait pas, ce serait l'ennui. Il leva les yeux vers le plafond voûté et peint du réfectoire. La peinture murale représentait les quatre dieux d'Onan ainsi que leurs domaines. C'était l'élément le plus coloré qu'il avait vu sur la Place Sacrée.

À Ergh, le désespoir embrasait un retour à la foi. Peut-être qu'il verrait des peintures telles que celle-ci, chez lui, si les religieux avaient leur mot à dire. Cador comprenait la misère et la motivation à croire en quelque chose. Tout valait mieux qu'une souffrance dénuée de sens.

Mais il n'aurait aucun rôle à jouer avec ces faux sauveurs. Son expérience lui avait prouvé que si les dieux existaient réellement, ils étaient des vipères malfaisantes punissant les innocents sur un coup de tête. Ils pouvaient sombrer au fond de la mer d'Askorn et pourrir.

Il croyait en ce qu'il voyait, sentait, goûtait et touchait. Il s'imagina monter sur le large dos de Massen et galoper jusqu'à ce que son étalon soit fatigué. Il sentait presque les flancs puissants du cheval entre ses cuisses, les soubresauts de ses sabots sur le sol traversant le corps de son cavalier. Ses ébrouements ainsi que le vent rougiraient les joues de Cador tandis qu'ils s'envoleraient quasiment. Il mourait d'envie de soupeser le poids fiable d'une lance dans sa main et le jet de sang chaud alors qu'il abattait un sanglier.

Cador tendit sa main gauche carbonisée. Elle palpitait. Le dessin était encore flou à cause du gonflement. Il avait tenté de refuser la pommade et le bandage, mais il avait admis à contre-cœur que la marque le faisait souffrir comme si le dieu du feu le torturait.

— Tu crois aux dieux ?

Cador quitta des yeux la peinture murale pour regarder Jem à côté de lui. Ce dernier avait incliné la tête en arrière et observait le plafond avec ses yeux de miel. Le miel était une gourmandise des plus rares à Ergh, avec seulement une poignée d'apiculteurs et de fleurs des champs n'éclosant que pour très peu de temps. Ses cils étaient sombres et épais, en contraste avec l'ambre doré. Cador leva une nouvelle fois les yeux vers la peinture murale et les scènes de destruction représentées.

Il y avait Dor, la terre, qui avait le pouvoir de fendre le sol et de l'émietter. Selon la légende, c'était Dor qui avait coupé Ergh du continent avant que Hwytha, le dieu du vent, le souffle dans les abysses du Nord avec l'aide de Glaw, qui régnait sur les eaux.

Le feu était contrôlé par Tan, avec ses mythes de feux puissants qui réduisaient les forêts à l'état de cendres fumantes. Tan avait gardé ses distances avec Ergh. Cador se demanda pourquoi ils n'avaient pas créé un dieu de la glace sur leur terre en son absence.

Cador hésita avant de répondre, bien qu'il ait un simple « non » à répondre. Les gens du continent pensaient-ils que le peuple d'Ergh était constitué de païens athées ? La rancœur bouillonnait dans son estomac rempli.

— Bien sûr que je crois aux dieux, mentit-il. Pas toi ?

L'espace d'un instant, l'expression de Jem se pinça.

— Bien sûr, finit-il par murmurer. Les dieux sont généreux et sages.

Cador ravala l'argument qui galopait dans son esprit, préférant boire plus de vin. Pas étonnant que le prince de Neuvella croit que les dieux étaient si bienveillants. Quelle souffrance avait endurée le Sud ? Aucune. Comparée à Ergh.

— Quelles bêtes chasses-tu sur ta terre ? demanda-t-il.

Il ferait n'importe quoi pour que les minutes s'écoulent plus rapidement.

— Pardon ? demanda Jem.

— La chasse. Pour tuer, vous utilisez des lances ?

Jem fronça ses sourcils fins.

— Je ne chasse pas. Bien sûr, les autres le font.

Il jeta un coup d'œil aux restes de viande rôtie sur l'une des tables du festin.

Le dégoût froissa la lèvre de Cador.

— Que fais-tu de tes journées, exactement ?

— Je reste au bord du lac. Je nage, parfois, et je m'occupe d'oiseaux orphelins dans ma volière. Je lis, dans la soirée.

Cador le dévisagea, attendant que la plaisanterie lui soit révélée. *Lire* ? Quelle opulence déraisonnable ! Cador avait appris les bases, suffisamment pour lire les contrats et autres, mais les livres ne lui étaient d'aucune utilité. Alors que les secondes s'écoulaient, il sembla qu'il n'y avait aucune plaisanterie.

— Tu es un prince. Tu ne fais rien pour ton peuple ?

— Je… bredouilla Jem d'une voix hésitante. Eh bien, je récolte de jolies fleurs pour les personnes âgées au village du coin.

Des fleurs ? Il était pertinent que Jem, avec son nom sophistiqué et ses yeux de miel, accorde de l'importance à tout ce qui était dénué de sens. Les personnes âgées préféreraient certainement des grains ou de la viande en cadeau.

— Les jolies choses sont du gâchis. La laideur est largement supérieure. Elle remplit les estomacs. Les amants laids sont les meilleurs baiseurs.

— Alors, j'imagine que j'ai de la chance, marmonna Jem avec la mâchoire crispée.

Ha ! Cador devait bien lui accorder un point pour cette insulte, mais il demeura impassible et finit sa coupe. Il inspira délibérément par la bouche et… Là. Un autre rot. Jem grimaça et décala son corps sur la gauche. Il essaya de déplacer la chaise de pierre, mais elle ne bougea pas d'un pouce.

Jem joua avec la nourriture sur son assiette plutôt que de la manger. Il mordilla les bords d'un gâteau friable avant de plonger maladroitement sa cuillère dorée et luisante dans un pudding épais de sa main gauche. Il laissa ensuite retomber la gourmandise jaune dans son bol sans la goûter. Il mordit dans une sevel avec un bruit de craquement, ne prenant qu'une bouchée avant d'abandonner le fruit dans son assiette. Le temps continua de s'écouler et la chair rouge de la sevel commença à sécher et à se rabougrir.

— Tu vas la gâcher ? aboya Cador.

Jem écarquilla les yeux.

— Quoi ?

Il semblait sincèrement perplexe.

— Toute cette nourriture. Le continent est-il riche au point que tu puisses laisser pourrir tout ça ?

Jem observa son assiette, comme s'il voyait son repas pour la première fois.

— Oh. Je…

Cador repoussa sa chaise pour se lever et s'étirer, lassé par cette conversation. Les pieds de la chaise en pierre crissèrent si vivement sur l'estrade qu'il attira l'attention de tout le réfectoire. Un cri s'éleva parmi ses amis supposés du Nord.

— Ah, il est temps de coucher avec ton mari ! lui lança ce salopard de traître qu'était Jory, sous les acclamations des délégués Erghiens.

Cador besognerait ce petit prince pourri gâté plus ou moins… *jamais*, mais il fit mine d'être sur le point de le faire, hochant la tête et souriant. Les pieux religieux paraissaient atterrés, ce qui réchauffa le cœur noir de Cador.

La majorité des habitants du continent semblaient choqués – mais un soupçon de plaisir dessinait des sourires sur leurs lèvres alors qu'ils observaient et chuchotaient. C'était clairement la chose la plus excitante qu'ils avaient vue sur la Place Sacrée depuis un moment.

Jem se redressa sur sa chaise, son corps crispé alors que les délégués ivres d'Ergh proposaient des suggestions vulgaires. Le chef de clan gloussa, mais Bryok demeura maussade, avec son froncement de sourcils constant. Tous les autres voulaient un spectacle.

Un spectacle qu'ils obtiendraient.

Cador se pencha et passa Jem par-dessus son épaule, ignorant son cri. Il tenait aisément le corps fin avec son bras droit passé autour des cuisses de Jem. Ce dernier s'était écroulé contre son dos et tentait de saisir la taille de Cador, au-dessus de la robe blanche.

— Pose-moi !

L'ignorant, l'Erghien passa devant les délégués du sud, remarquant le visage de marbre des parents de Jem ainsi que sa fratrie, qui l'avait accompagné avant la cérémonie. Cador faillit marquer une pause pour leur assurer qu'il ne le baiserait pas, même s'il était la dernière personne sur Onan, mais bien sûr, il devait jouer le jeu. Il avança avec une démarche arrogante et salua le réfectoire avec son autre bras.

Un religieux à l'air froissé et aux lèvres pincées les escorta jusqu'à la suite nuptiale traditionnelle. Jem gigotait et marmonnait sur l'épaule de Cador. À Ergh, une nuit de noces pouvait se passer partout, d'une cabane à un cottage en passant par un trou dans le sol, mais les habitants du continent appréciaient clairement les cérémonies.

Heureusement, le prêtre recula devant la chambre et les laissa sans plus de bénédictions ou de platitudes. Cador en avait plus qu'assez de l'unité, de l'équilibre et de toutes ces conneries.

La lueur des bougies vacillait sur les murs couverts de tapisseries. D'autres bougies de mariage épicées et puantes brûlaient dans un plat, au pied du lit à baldaquin. Alors que le prêtre fermait la porte solide dans un bruit sourd, Jem donna un coup étonnamment vif sur le genou de son époux.

Jurant, Cador le laissa tomber sur le tapis. Jem atterrit sur les fesses et leva les yeux, ses narines se dilatant. L'Erghien eut envie de frotter l'os rond de son genou afin d'apaiser la douleur, mais il serait maudit s'il trahissait une quelconque faiblesse. Gonflant le torse, il se pencha au-dessus de Jem.

— Eh bien, *époux.*

Jem attira ses genoux contre son torse et les enveloppa de ses bras, mais ne battit pas en retraite. Sa colonne vertébrale parfaitement droite, il dévisagea Cador. Il prit une inspiration tremblante.

— Je sais que nous sommes mariés, mais je ne… Nous ne…

Il marmonna quelques mots que Cador ne put distinguer.

— Quoi ?

Jem tressaillit. Le garçon avait-il sincèrement peur ?

— Parle, lui ordonna Cador.

Là. Il se montrait raisonnable.

— S'il te plaît, ne… chuchota-t-il à peine en baissant la tête. Je n'ai jamais…

— Jamais quoi ?

Jem soupira longuement et agita les mains en direction du lit. Cador cligna des yeux. Parlait-il d'ébats ? Le garçon pensait-il sincèrement coucher avec lui ? L'Erghien rit. Jem serra ses genoux si fermement contre lui qu'il se provoquerait des ecchymoses.

Attendez. Était-il…

Vierge ?

La compassion monta en Cador. Il s'en moquait éperdument, mais il s'imagina tout de même se retrouver à la place de ce garçon fragile. *Si j'étais un glandeur inutile qui, curieusement, ne s'était jamais envoyé en l'air…*

Cador fronça les sourcils.

— Quel âge as-tu ?

La panique l'envahit. L'avait-on poussé à épouser un *véritable* garçon ?

— Vingt ans, répondit faiblement Jem alors que son regard restait rivé sur le tapis chic et coloré.

Le soulagement céda sa place à la perplexité.

— Alors comment peux-tu être encore *vierge* ?

Aucune réponse.

Cador soupira en baissant les yeux vers la silhouette fine et recroquevillée. Lorsqu'il avait passé Jem sur son épaule, il avait été surpris par les muscles fins qu'il avait sentis, mais désormais, Jem paraissait minuscule. Vierge à vingt ans ? C'était inédit à Ergh. Était-ce ordinaire pour les habitants du continent ? Qu'est-ce qui n'allait pas chez eux ? Étaient-ils tous si… délicats ?

— Tu préfères les femmes ?

Cador aimait s'envoyer en l'air avec quiconque s'en amusait, grâce à des rires sincères et un désir partagé pour le soulagement et le plaisir. Mais il savait que les désirs de certains étaient plus spécifiques.

Jem secoua la tête.

Alors qu'est-ce qui clochait chez lui ? Cador avait-il été nerveux la première fois ? Peut-être, mais cela s'était déroulé si longtemps auparavant qu'il s'en souvenait à peine. Baiser, chasser, ripailler – les trois passe-temps qui rendaient la vie heureuse. Pourtant, Jem se recroquevilla. Il semblait avoir sincèrement peur et l'estomac de Cador se crispa, sous l'effet du malaise.

Très bien, il plaisanterait pour apaiser l'esprit de Jem. Le garçon n'avait aucune idée du destin qui l'attendait à Ergh, mais en dehors de ses rots puérils, Cador n'avait nullement le désir de le faire souffrir inutilement, pour l'instant. Il préférerait l'ignorer, mais ils étaient coincés ensemble dans cette chambre pour la nuit. Ces minauderies seraient pénibles.

Cador sourit.

— Ma queue gigantesque te terrifie ?

Les épaules de Jem tressautèrent et il ne répondit rien. Il n'y eut pas de réplique cinglante. Son insulte précédente avait été excellente, mais cet éclat avait apparemment été étouffé.

Cador réessaya.

— Tu crois que je vais te jeter par terre et briser ton corps chétif en deux ?

Pourquoi le garçon ne riait-il pas ? Un Erghien aurait plaisanté en retour, en disant peut-être qu'il couperait la queue de Cador et jetterait ce repas dérisoire aux sangliers. Il aurait aussi pu dire qu'ils avaient déjà vu des brindilles plus grosses et qu'il ne sentirait rien.

— Tu crois que tu pourras me sucer sans t'étouffer ?

Jem le dévisagea avec ces yeux de miel.

— S'il te plaît, ne m'y oblige pas, chuchota-t-il.

Oh, pour l'amour de… pourquoi le garçon agissait-il comme si Cador était un monstre ?

— Ta *vertu* est en sécurité, avec moi. Dors sur tes deux oreilles en sachant que je ne te toucherais pas même si ma queue était en feu et que tu étais… fait… d'eau.

Il grimaça. Ce n'était pas sa meilleure boutade, mais la journée avait été sacrément longue.

Néanmoins, Jem n'eut aucune insulte à lui lancer en retour. Cador secoua la tête. *Les gens du continent.* Beaucoup n'ont aucun humour. Si Jem avait envie de pleurer et de geindre toute la nuit, il pouvait le faire.

Cador passa à côté de lui pour éteindre les bougies et les herbes puantes. Il les étouffa avec ses doigts en ignorant la chaleur sur sa pulpe calleuse. Dans l'obscurité, il retira ses bottes, son pantalon et cette satanée robe de mariage avant de s'affaler, nu, sur le lit excessivement mou.

Il préférerait dormir sur le tapis, mais le garçon commencerait sans doute à hurler s'il s'approchait de lui dans le noir. Le lit était large. Si Jem voulait donc s'en approprier un coin, il pouvait monter. Ça n'était pas le problème de Cador.

Pourtant, alors qu'il entendait les légères inspirations du Neuvellan à côté de lui, la compassion continua de l'envahir. Le garçon n'avait rien demandé, pas plus que lui. Et son rôle, quand l'heure viendrait, serait… déplaisant. Mais s'il choisissait de passer la nuit recroquevillé, à s'apitoyer sur son sort, c'était à lui de voir.

Sa question suivante fut à peine un murmure, et Cador fut obligé de tendre l'oreille.

— Mais ne devons-nous pas…

— Baiser ? Qui saura que nous ne l'avons pas fait ? Pas une âme ne l'entendra de ma bouche et si tu fermes ta jolie gueule, personne ne sera au courant. Nous sommes tous les deux libres de coucher avec qui nous le souhaitons. Tu peux trouver un tendre amant qui te prendra avec délicatesse et des mots doux. À moins que tu aies envie de…

Cador s'interrompit. Il comptait plaisanter, en disant : *à moins que tu aies envie de te pencher et d'être malmené pour devenir un homme.* Néanmoins, il n'avait pas envie d'entendre davantage de geignements.

— Si quelqu'un te pose la question, nous l'avons fait. Et j'ai été formidable, ajouta-t-il après un instant.

Il ferma résolument les yeux. À présent, il allait dormir et en finir avec cette nuit maudite. Il se tourna sur le côté. Le lit s'enfonçait bien trop et le silence était trop lourd. S'il était en pleine chasse, chez lui, la nuit serait emplie de bruits – des chevaux renifleraient et des compagnons chasseurs s'enverraient en l'air. Ou s'il était dans son cottage, le feu crépiterait et le vent soufflerait derrière la pierre et le bois.

Ici, le silence régnait et il n'entendait que sa respiration ainsi que celle du prince. Les battements étouffés de son propre cœur résonnaient à ses oreilles. Tout partait à vau-l'eau. Il mourait d'envie de retrouver la vie qu'il avait eue avant. La simplicité qu'il avait tenue pour acquise. Mais il ne pouvait qu'attendre que le sommeil le capture.

Lorsqu'il rouvrirait les yeux, l'aube serait là. Il repartirait en direction du ciel gris familier et chasserait des sangliers. Il méprisait l'idée de devoir emmener son nouvel époux fébrile, mais au moins, il n'aurait pas à le supporter longtemps.

Chapitre 4

L A BÊTE ÉTAIT nue.

Cador avait ronflé par intermittence alors que les heures obscures et interminables s'écoulaient. Jem était bel et bien réveillé, incroyablement soulagé qu'ils aient simplement fait semblant de coucher ensemble. Il avait entendu nombre d'histoires terrifiantes sur Ergh. Cador semblait certainement capable de se montrer violent. Jem avait attendu dans le noir, sursautant à chaque bruit, sa main brûlée palpitant toujours.

Pendant ce temps, ce Cador exaspérant avait dormi comme un bébé. Sous la faible lumière qui se diffusait maintenant par les hautes fenêtres de la chambre, Jem jeta un coup d'œil par-dessus la tête de lit. L'aube pâle illuminait le corps étendu de Cador.

Son corps nu.

Son corps nu qui, malgré son comportement cruel et grossier, était l'incarnation du fantasme secret et malsain de Jem. L'incarnation complètement dénudée.

Les draps s'étaient entortillés pendant la nuit et étaient désormais emmêlés autour des cuisses puissantes de Cador. Le regard de Jem le parcourut de façon incontrôlable. Les lèvres de son époux étaient entrouvertes et la légère barbe sur son menton plus foncée que la veille. Ses tétons, au milieu des poils rêches, étaient d'un roux foncé sous la faible luminosité et l'encre de son tatouage cachée par les ombres.

Jem s'interrogea sur le duo de lignes recourbées qui s'étendaient depuis le centre de son torse jusqu'à ses clavicules. Grinçant des dents, il retira le bandage autour de sa main et plissa les yeux pour regarder la marque sur laquelle il n'avait pas osé poser de questions, tant il était nerveux.

La marque et le tatouage étaient similaires. Il s'agissait clairement de défenses, certainement celles des sangliers qu'il avait un jour crus mythiques. Les immenses sangliers existaient réellement et les Erghiens aussi – la preuve était étendue juste devant ses yeux, assez proche pour qu'il la touche.

Mais jamais il ne le ferait.

La verge de Cador était, comme promise, immense et séduisante. Jaillissant d'un nid de boucles, la longueur rougeâtre et les testicules charnus étaient impressionnants, même au repos. Jem s'imagina glisser sa langue le long de cette tige pour goûter… quoi ? De la sueur et de la peau. *L'homme.*

S'il ouvrait largement sa mâchoire et suçait aussi loin qu'il le pouvait, quelle longueur pourrait-il avaler ? L'idée de s'étouffer dessus était à la fois alarmante et alléchante.

Si tu fermes ta jolie gueule…

Jem était certain que Cador n'avait rien voulu dire avec le mot *jolie* – et qu'en réalité, il s'agissait plus d'une insulte que d'un éloge –, pourtant il faisait écho dans son esprit. Il mourait d'envie d'être qualifié de joli par quelqu'un qui le pensait réellement.

Que sa bouche soit attirante ou non, il ne pensait désormais plus qu'à l'ouvrir pour avaler cet épais bâton de chair. Quel goût aurait la semence de Cador ? Celle d'un barbare était-elle différente de celle d'un homme civilisé du sud ? Jem avait goûté la sienne à quelques reprises, pour tenter l'expérience. Elle avait été salée et légèrement métallique.

Cador grogna et donna un coup de pied. Ses ronflements s'interrompirent brusquement. Retenant sa respiration, Jem se roula en boule sur le tapis qui n'était pas assez épais pour véritablement amortir le sol en pierres. Il n'avait pas même pris la peine de tenter de dormir. Il portait toujours la robe blanche du mariage, mais uniquement pour se tenir chaud comme la nuit s'était refroidie. Sa paume le piquait intensément, désormais.

Blotti sur le côté, il écouta. Cador respirait toujours régulièrement. Jem compta jusqu'à cent avant de rouler sur ses genoux et de lever une nouvelle fois les yeux. Il ravala un halètement.

La verge de la bête était vivante.

Cette chair des plus intimes s'épaississait et Jem l'observait, émerveillé, alors que la longueur se mettait au garde-à-vous. Les jambes de Cador s'étaient écartées encore davantage et il murmurait dans son sommeil en se léchant les lèvres.

Jem se réveillait souvent en bandant et en voulant être soulagé. Il conservait donc des huiles luxueuses, au doux parfum, à côté de son lit afin de pouvoir se procurer du plaisir tout en imaginant être pris par un homme poilu et musclé qui le faisait crier d'extase. Comme le triton audacieux de Morvoren dans les pages usées de ce livre adoré, où cela se produisait assez souvent et de façon à la fois choquante et créative.

Certains matins – dans l'obscurité également –, Jem lubrifiait une bougie et se pénétrait avec, imaginant qu'il s'agissait de la verge rigide d'un homme fort au torse large qui le mettrait impitoyablement à genoux ou pousserait ses chevilles jusqu'à ses oreilles afin de l'immobiliser et de le rendre impuissant pendant qu'il était pris.

Jem observa l'érection du barbare et sa bouche s'assécha devant ce spectacle interdit. Sous les draps soyeux, dans sa propre chambre, avec la porte fermée, il n'y avait que lui et son imagination. Il était en sécurité avec ses livres et sa fidèle bougie, qu'il avait emportée dans son coffre pour le voyage, au cas où.

L'idée de prendre le sexe bien tangible de Cador était à la fois terrifiante et grisante. Que ressentirait-il en touchant réellement quelqu'un d'autre de façon si intime ? En ayant ce bâton de chair rigide en lui ? En étant empli par lui. En perdant le contrôle. En étant à la merci de cette bête…

Cador gigota et murmura une nouvelle fois. Il grommela et donna un coup de pied si brutal que Jem tituba en arrière. Ses fesses heurtèrent le tapis avec un bruit sourd bien trop sonore. Il se roula une nouvelle fois en boule, le cœur au bord des lèvres.

Le silence s'étira. Plus aucun grognement ni ronflement n'émanait du lit. Cador était éveillé. Jem le sentait, comme si l'air était devenu plus épais avec la force de son éveil. L'Erghien bâilla distinctement. Les draps bruissèrent. Jem l'imagina étirer ses longs membres, visualisa la courbe de sa colonne vertébrale et son épais membre…

Des pieds nus se posèrent sur le sol et Jem ferma les yeux. Cador fit quelques pas et son époux le sentit se pencher au-dessus de lui.

— Tu ne dors pas, constata Cador.

Jem entrouvrit un œil avant de s'asseoir brusquement. Son mari était effectivement penché au-dessus de lui. Il était toujours nu. Et bandait encore.

À vrai dire, Cador se caressait paresseusement, ses doigts calleux taquinant son prépuce. Jem le dévisagea, esclave de sa fascination. Il était indéniablement excité et son propre membre enflait. Fort heureusement, il portait encore la longue robe qui retombait autour de ses cuisses.

Fronçant ses épais sourcils, Cador baissa les yeux vers son

corps pour suivre le regard avide de Jem. Il grommela et laissa retomber sa main, comme s'il n'avait pas réalisé ce qu'il était en train de faire. Il haussa les épaules et rejoignit d'un pas tranquille la cuvette d'eau, sans aucun empressement.

Jem vit donc ses fesses rondes et fermes, ce qui n'apaisa en rien l'excitation qui le faisait rougir de sa tête jusqu'à ses orteils recourbés. Il demeura assis sur le tapis, ses jambes pliées sur le côté et sa honte dissimulée par la robe nuptiale.

La peau de Cador était pâle sur tout son corps et Jem se demanda si les globes de ses fesses étaient plus doux, comme ils semblaient couverts de quelques poils. Il n'avait jamais été aussi proche d'un homme nu qui ne faisait pas partie de sa famille, et encore, cela remontait à son enfance. Que ressentirait-il en…

Arrête ! C'est une bête ! S'il te plaît, garde un semblant de dignité.

Jem arracha son regard au corps de Cador et se leva. Ses pieds, toujours vêtus de bottes, avaient des crampes. Les serviteurs leur avaient apparemment laissé, à Cador et lui, des vêtements propres lors du festin de mariage. Il alla donc se changer. Ce fut un soulagement de retirer ses chaussures, rien que quelques minutes. Ses pieds étaient souvent nus, près du lac.

Heureusement, son érection déclina alors qu'il ignorait la nudité de Cador. Comme il était bizarre de penser que cet inconnu malpoli et rustre était son *époux* et le serait pour toujours, sauf en cas de décès prématuré. Jem y songea, mais il ne pouvait souhaiter la mort d'un homme, aussi cruel soit-il.

Jem boutonna une chemise en soie rouge après s'être débarrassé rapidement de ses hauts-de-chausse et en avoir enfilé de nouveaux qui collaient à ses jambes minces. Cela se passerait comme Cador l'avait dit : ils auraient tous les amants qu'ils souhaitaient, ce qui était prévisible. Non pas que ce soit évoqué à voix haute, mais Jem pouvait nommer nombre de couples vivant des existences majoritairement séparées. Ses parents étaient une exception.

Si Ergh faisait réellement partie d'Onan à nouveau, Cador et lui se réuniraient de temps à autre pour les cérémonies, les sommets de paix ou autres joyeusetés de ce genre. Ils resteraient des inconnus familiers au fil des ans et trouveraient diverses excuses pour leur séparation. Ce serait parfaitement gérable. Jem aurait accompli son devoir envers son royaume.

Alors, pourquoi une telle tristesse le submergeait-elle ? Pourquoi mourait-il d'envie d'en avoir bien plus ? Il avait été parfaitement satisfait avec les héros de son livre et les oiseaux aux ailes brisées qui le quittaient toujours pour s'envoler librement.

Il était peut-être vraiment temps pour lui d'être audacieux. Rien ne lui interdisait de chercher un amant qu'il aurait lui-même choisi. Toutefois, savoir qu'il ne trouverait jamais de connexion avec son mari le chagrinait comme il n'avait pu l'imaginer.

Il n'y avait tout de même rien à faire à ce sujet, n'est-ce pas ? Cador et lui s'habillèrent. Son époux revêtit un pantalon de cuir, des bottes et une tunique rêche. Ils quittèrent la chambre nuptiale et suivirent une servante qui les prévint que le petit déjeuner attendait dans le grand réfectoire.

— Je n'ai pas faim, grommela Cador.

— Ma famille est-elle prête à partir pour Neuvella ? demanda Jem à cette femme.

Elle lui jeta un coup d'œil.

— Je crois qu'ils seront prêts après le petit déjeuner.

À en juger par sa voix tendue, quelque chose clochait.

Jem la scruta alors qu'ils s'approchaient du couloir, la brise matinale flottant sur la passerelle dégagée.

— Y a-t-il autre chose ?

Elle secoua la tête et marcha plus vite. L'estomac de Jem se crispa et il jeta un coup d'œil à Cador, espérant partager un regard inquiet ou une impression qu'une autre surprise clairement déplaisante les attendait. Néanmoins, celui-ci avançait en regardant devant lui.

La plupart des délégués étaient absents dans le réfectoire. Ils étaient probablement encore au lit avec une gueule de bois après avoir bu beaucoup trop d'hydromel. Jem fut soulagé de voir Santo assis à côté de ses parents. Heureusement, Pasco et Locryn étaient absents.

— Ah, l'heureux couple ! annonça le père de Jem.

Les quelques conversations murmurées cessèrent.

— Vous devez mourir de faim.

— Oui, la nuit a été éprouvante, tonna Cador.

Jem en fut horrifié.

La grande prêtresse qui les avait mariés – Jem était *marié* et n'arrivait toujours pas à se faire à l'idée – apparut avec un sourire tranquille sur son visage ridé. Jem fut frappé par l'envie pressante de l'attraper par sa robe et de la secouer en lui demandant de dévoiler expressément ce qu'elle leur réservait encore.

— Vous aurez certainement besoin de nourriture bien chaude dans vos estomacs avant d'entamer le voyage sur la mer d'Askorn, tous les deux, dit-elle.

Jem jura qu'il sentit son sang devenir aussi froid que le Nord était censé l'être.

Tous les deux. Voyage à Ergh.

Oh mes dieux. Non. Non ! Il ne pouvait pas aller *là-bas*. Il devait rentrer chez lui. Il devait retourner voir ses oisillons !

Dans sa chambre. Dans sa sécurité.

Cador soupira impatiemment.

— Oui, oui, bon. Mais…

Il se tut et un lourd silence s'abattit. Jem ne le regarda pas, mais il entendit quasiment la mâchoire de son époux se crisper.

— Tous les deux ? demanda-t-il d'une voix basse et menaçante.

Jem était enraciné sur place, son cœur palpitant et ses paumes en sueur. Ils ne pouvaient assurément pas l'obliger à voguer jusqu'à *Ergh*. Le Neuvella n'avait pas même cru à l'existence de cet endroit maudit ! Il était marié depuis moins de vingt-quatre heures à un étranger grossier, et désormais, on s'attendait à ce qu'il vogue vers l'inconnu au nord ? Seul ?

Alors qu'il observait la prêtresse et son sourire horriblement calme, il sut qu'ils pouvaient l'obliger à y aller et qu'ils le feraient, car la construction de cette paix et le partenariat avec Ergh était pour le bien d'Onan. Cela satisferait les dieux, apporterait un certain équilibre et tout le toutim. Les souhaits de Jem n'avaient aucune importance.

Ses muscles se contractèrent tant il ressentait l'envie de partir en courant. Si seulement il pouvait rentrer chez lui, il oublierait ses fantasmes obscurs et se dégoterait un homme bon et doux qui l'aimerait. Il ferait comme s'il n'était pas marié au barbare penché au-dessus de lui. Il lèverait le nez de ses livres et laisserait ses oiseaux un certain temps pour accomplir tous les devoirs envers Neuvella que ses parents lui demandaient. N'importe quoi ! Il ferait n'importe quoi sauf ça.

Mes dieux, il refusait d'accompagner ces sauvages qui se moquaient de lui et l'emmèneraient plus loin de chez lui qu'il ne l'aurait cru possible. Ils ne s'intéressaient pas à lui – son nouveau mari peut-être encore moins que les autres.

Et si je ne rentre jamais à la maison ?

Une terreur grandissante s'agrippa à lui. Il se dit qu'il n'avait aucun moyen de connaître son destin, mais un instinct primaire lui sifflait que s'il partait maintenant, seul un monde traître de pierre et de glace l'attendait. Un monde qui pourrait causer sa perte.

Le regard de Jem se riva sur les immenses portes du grand réfectoire, qui laissaient pénétrer le chant des oiseaux et la brise au parfum de chèvrefeuille. Il ne pouvait pas courir – ce serait inutile. Il serait ramené ici sous les rires et les murmures, l'air honteux, et il deviendrait encore plus petit et pathétique qu'il ne l'était déjà.

Ses parents et le père de Cador se joignirent à eux. Jem fut amèrement contrarié que cette discussion ait apparemment lieu devant tous ceux qui s'étaient réveillés pour le petit déjeuner. Cela aurait certainement dû se dérouler en privé. Mais clairement, il n'y aurait aucune *discussion*.

La mère de Jem souriait placidement.

— Nous avons invité le chef de clan d'Ergh à se rendre à Neuvella en tant qu'invité d'honneur. Pour l'instant, Jem, tu dois visiter Ergh et profiter de cette fin de printemps pittoresque et des mois d'été dans le Nord. Nous nous réunirons ensuite ici pour le Festin de la Lune de Sang. N'est-ce pas merveilleux ?

Jem eut envie de hurler son refus, de l'attraper et de lui demander grâce, mais que pouvait-il faire, mis à part accepter ? Il hocha misérablement la tête.

— Réfléchis, ajouta-t-elle. Tu seras la première personne du continent à voyager à Ergh depuis une éternité, en dehors des religieux.

La prêtresse en chef lui lança un sourire radieux.

— Tu as véritablement été honoré par les dieux.

Si c'est un honneur, à quoi pouvait ressembler une punition ?

— Tas, ce n'était pas ce dont nous avons discuté.

Cador cracha ces mots comme s'il avait mangé des cerises cueillies trop tôt et qu'elles étaient encore dures et acides.

— Non, mais les prêtres sont sages. Une nuit n'est pas suffisante pour des époux avant leur séparation. Et dans un esprit de camaraderie, on m'accordera l'hospitalité de Neuvella et je visiterai également Gwels.

— Oui, mais…

— Ces mois verront les graines de ton lien avec ton prince grandir et se renforcer, insista le chef de clan. Comme une puissante sevel.

— Alors, nous devons nous en mettre plein la panse avant notre voyage fructueux, conclut Cador d'une voix bourrue.

Il marcha en direction de la table nuptiale où ils s'étaient assis la veille.

Jem n'eut d'autre choix que de le suivre, bien qu'il ne pense pas être capable d'avaler une seule bouchée. Bientôt, il avança vers la table chargée de viande, de pain, de pâtisseries grasses et de fruits, ajoutant sans réfléchir des aliments sur son assiette, car c'était ce qu'il était censé faire pour le petit déjeuner. Santo se joignit à lui, le visage pincé.

— Je suis désolé, murmura-t-iel.

Jem acquiesça, sa gorge trop serrée pour qu'il parle.

— Ça ne sera peut-être pas si terrible, dit Santo en se penchant pour chuchoter ensuite. Comment s'est passée la nuit dernière ?

Jem secoua la tête, fixant son regard sur le tas de saucisses dans un plat. Il en transperça une et la laissa tomber tristement sur son assiette.

Santo coinça l'une des boucles de Jem derrière son oreille.

— Tu n'as pas pris de plaisir ?

Bien qu'il soit toujours en train de chuchoter, sa voix se durcit.

— Si cette bête t'a fait du mal…

— Non, rien de tel.

Jem jeta un coup d'œil autour de lui pour s'assurer que personne d'autre n'était à portée de voix.

— Il n'a aucune envie de me baiser. Non pas que je lui en veuille.

— Moi, si, s'emporta Santo. Il devrait être heureux !

— C'était un soulagement.

Ce qui était véridique. En grande partie.

— J'imagine. Mais vous êtes mariés, maintenant. Tu as attendu si longtemps.

— Peu importe. Nous n'avons aucun désir de coucher ensemble.

Santo lui lança un regard entendu.

— Je crois que tu devrais grandement apprécier de coucher avec lui.

— Peut-être, dut-il admettre. Qui peut dire ce qui se produira une fois que nous nous connaîtrons un peu mieux. Je ne suis pas pressé pour, pour… ça.

— Pas faux. Ça peut être merveilleux, tu sais. Avec la bonne personne.

Le regard de Santo s'éclaira alors qu'iel voyait son mari pénétrer dans le réfectoire.

— Vas-y. Ne t'inquiète pas pour moi.

Jem tenta de sourire et partit rejoindre Cador. Il aurait aimé espérer ressentir un jour un tel plaisir à la simple vue de son mari. Sachant que ce jour ne viendrait jamais.

— Jem ?

Il se tourna et trouva le prince Treeve en train de le gratifier d'un sourire hésitant et de lui tendre une assiette remplie d'œufs et de viande.

— Oh. Oui ?

Le sourire de Treeve fut compatissant.

— Jem… puis-je vous appeler ainsi ?

L'intéressé opina du chef.

— Je voulais vous féliciter, dit-il avant de marquer une pause et de hausser un sourcil. Ou peut-être vous offrir mes condoléances ? Dans tous les cas, sachez que vous avez un ami dans l'ouest. J'espérais apprendre à mieux vous connaître lors de ce sommet, mais… bon.

Le regret et le désir envahirent Jem. Dire qu'il aurait pu épouser ce beau prince distingué.

— Oui, bon, répondit-il avant de s'éclaircir la voix. Merci pour vos bons souhaits.

Treeve se renfrogna.

— Ils sont sincères, Jem. Si nous… s'interrompit-il en secouant la tête. Pardonnez-moi. Je vous soustrais à votre époux.

Après une brève révérence, il laissa Jem avec les plateaux de fruits.

Bien qu'il n'ait absolument pas faim, le Neuvellan prit autant de temps que possible pour choisir les ingrédients de son petit déjeuner, se torturant avec les idées saugrenues de ce qui aurait pu exister.

BIEN TROP VITE, Jem fut guidé vers la terre retournée devant l'écurie où l'herbe ne poussait jamais. Il se demandait si Cador et lui seraient obligés de voyager dans le même carrosse pendant des jours. La Place Sacrée se trouvait au nord du continent. Mais la côte était-elle loin ?

Attendez… Où étaient les carrosses ? Le regard de Jem parcourut les alentours et il n'en trouva aucun, ce qui était particulièrement curieux. Il n'y avait que des chevaux et des charrettes avec de grandes roues. Ça ne signifiait certainement pas que…

Non. Certainement pas.

Cador s'était éloigné d'un pas raide, plus tôt, après avoir englouti un énorme petit déjeuner, et il refaisait désormais son apparition.

— Ce sera ton cheval.

Il tenait la crinière d'un immense animal aux poils marron avec des points blancs et des sabots qui semblaient plus grands que la tête de Jem.

— Mon cheval ? répéta-t-il impassiblement.

— Monte. Nous avons suffisamment perdu de temps pour chevaucher sous la lumière du jour.

Jem n'aurait pu se hisser sur le dos de cette immense créature, même s'il l'avait voulu. Ce qui n'était pas le cas. Loin de là.

Cador grimaça.

— Tu as déjà vu un cheval, non ? Il y a des chevaux aux quatre coins d'Onan, je crois.

— Oui, mais… Je ne peux en *monter* un.

Il recula alors que l'animal s'ébrouait et gigotait d'un air menaçant.

Cador soupira.

— À quel jeu joues-tu ? Comment es-tu arrivé ici si tu n'es pas monté à cheval ?

— Dans un carrosse.

De cette façon, il pouvait lire, bien qu'il se sente toujours vaguement nauséeux lors des voyages en carrosse. Cela en valait la peine.

Plus important encore, Jem avait été terrifié à l'idée de monter à cheval depuis que Pasco l'avait piégé, quand il était garçon, pour qu'il monte une jument furibonde. Celle-ci l'avait jeté dans la terre et l'avait en plus piétiné. Son sabot avait meurtri la chair de sa fesse gauche – une bénédiction, car les dégâts n'avaient pas été permanents. Toutefois, il avait été incapable de s'asseoir pendant une semaine, au plus grand amusement de beaucoup, même de Santo.

— Un carrosse, répéta Cador avec dédain.

— Vous n'en avez pas ?

— Les carrosses tomberaient en morceaux du jour au lendemain. Dans le Nord, nous montons à cheval.

— Certains le font dans le Sud. Beaucoup, même ! répondit Jem, sur la défensive. Simplement, je ne tiens pas à le faire.

— Nous faisons un tas de choses que nous ne tenons pas à faire, n'est-ce pas ? Tu n'es jamais réellement monté à cheval comme tu étais traîné partout dans une cage dorée. C'est ce que tu dis ?

— Eh bien, je ne le formulerais pas ainsi.

Les lèvres de Cador se tordirent dans ce qui aurait pu être un sourire, puis il se renfrogna.

— C'est le cheval que tu monteras pour voyager vers le Nord, jusqu'à la côte. Quelques domestiques nous accompagnent pour reconduire les montures une fois que nous serons en mer.

— Alors pourquoi ne puis-je pas emprunter un carrosse ?

Cador ignora sa question.

— Ce sera ta jument. Monte-la, bordel.

Jem recula.

— C'est impossible.

Sans un mot, Cador avança, saisit Jem par la taille et le posa sur le large dos du cheval. L'animal hennit et commença à piétiner. Jem tâtonna pour attraper ce qu'il pouvait de sa crinière, sa paume brûlée s'enflammant si douloureusement qu'il en eut la nausée. Il priait pour que le cheval ne se cabre pas et ne l'envoie pas s'écraser par terre, où il serait certainement piétiné si l'impact ne le tuait pas d'abord.

— Oh mes dieux ! couina Jem, horrifié.

Il ne put s'en empêcher. Le cheval fit un pas de côté. Jem allait tomber et mourir avant même de poser un pied – ou un sabot – en dehors de la Place Sacrée.

— Redresse-toi et contrôle-la ! aboya Cador. Ce ne sont pas des bêtes sauvages, ce sont les chevaux de nobles religieux.

Delen apparut, se retournant sans effort sur sa monture.

— C'est sa première fois. Tu ne peux pas t'attendre à ce qu'il gère directement l'animal.

— Un vierge sur tous les plans, marmonna Cador.

— Quoi ? s'enquit Delen.

— Rien ! hurla Jem en s'accrochant au dos du cheval et en essayant de ne pas penser au fait que le sol semblait horriblement loin.

Il ignorait ce qu'il faisait et il était sur le point de tomber. Les immenses sabots l'écraseraient et…

Il ravala un cri quand il s'éleva dans les airs. Mais Jem n'était pas en train de tomber. Les mains puissantes de Cador s'accrochaient à lui pour le déposer en toute sécurité, sur le sol, alors que sa famille s'approchait avec le chef de clan. Jem fit comme si son cœur ne battait pas au point de quitter sa poitrine tandis que sa mère lui présentait une cape molletonnée de la couleur d'un vin rubis.

Il l'enroula autour de lui, la matinée devenant humide. Il savait qu'il devait accomplir son devoir avec fierté, plutôt que de s'enfermer dans la rancœur et la peur malgré une vive acidité qui remontait au fond de sa langue et une sueur malodorante qui trempait ses aisselles.

Tandis que Cador parlait à son père, les parents de Jem l'étreignirent et lui promirent de le revoir lors du festival d'automne. Sa mère dégagea un délicat parfum de lavande lorsqu'elle l'enlaça, mais Jem trouva cette odeur écœurante alors qu'il restait rigide, les bras le long de son corps.

— Réfléchis-y, dit-elle. Ce sera le premier Festin de la Lune de Sang réunissant tout Onan depuis des siècles. Cador et toi, vous êtes les symboles de cette réunification historique. Les dieux vous béniront.

— Raccrocheront-ils Ergh au continent pour que je ne sois pas obligé d'aller là-bas ? marmonna Jem.

L'étreinte de sa mère s'intensifia.

— Souviens-toi que tu représentes Neuvella et le continent, chuchota-t-il. Tu me représentes. Je sais que tu te tiendras avec dignité et grâce. Je sais que tu ne me décevras pas.

La culpabilité monta en lui.

— Je sais, mais… dit-il avant de s'accrocher à elle et de chuchoter. J'ai peur. Comment peux-tu m'envoyer là-bas ?

— Oh, mon fils chéri, répondit-elle en le serrant contre lui. Souviens-toi, ils sont comme nous sur les sujets qui comptent vraiment. Il est temps que tu t'envoles librement du nid. Tu es plus courageux que tu ne l'imagines.

Elle recula et parla d'une voix plus forte.

— Et ton nouvel époux te protégera avec sa propre vie.

Dans le silence, ils observèrent tous Cador qui, apparemment, eut besoin de quelques instants pour se souvenir qu'elle parlait de lui.

— Euh, oui. Bien sûr, répondit-il.

Curieusement, ce n'était pas rassurant.

Le père de Cador parla ensuite d'une voix bourrue et autoritaire.

— Votre fils sera notre invité d'honneur à Ergh. Il sera protégé. Au nom des dieux, je le jure.

Cador se redressa et s'éclaircit la voix.

— Oui. Je le protégerai.

Ses mots consciencieux manquaient de conviction.

Après avoir fusillé Cador du regard, en plissant les yeux, Santo étreignit fermement Jem. Leur parfum de saucisses du petit déjeuner aurait fait glousser le cadet, tout autre jour.

— Tu feras en sorte que quelqu'un s'occupe des oiseaux ? demanda Jem. Certains doivent seulement être nourris et soignés jusqu'à ce qu'ils soient assez grands pour s'envoler vers la forêt. Si une aile est cassée ou qu'il y a une autre blessure…

— Je sais. Je m'assurerais qu'on prenne soin de ta portée. Ne te fais pas de bile, lui dit Santo avant de l'ébouriffer et de chuchoter. Vois ça comme une aventure. Que ferait Morvoren ?

Jem rit légèrement, malgré lui. Son relâchement menaçait de se muer en sanglot désespéré. Il s'agrippa à la grande silhouette de Santo et se blottit contre son épaule. Il avait envie de le supplier pour qu'iel l'aide, mais cela accablerait sans doute Santo et ravirait Pasco et Locryn, qui apparurent, vaseux, pour lui claquer une main dans le dos.

— Profite du voyage ! dit Pasco en souriant. Enfin, si tu le peux. Tu dois être un peu endolori, ce matin.

Il agita ses épais sourcils.

Des rires étouffés résonnèrent et Jem les ignora délibérément, la mâchoire crispée. Il regarda Cador et son père s'agripper par les avant-bras, puis s'étreindre férocement. Ils hochèrent la tête en se regardant, mais ils s'étaient manifestement dit tout ce qu'ils avaient besoin de se dire. Cador attacha une épée menaçante sur son dos, dans un fourreau.

Ce fut ensuite l'heure. Qu'il le veuille ou non, Jem partait. Il jeta un coup d'œil au cheval et se prépara à réessayer. Il pouvait le faire. Même s'il avait vraiment l'impression de ne pouvoir y arriver, il devait essayer.

Néanmoins, avant qu'il puisse le tenter, Cador le déposa lourdement sur un autre cheval. Jem ravala un couinement. La monture pâle entre ses cuisses était encore plus grande que l'autre créature et la chaleur solide du sol était encore plus éloignée.

Cette fois-ci, quand il fut correctement assis, il sentit une masse ferme dans son dos et un fort bras charnu autour de sa taille pour le sécuriser. Cador avait hissé Jem comme s'il était un poids plume et était monté derrière lui dans un unique bond. Il contrôlait le cheval sans effort, avec de petits coups et des claquements de langue. Ses cuisses puissantes, dans son pantalon de cuir, encadraient celles de Jem.

Les fesses de ce dernier étaient coincées entre les cuisses de Cador et contre son entrejambe. Il se souvint de l'envergure de la verge de l'Erghien et la chaleur inonda son corps malgré tout. Il adressa un signe de la main à sa famille, respirant à peine alors que la Place Sacrée disparaissait derrière eux.

Plutôt qu'un carrosse doré aux coussins rembourrés, la cage autour de Jem était le corps de Cador. Son nez fut envahi par le musc du cheval et de l'homme. Son sexe commença à durcir. Mortifié à l'idée de ressentir à la fois une telle peur et une telle excitation, Jem fut ravi de porter une cape.

Les chevaux n'avaient pas de selle, rien que de simples rênes de cuir attachées à la bride. Le Neuvellan supposa que c'était ainsi que les barbares montaient à cheval. Cador passait ses longs bras musclés autour du corps de Jem, l'une toujours collée contre son ventre et l'autre tenant lâchement les rênes.

La procession de cavaliers et de charrettes poursuivit sa route. Le cheval se balançait de droite à gauche en marchant et Jem le serra avec ses cuisses, ravi que la carrure de son époux le maintienne en place. Il entrait désormais dans un nouveau monde et montait une bête étrangère, tandis qu'une autre était appuyée contre lui.

Il songea aux feuilles baignées de soleil et aux pépiements des dillywigues avec un soupçon de chagrin et d'envie qui lui serra la gorge et lui coupa le souffle. Santo s'assurerait que les oiseaux soient en sécurité, mais qu'adviendrait-il de Jem, qui voguait vers un royaume inconnu avec un inconnu féroce en guise de compagnon ?

Que ferait Morvoren ? La question de Santo faisait écho.

Elle était une aventurière courageuse. Elle donnerait donc un coup dans les flancs du cheval pour galoper vers le Nord avec un cri de ralliement tel que : *Avançons jusqu'aux confins d'Onan* ! Elle dirait sans doute aussi…

Haletant, Jem sursauta après une pensée bouleversante.

— Mes livres ! Où sont mes livres ?

Le cheval s'ébroua et Cador grommela.

— Quoi ? demanda-t-il en se penchant en avant et en s'appuyant contre Jem pour caresser l'encolure de leur monture.

— Mes livres ! répéta Jem.

Ils avaient été empilés à côté du lit, dans sa chambre d'invité, quand il les avait vus pour la dernière fois avant le mariage.

— J'en sais rien, répondit Cador qui, manifestement, s'en moquait totalement. Avec tes affaires dans l'une des charrettes, j'imagine.

La colère monta vivement en Jem.

— Il faut que j'en sois certain. Pose-moi !

— Non, répondit simplement Cador.

Jem arrivait à peine à respirer. Comment avait-il pu ne pas s'en rendre compte jusqu'à maintenant ? Oui, il avait été distrait par le mariage forcé avec un barbare banni par les dieux, mais où était Morvoren ? La peur qui se développait depuis le moment où il avait découvert tous les regards rivés sur lui, lors du sommet, explosa dans une panique qui amena le cœur de Jem au point d'implosion. Subir ce voyage sans ses livres était insupportable.

Il pivota brusquement et donna un coup de coude dans le ventre de Cador sans le vouloir. Mais il ne s'excusa nullement.

— Tu es peut-être incapable de lire, cracha-t-il plutôt, mais j'ai besoin de mes livres ! Où sont-ils ?

Il poussa le torse solide de Cador de toutes ses forces alors que la terreur et la frustration bouillonnaient.

Des doigts épais et rêches lui tirèrent les cheveux et Jem vacilla alors qu'il était poussé la tête la première sur le flanc du cheval. Son poids pendait dangereusement sur la droite et l'animal soufflait son mécontentement.

Jem hurla et s'agrippa à la botte de Cador alors que le monde était sens dessus dessous.

— S'il te plaît !

Sans un mot, Cador le remonta et encouragea le cheval à passer au trot. Jem s'agrippa à la première chose qu'il trouva. Ses doigts désespérés atterrirent sur les genoux de son époux. Le sang affluant à son visage, il rougit, eut des vertiges et se redressa subitement à cause du mouvement du cheval. Les rires des autres cavaliers furent portés par le vent. Jem gigota, gêné et embarrassé. Il s'était emporté comme un enfant irascible et avait donc été traité en tant que tel.

— Tiens-toi correctement, Cador ! lança vivement Delen en s'approchant.

Elle portait également une épée dans son dos, bien que ce ne soit pas le cas de tous les gens du Nord.

— Tu vas bien ? demanda-t-elle à Jem.

Il avait envie de lui dire qu'il était loin d'aller bien, mais il acquiesça, heureux qu'elle lui ait posé la question.

— Oh, bordel, il va *bien*.

Cador donna un petit coup au cheval pour qu'il accélère.

Ils chevauchèrent des heures sans faire de pause. Jem était endolori et raidi jusqu'au bout de ses orteils. Il était donc plus que prêt à se soulager. Le souffle de Cador était chaud, à son oreille, alors que Jem se tournait pour plisser les yeux en direction de la charrette le plus proche. Aucun signe de sa malle. Mais il priait pour que Santo ait empaqueté ses livres.

Iel l'aurait fait, s'iel l'avait pu. Jem en était convaincu. Mes dieux, reverrait-il Santo, un jour ? Ou leurs parents ? Sa mère lui avait donné l'impression que le festival de la Lune de sang arriverait en un claquement de doigts, mais aux yeux de Jem, cela semblait une éternité.

Ses frères ne lui manqueraient pas particulièrement, mais l'idée de ne jamais revoir Santo lui brûla les yeux. Il n'avait certainement pas besoin de commencer à pleurer. Il se mordit donc la lèvre et respira profondément avant de cligner des yeux en regardant vers le haut.

Le ciel bleu brillant de la Place Sacrée s'était estompé, remplacé par un gris nuageux, alors qu'ils progressaient vers la côte au nord du continent. Le derrière de Jem était tout aussi endolori que lorsqu'il s'était fait piétiner par un cheval, enfant. La mer était-elle encore loin ? Et combien de temps leur faudrait-il pour rejoindre Ergh ? Il souhaitait poser la question, mais après son emportement regrettable, il garda le silence.

Lorsqu'ils s'arrêtèrent enfin pour marquer une pause, Jem fut à la fois désespérément soulagé de descendre de cheval et craintif en voyant la distance qui le séparait du sol. Il tenta de passer une jambe douloureuse au-dessus du dos de l'animal. Il était donc assis sur le côté, maladroitement perché. Il n'avait certainement pas envie de demander de l'aide, mais…

Il s'écrasa sur le sol boueux grâce à une bousculade impitoyable de la part de Cador. Il roula sur ses fesses endolories et cligna des yeux pour observer l'ombre massive de son mari au-dessus de lui.

Jem lutta contre ses pleurs dans un instant affreux. Il n'avait pas vraiment de larmes, mais des sanglots déchirants saisissaient sa gorge. Non. Il ne donnerait pas cette satisfaction au barbare. Il devait être fort. Il devait représenter Neuvella et l'entièreté du continent.

Jem se releva, ses jambes paraissant étrangement arquées. Chacun de ses muscles s'était crispé jusqu'au point de rupture. La tête haute, il lança un regard noir à Cador tandis que cette bête bondissait du dos de l'étalon avec une grâce surprenante pour un géant.

— Tu es blessé ? lui demanda Cador.

— Ça t'intéresse ?

— Non, répondit-il en haussant les épaules.

La mâchoire contractée, Jem observa les champs et les arbres rassemblés au loin.

— Il faut que je me soulage.

— Que tu pisses, tu veux dire ? Vas-y. On n'a pas toute la journée, *petit prince.*

Ces derniers mots suintaient de dédain.

Quelques-uns des barbares à portée de voix s'esclaffèrent. Jem réalisa que les Erghiens se soulageaient à la vue de tous et certains ne prenaient pas même la peine de faire quelques pas pour s'éloigner du chemin de terre. Ils sortaient leur verge ou s'accroupissaient.

Jem fit volte-face en grommelant et tenta ensuite de trouver un endroit à l'abri des regards. Il avait déjà uriné en extérieur, dans l'intimité des arbres ou dans le lac lors de longues nages matinales. Mais pas comme ça !

— Tu veux que je te la tienne ?

Jem serra les poings à cause du ton moqueur de Cador. L'ignorant, il avança – ou plutôt, boitilla – sur quelques pas et tira sur les cordes de son haut-de-chausse. Il sortit à peine son sexe, ayant l'impression que des dizaines de paires d'yeux étaient désormais focalisées sur lui.

Pourtant, lorsqu'il en eut fini et jeta un coup d'œil autour de lui, il constata que les Erghiens vaquaient à leurs occupations, s'occupaient de leurs chevaux et de leurs charrettes et distribuaient des colis de nourriture qui avaient probablement été préparés par les religieux. Jem mangea son pain, sa viande et son fromage, et il en fut heureux comme il avait été presque incapable d'avaler une seule bouchée ce matin.

Il n'avait plus aucune envie de monter l'étalon. Son corps tout entier le faisait souffrir, mais il n'avait pas le choix. Il ne protesta pas alors que Cador le plaçait à califourchon sur la monture et remontait derrière lui.

Jem se tenait aussi droit que possible, ses muscles douloureux se crispant contre la tentation de s'appuyer contre la carrure de Cador. Comme il était étrange de penser qu'ils avaient échangé des vœux de devoir et de protection l'un envers l'autre, dans ce temple. Cet inconnu était son *mari*.

Pourtant, Jem n'avait encore jamais été embrassé.

Il se moqua de lui-même. Il périrait sans doute lors de ce voyage vers l'inconnu et ne devrait donc certainement pas se préoccuper d'embrasser quelqu'un. Pourtant, la solitude l'étouffait. En place d'un partenaire aimant pour le garder au chaud et en sécurité, Jem n'avait qu'un mur de muscles derrière lui. Son époux était aussi froid et hostile qu'Ergh promettait de l'être.

Chapitre 5

— ATTENDS !

Cador cria après son frère, mais Bryok galopa sans hésiter sur le champ rocailleux pour rejoindre la forêt. Qu'il soit maudit jusqu'aux profondeurs de la mer d'Askorn. Bryok était exaspérant, mais la soif d'approbation de Cador était encore pire. C'était une chose, quand il était jeune. Mais pourquoi se préoccupait-il maintenant de ce que pensait son aîné ?

Delen apparut à côté de lui sur sa propre monture.

— Tu ne peux pas chasser avec un deuxième cavalier.

Jem gigota contre lui et bafouilla.

— Quoi ? aboya Cador.

Entre ses jambes, son époux se crispa.

— Je suis désolé, murmura-t-il d'une voix encore à peine assez forte.

Cador grogna et maintint son regard sur la route pleine d'ornières. Il sentait les yeux de sa sœur rivés sur lui et son jugement piquant. D'accord, ce n'était pas la faute du garçon, mais Cador devrait aller chasser avec Bryok et les autres.

— Si tu pouvais monter à cheval comme tout le monde à Ergh… grommela-t-il.

La tête de Jem était penchée, révélant le duvet sur sa nuque où il avait été tondu. Le style du Sud était apparemment de garder les cheveux longs sur le sommet, mais courts en dessous. Probablement à cause de la chaleur poisseuse, là-bas. La rumeur disait qu'ils n'avaient pas d'hiver à proprement parler, et il commença à suer rien qu'en y pensant.

Delen chevauchait toujours à leurs côtés et Cador plissa les yeux en la regardant.

— Pourquoi ne chasses-tu pas avec Bryok et les autres ?

Elle haussa les épaules. Elle cachait quelque chose. Delen n'avait jamais été du genre à manquer une chance d'aller à la chasse, même si c'était pour attraper un byghane, la créature trop mince aux longues pattes habitant dans la forêt et qui, à Ergh, n'était chassée que par désespoir. Aucun chasseur ne perdait son temps sur des byghanes quand il y avait du sanglier à chasser. Les byghanes étaient faciles à abattre avec une lance ou une épée, mais leur viande sèche et filandreuse se coinçait dans vos dents.

Cador observa sa sœur et patienta.

— Bryok est un imbécile, expliqua-t-elle enfin. Laisse-le chasser pour évacuer. S'il ne le fait pas, il se soulagera peut-être en s'envoyant en l'air.

La femme de Bryok était chez eux, à Ergh, mais après tant d'années de mariage, elle était sans doute habituée à l'appétit libidineux de son mari. Voilà une autre raison pour laquelle Cador méprisait le mariage : l'idée d'être fidèle envers une unique personne était risible.

Il haussa les épaules en guise de réponse pour Delen.

M'en veut-il ?

Cador refusait de poser de telles questions pathétiques et puériles à voix haute. Bryok lui avait à peine jeté un coup d'œil depuis le mariage, même s'il savait que le petit prince du Sud sensible n'était en rien le compagnon que Cador aurait pu choisir. Le mépris de Bryok pour le continent était légendaire, mais il savait que c'était la faute de leur Tas.

Seule une poignée des deux douzaines de personnes qui effectuait ce voyage depuis Ergh avait été mise dans la confidence de la stratégie. Personne, chez eux, ne connaissait la vérité. Moins il y aurait d'Erghiens impliqués, mieux ce serait. Cador ne s'était pas attendu à épouser un vierge craintif, mais il épouserait cent Jem si cela était synonyme de succès.

Cela arrivait si vite que Cador eut douloureusement envie d'en finir avec les mensonges et cette fichue patience. De prendre sa lance et son épée afin de faire ce qu'il fallait pour son peuple. Mais pas encore. Il devait attendre et son fardeau, pour son peuple, consistait à s'occuper du petit prince.

Cador regarda l'endroit où Bryok et quelques chasseurs disparurent dans la forêt. Le chemin serpentait au travers des champs, où rien d'autre que de l'herbe ne semblait pouvoir pousser à l'ombre des sous-bois. Le soleil, qui avait été incroyablement haut et brillant sur la Place Sacrée, s'approchait désormais de l'horizon, lueur faiblarde derrière les nuages. Ils s'arrêteraient bientôt pour camper et avaler péniblement du byghane caoutchouteux.

Cador ne l'admettrait jamais, mais il serait ravi de se reposer. Sa paume fraîchement traitée par onguent et bandée lui faisait trop mal à son goût. Une douleur sourde palpitait aussi dans ses tempes et il en avait assez de s'assurer que Jem reste droit sur le cheval. Il en avait assez de Jem, tout simplement. Pourquoi devait-il chevaucher avec lui ? Delen aurait dû le prendre, si elle s'inquiétait tant.

Comment pouvait-il insister sur le fait qu'il était un homme sans être jamais monté à cheval !? Au moins, Jem finirait par servir un but vital, qu'il le veuille ou non – et il ne le voudrait certainement pas. Cador ignora son pincement de culpabilité. C'était pour le bien commun.

Alors qu'ils s'approchaient d'une charrette, Jem se pencha et observa prudemment son contenu. Il l'avait fait tout l'après-midi et Cador savait qu'il était à la recherche de ses affaires. De ses livres. Les livres étaient un luxe. Les livres ne nourrissaient pas les ventres affamés.

Ce qui était la raison pour laquelle Cador les avait enlevés du coffre de Jem avant qu'ils quittent la Place Sacrée. Les chasseurs d'Ergh voyageaient léger, pas avec des charges inutiles. Jem était lui-même un fardeau bien suffisant.

Cador regarda en direction de la forêt, mais il n'y avait toujours aucun signe de Bryok et des autres. Bientôt, Delen les invita à s'arrêter pour établir le campement dans une vallée creusée et traversée d'un cours d'eau. Cador maîtrisa le cheval emprunté et poussa légèrement Jem.

— Descends.

Jem se redressa, le dos raide, et regarda fixement le sol.

— S'il te plaît, ne me pousse pas.

La culpabilité monta une nouvelle fois et Cador grommela. Il s'était attendu à ce que Jem atterrisse sur ses pieds, précédemment, oubliant comme le petit prince était clairement fragile et inutile. De plus, si Jem se cassait quelque chose, cela ne ferait que les ralentir.

Cador descendit aisément du cheval et ses bottes émirent un bruit de succion sur la terre mouillée.

— Fais passer ton autre jambe de ce côté pour te retrouver à plat ventre contre son dos.

Crispé, Jem plia sa jambe gauche et la remonta, ses doigts plongeant dans les flancs du cheval alors qu'il se mettait à plat ventre. Avec le derrière rebondi de son époux sous son nez, Cador l'attrapa par la taille et le reposa sur ses pieds dans ces bottes élégantes.

— Tu vois comme tes pieds étaient plus proches du sol ?

— Oui, murmura Jem en faisant quelques pas hésitants.

Il se frotta ensuite les fesses en grimaçant.

Un rire gronda non loin. Jory leur lançait un regard lubrique.

— Tu aurais dû y aller doucement avec lui, hier soir. Ce garçon arrive à peine à marcher !

Jem éloigna rapidement ses mains et écarquilla les yeux.

— Je ne me souviens pas que Cador ait été assez gros pour que je remarque sa présence, railla Kensa.

Son sourire espiègle étincelait. Sa peau d'un brun clair luisait à cause de la sueur sur son front, tandis qu'elle soulevait des pierres pour former un cercle. Elle était une chasseuse, mais apparemment, elle n'avait pas non plus eu envie de passer du temps avec Bryok et était restée en retrait.

— Tu as monté tant de queues que n'importe quel homme se perdrait là-dedans, répliqua Cador.

Il provoqua des éclats de rire.

— Passe-moi le gamin après le dîner et je lui présenterai une véritable queue, railla Jory en saisissant sa verge au travers de son haut-de-chausse en cuir.

Sa peau pâle, couverte de taches de rousseur, rougit sous l'effet de la bonne humeur. Cet homme élevait et entraînait des chevaux et, actuellement, il s'apprêtait à vérifier l'état de leurs sabots. Il attacha tout d'abord ses cheveux roux touffus.

Cador se contenta de rire aux plaisanteries incessantes. Tout le monde se détendait après la longue journée, brossant les montures et entamant les tonneaux de bière. Il tapota la croupe de son cheval et l'envoya boire dans le cours d'eau, puis manger l'herbe fine autour. Jem demeurait planté là, la tête baissée et les bras enroulés autour de lui. Les vives couleurs ridicules de son haut et de sa cape se fondaient comme un arc-en-ciel.

— Tu as de nombreuses options pour coucher ce soir, dit Cador. Ou si, finalement, tu préfères un trou mouillé, Kensa pourrait te rendre ce service.

Il jeta un coup d'œil à l'intéressée.

— Elle a de petits seins, mais ils font plus ou moins la bonne taille pour toi.

Kensa agita vulgairement son poing en regardant Cador avec un large sourire. Ce dernier poussa amicalement son époux et celui-ci tituba en arrière. Il s'assit sur le sol mouillé et prit une brusque inspiration, son visage se froissant douloureusement.

Oh, sans déconner… Les plaisanteries n'apaisaient toujours pas la tension du garçon et Cador se hérissa. Pourquoi était-il si fragile et sérieux ? Il se pencha et releva Jem. Ce dernier laissa échapper un petit couinement digne d'une souris. Au moins, il resta debout.

— Si tu veux pisser ou chier, cache-toi derrière les arbres, là-bas, lui dit Cador.

Il hocha la tête en direction des grands ormes filiformes au sud. Lors des brefs arrêts, ça n'avait aucune importance, mais quand ils campaient pour la nuit, ils se servaient du sud comme de leurs toilettes. Son Tas s'esclaffait toujours en disant que c'était comme chier sur la tête des habitants du continent.

Jem acquiesça, mais resta figé alors que Cador allait boire. Celui-ci rit avec quelques personnes et surveilla son époux fragile du coin de l'œil. Jem se dirigea vers les arbres, puis s'arrêta avant de reprendre sa route.

Un feu brûlait maintenant que l'obscurité s'installait. Jem fit quelques pas et s'arrêta brusquement quand quelqu'un d'autre alla soulager sa vessie. Il se rapprochait de plus en plus, mais se figeait chaque fois que quelqu'un s'approchait. Cador ne comprit pas quel était le problème jusqu'à ce que le bosquet soit désert. Jem regarda autour de lui et courut en direction des arbres.

— Il n'a pas envie de pisser quand il y a quelqu'un d'autre ? demanda Kensa en suivant le regard de Cador, le front plissé.

— Manifestement non, répondit-il. Il a été pointilleux à ce sujet aussi, tout à l'heure.

À l'unisson avec Kensa, il grommela :

— Les gens du continent.

— Bon… il est délicat, ajouta-t-elle. Je ne m'imagine pas me le taper.

— Moi non plus, répondit Cador.

Il réalisa alors ce qu'il venait de révéler.

— M'enfoncer pendant qu'il reste allongé, raide comme une planche, ce n'est pas ce que j'appellerais « me le taper », ajouta-t-il promptement.

Kensa grimaça.

— À quoi pensait Kenver ? Il aurait pu conclure un marché avec le Sud sans avoir recours à ça. Et le ramener à la maison avec nous ? C'est une folie, continua-t-elle avant d'asséner une claque dans le dos de Cador. Si tu as besoin de vrais ébats, tu sais où me trouver.

Les chasseurs réapparurent avec des byghanes posés sur leurs chevaux et leurs épaules. Bryok ignorait toujours complètement son frère. Cador buvait de la bière et riait sincèrement en écoutant le récit d'un compatriote suggérant qu'il valait mieux sodomiser un byghane plutôt que de le manger, car il était plus utile de cette façon. La viande était sèche et fade, comme d'habitude, mais elle était au moins chaude. Cador en déchiqueta un morceau et le tendit à Jem.

Ce dernier était assis dans l'ombre, derrière son épaule, et ne faisait pas réellement partie du cercle autour du feu. Quelques-uns l'observaient d'un air suspicieux, d'autres étaient curieux, et certains l'ignoraient complètement. Personne ne lui parlait.

Observant la viande comme s'il s'agissait d'un sarf qui pourrait l'attaquer et plonger ses crochets dans sa peau, Jem finit par tendre la main pour l'attraper après quelques instants. Il en mangea un morceau et regarda autour de lui.

— Les Erghiens voyagent-ils toujours de façon si… informelle ?

Cador ricana.

— Oui. Tu t'attendais à ce qu'on transporte des assiettes en porcelaine et des cuillères en or ?

— Bien sûr que non, répondit-il trop rapidement.

Cador marmonna dans sa barbe en parlant des gens du continent, puis se retourna vers le cercle. En plus du pain et des gâteaux sucrés des religieux, ils emplirent leur panse de viande. Les voyageurs allaient et venaient, mangeant, buvant et racontant des histoires. Finalement, quelques grognements et gémissements firent écho depuis les fourrures posées sous le ciel nuageux pour la nuit. Les étoiles curieuses brillaient et la lune était au quart de sa force.

— Quelqu'un est malade ? demanda Jem.

Cador le dévisagea un moment. Se détendait-il enfin assez pour tenter une plaisanterie ? Mais non, il semblait sincèrement inquiet alors qu'il observait l'obscurité, au-delà de la lueur du feu, en plissant les yeux. Cador gloussa en chœur avec Delen qui se trouvait non loin.

— Ce n'est qu'Enyon qui baise Senara, expliqua-t-elle. Au mieux, il peut crier comme un byghane blessé.

Jem la dévisagea.

— Il fait… Ils font…

Alors que le gémissement de Senara faisait écho, trahissant clairement son plaisir, Jem tenta de parler.

— Ils le font juste là ? chuchota-t-il.

Cador ne put s'empêcher de rire et Delen secoua la tête en partant rejoindre son propre amant. L'époux de Jem baissa la voix.

— Tu es vraiment innocent. Heureusement que je ne vais pas te besogner. Tu es si sensible que tu ne sais probablement pas où *c'est* censé rentrer. Tout le monde est aussi malheureux, de là où tu viens ?

Jem se pinça fermement les lèvres, apparemment vexé. Sa réaction eut pour unique effet de redoubler le rire de Cador.

— Je sais où c'est censé rentrer et nous apprécions tout autant le coït ! siffla Jem. La différence, c'est que nous le faisons en privé et non pas à la belle étoile avec un public, comme des animaux sauvages !

— Oh, je suis blessé ! s'exclama Cador en posant une main sur son torse. Le Prince Jowan de Neuvella nous voit comme des animaux.

Il récupéra une cuisse de byghane encore chaude près du feu et la dévora.

— Il vaut mieux être une bête couverte de terre qu'un prince pathétique qui n'a jamais été désiré, grommela-t-il, la bouche pleine.

Jem se tut et toucha le bandage autour de sa paume.

Quand Cador alla uriner, plus tard, son époux l'accompagna. Puis, alors que Cador étendait ses fourrures sur une petite parcelle pas trop rocailleuse et rien que légèrement boueuse, Jem le suivait toujours comme son ombre. Étant donné qu'il considérait Cador comme une bête, pourquoi n'allait-il pas se trouver un coin à lui ?

— Où est ta fourrure ? lui demanda-t-il.

Il lui vint à l'esprit que le coffre de Jem avait été quasiment vide, sans compter les livres. Il aurait peut-être dû les laisser, mais les chevaux avaient une charge suffisante à tirer.

— Je n'en ai pas.

— Où dormais-tu pendant ton voyage jusqu'à la Place Sacrée ?

Dormaient-ils dans leurs carrosses élégants, également ?

— Dans des lits. Nous nous arrêtions dans des auberges sur le chemin. Il n'y en a aucune à Ergh ?

Cador ne comprenait pas vraiment de quoi il parlait, mais il était sûr qu'Ergh n'en avait aucune.

— Non.

— Tu sais où se trouvent mes affaires ? Dans quelle charrette ?

— Aucune idée.

Cador bâilla et se tourna sur le côté en fermant les yeux.

— Trouve-toi un endroit.

Un couple était en plein ébat, non loin, et un homme gémissait. Le vent, ici, ne hurlait pas, mais son sifflement était suffisamment familier pour bercer Cador.

— Mais... chuchota la petite voix.

Soupirant, Cador entrouvrit un œil et trouva Jem, toujours planté là.

— Va te coucher, lui ordonna-t-il.

— Où ? Avec quelqu'un d'autre ? demanda vivement le Neuvellan.

— Si tu veux. Je m'en moque.

— Non, répondit Jem d'une voix grave et urgente. Ne m'y oblige pas, s'il te plaît.

— Quoi ? s'étonna Cador en fronçant les sourcils. Personne ne t'y obligera.

Après quelques secondes de silence, quand Cador crut qu'il pourrait enfin dormir, Jem chuchota :

— Tu ne me donneras pas à ton ami ?

— Hein ?

Cador ouvrit un œil. Son époux se tenait dans l'obscurité et le tremblement de sa silhouette était bien visible. L'Erghien gigota, gêné. Il aurait dû se souvenir que le garçon n'avait aucun sens de l'humour.

— Jory plaisantait, c'est tout.

— Oh, répondit Jem en soupirant bruyamment. Vraiment ?

— Vraiment. Bien que ce soit un bon coup, si tu changes d'avis. Il a une langue habile.

— Je… Quoi ? Non, refusa Jem en secouant vivement la tête. Non.

— Tant pis pour toi.

Jem resta planté là, en silence, si longtemps que Cador ferma les yeux et l'ignora.

— Comment le sais-tu ? demanda enfin Jem. Pour Jory ? Je pensais que vous étiez amis ?

Cador grommela et ouvrit les yeux.

— Les amis s'envoient en l'air, parfois.

— Oh ! Vous êtes tous tellement…

Il jeta un coup d'œil au campement, tandis que les grognements et les cris emplissaient la nuit.

— Euh… libres.

— Neuvella doit être un endroit si austère.

— C'est vous, qui agissez comme des animaux. Pas étonnant que les dieux vous aient bannis.

— Oh, tu m'as profondément blessé. Maintenant, va dormir, putain.

Dégageant l'une de ses fourrures, il la jeta à Jem.

— Où tu veux, ajouta-t-il en montrant la vallée où leur

groupe était éparpillé.

Certains restaient près du feu, d'autres étaient seuls ou en duo. Ou en trio ou en quatuor. Quelques-uns montaient la garde au loin.

Il avait largement la place pour s'éloigner, mais Jem n'alla pas se blottir dans son coin. Il étendit plutôt avec précaution la fourrure à un bras de Cador et l'enroula ensuite autour de lui. Bien. Maintenant, ils pouvaient dormir. Cador ferma les yeux, laissant le léger enivrement de la bière et d'une journée de cheval faire son boulot et l'endormir.

Il y était presque, quelques instants plus tard, mais… Non, mais c'était quoi ce bruit ?

Ce cliquètement ne ressemblait pas à celui d'un animal de sa connaissance. Ce bruit n'était pas loin et devait provenir de Jem. Que faisait-il ? Tapait-il sur quelque chose ? Était-ce un rituel sudiste étrange ?

— Arrête ça, lui ordonna Cador.

Le cliquètement était désormais accompagné de petits halètements chuchotés.

— Je… ne peux pas.

— Mais qu'est-ce que tu fous ?

Cador s'assit et plissa les yeux en scrutant l'obscurité. Jem était roulé en boule. Il tremblait encore. Il tressaillit quand Cador se pencha afin de mieux le voir.

Ce dernier se rendit compte que les dents de son époux claquaient. Il frissonnait à cause du froid et non de l'effroi. Enfin, il était sans doute encore quelque peu effrayé, mais il avait clairement froid, ce qui semblait impossible.

— Le sol n'est même pas givré ! s'exclama Cador. Donc loin d'être verglacé. Comment peux-tu avoir froid ?

— Il… ne fait… jamais… si froid… chez moi.

— Vous n'avez réellement pas d'hivers ?

Jem secoua la tête, le mouvement à peine perceptible.

— Et je ne campe pas. Jamais.

Cador ignorait comment Jem pouvait supporter d'être aussi faible. Mais il était impossible qu'il puisse s'endormir si son époux poursuivait ainsi. Il roula donc sur le côté et tira la fourrure qui se trouvait sous son propre corps. Il la lança à Jem et elle le heurta avec un léger *boum*.

— Merci, chuchota Jem.

Cador grogna.

— Ferme-la et dors.

Même sans fourrures, il était agréable de dormir sous la lune une fois de plus, plutôt que de se retrouver dans un lit duveteux. Cador s'allongea sur le dos, le bruit des ébats lui étant familier et devenant un bruit blanc. Il était presque endormi quand la culpabilité le mordilla à nouveau comme une mule.

Il se redressa sur un coude pour vérifier comment allait Jem ainsi que pour s'assurer qu'il ne tremblait plus et ne claquait plus des dents. Si le prince mourait en chemin vers Ergh, ça n'aiderait pas leur cause. De plus, Cador avait juré de le protéger. Même s'il y avait été obligé, il avait donné sa parole. Oui, il romprait sa promesse en temps voulu, mais pour l'instant…

Jem dormait, blotti sous les fourrures. Les étoiles brillaient juste assez pour que Cador voie ses lèvres entrouvertes, son joli visage et ses yeux de miel fermés. Là. Maintenant, Cador pouvait s'endormir. Sa mission était accomplie.

Pourtant, il se surprit à rester éveillé bien trop longtemps avant de dériver enfin vers le monde des rêves où il mangeait des sevels juteux et abattait des sangliers avec une lance lourde et concrète dans sa main.

Chapitre 6

L A BÊTE AVAIT disparu.

Alors que Jem grommelait sur le sol dur et que des parties de son corps dont il ignorait l'existence le faisaient souffrir, il cligna des yeux sous l'infime lumière de l'aube et vit l'herbe abandonnée à côté de lui. Il s'assit brusquement, les fourrures glissant sur ses genoux. Cador l'avait-il abandonné ? Il ne savait pas vraiment si cela l'emplissait d'espoir ou de terreur.

Mais non, les autres étaient toujours là, bien que Jem soit le seul encore au lit – si l'on pouvait dire que se blottir sous des peaux d'animaux sur le sol dur, c'était « être au lit ». Le feu brûlait. Certains Erghiens étaient encore assis autour pour manger et d'autres s'y attardaient. Cador n'était pas dans son champ de vision, mais le cheval pâle qu'ils avaient monté paissait près du cours d'eau.

Frissonnant à cause de la rosée qui le couvrait, Jem enroula fermement l'une des fourrures autour de ses épaules. Il inspira l'odeur de Cador qui s'attardait, musquée, bien que fraîche, comme de la mousse sur une pierre. Ou peut-être s'agissait-il de glace, après tout.

Personne ne lui accorda un seul coup d'œil. Au moins, cela signifiait que Jem n'était pas moqué, pour l'instant. Il espérait que le père de Cador serait mieux accueilli dans le Sud. Ce serait évidemment le cas – les parents de Jem étaient des hôtes courtois. Jem supposa qu'il devrait déjà être heureux d'avoir été nourri et d'avoir reçu des fourrures. Il s'était blotti sous ces peaux et rapproché de Cador dans l'obscurité.

Son mari avait donné sa parole et le chef de clan d'Ergh s'attendrait sûrement à ce que Jem soit encore en un seul morceau au festival de la Lune de Sang. Cador serait puni si son époux était enlevé dans la nuit par des bêtes sauvages, qu'elles soient humaines ou non.

Il appuya sur la brûlure bandée au niveau de sa main et grimaça. Les liens du mariage n'avaient jamais paru si concrets. Ils l'emprisonnaient, même si Cador et lui n'avaient pas…

Le souvenir des bruits charnels qu'il avait entendus lui revint dans une vague brûlante, son érection matinale gonflant malgré son humiliation. Ces gens avaient réellement été en train de s'accoupler – dans un cas, Jem était même certain qu'ils étaient trois – là, à la vue de tous ! Même s'il faisait trop sombre pour les voir, ils étaient certainement entendus.

Non pas que Jem ait essayé de regarder.

Néanmoins, les grognements, les grondements, les gémissements et les cris, les bruits de succion et de claquements de chair… Ils avaient peint des images saisissantes dans son esprit, malgré ses efforts pour les ignorer et s'endormir.

Dans ses fantasmes cachés, quand il était maîtrisé par un homme, il ne s'était jamais imaginé que cela pouvait se produire dehors, sur la terre même. Si Morvoren chevauchait la verge de son amant triton sur une plage chaude et baignée de soleil, c'était une chose. Ici, dans la gadoue, cela paraissait plus primaire et étonnamment réel.

Ça ne devrait pas l'exciter. C'était vulgaire et animal. Ce genre d'activité était peut-être la raison exacte pour laquelle les dieux avaient banni Ergh. Jem leva les yeux au ciel et marmonna :

— Maintenant, je crois en l'existence des dieux ?

Le continent d'Onan était une terre de civilité, malgré les tensions et les disputes. Un endroit où les habitants dormaient dans des lits avec des oreillers duveteux et où ils mangeaient des gâteaux sucrés servis sur des assiettes dorées. Bien qu'il s'agisse simplement de l'expérience de Jem au château, car il savait que les autres habitants étaient loin d'être aussi dorlotés. Il avait tenu tout cela pour acquis depuis l'enfance.

Désormais, il était coincé, seul, avec ces brutes qui chassaient leur nourriture et dépeçaient les animaux quand ils étaient encore chauds. Et oui, certaines des bêtes que Jem avait mangées dans sa vie avaient été chassées, mais il ne voyait toujours que la viande cuite dans son assiette, généralement servie avec une sauce crémeuse et odorante. Il n'avait jamais compris que manger de la viande sans être confronté à la réalité de son meurtre était un privilège.

Le regret bouillonnait désormais dans son ventre. Il arrivait à peine à croire que moins d'une semaine auparavant, il flânait dans son propre lit duveteux, en sécurité et au chaud, alors que les rayons du soleil filtraient par les fenêtres décorées. Il n'avait pas eu la moindre idée de ce qui allait se produire.

S'agrippant à la fourrure autour de lui, Jem eut le mal du pays. Ce picotement fut si féroce qu'il lui coupa le souffle. Il était marié, et de tous les hommes qu'il avait imaginés comme époux, aucun ne l'aurait poussé du dos d'un cheval.

Il repéra Cador en train de marcher devant un bosquet au Nord avec son ami Jory. Ils parlaient et avançaient vers le feu. Jem attendit que son mari jette un simple coup d'œil dans sa direction.

Pourtant, c'était comme si Cador l'avait complètement oublié. Jory s'assit à côté de lui auprès du feu, ses cheveux couleur flamme étant décoiffés. Il passa à Cador une tasse fumante et ils la sirotèrent chacun à leur tour, leurs larges épaules s'effleurant.

Qu'avaient-ils fait dans les bois ?

— Peu importe, marmonna Jem. Je m'en moque. Ils sont libres de faire ce qu'ils veulent.

Près du feu, Jory s'esclaffa. Jem grimaça, se souvenant comme cet homme avait proposé de coucher avec lui. Se moquait-il de lui, désormais ? Cador et lui étaient-ils partis se procurer un plaisir mutuel ? Il les imagina en train de plaisanter sur le fait qu'il serait horrible de coucher avec quelqu'un d'aussi petit et d'inexpérimenté que Jem.

Il devait se lever et… Eh bien, il ignorait quoi faire, mis à part se soulager. Mais il avait besoin de faire quelque chose – n'importe quoi – plutôt que de regarder Cador et Jory. Pourtant, il n'arrivait pas à leur arracher son regard. Il examina ce dernier.

Il était plus petit que Cador, bien que sa carrure soit un peu plus large. Il était plus grand que Jem, ce qui n'était pas difficile. Cador avait dit qu'ils avaient déjà couché ensemble et le Neuvellan ne pouvait s'empêcher de les imaginer nus, tous les deux. S'embrassaient-ils ? Les barbares embrassaient-ils, déjà ?

Il avait entendu des bruits mouillés, la veille, mais il ignorait s'il s'agissait de bouches en train de s'embrasser ou de bouches… posées ailleurs. Il fit prendre des positions différentes à Cador et Jory dans son esprit, jusqu'à ce qu'il se rende compte que son érection matinale était devenue dure comme de la pierre.

La honte réchauffa ses joues. Bien qu'il soit assis à la vue de tous, il avait l'impression d'être un espion invisible oublié dans l'herbe, comme un sarf serpentant sur son ventre. Il avait imaginé le coït à de très nombreuses reprises et de tant de façons, bien qu'il n'ait jamais eu le courage de tendre la main pour toucher quelqu'un d'autre.

Jory et Cador l'avaient fait et il n'arrivait pas à détourner le regard. Que ressentirait-il s'il touchait véritablement Cador ? Quelle serait la sensation de la peau nue sous ses doigts ?

Jory se pencha en avant et chuchota à l'oreille de Cador, ses lèvres bien trop proches. L'époux de Jem sourit, en plissant les yeux et en riant légèrement. Pour la première fois, Jem remarquait qu'il n'y avait aucune dérision ni vantardise sur son visage. Il n'y avait qu'un véritable sourire qui creusait ses joues et qui l'embellissait. Son visage semblait baigné de soleil, même sous l'aube grise. Jem se sentait étrangement vide alors qu'il regardait.

Comme s'il sentait le poids de son regard, Cador se tourna subitement vers son époux. Son sourire disparut comme une volute de fumée. La culpabilité monta en Jem, car il était celui qui avait dérobé le moment de joie de Cador. Certes, ce n'était pas sa faute s'ils avaient été obligés de se marier. Et pourquoi devrait-il se préoccuper du bonheur de cet Erghien, de son sourire ou de son renfrognement ? Cador se moquait assurément de la satisfaction de Jem.

Ce dernier haussa les épaules pour se débarrasser des fourrures. Il bondit alors et les rejeta sur le côté. Ses jambes se crispèrent, les muscles tendus et endoloris après une journée à cheval. Horrifié, il se prit les pieds dans les fourrures et s'écroula sur l'herbe. S'il avait été ignoré auparavant, le groupe entier l'observait désormais et les rires résonnaient dans la vallée.

Bien qu'il souhaite se blottir à nouveau dans les peaux et les passer au-dessus de sa tête, Jem s'obligea à se remettre sur pieds et à marcher calmement en direction des arbres pour soulager sa vessie. La tête haute, il ignora totalement les barbares.

Pourtant, il ne put continuer d'ignorer Cador une fois qu'ils furent à califourchon sur le cheval. L'Erghien l'avait déposé sur le dos de l'étalon et Jem n'avait pu retenir un petit cri honteusement plaintif s'échappant entre ses lèvres.

— Qu'y a-t-il, maintenant ? gronda Cador en s'asseyant derrière lui.

— Rien.

Jem s'installa avec le dos aussi droit que possible, loin de la chaleur du corps de Cador.

— Conneries. Parle.

La frustration rongea le Neuvellan alors que les chevaux rejoignaient le chemin de terre. Cador ne devinait-il pas quel était le problème ?

— Ça fait mal, lança Jem au travers de ses dents serrées et en regardant droit devant lui. Je n'ai pas l'habitude de monter à cheval, tu te souviens ?

Silence.

— Ça fait encore mal ? demanda Cador.

Jem fut obligé de rire, bien qu'il ne soit pas véritablement amusé.

— Oui. C'est pire, aujourd'hui.

Il grimaça après cette malheureuse vérité.

— Êtes-vous tous aussi faibles et fragiles, ici ?

— Êtes-vous tous si bornés et… et… puants à Ergh ?

Ses tentatives d'insulte le firent grimacer intérieurement. Son frère, Pasco, trouverait certainement bien mieux.

— Oui. Nous travaillons dur sur Ergh. Nos os sont robustes. Nous ne sommes pas des princes pourris gâtés qui n'arrivent même pas à s'asseoir sans se plaindre.

— Ça ne t'a pas fait mal, quand tu es monté à cheval la première fois ?

Un nouveau silence suivit.

— Je n'en sais rien, répondit-il enfin. Je ne me souviens pas de l'époque où je ne montais pas encore à cheval.

Après une heure, le dos de Jem commença à palpiter et son arrière-train fut si sensible qu'il n'était pas convaincu de pouvoir un jour se rasseoir. Il n'eut d'autre choix que de s'affaler contre son époux, qui ne sembla pas le remarquer.

— La mer d'Askorn était-elle encore loin ?

Pour ce que Jem en savait, la Place Sacrée se tenait comme une couronne au sommet du continent et l'océan ne devait pas être si loin. On disait qu'aucun poisson ni aucune créature ne pouvait vivre dans ses profondeurs glacées et noires comme de l'encre. Ergh était-il si isolé au nord ?

Ces questions demeurèrent informulées alors que la matinée progressait. Le corps de Jem le faisait souffrir à chaque pas. Puis un hurlement s'éleva devant eux. Le frère aîné de Cador, qui était terrifiant, criait dans le vent vif.

Bien que les Erghiens parlent la langue commune d'Onan, ils avaient leurs propres mots et phrases que Jem ne comprenait pas. Le ton était sec et cassant, bien que cela semble habituel pour Bryok.

Avant que Jem ne puisse demander si quelque chose clochait, Cador fit prestement accélérer son cheval. À chaque retombée des sabots sur la terre compacte, la douleur transperçait sa colonne vertébrale depuis ses fesses. Il se pencha et tenta de soulager la pression. Il saisit la crinière qui flottait pour garder son équilibre, sa paume marquée protestant.

Une barre de fer se verrouilla autour de sa taille. Le bras de Cador le maintenait en place et en toute sécurité, sur le dos de Massen. Ce fut un soulagement. Jem en fut heureux, bien qu'il soit probablement mieux pour son époux de le protéger ainsi plutôt que de devoir retourner le chercher s'il tombait à terre.

Le sel envahit rapidement ses narines alors qu'ils galopaient sur le chemin de terre. Le sol était devenu plus rocailleux et les arbres plus épars. Le vent refroidit ses joues alors qu'ils atteignaient la côte rocailleuse. Une fine brume virevoltait. Jem s'obligea à se redresser et il battit des paupières en observant la bête féroce qui attendait.

Les défenses mortelles du sanglier étaient recourbées vers le haut. La tête de bois qui décorait le bateau était finement gravée. Le vaisseau était ancré du côté bâbord et tanguait sur les vagues blanches d'Askorn.

Jem n'avait vu que de petites embarcations aux voiles blanches qui se balançaient paresseusement sur la mer, à l'extrémité sud de Neuvella. Là-bas, une eau limpide reflétait le ciel turquoise lapant des plages de sable blanc et doux. Ici, la mer grise s'agitait furieusement et les vagues s'écrasaient bruyamment sur la côte.

— La mer va tous nous engloutir ! s'exclama Jem, qui n'avait pas délibérément parlé à voix haute.

Cador éclata de rire.

— Peut-être bien.

Il rejoignit le sol d'un bond avant de pousser violemment Jem pour le faire tomber sur le sable dur et rocailleux. Le Neuvellan s'obligea à faire un pas sur ses jambes raides. Un groupe était apparemment resté ici, avec le navire, et ils les appelèrent depuis le pont plat. Un unique mât surplombait le milieu du bateau, sa voile brune épaisse et rêche.

Sous un ciel d'acier, Jem serra sa cape boueuse autour de son corps et observa la scène, alors qu'ils transportaient des marchandises jusqu'au navire avec de plus petits bateaux. Il n'avait pas réussi à trouver son coffre, bien qu'il ait trop craint de fouiller dans les charrettes, de peur de mettre les autres en colère.

Il tenta d'accepter qu'il était probablement séparé de ses livres pour la première fois depuis qu'il avait appris à lire. Cette perte rivalisait avec la séparation de sa famille. Même si, en ce qui concernait Pasco et Locryn, elle était acceptable.

Le vent le fouetta, plus froid qu'il ne l'avait jamais ressenti, et Jem resserra sa cape trop fine autour de lui. Des pas s'approchèrent.

— Prêts pour le voyage ? demanda Delen.

— Non.

Jem ne voyait pas l'intérêt de mentir.

Elle rit, ses dents blanches luisant, en contraste avec sa peau douce et sombre.

— Je ne peux pas t'en vouloir. Tes vêtements ne feront pas l'affaire. N'ont-ils rien empaqueté de plus pratique pour toi ?

— Je n'en sais rien. Je n'ai pas vu mon coffre, dit-il alors que l'espoir bourgeonnait. Tu sais où il est ? Ont-ils apporté mes affaires ?

— Je vais me renseigner.

— Vraiment ? Merci !

Jem fut empli d'une telle gratitude qu'il aurait pu l'étreindre.

— J'espérais que mes livres avaient été mis dans mon coffre pour moi.

Elle lui lança un regard interrogateur.

— Les livres ne t'aideront pas à te défendre du froid, Prince Jowan.

— Non, mais…

Il eut envie de dire qu'ils réchaufferaient son cœur, mais n'en fit rien.

— J'imagine que nous pourrions toujours brûler les pages si nous avons besoin de chaleur.

Il s'exclama.

— Non ! S'il te plaît, je t'en supplie, dit-il en lui agrippant le bras.

— Calme-toi. Ce n'était qu'une plaisanterie, expliqua-t-elle en fronçant les sourcils. Cador nous a avertis que tu n'avais aucun sens de l'humour.

Avec une tape dans le dos qui faillit le faire tituber, elle ajouta joyeusement :

— On va t'endurcir. Ergh te fera du bien.

Sur ces mots, elle s'éloigna à grandes enjambées.

Jem plissa les yeux pour observer les vagues. Il avait espéré voir les contours d'Ergh à l'horizon, mais il n'y avait rien d'autre qu'une ligne continue de ciel gris et une eau sombre agitée.

À quelle distance se trouvait Ergh ? Et si le bateau coulait ? Jem ne s'était pas attendu à partir de chez lui… et s'il n'y retournait jamais ? Il avait beau rêver d'aventures dans les pages de ses romans, quitter le continent pour voguer dans l'inconnu glacial était une tout autre chose.

Peu de temps après, Delen revint vers lui en portant aisément son coffre. Fou de joie, Jem s'agenouilla quand elle le posa dans le sable. Il la remercia abondamment avant d'ouvrir le lourd couvercle, faisant crisser les gonds métalliques.

L'acide inonda son estomac et la bile remonta. Dans son coffre ne se trouvaient que d'inutiles vêtements de soie colorée. Il fouilla désespérément cette pile de tissus. Sa chemise de nuit et son peignoir auraient dû le réconforter, mais sans ses livres, tout le reste semblait pâle en comparaison – même sa bougie spéciale toujours enroulée dans l'une de ses chemises. Le coffre n'était rempli qu'à moitié et ses livres auraient aisément tenu à l'intérieur, mais manifestement, ils avaient été abandonnés, en fin de compte.

— Tu auras besoin de vêtements convenables, lui dit Delen.

La gorge de Jem était serrée. S'il parlait, il pleurerait à chaudes larmes. Être aussi démoralisé par la perte de ses livres était sans doute un comportement de prince gâté et idiot, mais ces pages usées et chéries le réconfortaient depuis si longtemps. Ces mots étaient ses amis de toujours, ses compagnons, bien que cela semble fou aux yeux des autres. Il s'aventurerait dans l'inconnu, complètement seul.

— Ne t'inquiète pas, dit Delen, qui fronçait les sourcils en le regardant. Je te trouverai quelque chose.

Jem acquiesça et referma le coffre dans un claquement étouffé.

Lorsque ce fut son tour d'embarquer sur le navire hostile, il suivit Cador sur les bords mousseux de la mer et haleta à cause de l'eau glacée qui trempa instantanément ses bottes. L'instinct, plutôt qu'une pensée réfléchie, le fit tituber en arrière, vers la sécurité du sable jonché de cailloux. Cador se retourna et se renfrogna impatiemment.

— Non ! s'emporta Jem en secouant la tête et en reculant. Je ne veux pas y aller.

Il savait qu'il parlait comme un garçon et non comme un homme, mais le désespoir surgit avant de s'ancrer profondément et de laisser un vide désespéré. Il voulait son lit, ses livres et ses pauvres oiseaux au bord du lac. En l'espace d'une journée ou presque, il ne reconnaissait plus sa propre vie.

Cador marcha dans le bas-fond tandis que certains de ses compatriotes à bord du navire conspuaient son époux et riaient. Il secoua alors vivement Jem.

— Ne m'oblige pas encore une fois à te porter sur mon épaule.

— Je veux rentrer chez moi.

Jem battit des paupières pour chasser les larmes pathétiques qui lui brûlaient les yeux.

Les lignes sévères du visage de Cador s'adoucirent.

— Nous faisons ce que nous avons à faire. Nous accomplissons notre devoir. Moi non plus, je ne voulais pas quitter ma maison.

— Au moins, tu n'étais pas seul.

Cador ouvrit la bouche, mais ne semblait pas avoir d'arguments à apporter. Il marmonna plutôt, bien que sa phrase se perde dans le vent. Il saisit ensuite Jem par la taille et le déposa sur la chaloupe. Cador rama avec quelques autres personnes, la tête grondante du sanglier se rapprochant de plus en plus jusqu'à ce qu'elle cache le ciel, prête à emporter Jem vers un monde véritablement abandonné par les dieux.

Chapitre 7

CADOR REFUSAIT. IL ne l'autoriserait pas. Cette faiblesse n'était pas permise.

Debout devant le bastingage, il lutta de tout son être – crispant ses muscles, prenant une profonde inspiration et soufflant lentement pour s'efforcer de rester fort. Il s'ordonna de résister. Il avait déjà résisté pendant des heures. Il l'emporterait.

Il ne vomirait pas.

Pourtant, alors que le bateau roulait d'un côté à l'autre sur la mer impitoyable, son estomac bondit dangereusement. Les vagues n'étaient pas remarquablement hautes – il avait été témoin de conditions bien plus traîtresses sur la terre ferme d'Ergh –, mais le mouvement était continuel. Cador jeta un coup d'œil au pont dans la soirée qui s'assombrissait. Cela ne fit qu'aggraver sa situation quand il vit que personne d'autre ne semblait affecté. Même Jem était impassible, ce qui rendait le tout sacrément honteux.

Ce dernier était blotti sur la poupe. La cape de Delen, bordée de fourrures, le rapetissait et tombait à ses pieds. Il était là-bas depuis qu'ils avaient quitté le continent, regardant le chemin par lequel ils étaient arrivés, observant fixement les vagues blanchâtres qui devenaient de plus en plus noires chaque minute alors que la lune se battait pour s'élever au milieu des nuages.

Que ressentirait Cador, s'il avait été obligé de rester seul sur le continent, uniquement accompagné de ses étranges habitants sophistiqués ? Tas s'y trouvait, mais il était un chef courageux. Il avait choisi de rester seul plutôt que de demander à un membre de son peuple de s'éloigner d'Ergh plus longtemps que nécessaire. Il était l'homme le plus fort que Cador connaissait.

Inutile de le nier. Cador se sentirait seul. Perdu et à la dérive. Mais ça n'avait pas été son choix. Rien de tout ça n'avait été son choix. Pourquoi devrait-il être responsable de la bonne humeur de Jem ? Surtout quand le garçon était trop faible. Ce n'était pas son problème. Cador n'avait pas pensé un mot des vœux qu'il avait prononcés au nom des dieux devant la prêtresse en chef.

Comme pour le moquer, sa paume gauche le démangea. Il serra le poing. Le picotement constant de la marque s'estompait, le baume et le bandage effectuant leur travail. Une fois que ce serait terminé, il couvrirait les ailes d'oiseau avec des défenses. Il noircirait toute sa paume pour les effacer, s'il le fallait.

Il protégerait Jem jusqu'à ce qu'il soit l'heure de passer à la prochaine étape, mais rien ne le motiverait à le réconforter ou à soutirer un sourire à cette jolie bouche. Il ne devrait pas se préoccuper du bonheur de Jem. Et il ne le ferait pas. Ça ne faisait pas partie de ce jeu.

Cador ravala un grognement. Désormais, il devait seulement se concentrer pour survivre au voyage jusque chez lui sans être follement malade. La salive s'accumula dans sa bouche et il eut le vertige. Il trouverait peut-être un endroit tranquille pour se rouler en boule. Les autres buvaient de la bière et se réjouissaient. Il ne souhaitait pas participer aux festivités.

Un grognement lui échappa, cette fois, alors que Bryok avançait vers le côté du bateau où Cador inspirait l'air salé. De toutes les fois où son frère daignait lui reparler, il fallait qu'il le fasse maintenant ? Il s'obligea à prendre une profonde inspiration par le nez et s'agrippa au bastingage en bois, intimant à sa tête d'arrêter de tourner.

Bryok lui asséna une violente claque dans le dos et Cador serra les dents.

— Tu apprécies le voyage ? lui demanda son aîné en baissant les yeux vers lui comme s'il ne connaissait pas déjà la réponse.

Quand Cador était enfant, il avait rêvé de grandir, un jour, pour dépasser son frère. Bien qu'il domine beaucoup de ses compatriotes, il n'avait jamais rattrapé Bryok. Il avait toujours cherché à le faire, mais n'était pas réellement arrivé à sa hauteur.

— Dégage, grommela Cador.

Son aîné fronça les sourcils pour feindre l'inquiétude.

— Quelque chose ne va pas, mon frère ?

— Tout va bien.

— Très bien, répondit Bryok avant de ricaner.

Son amusement face à la peine de Cador s'estompa alors.

— Nous devrions être sur le continent, à prendre ce dont nous avons besoin, plutôt que de supplier pour obtenir des miettes.

Bryok avait sans doute raison. Au lieu de jouer à ces farces de paix et de politique tout en planifiant secrètement la guerre, devraient-ils arrêter de faire semblant ?

— T'as dit…

— *T'as dit*, l'imita son frère d'une voix aiguë. On s'en fout, de ce qu'il dit.

Les embruns picotèrent les yeux écarquillés de Cador. Il savait depuis longtemps que Bryok était impatient et revêche, mais il n'avait jamais entendu une rancœur si tranchante. Une telle *haine*.

Il neutralisa son expression et maintint un ton calme, comme il le faisait quand Massen était de mauvaise humeur après avoir passé de trop nombreux jours coincé dans l'écurie, à cause d'un long blizzard.

— Je suis aussi frustré que toi.

— Conneries. Tu es une chiffe molle. Tu l'as toujours été. Tu es bien trop heureux de jouer à la gouvernante pour ce pathétique petit prince.

La mâchoire crispée, Cador enfonça ses ongles émoussés dans le bois mouillé du bastingage.

— Je joue mon rôle, comme Tas l'a ordonné. Rien de plus.

Bryok grommela, mais sa phrase se perdit dans une bourrasque.

— Tu sais sans aucun doute que ce n'est pas de mon fait ?

Il maudit son ton plaintif. Pourquoi se préoccupait-il de ce que Bryok pensait ?

Enfant, bien sûr, Cador avait voulu satisfaire ses parents, mais son père et son Tas n'étaient pas des hommes excessivement sévères avec leurs enfants. Les satisfaire n'avait pas été compliqué – bien que l'aîné se soit battu avec eux, même quand il était petit. Cador et Delen avaient toujours suivi les règles.

Le regard perçant de Bryok demeurait distant et sa voix impassible.

— Ce que je sais, c'est que Tas se préoccupe bien trop de ce qui est bien et juste. Je massacrerai tout le monde, à Ebrenn, s'il le faut.

Cador sursauta, comme si son frère l'avait frappé.

— Ces gens sont innocents. C'est leur roi qui doit être conquis. S'allier à Neuvella et Gwels promet une reddition rapide. Si nous pouvons accomplir notre objectif sans bain de sang où avec des pertes minimes…

— Je me fiche de savoir comment c'est fait, grogna Bryok. J'ai déjà attendu trop longtemps.

— Mais nous sommes en grande infériorité numérique,

rétorqua Cador en observant autour de lui.

Delen connaissait la vérité, mais ce n'était le cas d'aucune autre personne voyageant jusque chez eux.

Et Jem n'était certainement pas au courant. Enfin, que pouvait-il faire, même si Cador lui confiait tout son plan ? Il n'avait aucun pouvoir. C'était la raison pour laquelle il n'était pas attaché et emprisonné dans la cale du navire – c'était inutile, quand il était incapable de les arrêter. Jem était leur prisonnier, qu'il le sache ou non.

— En infériorité numérique par rapport à qui ? Ces faibles du continent ? Nous sommes des chasseurs puissants. Des guerriers !

— Pourtant, nous n'avons jamais été en guerre !

— Parce que nous n'avions aucune cause. Aucun ennemi. C'est le cas, désormais. Nous devons prendre ce qu'ils possèdent en abondance à Ebrenn. Les réserves qu'ils se sont égoïstement constituées. Nous devons prendre le contrôle.

Il tapota le bastingage avec emphase.

— Et nous le *ferons* ! Mais Tas a raison. Si tu avoues à l'ennemi ce dont tu as besoin, ils s'y accrochent de toutes leurs forces. Ainsi, ils ne sauront même pas pourquoi nous nous battons réellement.

— Nous les vaincrions, même avec leur nombre. Tu as vu ces habitants du continent avec leurs soies, leurs bijoux, leurs gâteaux sucrés sculptés en forme de papillons.

Il jeta un regard noir à Jem sur la poupe, bien assez loin pour être hors de portée de voix. Dans tous les cas, Bryok s'en moquerait, même s'il l'entendait.

— Regarde-le, il frissonne comme un chaton mouillé. Ton *mari*.

— Pas par choix, répondit Cador au travers de ses dents serrées.

— Nous avons toujours le choix, mon frère. Jem t'appartient.

Cador suivit le regard de Bryok en direction du dos de Jem, enroulé dans la cape trop grande de Delen. *Mon mari*. Même s'il n'avait de mari que le nom, c'était indéniable. La rancœur monta comme les vagues d'eau salée qui surélevaient la proue et lui retournaient une nouvelle fois l'estomac. Il aurait beau faire semblant, ça n'effacerait rien.

— T'as a choisi d'être « patient », marmonna Bryok. D'être faible, putain. Père ne l'aurait jamais supporté.

Il était vrai que leur père avait été un homme d'action rapide. S'il était encore en vie, auraient-ils simplement envahi Ebrenn sans former une alliance avec le reste d'Onan pour en finir ? Cador l'ignorait.

Il soupira.

— Je sais que c'est plus difficile pour toi d'attendre.

Il tentait de ne pas penser à ses nièces et neveux, la majorité du temps, mais il n'avait d'autre choix, désormais. Surtout à Hedrok.

— Je sais…

— Tu ne sais rien du tout ! rugit Bryok. Quand tu auras des enfants, tu le sauras. En attendant, tu continues à suivre les ordres de Tas, pendant que Creeda et moi, nous souffrons. Nos enfants souffrent. Pas seulement les nôtres. Plus nous attendons et plus les enfants d'Ergh souffrent.

Cador n'avait jamais été proche de Creeda, la femme de Bryok, mais il aimerait pouvoir faire disparaître sa douleur et celle de tous les parents qui souffraient. Si Tas pensait que la patience et la formation de liens avec les Neuvellans étaient le moyen d'avancer, Cador devait croire qu'il avait raison. Son père avait une telle foi en lui. Cador ne le décevrait pas maintenant.

Bryok ricana en regardant Jem.

— Je parie qu'il baise comme un chaton mouillé, aussi, dit-il alors que son regard vif se rivait sur Cador. Tu t'es abaissé à planter ta queue en lui ?

— Non ! répondit-il en soupirant d'un air dégoûté. Je préférerais baiser un sanglier.

Comme Bryok connaissait le plan, il était inutile de le duper et de faire comme si le mariage était réel. Cador fut si soulagé de pouvoir honnêtement le nier que c'en fut pathétique. Dévoiler la vérité ne ferait que satisfaire son frère, bien qu'il tente de ne pas s'en préoccuper.

Son aîné cracha dans la mer bouillonnante par-dessus le bastingage.

— C'est déjà ça, au moins.

Alors qu'ils demeuraient dans un silence gênant, Cador se surprit à jeter un coup d'œil à Jem et à se demander comment le garçon baiserait s'il avait un jour le courage d'écarter les cuisses.

Ce serait sûrement comme Cador l'avait dit à Kensa – comme s'envoyer en l'air avec une planche de bois, sauf que cette dernière ne flancherait pas. Mais comment cela serait-il si Jem embrassait réellement le désir, la passion et la joie des ébats ? Quel genre de bruits ferait-il en prenant le sexe de Cador dans son petit corps mince ? En s'abandonnant ? Il serait sûrement délicieusement serré…

— Tu mérites mieux.

Cador ne put s'empêcher de ressentir une agréable gratitude après ces mots de Bryok et le bref claquement de main sur son épaule. Il détestait chérir ainsi ces cadeaux que son aîné lui offrait – la rare gentillesse marmonnée et les compliments. Il exécrait l'idée d'en désirer plus, comme un chien qui supplierait pour avoir les restes.

Ce fut cette idée de nourriture qui l'acheva. Sans prévenir, il se pencha par-dessus bord. Le rire de Bryok fit écho dans ses oreilles, se mêlant au tambourinement du sang, alors que Cador baissait la tête, le bastingage solide contre ses côtes.

Les moqueries de son frère se poursuivirent et d'autres se joignirent à lui. La plupart n'avaient pas passé beaucoup de temps sur des bateaux… Pourquoi Cador semblait-il le seul affecté par cette honte ? Il cracha et eut de nombreux haut-le-cœur pendant quelques minutes, bien que son estomac se soit sans aucun doute vidé complètement.

Lorsqu'il se redressa enfin, sa bouche avait le goût de la plus infâme des préparations, et il tenta de rire avec les autres. Bryok l'avait abandonné, dans toute sa honte. Les autres repartirent finalement vers leurs groupes dispersés sur le pont. Beaucoup jouaient avec des dés, sous la protection du grand mât. Delen secoua la tête en le regardant, à la fois par moquerie et par compassion.

Cador aperçut Jem en train de s'approcher lentement.

— Quoi ? gronda-t-il en s'obligeant à lâcher le bastingage.

Jem s'arrêta brusquement.

— Je voulais seulement voir si tu allais bien.

— Est-ce que j'ai l'air d'aller bien, bordel ?

— Non.

L'honnêteté de Jem surprit son époux. Il grimaça en imaginant à quoi il ressemblait, alors qu'il s'essuyait la bouche sur la manche de sa peau de sanglier. Il était un chasseur d'Ergh. Bryok avait raison : il était un guerrier ! Il ne serait pas vaincu par un ventre faible.

— Je vais bien.

— C'est seulement…

Jem fit un pas pour se rapprocher. Ses boucles noires étaient mouillées par les embruns et brillaient sous la lumière du fin croissant de lune.

— Je connais une astuce. On navigue en bord de mer tous les étés.

— C'est merveilleux pour toi.

— Bien que la mer soit généralement calme, le roulis peut s'accentuer et les vagues deviennent puissantes. J'ai appris que si tu appliquais une pression aux bons endroits, ça calmait ton estomac.

Cador ricana.

— Ça ressemble à des conneries du continent. Est-ce qu'une prière va avec tout ça ? Est-ce que le dieu de la Terre fait diminuer le tourbillon ? Ou que Glaw calme la mer ?

— Non. Le guérisseur dit que c'est en rapport avec les courants dans notre corps. Et si tu fermes les yeux, le mal de mer sera encore pire. Continue de regarder la mer et l'horizon.

— C'est ce que je fais ! Je n'ai pas besoin de ton aide.

— Très bien, répondit Jem en se retournant.

— Enfin, si ça te fait plaisir, dis-moi quelle est cette astuce.

Cador avait déjà goûté suffisamment de bile âcre. Ils allaient encore passer des semaines à bord de ce navire.

— Tends ton poignet.

Regardant prudemment son époux, il tendit le bras droit. Était-ce une farce quelconque ? Il était impossible que Jem puisse le dominer, mais il avait peut-être autre chose en tête…

— Je te préviens, si tu essaies de me ridiculiser ou de…

Jem saisit le poignet de son mari de ses doigts légers et son regard demeura calme.

— Je veux seulement aider.

— Pourquoi ? demanda Cador en le fusillant du regard.

Jem jeta un coup d'œil à Bryok et aux autres.

— Ils n'ont pas l'air enclins à le faire.

Et pourquoi le devraient-ils ? Pourquoi devrais-je recevoir de l'aide ? C'est ma propre faiblesse. Moi aussi, je me moquerais de moi.

Prudemment, comme s'il manipulait le sabot d'un sanglier qui n'était pas encore complètement mort, Jem tourna la paume brûlée de son époux vers le haut. Il pencha la tête et appuya trois de ses doigts sur la peau plus tendre à l'intérieur du poignet, son pouce fermement posé de l'autre côté. Il continua d'appuyer et ne fit rien d'autre.

— Alors ? s'enquit Cador. C'est quoi cette astuce ?

— Une pression à cet endroit soulage le malaise.

Bien que ses mains soient froides, cette force stable réchauffa la peau que Jem touchait.

— Chez certaines personnes, un côté est plus efficace que l'autre. Pour la plupart des gens, c'est le droit.

Cador ricana.

— C'est tout ? Ça ne fait rien.

— Attends.

— Bordel, s'emporta-t-il en tirant sur son poignet.

Néanmoins, Jem le retint avec une force inattendue. Cador fut si surpris qu'il le laissa faire.

— Sois patient.

Et c'était bien le mantra du jour, n'est-ce pas ? Si Cador devait faire confiance à Tas et attendre, il pouvait sans doute se montrer un peu plus patient envers Jem. Surtout que son estomac se crispa dangereusement alors que les vagues grandissaient. Surtout si cela pouvait fonctionner. Cador fit ce que son jeune époux lui demandait et maintint son regard sur l'horizon ombragé.

Jem suivit son regard.

— Ne trouves-tu pas…

Après quelques instants de silence, Cador ne put résister.

— Quoi ? lui demanda-t-il.

Il n'avait aucune raison de s'intéresser à ce que Jem pensait, pourtant, la curiosité le tiraillait.

— Il y a *tellement d'eau*, expliqua Jem en observant les vagues aux crêtes argentées. Je n'ai jamais imaginé que le monde pouvait être aussi vaste.

Il paraissait à la fois émerveillé et effrayé.

— Quand j'ai vogué sur la mer du Sud, l'eau était si claire sous la lumière du soleil que je voyais des bancs de poissons zigzaguer. Nous ne partons que pour la journée et nous n'avons jamais perdu la terre de vue. Ici, c'est… infini, continua-t-il avant de frissonner. Comment connaissez-vous le chemin jusqu'à Ergh ?

— Je ne le connais pas, mais Meraud nous guidera. Elle connaît la mer d'Askorn comme sa poche.

— Comment est-ce possible ? Si Ergh est resté esseulé toutes ses années, où serait-elle allée ?

— Elle a pêché toute son enfance, désormais, elle est capitaine de ce navire qui vogue autour de l'île pour faire commerce. La terre est infranchissable à certains endroits, nous nous servons donc des bateaux pour les marchandises. Mais je suis rarement monté sur l'un d'eux avant que nous venions sur le continent.

Jem continua d'appuyer avec ses doigts et un petit sourire éleva le coin de ses lèvres pulpeuses.

— J'imagine que tu préfères la terre ferme.

— Oui, admit Cador, comme il avait évidemment trahi sa faiblesse.

Si l'astuce de Jem fonctionnait, au moins, les jours à venir seraient plus supportables.

— Attends, tu as dit que vous pêchiez, à Ergh ? Je croyais que la mer d'Askorn était trop hostile pour abriter une quelconque forme de vie.

Cador ne put s'empêcher de rire.

— Quelle connerie ! Bien sûr qu'il y a des poissons, dans ces eaux. Toute sorte de créatures se tapissent sous la surface, ajouta-t-il délibérément.

Jem écarquilla les yeux et observa fixement les vagues qui se soulevaient.

— J'imagine.

Une lueur sembla ensuite danser dans son regard sous la pâle lumière de la lune.

— Quelqu'un a déjà repéré un triton ?

— Quoi ? Bien sûr que non.

Encore des conneries du continent. Leur crâne était sérieusement gorgé de vide. Pourtant, Cador surprit ses lèvres à tressaillir face au visage plein d'espoir de Jem.

— Hmm. J'imagine que non. Regarde l'horizon, lui rappela Jem alors que le vent glacé les fouettait. On dirait que Glaw est déterminé à nous tourmenter. Hwytha, Dieu des vents, aussi. La Terre et le Feu doivent faire la sieste.

— Tu les imagines, dans les cieux, en train de nous regarder comme nous regarderions des fourmis courir ? demanda Cador sans tenter de dissimuler le mépris dans sa voix. Ils nous pousseraient d'une chiquenaude pour jouer à leurs jeux ?

— Honnêtement ? Non.

— Non ?

Après avoir été témoin de la piété des religieux et des délégués obéissants, il ne s'était pas attendu à cette réponse. Certainement pas de la part du petit Jem craintif.

— Mais je croyais que tous les habitants du continent étaient croyants.

— La plupart le sont, j'imagine. C'est comme ça qu'on nous élève. On nous dit qu'à notre mort, nous montons vers les cieux pour ne faire qu'un avec les dieux, pour appartenir au vent, à l'eau, à la terre, et brûler telle une flamme éternelle. C'est une belle idée.

— Et pourtant, tu te rebelles ?

Jem haussa les épaules.

— J'imagine, bien que… s'interrompit-il en fronçant les sourcils. À vrai dire, je n'ai jamais dit à qui que ce soit que je n'y croyais pas. Pas même à Santo, le membre que je préfère dans ma fratrie.

Il était étrange d'être celui qui recevait cette confession. Jem appuyait ses doigts contre le poignet de Cador, chauds et fermes. Celui-ci faillit se libérer brusquement, souhaitant subitement plus de distance entre eux.

Pourtant, il se surprit à demander :

— Quand as-tu arrêté de croire ?

— Je n'en suis pas sûr. Il y a des années, maintenant.

Une bourrasque les souffla et Jem se rapprocha, attrapant le poignet de Cador. Si ce dernier se penchait au-dessus de lui, il sentirait la douceur mouillée de ces boucles soyeuses contre sa joue. Il n'avait aucun intérêt à le faire, mais ils étaient assez proches pour ça.

— Je crois qu'il y a un roulis à cause de la marée et du vent, mais aussi, que pendant les étés secs, la terre est asséchée et que c'est la raison pour laquelle les incendies prennent facilement. C'est ainsi que le monde fonctionne, tout bonnement. Parfois, le monde est perturbant, mais ça n'a rien à voir avec des dieux raffinés ou leurs caprices.

Il leva les yeux et sourit à Cador.

— C'est une hérésie, je sais.

Ce sourire fougueux transperça Cador comme un éclair, lui rappelant l'unique plaisanterie de Jem lors du festin du mariage. Manifestement, le garçon n'était pas complètement timoré, après tout.

— Je dirais que c'est plutôt la raison. C'est un soulagement d'entendre qu'au moins un habitant du continent résiste aux enseignements des religieux.

— Et à Ergh ?

— La majorité des gens pensent que ce sont des conneries, bien que certains y croient. Surtout maintenant.

Jem fronça les sourcils.

— Pourquoi maintenant ?

Cador se maudit, lui et sa bouche stupide. Pourquoi perdait-il son temps à parler avec un prince pourri gâté qui ne comprendrait jamais rien à Ergh ou aux véritables tourments ?

Il libéra son poignet alors que le bateau se soulevait. Il déséquilibra ainsi Jem qui balança ses bras en se heurtant au bastingage. Le mouvement de la mer le souleva tandis que le bateau tanguait, s'enfonçant de leur côté où l'eau salée les éclaboussa.

Tendant la main vers lui, Cador saisit une poignée de la cape de Delen. Il tenta de saisir de la chair et des os avec son autre main et trouva l'épaule de Jem pour le stabiliser.

— Tu le jettes déjà par-dessus bord ?

Jory apparut et tendit la main vers Jem afin d'aider son compatriote à le remettre en sécurité.

Cador rit.

— Pas encore. Peut-être demain.

Jem se libéra avec un mouvement violent d'une puissance

surprenante. Il ne riait certainement pas et fusillait même Jory du regard.

Cador soupira.

— C'était une boutade.

C'était la raison pour laquelle il ne devrait pas perdre son temps avec Jem. Il s'en alla, déterminé à se joindre à la partie de dés, en attirant Jory derrière lui.

Pourtant, il ralentit sa foulée et se retourna.

— Dors en bas, ordonna Cador à Jem. Prends mes fourrures.

Il faisait trop froid pour lui sur le pont, sans aucun doute.

— Tu ne nous sers à rien si tu es mort, grommela-t-il en s'éloignant avant que Jem ne puisse répondre.

Après avoir ri à de nouvelles plaisanteries de ses amis sur son mal de mer – Cador n'avait pas envie de se transformer en habitant austère du continent qui ne savait pas plaisanter –, il s'assit sur une caisse et tira le dé quand ce fut son tour, tout en buvant une bière qui, au moins, recouvrit sa gorge et sa langue d'une saveur agréable et qui n'aurait pas si mauvais goût si elle remontait. Bien qu'il se sente mieux.

Sous sa cape, alors que la nuit tombait et que le vent mordant du nord soufflait, il appuya ses doigts à l'intérieur de son poignet et maintint son regard rivé sur l'horizon.

Chapitre 8

J EM AVAIT EU raison depuis le début. Ergh n'existait pas.

Ce n'était pas possible, pas quand les jours interminables se succédaient et que le navire continuait de voguer, encore et encore. Lorsqu'il s'était réveillé sous le pont, après cette première longue nuit à tanguer sur les vagues lors de cette aventure périlleuse, il n'avait pas vu un seul point de terre à l'horizon, dans quelque direction que ce soit. Ce spectacle de solitude était insupportable. Il avait été saisi par un désespoir étrange.

Il avait su qu'il faudrait plus d'une nuit pour atteindre Ergh. Pourtant, contempler ce néant sous la lumière grise et laiteuse d'un nouveau jour l'avait ébranlé comme il n'avait pu s'y attendre et comme il ne pouvait l'expliquer. Enfin, personne ne lui avait demandé comment il allait. Il s'était senti si petit et perdu que c'en était insupportable. Il mourait d'envie de voir sa famille. Même Pasco et Locryn, car au moins, ils lui étaient familiers.

Ce matin-là, Cador était en train de rire avec Jory, à l'autre bout du pont, et Jem imaginait comme ils se moqueraient de lui s'il confiait sa peur et sa solitude. Pourquoi s'en préoccuperaient-ils ? Cador n'avait d'époux que le nom. Les défenses gravées sur la peau de Jem ne signifiaient rien. Il avait battu en retraite dans la cale, où il n'était pas obligé de voir qu'il était particulièrement loin de chez lui.

Il était resté niché dans la cale, depuis, aussi près que possible de la chaleur du fourneau, mais en gardant suffisamment ses distances pour que le cuisinier ne le fusille pas du regard. Lorsqu'il montait pour se soulager au travers d'un trou à la poupe – ce qu'il ne faisait qu'en cas d'absolue nécessité –, il était ignoré. Bien que parfois, le regard de Cador lui picote la peau.

Sa peur à l'idée de périr et de ne jamais rentrer chez lui s'attardait avec ses crocs coriaces et tranchants. Même si Cador ne le poussait pas dans les profondeurs infinies de la mer d'Askorn, Ergh serait certainement un endroit dangereux. Une terre sauvage peuplée d'habitants encore plus sauvages qui se moqueraient sans doute de lui, eux aussi. Et qui pouvait bien dire que Cador ne se débarrasserait pas de lui, si l'opportunité se présentait ?

Bien qu'il sache que Jory avait effectivement plaisanté, quant au fait que Cador le passe par-dessus bord, et que des signes montraient que son mari était un homme bon – de petits détails comme ses fourrures qu'il avait données à Jem ou ses fossettes quand celui-ci lui avait annoncé qu'il était un hérétique.

L'Erghien avait également fait le serment de le protéger. Pas seulement lors de leur mariage – pour lequel ni l'un ni l'autre n'avait été sincère –, mais également le matin de leur départ. Cador avait promis à la mère de Jem de le protéger, bien qu'il n'ait pas semblé particulièrement emballé par l'idée. Le Neuvellan ne pouvait qu'espérer qu'il serait néanmoins un homme de parole.

Il avait été à la fois soulagé d'être seul dans la cale et rancunier à l'idée que Cador ne lui demande pas ce qui n'allait pas. Cependant, ces derniers jours – bien qu'il soit difficile de compter –, son époux avait commencé à venir dans la cale. Chaque jour, il se penchait au-dessus de Jem pour poser la même question.

Tu comptes glander ici toute la journée ?

Le spectacle de l'horizon infini était encore trop effrayant. Jem acquiesçait donc en guise de réponse et Cador grognait avant de s'éloigner.

Aujourd'hui, il n'était pas venu. Jem s'était faufilé sur le pont principal avant l'aube pour se soulager dans l'obscurité avant de battre en retraite dans son coin. À son retour, le cuisinier faisait bouillir un thé amer. Écoutant les craquements et les grognements du bateau, ainsi que les pas bruyants couvrant le sifflement du vent, Jem avait attendu que Cador arrive et lui pose sa question.

Était-il malade ? Il était peut-être simplement occupé par une tâche. Ou bien poser la même question inutile le lassait. Jem s'était convaincu, quelle qu'en soit la raison, qu'il se moquait de savoir si Cador viendrait lui demander de ses nouvelles.

Il sirota le thé immonde dans une tasse fêlée tandis que le cuisiner mélangeait un bouillon maigre de l'autre côté. Jem avait proposé d'aider avec la nourriture, même si, avouons-le, il n'avait jamais fait plus que mettre de l'eau à bouillir de toute sa vie. Le cuisinier lui avait quasiment grogné de s'en aller.

Si Cador était effectivement malade, quelqu'un l'avertirait, n'est-ce pas ? Bien que Jem ne puisse rien y faire. Il savait guérir les oiseaux, mais ne savait rien des gens. Et pourquoi le préviendrait-on ? Si quelqu'un devait s'agenouiller aux côtés de Cador pour le réconforter, c'était bien Jory. Il essuierait peut-être même son front s'il avait de la fièvre. Et pourquoi devrait-il s'agir de quelqu'un d'autre ? Ils étaient amants, après tout.

L'estomac retourné, Jem avala le reste de son thé. Comme invoqués par ses pensées, des pas tambourinant s'approchèrent de la porte ouverte au niveau de la zone où il se trouvait. Quand Cador bloqua le passage avec ses larges épaules, fronçant les sourcils pour le regarder, blotti dans son coin, un soulagement inattendu envahit Jem. Il n'était clairement pas malade ou blessé et n'était pas passé par-dessus bord.

Jem attendit la question, se demandant pour la première fois s'il devait donner une réponse différente. La mer infinie ne devenait pas un rêve uniquement parce qu'il ne la voyait pas. Il était peut-être temps d'arrêter de s'apitoyer sur son sort et d'affronter son destin.

— Tu es malade ? lui demanda Cador.

Jem cligna des yeux, surpris par cette nouvelle question.

— Non, répondit-il d'une voix forte.

— Alors, c'est quoi ton putain de problème ? Tu es à peine sorti.

Jem haussa les épaules, ne voulant verbaliser sa justification alors que la honte le picotait. Il n'aurait pas dû céder à sa peur et pourtant, il était obstinément acculé, à présent.

— Tu te comportes comme si tu étais emprisonné ici-bas. Tu ne l'es pas !

Ignorant pourquoi Cador paraissait si furieux et sur la défensive, Jem haussa une nouvelle fois les épaules.

Ses narines se dilatant, Cador croisa ses bras musclés.

— Dois-je te tabasser pour avoir une réponse ?

Une folle impulsion poussa le Neuvellan à hausser les épaules une troisième fois. Il souhaitait sans doute voir si Cador allait réellement le faire. De cette façon, il aurait une meilleure idée de la personne qu'était son mari. *Son mari.* Quelle absurdité ! Et pourtant, ils étaient mariés.

Cador crispa sa mâchoire et un muscle tressauta dans sa joue. Sa barbe avait poussé et Jem se demanda étrangement ce qu'il ressentirait s'il frottait son visage terriblement lisse contre elle.

— Ce n'est pas bon d'être enfermé ici. Tu as besoin d'air.

— Nous parlons et respirons, en ce moment même. Clairement, il y a de l'air.

— De l'air *frais*. Si tu n'es pas déjà malade, tu vas t'affaiblir. Te rendre *encore plus* faible.

Jem se risqua à hausser une nouvelle fois les épaules.

Cador laissa retomber ses bras le long de son corps, l'exaspération se joignant à son agacement.

— Merde alors, qu'est-ce qui ne va pas chez toi ? Arrête de te comporter comme… dit-il en désignant Jem d'un geste brutal. *Ça.*

Manifestement, la menace de s'en prendre physiquement à lui était effectivement dénuée de sens. Alors même qu'il s'intimait de ne pas baisser la garde, Jem ne put s'empêcher de laisser une chaleur bourgeonner dans son torse.

— C'est bon. Inutile de t'inquiéter.

— Je ne m'inquiète pas ! cria l'Erghien en passant une main sur son crâne rasé.

— Pourquoi certains ont les cheveux courts et d'autres longs, chez vous ?

Cador cligna des yeux.

— Quoi ?

— Il semble y avoir une signification derrière tout ça.

— Oh. Oui, répondit-il en repassant une main sur sa tête. Seuls les chasseurs se coupent les cheveux.

— Pourquoi ?

Cador sembla déconcerté par la question.

— La tradition. Et ne change pas de sujet. Dis-moi ce qui ne va pas chez toi.

— Pourquoi ?

Jem se surprit à vouloir tester la patience de Cador. Pour

voir jusqu'où il pouvait pousser et s'obstiner. Pour voir la réaction de l'Erghien. Ce n'était sans doute pas très sage, avec un chasseur impitoyable qui avait menacé de le tabasser, mais Jem ne put résister à l'envie d'en savoir plus sur cet homme.

— Je jure que si tu reposes cette question…

Cador le fusilla du regard. Pourtant, cette menace n'avait aucun poids. Elle n'était pas concrète.

— Tu ne peux pas toujours être aussi paresseux et inutile. Dis-moi ce qui ne va pas pour que je puisse arranger ça.

Là. C'était un aveu. Oh, comme Jem comprenait l'envie de tout arranger. En réaction, le besoin d'aider et d'apaiser l'agitation de Cador s'éleva en lui. La vérité lui échappa alors.

— Je déteste ne rien voir d'autre que la mer. C'est effrayant d'être si loin de chez moi. De toute terre. Ici, je n'ai pas besoin de le voir. Je peux faire comme si je n'étais pas aussi loin de chez moi.

Cador le dévisagea, manifestement surpris. Jem ignorait s'il était étonné par ses mots ou par le fait qu'il lui ait répondu. Cador ouvrit la bouche avant de la refermer. Le silence qui suivit la confession du Neuvellan s'étira.

— Alors, tu as de la chance, répondit-il enfin.

— Ah bon ? demanda Jem, dubitatif.

Sur ces mots, Cador sourit subitement. Des fossettes creusèrent ses joues barbues et tourneboulèrent l'estomac de Jem.

— « Chance » est peut-être un mot un peu fort. Mais on aperçoit Ergh.

Le dos de Jem se raidit.

— Vraiment ?

— Oui. Viens voir ça de tes propres yeux.

Il hésita un instant, puis tendit la main.

Le souffle de Jem se coupa. Une part de lui avait envie de

rester blottie sous les couvertures, dans la sécurité de ces quatre murs crissants, alors qu'il mourait toujours d'envie de retrouver ses livres. Il était seul avec ses rêveries concernant Morvoren et les aventures qui se finissaient toujours bien, sans exception. Mais combien de temps sa rêvasserie pourrait-elle le faire tenir ? Il était las de s'apitoyer.

Une excitation nouvelle le stimula alors qu'il tendait la main vers la paume droite calleuse de Cador. Ils ne restèrent liés qu'une seconde, quand ce dernier l'aida à se relever comme s'il ne pesait rien. Sa grande main chaude enserrait complètement celle du Neuvellan dans une poigne puissante. La brûlure de Jem l'élança, mais elle était presque guérie, à présent. Cador le relâcha et marcha en direction de l'escalier, laissant son époux le suivre s'il choisissait de le faire.

Jem prit une profonde inspiration et lui emboîta le pas, prêt à apercevoir Ergh pour la première fois. Ce serait possiblement beau, après tout. Cette nation serait peut-être une terre de tranquillité reculée et…

De la roche.

Des roches irrégulières s'avançant sur une mer d'acier glaciale. Les nuages pesaient lourdement dans le ciel et donnaient l'impression de venir à la rencontre des falaises impitoyables, formant un mur gris impénétrable. Jem avait rendu sa cape à Delen depuis une éternité, et il avait également laissé les fourrures de Cador dans la cale. Il aurait aimé les avoir autour de lui, maintenant que le vent le fouettait. Des nuages étranges apparurent devant son visage et il sursauta, s'agrippant brièvement au bras musclé de Cador pour retrouver son équilibre.

— C'est quoi ça ? demanda-t-il en chassant ce nuage.

Cador gloussa.

— Ton souffle. Tu peux le voir quand il fait froid.

Effectivement, cette brume s'échappait de sa bouche et de son nez. Jem, hésitant, passa une nouvelle fois la main dans l'air froid, mais il ne ressentit rien et le nuage disparut après quelques secondes.

— C'est donc vrai, tu ne t'es jamais retrouvé dans un endroit froid, constata Cador, qui semblait déconcerté.

— Non. Enfin, là, il fait clairement froid.

Jem regardait fixement l'île grise et tentait de trouver un soupçon de beauté ou quoi que ce soit qui lui rappellerait sa maison. Son corps s'était tant rigidifié qu'il pensait se briser en mille morceaux. Avec des doigts crispés, il resserra sa cape rouge autour de lui.

Une nouvelle vague de solitude le submergea, encore plus intense que lorsqu'il était blotti seul, dans la cale. Cette terre lointaine aurait aussi bien pu être la lune, dans le ciel. Il ne trouva pas un soupçon de couleur ou de réconfort. Ergh était stérile. Il mourait d'envie de voir de l'herbe verdoyante, de sentir le chèvrefeuille dans la brise, d'être avec ses oiseaux auprès du lac où il était en sécurité et avait le contrôle. Où tout lui était aussi familier que les pages usées de ses livres préférés.

Jem se rendit compte qu'il devait dire quelque chose, au risque de paraître incroyablement malpoli. Non pas que Cador se préoccupe de ce qu'il pensait, mais tout de même.

— C'est… impressionnant. Je n'ai jamais vu de telles falaises, auparavant.

Ça, au moins, c'était vrai. Jem avait un jour visité les montagnes d'Ebrenn, couvertes de neige au sommet. Elles s'élevaient au-dessus de forêts de conifères, mais aussi de rivières limpides et fraîches serpentant au milieu de champs de fleurs sauvages au printemps. Il y avait fait assez chaud pour qu'il n'ait même pas besoin de la plus légère de ses capes.

— Les Falaises de Glaw sont des remparts naturels, expliqua Cador. Tout envahisseur serait repéré par la vigie avant de pouvoir continuer à voguer.

— Oui, confirma Jem en observant les façades rocailleuses abruptes.

Les falaises s'avançaient dans une série de péninsules incroyablement étroites. Il n'y avait pas de côte, en bas, et les façades de pierres disparaissaient directement dans l'eau blanche bouillonnante.

— Elles sont comme les doigts d'une main.

— Oh, oui.

Jem le voyait, à présent. Cinq immenses péninsules séparées par la mer et l'obscurité des profondeurs.

— Quiconque tente d'escalader ces falaises sera écrasé par le poing d'Ergh.

— C'est probable, confirma Jem avant de plisser les yeux en direction de la façade rocheuse la plus proche. C'est quoi cette tache, là-bas ? Pas très loin du sommet.

Cador suivit le regard de son époux.

— Probablement un nid de drèdes. Ce sont des oiseaux immenses. Ils se nourrissent de poissons et font leur nid sur les surfaces rocailleuses où leurs petits sont mieux protégés des prédateurs. La falaise semble lisse, de loin, mais elle est creusée de crevasses profondes et étroites. Les drèdes y bâtissent leur nid avec des branches de pin afin de protéger leurs petits, dans les fissures.

Jem écouta avidement. Il aurait aimé les voir de plus près. Un signe de vie ! Des oiseaux dont il n'avait jamais entendu parler ! Un bourgeon d'excitation se déploya péniblement.

— Ah. Il n'y a pas beaucoup de grands oiseaux à Neuvella. Pourquoi les drèdes ne construisent-ils pas leur nid en haut des arbres ? Ce serait sans doute un endroit plus sûr que la paroi d'une falaise ?

Cador fronça les sourcils.

— Je n'en sais rien. Je n'y ai jamais pensé. Ils mangent du poisson. Donc j'imagine qu'ils aiment rester proches de leur nourriture. Leurs nids sont assez impressionnants. Ils sont construits pour résister au vent féroce d'Askorn. Quand j'étais petit, mon frère m'a un jour fait descendre au bout d'une corde. J'ai pu m'asseoir dans le nid et il a supporté mon poids. J'étais enfant, mais je n'étais pas particulièrement petit.

— C'est impressionnant. Et s'ils se servent de branches pour leurs nids, il doit certainement y avoir des arbres sur Ergh ? demanda Jem, empli d'espoir.

— Bien sûr. Tu crois que nous ne vivons que sur la roche et la pierre ?

— Non ! répondit Jem avant d'hésiter à reprendre la parole. Enfin, ces falaises donnent une première impression assez… menaçante.

Cador leva les yeux vers les rivages escarpés qui s'élevaient de plus en plus haut. Il grogna et Jem pensa que c'était un signe d'approbation.

Les autres passagers du bateau vaquaient à leurs occupations, ignorant Jem près de la proue. Delen vint lui redemander s'il voulait sa cape, mais ça ne semblait pas approprié. Il pouvait supporter d'avoir froid. Il devait s'endurcir. Cador ne lui proposa pas la sienne.

Des flocons blancs voletèrent bientôt. Ces piqûres d'épingle douloureuses bombardèrent son visage alors que le vent soufflait, et Jem se rendit compte qu'il s'agissait de neige, bien sûr. Il tendit sa paume, observant les flocons pâles se poser sur sa peau avant de fondre. Morvoren avait un jour voyagé vers une terre au nord où elle avait batifolé dans la neige fraîche après avoir vaincu un roi dragon. Son amant triton avait nagé sous la glace et l'avait surprise, avant de la prendre sur son épaule pour aller lui faire l'amour devant un feu rugissant. Elle n'avait jamais mentionné que ses oreilles balayées par le vent étaient si froides qu'elles en devenaient douloureuses.

— Que penses-tu de la neige ? lui demanda Cador.

— C'est terriblement déplaisant, répondit Jem en tendant la main pour récupérer davantage de flocons. Mais c'est beau, aussi. J'ai déjà vu de la neige, de loin, au sommet des montagnes d'Ebrenn.

— Qu'en pensez-vous ? demanda Cador après quelques secondes de silence.

— Des montagnes ? Vous n'en avez aucune, à Ergh ?

— Si, au nord. Je parlais des habitants.

— Oh ! Les Ebrenniens ? demanda Jem avant d'y réfléchir. Ils sont sympas, j'imagine. Leur roi est du genre pitoyable. Il est toujours en train de se battre avec ma mère pour une raison ou une autre. Il menace de lui déclarer la guerre, dernièrement, mais je suis sûr que les prêtres calmeront le jeu. J'en ai rencontrés quelques-uns, lors d'événements officiels, mais je ne peux pas dire que je connais véritablement un Ebrennien. Je reste dans mon coin, sauf quand mes parents m'obligent à me comporter en prince.

— T'es-tu toujours défilé face à ton devoir ?

Jem grimaça. Il parlait vraiment comme un enfant gâté, n'est-ce pas ?

— C'est juste que je ne suis pas très doué, pour ça. La diplomatie. La politique. Je préférerais largement m'occuper de mes oiseaux ou de mes lectures.

— Nous préférerions tous faire autre chose.

— Que ferais-tu, si tu le pouvais ?

— Je chasserais, répondit l'Erghien sans aucune hésitation. Je chevaucherais Massen au plus profond de la forêt.

— Massen ?

— Mon étalon, répondit-il avec un air affectueux.

Le bateau tangua et le mât grinça avec les bourrasques. Du coin de l'œil, Jem vit Cador en train de presser ses doigts contre son poignet et d'appuyer aux endroits qu'il lui avait montrés.

Le plaisir l'empourpra chaudement et il ressentit une étrange sensation d'accomplissement grâce à cette petite aide qu'il lui avait apportée. Néanmoins, cela ne compensait en rien le vent plus terrible et froid qu'il ne l'avait cru possible. Il enroula les bras autour de son corps, sa cape bien trop fine. Bientôt, ses dents se mettraient à claquer.

Cador se renfrogna.

— Pourquoi fais-tu ça ? Relève ta capuche. Où sont tes gants ?

— Je n'en ai pas.

— Bordel, grommela-t-il. Pourquoi ton peuple n'a-t-il pas empaqueté le nécessaire ?

Jem songea à ses livres avec un pincement au cœur envieux.

— Ne sommes-nous pas censés être au printemps ?

— Bientôt. Il arrive plus tard dans le Nord.

Il tira sur les mains de Jem et les saisit entre les siennes pour les frotter.

— Nous arriverons à Rusk dans une heure. Je ne veux pas que tu perdes des doigts, en attendant. Tas n'approuverait pas et tu serais encore plus inutile.

Jem ne put réprimer les étincelles de désir qui s'embrasèrent avec les bons soins rustres de Cador. Il tenta de ne pas penser au fait qu'il n'avait jamais été à ce point touché par un homme qui n'appartenait pas à sa famille. Ce qui était idiot. Ils se tenaient sur un bateau et d'autres personnes fourmillaient autour. Ce n'était pas *ce* genre de contact.

Son esprit conjura bien obligeamment des souvenirs de cette nuit-là, dans la vallée, quand les Erghiens avaient éhontément et bruyamment couché les uns avec les autres, à la belle étoile. Il se moqua de lui-même. La situation était loin d'une copulation, même si les mains de Cador envoyaient des spirales de chaleur non seulement dans les doigts froids de Jem, mais aussi jusqu'au bout de ses orteils gelés en passant par son entrejambe.

Mes dieux, Cador était si grand et large, en se tenant au-dessus de lui. Il était aussi proche que lorsqu'ils étaient devant l'autel. Il avait des lèvres pulpeuses et Jem les observa sous ses paupières à demi-fermées. Quelle serait leur sensation contre la bouche de Jem ? Quel serait leur goût ? Et la langue de Cador ? Jem avait rêvé d'embrasser un homme comme lui, d'être charrié dans ses bras robustes pendant que sa bouche était assaillie et qu'il respirait difficilement en goûtant, affamé, les…

Mais qu'est-ce qui n'allait pas chez lui ? Il n'appréciait même pas cette brute ! Bien que… Cador était gentil, en ce moment, comme il lui réchauffait les mains. Mais l'était-il réellement ? Jem n'avait aucune raison de vouloir l'embrasser.

Rien n'expliquait qu'il ait envie de voir un véritable sourire avec des fossettes de sa part. Jem devait maîtriser sa curiosité et se souvenir qu'il était seul. Il libéra ses mains et tituba en arrière.

— Merci ! Ça ira !

Cador haussa les épaules et s'en alla. Jem garda les poings serrés dans les poches de sa cape alors que le voyage se poursuivait à l'ouest d'Ergh. Les falaises cédaient la place à d'autres rochers moins abrupts et effrayants. La neige faiblissait, mais le vent restait glacial.

La terre finit par s'abaisser au niveau de la mer. Ces falaises-là étaient couvertes de boue et de ce qui devait être de l'herbe jaune et morte qui, avec un peu de chance, verdirait bientôt.

Des huttes et des cottages apparurent et un village révéla ses contours. L'île se recourba, offrant un port naturel, et le bateau partit en direction du rivage de roches noires. Il n'y avait pas de plage à proprement parler, rien que des cailloux noirs comme de l'encre.

Ils s'arrêteraient peut-être brièvement au village avant de poursuivre leur chemin jusqu'à Rusk, car Delen avait dit qu'il s'agissait de la capitale. Elle avait expliqué que des villages étaient éparpillés sur toute l'île, mais que le chef de clan avait toujours vécu à Rusk.

Cador se retourna.

— Va chercher mes fourrures dans la cale, ordonna-t-il.

— Nous nous arrêtons ici ?

Cador fronça les sourcils.

— Évidemment. Nous sommes arrivés.

— Arrivés où ? demanda Jem en levant les yeux vers les huttes de pierre.

— À Rusk.

— Mais…

Jem se mit sur la pointe des pieds et tendit le cou.

— Où est le château ?

— Le château ? répéta Jory en apparaissant aux côtés de Cador.

Il rit alors et cria au reste du bateau :

— Le Prince Jowan se demande où se trouve le château !

Jem se recroquevilla dans sa cape alors que les rires continuaient d'éclater.

— J'ai simplement supposé… grommela-t-il.

Jory sourit.

— Ce n'est pas le continent. Il n'y a pas de château sur Ergh. Ce n'est pas ainsi que nous vivons, expliqua-t-il avant de lui claquer une main sur l'épaule. Mais si tu pousses Cador à tomber amoureux de toi, il t'en construira peut-être un. C'est un bon bâtisseur, quand il se met à la tâche.

Jem haussa les épaules pour chasser violemment la main de Jory.

— Va te faire foutre ! rétorqua Cador sans véritable animosité.

Jory et lui partirent en riant ensemble.

Si tu pousses Cador à tomber amoureux de toi.

Une telle chose était-elle possible ? Jem ricana. Même si c'était le cas, c'était bien la dernière chose dont il avait envie. Quand il retournerait chez lui – l'idée d'un Neuvella verdoyant et chaleureux l'emplit d'une envie terrible –, il trouverait un homme bon et raisonnable qui deviendrait son amant. Quelqu'un avec qui il pourrait partager une affection confortable. Une amitié. Les aventures palpitantes et une passion effrénée avec un homme musclé pouvaient rester dans les pages des livres de Jem.

Une autre envie douloureuse l'ébranla avec une telle force qu'il fut obligé de fermer les yeux et de s'agripper au bastingage. Si seulement il avait le confort familier de ses contes préférés avec lui, à Ergh, le temps passerait bien plus vite. Il ne pouvait rien faire d'autre que de persévérer envers et contre tout. Il devait se concentrer sur le fait de représenter son peuple avec dignité.

Il regarda fixement les falaises de Rusk et les habitants qui se réunissaient au sommet. Il ne les voyait pas bien, d'aussi loin. Bientôt, il marcha d'un pas lourd derrière Cador dans un chemin taillé dans la roche, zigzagant sur une pente bien trop raide. Ses jambes le brûlaient et il comprenait certainement pourquoi il n'y avait pas de carrosses à Ergh, si le terrain était aussi inhospitalier.

Jem sentit l'attention curieuse des Erghiens comme des piqûres d'aiguille. Il pouvait tolérer leur curiosité. Cependant, les regards hostiles qui se rivaient sur lui le firent trébucher. Il tituba et Cador le redressa, sans interrompre sa foulée. Jem l'aurait bien remercié, mais il ne retrouvait pas son souffle. Son cœur tambourina et la sueur coula dans le bas de son dos malgré le froid.

Les habitants de Rusk portaient tous le même genre de vêtement : des cuirs, des fourrures, des matériaux rêches. Certaines femmes portaient des jupes épaisses et d'autres des pantalons. Aucune couleur n'était plus vive que le bonnet vert foncé d'un enfant et Jem était donc comme un phare avec sa cape rouge. Il se sentait idiot et minuscule et, mes dieux, il avait si froid alors que la neige recommençait à tomber.

Des gens s'étreignaient vigoureusement et parlaient à voix basse. Les villageois semblaient tous assez sérieux. Il n'y avait pas vraiment de sourires. Jem se demanda pourquoi les voyageurs n'étaient pas accueillis de façon plus joyeuse.

Le garçon avec le bonnet vert semblait trop vieux pour être porté, pourtant, une femme au visage de pierre le tenait dans ses bras. Elle le passa ensuite à Bryok. Jem supposa qu'elle était sa femme. Sa peau avait une légère teinte cuivrée tandis que ses cheveux étaient bruns et fermement attachés.

Elle s'approcha et au lieu d'appeler Cador ou de le saluer avec un sourire ou un signe de la main, elle lui bloqua le passage. Bien qu'elle soit fine – son visage de granit était presque décharné –, il y avait quelque chose de borné en elle.

Une compagne convenable pour Bryok, supposa Jem.

— Creeda, la salua Cador en lui souriant bien que ses fossettes ne se creusent pas. Tu vas bien ?

Elle se contenta de le regarder quelques instants.

— Viens à la maison pour un festin, dit-elle en ignorant sa question. Tu as manqué à Hedrok. À tous les enfants.

Le regard de Cador dériva vers le garçon que Bryok portait, bien qu'il soit trop vieux pour ça. Il agita sa main en direction de l'enfant avec un sourire qui n'était toujours pas sincère.

— Bientôt. Je ne suis pas libre pour le festin, dit-il alors à Creeda en regardant Jem par-dessus son épaule avec une expression chagrinée.

Cela ne ressemblait pas à une grimace, mais ce n'était certainement pas un sourire.

— Laisse-moi le saluer maintenant.

Cador avança vers son frère et le garçon, qui devait sûrement être Hedrok. Il l'étreignit longuement en lui parlant avec ce que Jem croyait être un enthousiasme feint. Curieux, Jem s'approcha d'eux, mais Creeda lui bloqua le passage.

Elle plissa les yeux, suspicieuse. Les habitants d'Ergh détestaient-ils par principe les habitants du continent qu'ils n'avaient jamais rencontrés ? Les religieux avaient-ils fait une si mauvaise impression ? Eh bien… C'était certainement possible. Ils n'étaient pas les meilleurs ambassadeurs d'Onan, à moins que les Erghiens apprécient les leçons de morale et l'ennui.

Creeda s'éloigna vers son mari, tandis que Cador continuait à parler avec leur fils. Delen s'approcha d'elle et elles s'étreignirent fermement. Jem resta en retrait et laissa Cador avoir son intimité. Lorsqu'il revint vers lui, Jem ouvrit la bouche pour lui demander ce qui n'allait pas, avec le garçon, mais il se surprit plutôt à se hâter pour rattraper les longues foulées de son époux.

Les bâtiments de Rusk étaient construits avec des pierres râpeuses et du bois de charpente. La partie principale du village était amassée, au loin. Il n'y avait certainement pas de château en vue, le plus grand bâtiment était long et bas. Aucune des maisons n'avait plus d'un niveau. Aucun champ de fleurs ne s'étirait à l'horizon et il n'y avait pas non plus de preuve de l'existence d'une végétation verte et luxuriante comme à Neuvella.

Sous le ciel chargé, de grands oiseaux prédateurs croassaient avidement plutôt que de chanter des mélodies qui resteraient suspendues dans la brise. Jem n'avait jamais travaillé avec des aigles aux serres imposantes sur le continent, comme ils n'étaient communs que dans l'Ouest. Ces oiseaux, sur Ergh, semblaient incroyablement immenses. Il s'agissait de bêtes volantes plutôt que de créatures papillonnantes comme Jem en connaissait.

Les Erghiens le dévisageaient ouvertement, à présent, chuchotant entre eux. La nouvelle de leur mariage se répandait clairement à Rusk. Les joues de Jem le brûlaient, mais il s'obligea à garder la tête haute, son regard rivé sur le large dos de Cador alors qu'il le suivait. Il ne fut nullement présenté aux gens de la ville. Il ne fut nullement présenté à ceux qui saluaient Cador sur le chemin, non plus.

Des conifères comme ceux d'Ebrenn poussaient, grands et menaçants, au-delà du village. Cela ne ressemblait nullement aux forêts baignées de soleil que Jem avait déjà vues par le passé. Il avait beau aimer les arbres, il n'était pas pressé de s'aventurer auprès d'eux. Naturellement, c'était précisément en direction de cette forêt que Cador marchait. Jem se hâtait de le suivre, la pression de centaines d'yeux rivés sur lui.

Il soupira, soulagé, quand ils s'approchèrent d'une écurie. Ils quittaient apparemment la zone principale de Rusk et laissaient derrière eux ses habitants. Un jeune homme avec de longs cheveux noirs attachés dans son dos les mena à un étalon immense dont la robe noire luisait, dehors.

Le palefrenier dévisagea curieusement Jem et lui lança un sourire hésitant avant de tendre les rênes à Cador. Toutefois, il ne dit rien avant de disparaître à l'intérieur. Pas de présentation. Jem supposa qu'Ergh n'avait jamais eu l'opportunité d'accueillir un visiteur par le passé, les prêtres mis à part. Ces derniers devaient être des invités pénibles.

Le cheval hennit et poussa Cador avec sa tête alors que celui-ci riait. Ce nouveau bruit léger ne ressemblait en rien aux rires qu'il avait partagés avec Jory et les autres. Cador appuya sa tête contre celle du cheval et caressa sa crinière flottante en murmurant à son oreille.

Il avait clairement manqué à l'animal qui se frotta contre lui en hennissant. Jem imaginait que s'il en avait été capable, le cheval se serait levé sur ses pattes arrière pour envelopper Cador dans une étreinte. Et Jem ne doutait nullement que ce barbare féroce l'aurait enlacé en retour.

Alors que Cador grattait les oreilles du cheval, Jem entendit quelques-uns des mots prononcés à voix basse.

— Toi aussi, tu m'as manqué. Mon garçon préféré.

Ces mots propulsèrent, sans raison, un frisson interdit dans la colonne vertébrale de Jem. Il n'était pas un garçon… il était un homme ! Il n'avait pas envie d'être le garçon de quiconque, encore moins celui de Cador. Et il se moquait d'être son préféré. Totalement.

Il n'avait aucune raison d'être subitement, profondément et particulièrement jaloux d'un cheval.

Il n'avait aucune raison de se demander ce qu'il ressentirait si Cador lui chuchotait ces mots à l'oreille, ses lèvres proches de…

— Tu es prêt ?

Jem réalisa que Cador s'adressait à lui. Sa verge avait honteusement gonflé, heureusement dissimulée derrière sa cape. Quel était son problème ? Cet homme retrouvait son cheval et Jem était curieusement excité par des mots innocents.

Il ne put retenir une réponse honnête.

— Non.

Cador rit. Ce fut un autre grondement discret et non pas l'un de ces rugissements bruyants qu'il laissait échapper quand il était bourré.

— J'imagine que je ne peux pas t'en vouloir.

Il se retourna et Jem n'eut d'autre choix que de suivre.

Ils auraient pu monter sur le dos de Massen, mais Cador le fit marcher, peut-être impatient de sentir la terre ferme sous ses bottes après le tangage constant du bateau. Les fesses de Jem en furent ravies. Massen portait les fourrures de Cador et quelques sacoches sur son large dos.

En lisière de forêt, Jem se rendit compte qu'ils étaient seuls, désormais. Il s'arrêta et jeta un coup d'œil derrière lui. La neige parsemait le sol boueux et la fumée voletait paresseusement dans le ciel gris depuis les cheminées de Rusk. Observant la forêt glauque, Jem n'arrivait même pas à repérer un chemin. De façon alarmante, Cador et Massen faillirent disparaître dans la forêt alors qu'ils n'avaient que quelques pas d'avance.

— Attends ! Où allons-nous ?

Jem ignorait ce qu'il craignait le plus : être abandonné dans le village ou disparaître dans la forêt avec Cador. Le vent s'était calmé, au moins.

L'Erghien se tourna, son visage dans l'ombre.

— Chez moi, répondit-il en fronçant les sourcils. Dans ma maison, je veux dire. Mon cottage.

— Par là ?

— Effectivement. Viens, maintenant. La lumière diminuera bientôt.

Se tenant à l'orée des ombres impénétrables sur l'île glacée d'Ergh, Jem comprit réellement à quel point il avait été chanceux toute sa vie. Jusqu'à ce jour, sur la Place Sacrée, quand il avait découvert qu'il avait été promis à quelqu'un. Quand cela s'était-il produit ? Il y a une semaine ? Deux ? Il n'en était même pas sûr. Il avait l'impression qu'une éternité s'était écoulée.

Jusqu'à ce moment-là, il avait pu faire exactement ce qu'il souhaitait. Il avait vécu dans le confort, la sécurité et la richesse, avec la protection et l'indulgence de sa mère. Il n'avait certainement pas envie de suivre son mari barbare dans la forêt incroyablement dense alors que l'obscurité menaçait.

Pourtant, Jem redressa ses épaules et le suivit, envoyant une prière silencieuse à Morvoren – elle était bien plus une déesse pour lui que les dieux de la terre, du vent, de l'eau et du feu. Qu'elle guide ses pas et lui donne du courage.

Cador guida son époux et celui-ci se rendit compte, une fois qu'ils furent dans la forêt, qu'un chemin coupait au travers des arbres. Il était assez large pour Massen. Ici, il n'y avait presque pas de neige sur le sol. Elle restait plutôt suspendue sur les branches au-dessus. Une odeur fraîche, presque mentholée, emplit les narines de Jem. Les aiguilles des pins étaient étonnamment douces sous ses pieds.

Des gazouillis désespérés lui furent à la fois merveilleusement familiers et alarmants. Cador passa juste devant, mais Jem s'arrêta et observa l'obscurité pour localiser le nid. Il appela l'Erghien.

— Attends, s'il te plaît !

Il quitta ensuite le chemin et suivit les cris stridents.

Là ! Jem courut entre les arbres et s'agenouilla près du nid tombé, qui était un amas de branches et d'épines. Les oisillons avaient été abandonnés dans leurs œufs cassés. Ces coquilles étaient d'une teinte rouge orangé, comme de la rouille sombre ou du sang séché.

Les dillywigues et les moineaux de Neuvella avaient des coquilles bleu pâle tachetées de marron. Ces oisillons pleuraient, alors que leurs yeux étaient encore fermés. Leur corps gris n'était couvert d'aucune plume, pour l'instant. Leur bouche était béante.

— Chhhut, tout va bien.

Jem aurait aimé pouvoir les bercer, mais il était trop tôt. Des branches craquèrent alors que Cador s'approchait.

— Que sont ces oiseaux ?

Il se pencha au-dessus d'eux et fronça les sourcils.

— Des askels.

— Des askels, répéta Jem en faisant rouler ce mot sur sa langue. Nous n'en avons pas sur le continent.

— Tu en verras beaucoup, ici.

Cador leva ensuite son pied.

Jem comprit à la dernière seconde quelle était son intention. Il bondit alors de sa position accroupie.

— Non !

Il attrapa la cuisse de Cador et le déséquilibra suffisamment afin de mettre fin à son mouvement qui consistait à piétiner le nid. Il enroula les bras autour de la jambe de l'Erghien, qui ressemblait plutôt à une barre de fer chaude.

— Ne les tue pas !

— Quoi ? Pourquoi ? Dégage de là !

Cador saisit Jem sous les aisselles et le remit sur ses pieds.

— Ils ne peuvent pas survivre. Il vaut mieux en finir vite.

— Ils *peuvent* survivre ! Je peux les aider ! Je l'ai déjà fait auparavant avec d'autres oiseaux.

Cador baissa les yeux vers les askels en fronçant les sourcils.

— C'est impossible quand ils éclosent trop tôt.

— Je peux le faire. Je peux essayer, au moins.

— Mais… répondit-il alors qu'il paraissait sincèrement confus. Ils souffrent. Tu prolonges leur malheur plutôt que de te montrer clément ?

— J'apaiserai leur souffrance et je les aiderai à vivre.

Jem détacha sa cape et s'agenouilla sur les aiguilles éparpillées. Il la replia et plaça délicatement le nid à l'intérieur.

— Je peux essayer, au moins.

— C'est une perte de temps.

Jem ignora Cador et leva prudemment son précieux chargement.

— Nous devons nous dépêcher. Ils ont rapidement besoin de nourriture.

Cador secoua la tête, mais ne le contredit pas alors qu'il repartait sur le chemin d'un pas lourd, Jem courant derrière lui. Lorsqu'ils arrivèrent au niveau de Massen, Cador souleva son époux sans ménagement pour le placer sur le dos de l'étalon. Il l'enroula ensuite dans les fourrures, promptement et sans ménagement. Jem protégea le nid, le conservant dans sa cape et sous les fourrures.

— Merci.

— Ne tombe pas ! aboya Cador avant de marmonner. Je dois être fou.

Il monta sur le dos de son cheval. Il passa l'un de ses bras musclés autour de la taille de Jem pour le maintenir en sécurité.

Ignorant le tressaillement dans ses fesses, comme il chevauchait à nouveau, Jem dissimula son sourire. Il murmura pour s'adresser aux oiseaux alors que Cador encourageait Massen à galoper pour s'enfoncer davantage dans cet étrange nouveau monde.

Chapitre 9

TOUTE SA DOCILITÉ disparaissant, Jem entra précipitamment dans le cottage. Mais pour qui se prenait-il ? Cador devait tout de même admettre qu'il préférait cette démonstration de bon esprit et de raison d'être à la triste mine de Jem dans la cale du navire lors de ce foutu voyage infini.

Cette tristesse l'avait rongé, bien que Delen lui ait dit qu'il devrait laisser Jem tranquille. Mais ce dernier n'était alors pas encore un prisonnier, et pour Cador, il était affolant qu'il agisse comme tel. Cette idée l'avait égratigné comme des clous rouillés et sa culpabilité avait surgi.

Et si Jem était tombé malade et était mort parce qu'il ne pouvait se contraindre à venir respirer l'air frais ? Cador ne pouvait se le permettre. Il fallait qu'il reste en vie. Du moins, jusqu'à ce qu'il soit l'heure d'agir. Mais même à ce moment-là… Si tout le monde coopérait, il serait inutile que Jem *meure*.

Mettant tout cela de côté et l'enfermant au fond de lui, Cador emboîta le pas du Neuvellan. Il hésitait entre aller voir les chèvres qui bêlaient devant la clôture de leur enclos et découvrir ce que Jem allait faire avec ces oiseaux souffrants. La curiosité l'emporta.

Sur le foyer de pierres autour de la large cheminée, Jem s'accroupit et saisit une bûche sur le tas. Il la poussa dans le foyer en fer avant de regarder autour de lui.

— Comment l'allumes-tu ?

— Tu n'as jamais allumé ton propre feu, petit prince ?

Il aurait dû le deviner.

— Généralement, il ne fait pas assez froid pour en allumer un. Ça n'arrive qu'une fois de temps en temps et, oui, un serviteur l'allume pour moi.

Le nid emmitouflé était posé à côté de Jem et il l'observa avec grand sérieux alors qu'un cri faible s'en échappait.

— Tu peux m'allumer un feu, s'il te plaît ? Il fait aussi froid ici que dehors, expliqua-t-il avec les yeux rivés sur les oiseaux.

Cador grinça des dents. Évidemment qu'il faisait froid à l'intérieur, il était parti plusieurs semaines. Ce n'était pas un échec de sa part ni celui d'Ergh. Pour qui ce morveux pourri gâté se prenait-il pour critiquer ? C'était la maison de Cador. Jem finirait par dormir dans l'écurie s'il se montrait aussi imprudent.

Les oiseaux pleurèrent pitoyablement.

Grommelant dans sa barbe, Cador avança vers la cheminée d'un pas lourd.

— Bouge ! ordonna-t-il en se penchant pour allumer le feu.

Il disposa les bûches, ajouta du petit bois qu'il prit dans une boîte coincée sous la base de la cheminée, puis attrapa sa pierre à feu. Puéril, il fut satisfait quand Jem s'exclama devant la pluie d'étincelles et s'éloigna, serrant le nid contre lui.

S'agenouillant, Cador souffla régulièrement sur le petit bois. Les flammes léchèrent bientôt les bûches empilées, précisément comme il le fallait pour qu'elles brûlent des heures une fois que le tout aurait bien pris. Il ne se souvenait pas d'une époque où il ignorait comment allumer un feu. Où il ignorait comment monter à cheval, s'envoyer en l'air, même engendrer une certaine chaleur. Jem avait eu une étrange existence. Il ne savait probablement pas cuisiner, non plus. Qu'était-il capable de faire ? Savait-il vraiment prendre soin des oiseaux ?

— Merci, répondit Jem.

Cador grogna et poussa le petit bois avec son tisonnier.

— Pourquoi tiens-tu autant à ces créatures maudites ?

— Parce que personne d'autre ne le fera.

Cador songea au bateau qui tanguait, à Jem, qui appuyait sur son poignet pour apaiser sa souffrance quand les autres se contentaient de se moquer de lui.

— Y a-t-il des vers, dans la terre ? demanda Jem.

— Des vers ? Oui.

Mais quel était le rapport entre les vers et le reste ?

— Peux-tu aller m'en chercher, s'il te plaît ?

Jem se pencha au-dessus du nid posé sur la cheminée, à côté de Cador, chuchotant et se tracassant pour les oisillons. Qu'il aille lui chercher des vers ? Depuis quand répondait-il aux ordres ? Il n'obéirait certainement pas à ce petit prince.

Pourtant, les askels tremblants pleuraient et Cador se surprit bientôt à sortir du cottage pour observer la boue. Il n'avait pas cherché de vers de terre depuis qu'il était petit. Il griffa le sol qui dégelait encore jusqu'à récupérer une poignée d'insectes gigotant.

Près du feu vacillant, Jem était agenouillé aux côtés du nid. Cador avança dans sa direction et posa les verres sur le rebord de la cheminée. Il recula ensuite, attendant de voir comment Jem allait faire manger des vers à ces oisillons, car ils étaient deux fois plus grands qu'eux, et que ces derniers, n'ayant même pas encore ouvert les yeux, étaient clairement condamnés. Cador aurait dû abréger leur souffrance quand il en avait eu l'occasion. Il aurait dû…

Il ravala un cri de surprise quand Jem récupéra un ver gigotant sur la pierre, essuya la terre autour et le mit directement dans sa bouche.

— C'est quoi ce délire ? s'étonna Cador tandis que son époux mâchait patiemment.

Il cracha ensuite la bouillie dans sa paume. Il en récupéra une petite portion entre ses doigts et la déposa dans le bec béant des oisillons, l'un après l'autre.

Le regard rivé sur les bébés pleurants et tremblants, Jem répondit simplement :

— Ils doivent manger. Si ces askels ressemblent un tant soit peu aux dillywigues du continent, c'est ainsi qu'il faut s'y prendre.

— Tu viens de manger un ver vivant.

Il avait cru que ce garçon guindé aurait reculé à l'idée de toucher des vers sales et gesticulants. Il l'imaginait donc encore moins en mettre dans sa bouche. Mais pour sauver les oiseaux, c'était apparemment nécessaire, et Jem l'avait fait efficacement, calmement, uniquement concentré sur le bien-être des créatures orphelines.

Cador songea une nouvelle fois à la pression patiente des doigts de Jem contre son poignet, à bord du bateau. Cette astuce avait curieusement fonctionné pour apaiser son estomac capricieux. Les vers feraient peut-être aussi des miracles.

— J'ai mastiqué un ver vivant pour le transformer en pulpe. Je ne l'ai pas avalé, expliqua Jem en lui lançant un regard curieux. Je ne t'aurais pas cru si délicat.

— Je ne le suis pas !

Néanmoins, alors que Jem mettait sereinement un autre ver gigotant dans sa bouche, Cador dut admettre qu'il était plus à l'aise avec le sang et les tripes qu'avec *ça*.

Il s'en alla pour voir Massen et saluer les autres animaux avant que Jem ne puisse lui demander de l'aider avec le pré-mâchage des vers. Massen paissait tranquillement. Un chœur de bêlements fit sourire Cador. Les poules braillèrent avec tout autant d'enthousiasme.

Cador ouvrit le portail du grand enclos qui occupait la majeure partie de sa clairière. Les chèvres vinrent le pousser et les poules se mirent à courir autour de lui. Il caressa les chèvres et rit alors que Massen s'approchait.

— Tu es jaloux ? lui demanda Cador.

Son voisin le plus proche, qui était tout de même assez éloigné, avait pris soin des animaux en son absence. Ils semblaient tous en bonne santé, mais Cador resta pour gratter et caresser les chèvres, puis pour caqueter avec les poules.

Après un certain temps, sa peau le picota et il eut la sensation d'être observé. Il regarda derrière lui et vit Jem dans l'embrasure de la porte du cottage, les bras croisés sur sa fine chemise bleue.

— Tu as besoin d'autres vers ? lui demanda-t-il comme il ne disait rien.

Jem secoua la tête.

— Alors quoi ?

— Oh, je…

Il sembla avoir des difficultés à trouver ses mots.

— J'allais te demander de l'eau.

La plus jeune chèvre poussa la main de Cador et celui-ci lui gratta les oreilles d'un air absent.

— Ne reste pas planté là.

Mais Jem ne bougea pas. Il désigna plutôt les animaux d'un geste du menton.

— Ils t'aiment bien.

Cador ricana.

— Ils aiment la nourriture que je leur donne.

Il baissa les yeux vers ces chèvres hideuses. Elles bêlèrent, satisfaites, et restèrent près de lui. Certes, il tuait des sangliers pour les manger, mais ça ne signifiait pas qu'il devait se montrer cruel avec les autres animaux. Ces poules pondaient des œufs qui lui remplissaient l'estomac et le lait des chèvres étanchait sa soif. Pourquoi ces bêtes ne devraient-elles pas être heureuses ?

Il eut une sensation étrange, comme s'il avait été pris la main dans le sac. Bryok s'était souvent moqué de lui en lui disant qu'il était trop mou pour devenir chasseur. Mais il aimait ce frisson et remerciait les sangliers d'être l'élément vital d'Ergh. Enfin, maintenant, ils savaient que les sangliers ne suffisaient pas…

— Je n'ai aucune expérience avec les animaux de la ferme. Ils semblent gentils.

— Ils le sont. Tant que tu sais t'occuper d'eux. Les chèvres seront ravies de te mordre si tu les surprends.

Jem acquiesça et après quelques secondes d'observation curieuse, il demanda :

— Tu veux bien me montrer comment faire ?

Cador ne voyait pas de mal à ça.

— Bien sûr.

— Merci.

Jem frissonna et se frotta les bras au travers de sa fine chemise.

Cador grommela.

— Tu auras besoin de vêtements plus chauds. Ces tissus sudistes sont inutiles, sauf pendant la période la plus chaude de l'été. Ton coffre sera livré dans la matinée, mais je suis sûr que ça ne servira à rien.

Jem haussa les épaules, maussade.

— Mes livres ont disparu. Il n'y a pas grand-chose d'autre, à l'intérieur.

Une honte inconfortable enserra les entrailles de Cador. Jem pleurait encore la perte de ses livres ? Ce coffre était bien trop lourd ! Pourquoi Cador devrait-il avoir honte d'avoir fait passer le bien-être des chevaux et des voyageurs avant un prince pourri gâté habitué à arriver à ses fins ? Il ne le devrait pas.

Peut-être que quelqu'un avait récupéré ses livres et les avait rapportés à Neuvella ? Jem les retrouverait, un jour.

S'il survit.

Cette pensée tenace revint dans l'esprit de Cador. Jem n'avait aucune raison de mourir. Tas avait dit qu'il serait rendu en un seul morceau. Au bout du compte. Sans compter sa main.

Cador gigota fébrilement. Il avait été plus facile de condamner le prince Neuvellan à un kidnapping et à une mutilation quand il n'avait été qu'un inconnu sans visage qui n'existait que pour jouer son rôle involontaire dans le déclenchement d'une guerre.

— Comment vais-je payer de nouveaux vêtements ? demanda Jem en fronçant les sourcils. Je n'ai pas de pièces.

— Comment obtiens-tu des choses, à Neuvella ?

Jem gigota, le regard rivé sur ses bottes.

— Je les demande.

— Naturellement.

Cador secoua la tête et ressentit sa rancœur habituelle envers les habitants du continent, celle qu'on lui avait toujours enseignée.

— Eh bien, ne t'inquiète pas. Ici, nous partageons et marchandons. Je m'en occuperai.

Jem leva les yeux, sous ses épais cils.

— Merci, répondit-il d'une petite voix.

Son regard était vraiment perçant.

— Je suis coincé avec toi, donc je ne peux pas me permettre

de te laisser geler. Le claquement de tes dents me rendra fou. Rentre !

Il s'obligea à se rappeler l'essentiel.

Petit prince paresseux ! Inutile ! Il n'a aucune importance ! *Seul Ergh compte.*

Après avoir installé Massen dans la petite écurie derrière le poulailler, Cador s'occupa de ses tâches, ravi de cette distraction. Il avait construit ce cottage grâce à des pierres et des arbres qu'il avait abattus afin de définir une clairière circulaire. Bryok n'avait pas compris pourquoi son frère ne voulait pas d'une maison plus grande à Rusk, un lieu honorifique digne de l'enfant du chef de clan.

Bryok et Delen avaient tous les deux construit des maisons comprenant de multiples pièces, mais Cador était satisfait de son cottage composé d'une unique pièce, pour l'instant. Il était bien assez éloigné des autres pour avoir la paix, mais il était aussi suffisamment proche pour ne pas se sentir seul. S'il se mariait un jour et qu'il avait des enfants, il continuerait de construire et creuserait davantage sa clairière.

Debout devant la pompe du puits pour remplir son seau, Cador vacilla. Le liquide glacial éclaboussa ses mains. Il *était* marié. Il le savait – bien évidemment. Il avait un stupide oiseau gravé dans sa paume, n'est-ce pas ? Il ne s'était jamais préoccupé de mariage et savait que l'amour était un jeu d'imbéciles. Alors pourquoi s'y intéresserait-il maintenant ? Pourquoi un vide étrange devrait-il le hanter ?

Il était merveilleux d'avoir la terre d'Ergh sous ses bottes, de sentir le parfum mentholé des aiguilles de conifères, de voir les volutes de fumée s'envoler dans le ciel noircissant depuis la cheminée qu'il avait construite. Ici, dans cette clairière, dans son petit coin de terrain, il n'avait pas besoin de représenter Tas ou de s'inquiéter de ce que pensait Bryok. Il n'avait rien d'autre à faire qu'exister.

Pourtant, maintenant, Jem était dans son sanctuaire. Avec son nom ridicule et son visage bêtement mignon. Ses boucles brunes qui semblaient extraordinairement douces. Il était réel. Il était dans son cottage, près du feu, à essayer de sauver des oisillons condamnés avec une détermination subtile.

Cador ne retrouvait pas la vie qu'il avait toujours connue. La récupérerait-il un jour ou avait-elle disparu pour l'éternité ? La guerre serait-elle la réponse ? Et s'ils se posaient les mauvaises questions ?

Le vent secoua d'épaisses branches et Cador resserra sa cape autour de lui. Il se sentit à vif, sans véritable raison. Le destin de Jem ne devrait avoir aucune conséquence. Un prince n'avait aucune importance si on le comparait aux enfants d'Ergh. Au futur même d'Ergh.

Des pensées sur son pauvre neveu, Hedrok, envahirent alors son esprit. Cador prit une profonde inspiration afin de chasser une vague de nausée. Il ne pouvait guérir Hedrok, malgré ses efforts, et il souffrait désormais profondément quand il pensait à lui, encore plus quand il le voyait.

Cador savait qu'il était le pire des lâches, mais il temporisa une nouvelle fois sa culpabilité et l'enferma au plus profond. Épouser Jem était ce qu'il pouvait faire pour son neveu. Ce qu'il advenait du prince à la fin de la guerre était sans importance.

Ballotant l'eau qui déborda du seau, il repartit vers le cottage. Il en avait assez de ces idioties. À l'intérieur, Jem était toujours assis au bord de la cheminée et observait le petit nid. Il gratifia à peine Cador d'un regard.

Ce dernier décida de l'ignorer, mais il finit par demander une minute plus tard :

— Alors ?

Jem leva les yeux.

— Ils ont mangé. S'ils sont encore vivants demain matin, ils devraient survivre.

Cador en fut étrangement soulagé. Ça n'avait aucun sens. Les askels ne lui donnaient aucune nourriture et ne l'aidaient pas à se déplacer dans tout Ergh comme Massen le faisait. Rien ne devrait le pousser à perdre du temps pour s'occuper d'eux. Il aurait bien mis fin rapidement à leur souffrance d'un seul coup de pied, mais ils se trouvaient désormais ici, dans son cottage, qui n'avait pas accueilli autant d'occupants depuis… toujours.

Se levant, Jem étira ses bras au-dessus de sa tête. Son corps souple se cambra et ses hauts-de-chausse collèrent à ses fesses fermes. Cador inclina le seau au-dessus d'une cruche, sur la table patinée près du feu. Il jura en renversant l'eau.

— Alors, c'est ta maison ? demanda Jem. C'est confortable.

Les poils de Cador se hérissèrent alors qu'il épongeait l'eau avec un chiffon. Il perçut l'habitation sans fenêtre au travers du regard de Jem : un grand lit avec un cadre en bois et un matelas ferme, une cheminée, une table et des chaises, un garde-manger, des commodes dans lesquelles se trouvaient ses vêtements et une pile de fourrures. Cet endroit était simple, mais il n'avait nullement besoin de raffinement.

— Nous ne pouvons pas tous vivre dans un château, Votre Altesse. Nous n'en avons pas envie.

— Non, bien sûr que non. Il y a quelques décorations, re-marqua Jem après quelques instants de silence. N'y a-t-il pas de tapisseries à Ergh ?

— Pas beaucoup.

Cador eut envie de montrer les pommes de pin éparpillées sur le manteau de la cheminée. Qu'étaient-elles si ce n'était de la décoration ?

Hésitant, Jem s'approcha des lances alignées contre la pierre rugueuse près de la porte en bois, comme si elles pouvaient jaillir du mur et l'empaler. Cador y avait laissé son épée dans son fourreau. Porter leurs épées sur le continent avait été stratégique, mais il préférait de loin ses lances.

— J'imagine que c'est votre art, dit Jem en examinant les différentes lances.

Cador fut obligé de rire. L'émotion n'était pas la bienvenue, bien qu'elle soit indéniable.

— J'imagine que oui.

Jem semblait sur le point de dire autre chose, mais sa colonne vertébrale se raidit ensuite. Son regard parcourut toute la demeure.

— Il n'y a qu'un lit.

Merde.

C'était vrai. Le lit de Cador n'était pas emplumé, comme ceux de la Place Sacrée. Il s'agissait cependant d'un long et large grabat qui lui offrait le luxe de s'étendre. Il y avait largement assez de place pour deux – bien que Cador y ait rarement accueilli qui que ce soit bien longtemps. Compte tenu de l'expression de Jem, on aurait eu l'impression qu'il préférait dormir avec un sarf.

Cador haussa les épaules.

— Je n'en ai besoin que d'un.

En réponse au regard troublé de Jem, il leva les yeux au ciel.

— Ne t'inquiète pas. Je ne te besognerai pas, même si tu étais la dernière personne sur Ergh. Je préférerais sodomiser un sanglier.

Jem sourit légèrement et croisa les bras.

— Comme c'est rassurant. Je dormirai quand même devant

la cheminée. J'ai besoin de garder un œil sur les oisillons.

— Comme il te plaira.

Ils devraient peut-être emprisonner Jem, après tout. Cador l'aurait dans les pattes pendant des mois.

Il réalisa le reste de ses tâches avec mauvaise humeur avant de servir de la viande séchée de sanglier qu'il prit dans le garde-manger, ainsi que des baies séchées et de la bière. Demain, il chasserait et remplirait son garde-manger à Rusk. Jem le remercia pour la nourriture qu'il grignota en surveillant les oiseaux. Ils s'étaient tus et Cador ignorait si c'était bon au mauvais signe. Il ne s'autorisa pas à poser la question.

Le regard de Jem alternait régulièrement entre Cador et le lit. N'était-ce que de la nervosité ? Il tenta d'imaginer ce que c'était que d'être vierge à vingt ans. Il aurait désespérément eu envie de s'envoyer en l'air. De plonger dans le corps de quelqu'un ou d'être pris. Il aurait désespérément eu envie de connaître cette sueur, ces grognements et ce soulagement.

Il examina la courbe de la tête baissée de Jem et ses boucles qui tombaient devant son front, là où il était agenouillé près du nid. Cador s'imagina passer une paume derrière sa tête, d'emmêler ses doigts dans ces cheveux brillants tout en le poussant à quatre pattes…

Quel genre de cris pouvait-il soutirer à Jem en s'insérant dans son corps crispé ? Jem serait-il audacieux en ayant la verge de Cador en lui ? Se contenterait-il de geindre et d'être pris ou le supplierait-il pour en avoir plus ? Bien sûr, cela ne l'intéressait pas réellement.

Tandis que Jem tendait la main vers sa coupe d'eau, ses hauts-de-chausse s'étirèrent sur la courbe de ses fesses.

— Aimerais-tu te laver ?

Cador fut surpris d'avoir posé cette question. Ce n'était pas parce qu'il souhaitait voir Jem nu. Il se montrait simplement accueillant.

Il attira ainsi l'attention de Jem.

— Le puis-je ? demanda-t-il en regardant autour de lui. Où ?

Jem ricana alors et grimaça.

— J'avoue que j'ai l'habitude que des serviteurs réchauffent l'eau et remplissent ma baignoire.

— Je n'en doute pas.

Cador dut admettre que cela n'avait pas l'air si terrible. Il alla dans un coin derrière la cheminée, où se trouvait une petite baignoire en bois, et il la rapprocha du feu. Rapporter les seaux d'eau pour qu'ils se réchauffent au-dessus des flammes ne prit que peu de temps et bientôt la baignoire fut à moitié remplie. Cador déballa un carré de savon.

Jem le prit, d'une main hésitante, et son regard vacilla vers la baignoire.

— C'est… plus petit que ce que je connais ? Comment tu… ?

Petit ? Comment se trempaient-ils sur le continent ? Pourquoi une baignoire serait-elle plus grande ? Perplexe, Cador se débarrassa de ses vêtements et mit un pied dans l'eau chaude qui s'éleva autour de ses mollets. Il se pencha pour récupérer de l'eau et mouiller son corps avec une éponge, déversant le liquide délicieusement chaud sur sa tête et ses épaules avant de savonner sa peau.

— Tu vois ? demanda-t-il à Jem.

Devait-il tout apprendre à ce garçon ?

Jem laissa échapper un étrange petit couinement. Quand Cador le regarda, il acquiesça tant que sa tête aurait pu s'envoler de son cou.

— Mais qu'est-ce qui ne va pas chez toi ? demanda Cador en

fronçant les sourcils.

— Rien !

Jem semblait regarder dans toutes les directions, sauf vers Cador.

— Il y a un autre gant dans la commode, par là.

Cador finit de se frotter et de se rincer. Il sortit ensuite de la baignoire. Toujours nu, il dégoulinait sur le sol, mais il sécherait. Il tendit le savon à Jem.

Celui-ci le récupéra avec des doigts tremblants, puis il resta planté sur place pour observer fixement la baignoire.

— La méthode n'était-elle pas claire ?

Jem s'attendait-il à ce qu'il aille lui chercher de l'eau propre et réitère tout le processus ? C'était une folie.

— Non, c'était clair. Très clair. C'est juste que…

Le visage de Jem se froissa.

— Peux-tu détourner les yeux ?

— Les détourner de quoi ?

Jem soupira précipitamment.

— De moi ! Quand je me déshabille !

— Pourquoi ? demanda Cador en se désignant d'une main. Je ne porte rien.

— J'avais remarqué ! répondit Jem en secouant la tête. Non pas que je regardais ou que *j'essayais* de le remarquer.

Cador n'eut d'autre choix que de rire.

— Pourquoi te mets-tu la rate au court-bouillon pour quelque chose d'aussi ordinaire ?

Il tourna théâtralement le dos.

— Et voilà. Je ne regarderai pas.

— Merci, marmonna Jem.

Tenant sa parole, Cador ne lui jeta pas même un coup d'œil. Il ne s'intéressait nullement à la silhouette élancée du prince pourri gâté qui ne savait même pas monter à cheval. Il était planté là et patientait, bien que des corvées l'attendent encore. Sa peau mouillée sécha et la chair de poule recouvrit son corps malgré la chaleur du feu derrière lui.

Dos à la cheminée, il entendait les bruits d'éclaboussure et imagina Jem en train de se savonner, la mousse grise sur sa peau brune alors qu'il se penchait et frottait ses membres. L'eau coulait sûrement sur son torse. Était-elle déviée par ses tétons ? Était-il poilu ou non ? Si Jem frottait le gant sur sa peau, ses tétons se durciraient-ils ?

Une minute s'écoula. Puis une autre. Cador était enraciné sur place et écoutait. Il l'imagina passer le gant mousseux sur sa verge, puis derrière, au niveau de ses fesses. Ces fesses rondes et parfaites. Entre elles…

Le bruit d'eau s'estompa et une bûche craqua dans la cheminée. Si Cador pivotait, Jem serait à portée de main. S'il…

— J'ai terminé, chuchota ce dernier. Merci.

Cador reprit ses esprits et se retourna, trouvant Jem une nouvelle fois vêtu de sa chemise soyeuse qui tombait au milieu de ses cuisses. Debout devant le feu brûlant, son corps était souligné par le fin tissu. Ses cheveux étaient mouillés, les boucles hirsutes, et Cador fut frappé par la folle envie de s'approcher pour les lisser.

— Pourquoi portes-tu ça ? demanda-t-il d'une voix trop forte.

Jem fronça les sourcils.

— Quoi ?

— Tu dors dans cette tenue ?

— Oh.

Jem baissa les yeux vers le tissu soyeux, son corps toujours dessiné clairement par le feu.

— Généralement non, mais ça ressemble suffisamment à une chemise de nuit.

Il gigota et tira sur l'ourlet.

— Ce n'est pas aussi long, mais ça devra faire l'affaire. Bon… Bonne nuit.

Cador grogna et se retourna. Même leurs tenues de nuit n'étaient pas pratiques. Elle ne procurerait aucune chaleur. Pourquoi ne pas se contenter de dormir nu ? En parlant de ça, il était temps de profiter de son propre lit après tant de temps loin de chez lui.

Il s'allongea sous ses fourrures. Au cœur de l'hiver, il devait porter plusieurs couches pour se tenir chaud, mais bien que le printemps soit en retard, il faisait assez chaud pour lui. Il avait toujours adoré dormir nu et libre.

Jetant un coup d'œil au feu, Cador aperçut le regard écarquillé de Jem avant que le garçon tourne la tête en direction des flammes. Bien qu'il soit assis devant la cheminée, il croisait toujours fermement les bras. Il était si délicat qu'il congèlerait probablement, même à un mètre du brasier. Cador n'avait certainement pas besoin d'être tenu éveillé par des dents en train de claquer.

De plus, la cheminée de pierres n'était pas un endroit confortable pour dormir. Grommelant, il rejeta ses fourrures. Jem l'observa, les yeux écarquillés, alors qu'il traversait la pièce pour étendre deux de ses épaisses fourrures sur le rebord de la cheminée.

— Des peaux de blonek, du nord, expliqua Cador, qui avait besoin de combler le silence.

Il s'accroupit et caressa la fourrure brune, douce et légère.

— Ces animaux sont rares, à présent, donc ces peaux sont spéciales. Elles devraient être suffisamment confortables à ton goût.

Les yeux de Jem étaient rivés sur les flammes orange.

— Oui ! Merci !

Cador se redressa et se gratta le torse.

— Tu es bien installé ?

Jem hocha la tête, sans détourner les yeux du feu, alors que ses genoux étaient remontés au niveau de sa poitrine et que ses bras étaient enroulés autour. Cador haussa les épaules et attrapa l'un des coussins sur le lit. Ils étaient rembourrés avec de la paille plutôt que des plumes, mais ce serait toujours mieux que la pierre. Il aimait en avoir deux, mais il en plaça un sur les fourrures près du feu.

— Tu as le droit de dormir sur le lit. Comme je te l'ai dit, ta vertu est en sécurité avec moi.

— Merci, répondit sèchement Jem. Je vais dormir ici.

Cador ne le supplierait certainement pas d'occuper la moitié de son lit – ce ne serait même pas le cas, comme il était si mince. Jem tiendrait certainement dans la courbe de son bras ou contre son torse…

Secouant la tête, Cador remonta sur la fourrure qui lui restait. Il ferma les yeux et s'obligea à penser uniquement à la chasse du lendemain matin et non au reste. Il faisait semblant d'être seul et agissait comme si sa vie était telle qu'elle l'avait toujours été.

Chapitre 10

— ALORS ?

Se penchant au-dessus du nid, sous la faible lumière des braises dans la cheminée, Jem sursauta. Il ne s'était pas rendu compte que Cador était éveillé. Il s'appuya sur un coude et le trouva une nouvelle fois nu, sans la moindre gêne. Heureusement – ou pas, tout dépendait du point de vue –, Cador était toujours blotti sous les fourrures de son lit. Il cligna des yeux d'un air endormi en regardant Jem, à peine visible dans l'ombre.

— Trois sont morts. Je les ai mis dans le feu. Mais une vit encore. Je la nourrirai bientôt, cette petite.

— Cette petite ? Comment peux-tu en être sûr ?

— Je ne le peux pas, mais ça me semble approprié. J'en serai certain quand elle sera prête à quitter le nid et que ses plumes d'adultes auront poussé. À supposer que les askels sont comme les dillywigues. Le temps nous le dira. Je vais l'appeler Derwa, en attendant.

Dans les livres, Derwa était la meilleure amie de Morvoren, une jeune femme robuste et fiable.

— Si tu insistes.

— Quand le soleil se lève-t-il ?

Sans fenêtre, il ne pouvait savoir l'heure. Il avait l'impression que l'aube était à peine levée et qu'il était encore tôt, comme le silence régnait et que les oiseaux de la forêt, derrière les murs du cottage, demeuraient silencieux. Ou peut-être la pierre était-elle si épaisse que leur chant était étouffé.

— Pas avant quelques heures, mais la chasse commence tôt. Nos journées sont plus courtes, ici.

Cador rejeta ses fourrures. Il était là, dans toute sa gloire considérable, des défenses tatouées sur son large torse, son membre à moitié durci se dressant fièrement.

Qui avait besoin d'un pépiement d'oiseau ou du chant du coq pour signaler l'arrivée du matin quand vous aviez *ça* ? Jem maintint résolument son regard sur le nid. Il espérait que, bientôt, Derwa crierait pour avoir son petit déjeuner. Il grimaça en étirant son cou bloqué par un torticolis. Il devrait avoir l'habitude de dormir par terre, après le voyage, mais il avouait volontiers que son lit lui manquait.

Penser à sa chambre, à ses livres et à ses draps soyeux mena-ça de faire remonter une éruption d'envie indésirable qu'il avait plongée au plus profond de son être. Il s'occupa donc en mâchant des vers.

La matinée passa assez rapidement, la légère lumière de l'aube ne s'accentuant nullement. D'épais nuages obscurcis-saient le ciel au-delà des grands arbres où Cador avait disparu pour chasser. Il souriait maintenant qu'il tenait à nouveau sa lance. Jem explora la clairière, caressant les chèvres amicales sans oser s'aventurer plus loin que les toilettes extérieures.

Cador revint les mains vides. Pourtant, cela ne sembla nul-lement atténuer sa bonne humeur. Le coffre de Jem fut livré et, après avoir nourri son oisillon à midi, il fouilla dans ses maigres possessions. Quand il sortit la bougie dont il se servait pour se procurer du plaisir, il la jeta à l'intérieur, comme si elle était allumée et que de la cire brûlante coulait sur ses doigts. Il referma le couvercle dans un bruit sourd.

Le voyage jusqu'à Rusk, pour se procurer des vêtements plus

chauds, ne prit pas longtemps. Il était désormais moins douloureux de monter à cheval, ce qui n'était pas rien. Assis entre les cuisses puissantes de Cador et gardant le dos droit, Jem tenta d'ignorer les regards curieux et les murmures suspicieux alors qu'ils entraient dans le village. Sa cape rouge était désormais un nid de fortune et il enroula donc plus solidement autour de ses épaules une couverture de laine rêche qu'il avait empruntée.

L'air sentait la viande fumée et le crottin de cheval. Puis, alors que le vent tournait, il sentit le pain frais. Jem n'était pas un expert, mais les villages qu'il avait visités sur le continent d'Onan avaient semblé…

Il eut des difficultés à rassembler ses idées. Il ne dirait pas qu'ils étaient plus jolis – bien qu'ils le soient, avec des fleurs aux couleurs éclatantes dans des pots en céramique alignés dans les rues pavées. À Rusk, les rues étaient en terre et Jem n'imaginait aucune fleur. Peut-être qu'en été, cet endroit s'éveillerait.

Il remarqua que l'autre différence fondamentale résidait dans les habitants – quand ils ne le fusillaient pas du regard, ne le dévisageaient pas ou ne chuchotaient pas à son sujet – qui gardaient la tête baissée et accomplissaient leurs tâches sans se saluer avec enthousiasme. Où étaient les vieillards qui se rassemblaient pour boire du thé et commérer dans le temple qui était un hommage aux dieux ?

Ah ! Jem regarda les huttes rassemblées et le capharnaüm de rues. C'était la plus grande différence : Rusk n'avait pas été bâtie depuis le temple central.

Dans le village, près du château où vivait Jem, le temple était similaire à la plupart de ceux que l'on voyait sur le continent. Il s'agissait d'un grand carré ouvert, avec des murs de pierre de chaque côté. Les statues de Dor, de Tan, de Glaw et de Hwytha au centre étaient taillées sur un piédestal imposant, comme si les dieux observaient les villageois depuis les cieux. Les religieux du coin prêchaient au pied des statues.

Des marches entouraient le temple surélevé, de chaque côté. Il était également cerné par la place du village, le cœur de la communauté. Les enfants y jouaient sur l'herbe, les vieillards se mettaient à l'aise sur les marches avec leurs thés et les rumeurs qu'ils partageaient, et les villageois la traversaient alors qu'ils vaquaient à leurs occupations, discutant et riant. Manifestement, il n'y avait pas un tel hommage ni un tel cœur de village à Rusk.

La petite maison de pierres devant laquelle ils s'arrêtèrent n'avait aucune enseigne. La couturière était une vieille femme. Elle le mesura et émit discrètement des bruits désapprobateurs, tandis que Cador s'appuyait contre le cadre de la porte pour les regarder impassiblement.

— Sont-ils tous si petits ? demanda-t-elle à Cador comme si Jem n'était pas là, même si elle mesurait justement la longueur de son bras.

Ses cheveux gris touffus chatouillèrent la joue de Jem alors qu'elle se penchait près de lui.

— Non, répondit Cador.

Elle grogna.

— Il a peut-être eu des problèmes de croissance.

— Bien sûr que non !

Jem grimaça après son emportement. Il aurait dû apprendre à ignorer ces remarques, après des années de moqueries de la part de Pasco et Locryn. Si Santo était présent, iel passerait un bras autour de ses épaules et lui raconterait une blague stupide pour le faire sourire.

Il se pinça les lèvres alors que le picotement de nostalgie

s'avérait féroce et s'échappait de sa prison malgré ses efforts. Sa famille était-elle de retour à Neuvella, désormais ? Il supposa que cela devait être le cas. Ils étaient probablement rentrés depuis des lustres, quand il était encore sur le bateau pour Ergh.

Est-ce que je leur manque ?

Au moins, il n'avait pas verbalisé ces plaintes. La couturière mesurait ses jambes, à présent. Cador annonça qu'il s'en allait, ajoutant quelque chose que Jem n'entendit pas.

— Pardon ? demanda-t-il.

Mais son époux était parti. La couturière le déshabilla jusqu'à ce qu'il se retrouve en sous-vêtements. Au moins, Cador ne le regardait plus.

Dès que cette pensée traversa son esprit, Jem s'imagina en train de se déshabiller sous les yeux de Cador. Seul et en sécurité, dans la chambre de son château, il avait cédé à certains fantasmes, comme celui d'un bûcheron baraqué qui arriverait à ses fins avec lui. Parfois, Jem imaginait que l'intrus l'attachait, le rendait impuissant et incapable de faire tout sauf de céder…

Ou alors cet homme l'observait jusqu'à ce qu'il se soit soulagé. Que ressentirait-il avec le regard bleu glacial de Cador sur sa peau nue pendant qu'il…

Ce n'est pas l'endroit pour y penser !

Heureusement, la couturière avait la tête plongée dans le coffre de tissus. Jem emplit rapidement son esprit avec des inquiétudes pour son oisillon. Il se demandait comment elle s'en sortait au cottage. Si Cador avait continué d'assister aux essayages, Jem aurait probablement eu une humiliante érection.

Bientôt, la couturière appela une équipe d'employés depuis l'autre pièce et ils commencèrent à s'affairer. Ses assistants jetaient des coups d'œil à Jem, à la fois suspicieux, méfiants et curieux. Les doigts noueux de la couturière voletaient alors qu'elle travaillait avec une aiguille bien longue.

— Tu as de la chance, j'ai une paire de bottes qui t'ira, marmonna-t-elle. Elles ont été faites pour un enfant. Elles devraient te convenir, comme tu es chétif.

Ses employés gloussèrent, mais ils se turent immédiatement après le regard noir de la vieille femme.

Jem ravala une réplique cinglante et se contenta de sourire.

— Merci. Mais l'enfant n'en aura-t-il pas besoin ?

Les aiguilles se figèrent en plein mouvement et l'atmosphère devint instantanément plus lourde. Jem les avait clairement offensés, ou bien il avait soulevé une question épineuse. Mes dieux, quelque chose était-il arrivé au pauvre enfant qui les portait ? Il s'apprêtait à bafouiller une excuse quand la couturière prit la parole en se reconcentrant sur son travail.

— Non, répondit-elle simplement.

Jem patienta en silence alors qu'ils travaillaient remarquablement vite sur ses nouveaux vêtements. Peu de temps après, il fut vêtu de cuir de couleurs sombres et de laine tissée. Une cape bordée de fourrure était passée sur ses épaules. Les bottes lourdes aux épaisses semelles remontaient au milieu de ses mollets. La couturière lui promit une livraison de tuniques, de pantalons, de chapeaux, de gants et d'écharpes de poids différents.

— Euh, merci. Mais nous sommes au printemps, n'est-ce pas ? Bientôt, il fera sûrement trop chaud pour ça, non ?

Les dents de la vieille femme apparurent sur son visage ridé et son rire ancra une peur en Jem alors qu'elle s'esclaffait encore et encore en échangeant des regards avec ses employés. Jem tenta de sourire également, sans doute vainement. Elle le chassa alors que de nouveaux clients se faisaient une place dans sa petite maison.

Portant son tas de vieux vêtements, la couverture et ses fines bottes au-dessus, Jem recula contre le mur du cottage de la couturière, tentant d'ignorer les regards insistants des passants. Cador avait dit qu'il partait, mais où ? N'aurait-il simplement pas pu attendre ? Maintenant, Jem devait rester planté là, sous les regards ahuris, jusqu'à son retour.

Son agacement commença à bouillonner. Il s'efforça d'agir. La tête haute, il parcourut le chemin de terre, son cœur tambourinant. Rusk ne devait pas être assez étendue pour qu'il se perde.

Bientôt, il se rendit compte que la taille de la ville était trompeuse. Bien que les bâtiments ne soient pas grands ni grandioses, ils s'étiraient au loin dans tout un tas de direction.

Il releva la capuche de sa nouvelle cape et tenta de se fondre dans la masse. Chez lui, les villageois le salueraient en l'appelant par son titre, les vieilles femmes de la boulangerie lui souriraient grâce aux fleurs qu'il leur apportait, et elles lui offriraient des gâteaux délicats qui laisseraient du sirop sucré sur ses doigts. Il les lécherait pour les nettoyer en retournant au château.

Les nouvelles bottes de Jem s'enfoncèrent dans du crottin frais et il maudit une nouvelle fois Cador alors qu'il marchait hâtivement dans le labyrinthe qu'était Rusk. Il sursauta, surpris, quand il tourna à un coin et découvrit qu'il y avait finalement un hommage aux dieux.

Cette statue dépeignait clairement les quatre dieux et leurs éléments, bien qu'elles ne soient pas aussi hautes que celles se trouvant sur le continent. De plus, elles ne se trouvaient pas dans un temple entouré de marches ou cerné par la place du village.

Cet hommage se situait dans un endroit manifestement quelconque où s'était auparavant tenue une maison, sans aucun doute. À vrai dire, les restes carbonisés du parquet faisaient même saillie sous la terre. Il s'agissait probablement d'une hutte en bois, comme il n'y avait aucun signe de pierre.

Cet hommage était aussi beaucoup plus récent que ceux que l'on voyait sur le continent. La pierre grise avait une teinte plus riche qui n'était pas encore estompée et usée par les nombreuses années. Bien qu'elle ne soit pas aussi grande ni grandiose, elle avait été taillée avec habileté et chaque dieu était aisément reconnaissable. Hwytha avait été le préféré de Jem, dans son enfance. Avec ses joues gonflées comme des ballons, il soufflait du vent dans toutes les directions en fonction de ses caprices.

La terre entourant ce monument était chargée de branches mortes. Le bois noueux et entortillé avait clairement été empilé délibérément. Il n'y avait aucun arbre en vue et tant de branches n'auraient pas pu tomber naturellement à un unique endroit. C'était étrange, car ces branches ne provenaient certainement pas des conifères envahissant les forêts.

Jem ignorait pourquoi cette démonstration engendrait un frisson de peur le long de sa colonne vertébrale, mais il resserra sa cape autour de lui et détala. Malgré l'odeur de crottin, il détecta le parfum des chevaux et une faible trace de foin qu'il suivit.

Effectivement, il rejoignit enfin l'écurie principale en bordure de village, près d'un vaste pâturage couvert de boue ainsi que d'herbe brune hideuse. Les chevaux paissaient sur des balles de foin ou trottaient. Les grandes portes de l'écurie étaient ouvertes. Prenant une inspiration pour recouvrer ces forces, Jem fit rouler ses épaules et entra. Il allait apprendre à monter à cheval. Il allait…

Il s'arrêta brusquement, de la paille craquant sur le sol jonché de terre. Il faillit laisser tomber son paquet et l'une de ses anciennes bottes chuta. Jory le gratifia d'un sourire aimable et lui adressa un signe de la main.

Pfff.

— Tu ressembles à un vrai Erghien, maintenant ! s'exclama Jory en hochant la tête d'un air approbateur.

Frappé par l'envie d'arracher ses nouveaux vêtements et de remettre ses tenues soyeuses – même s'il allait sûrement mourir de froid –, Jem réussit à peine à lui lancer un infime sourire alors qu'il récupérait sa botte.

Jory se tourna vers la porte.

— Où est Cador ?

— Je n'en sais rien.

Jem fut inexplicablement agacé. Jory n'avait-il pas passé suffisamment de temps avec Cador lors du voyage ? Ils avaient constamment plaisanté ensemble.

— Je me demandais simplement pourquoi tu étais là.

Jory le gratifia d'un autre sourire confiant.

— N'ai-je pas le droit d'être dans les parages ?

Jory fronça ses sourcils roux.

— Bien sûr que si.

Bien que Jem soit particulièrement tenté de tourner les talons et de partir, il avoua :

— J'aimerais apprendre à monter à cheval. S'il te plaît, ajouta-t-il à contrecœur.

— Ah ! Je serai ravi de te donner des leçons !

Jem ne comprenait pas pourquoi. Jory pourrait-il ainsi regagner les faveurs de Cador ? Non pas que celui-ci se préoccupe de sa capacité à monter à cheval.

— Euh… Je suis sûr que tu es bien trop occupé.

Il se maudit intérieurement. Il aurait dû savoir que Jory travaillerait à l'écurie.

Ce dernier agita dédaigneusement l'une de ses mains.

— Je trouverai le temps.

— Je peux t'apprendre, dit une voix à l'autre bout de l'écurie.

Un jeune homme aux hanches fines, qui devait avoir l'âge de Jem, sortit. C'était lui qui avait apporté Massen à Cador à leur arrivée.

Il avait des yeux fins, un nez droit et longiligne, un teint de blé ainsi que des avant-bras imberbes et musclés. Ses manches étaient remontées jusqu'à ses coudes. Ses longs cheveux brillants et aussi bruns que ceux de Jem étaient attachés sur sa nuque.

— Tu en es sûr ? lui demanda Jory. Il faut effectivement que j'aille jusqu'à la ferme de Casek à l'autre bout de la vallée pour voir comment va sa jument. Elle mettra bientôt bas.

— Ce n'est pas un problème. Je m'appelle Austol, précisa-t-il à Jem.

— Bonjour. Merci. Es-tu certain que ça ne te dérange pas ?

— Ce serait un honneur. Tu es l'époux de Cador. Un prince Neuvellan, d'après ce que j'ai entendu. Je vais te donner des leçons.

Jem ignorait si l'homme était en train de se moquer de lui ou non. Austol paraissait sincère.

— Merci, répéta donc Jem.

— Je te laisse entre des mains compétentes !

Jory claqua une main sur l'épaule de Jem et manqua de le faire tomber. Quand Jory partit en sifflotant, Jem s'éclaircit la voix.

— Es-tu sûr que je ne te dérange pas ?

— J'en suis certain, répondit Austol avant de glousser. Tu n'as pas l'air de beaucoup aimer Jory, alors je me suis dit que j'allais te sauver.

Il inclina ensuite la tête.

— Pourquoi tu ne l'apprécies pas ? Il attire la plupart des

gens comme un étron le ferait avec des mouches. Non pas qu'il soit un étron… c'est quelqu'un de bien. Il est un peu bavard, mais il y a pire, comme crime.

— Oh, euh…

Jem dut admettre, à contrecœur, que Jory s'était exclusivement montré amical envers lui quand les autres le fusillaient du regard.

— Je suis sûr que tu as raison. Simplement, je ne veux pas être un désagrément.

— Ce n'est pas le cas. J'ai entendu dire que c'était différent, sur le continent, mais à Ergh, tu dois savoir monter à cheval.

Jem ne put qu'imaginer tous les ragots qui s'étaient propagés depuis le retour des voyageurs. Il avait envie de demander à Austol ce qu'on disait sur lui, mais il réussit à se raccrocher à un lambeau de dignité. Enfin, jusqu'à ce qu'il tente de monter sur le dos d'un cheval.

— Sois confiant, lui répéta Austol.

Heureusement, ils étaient encore dans l'écurie. Au moins, aucun passant n'était témoin de l'humiliation de Jem. Il saisit la crinière châtain de la jument. Du nom de Nessa, elle était dodue et bien plus petite que Massen. Elle attendait patiemment que Jem se place sur son dos – qui semblait toujours horriblement éloigné du sol.

Jem s'était débarrassé de sa cape bordée de fourrures et avait remonté les manches de sa tunique rêche. Son nouveau pantalon de cuir paraissait raide, et il n'était donc pas certain de pouvoir balancer la jambe au-dessus du dos de Nessa. S'agrippant à sa crinière, en prenant soin de ne pas tirer trop fort, il plia les genoux et fit un bond peu enthousiaste.

— Tu dois le vouloir, dit Austol.

Il était appuyé contre un poteau tout en limant le sabot d'un cheval obéissant. Jem prenait tant de temps à monter qu'il était reparti travailler.

— N'y a-t-il vraiment pas de selles ou d'étriers, à Ergh ?

— Vraiment, répondit Austol. Quand nous sommes enfants, nous montons en nous mettant d'abord debout sur une pierre ou une clôture, jusqu'à ce que nous soyons assez grands pour le faire sans aide.

— Alors pourquoi je ne me sers pas d'une clôture ? demanda Jem en observant les box. Je pourrais grimper là.

— Parce que tu n'es pas un enfant.

Oh. C'est vrai. Jem avait affirmé d'une vive voix qu'il était un homme. Il avait désormais l'occasion de le prouver. Il tint la crinière de Nessa, balança son poids en arrière et se projeta vers le haut. La jument se décala et Jem hurla alors que son pied gauche était presque sur elle. Il sautilla sur son pied droit, espérant désespérément éviter de tomber la tête la première.

Austol rit, mais ça n'avait rien de cruel.

— C'est ça. Mets encore plus de puissance.

— Je ne veux pas lui faire mal.

— Tu ne lui feras pas mal.

Austol abandonna sa tâche et vint tapoter l'encolure de Nessa.

— Elle peut supporter un cavalier, je te le promets.

Jem essayait depuis une éternité. Il soupira.

— Je suis nul.

Il n'en était vraiment pas loin, mais Jem n'arrivait pas à passer correctement sa jambe au-dessus de la jument. Crispant ses abdominaux, il lutta contre l'inévitable, l'espace d'une seconde haletante, puis il tituba en arrière. Il atterrit par terre, le souffle coupé. Austol passa les bras autour de lui, interrompant sa chute et s'effondrant aussi. Le visage tourné vers le toit de la grange et les poutres couvertes de toiles d'araignée, ils s'esclaffèrent.

Le torse d'Austol gronda sous le dos de Jem et ce dernier s'apprêtait à rouler pour lui offrir une main et l'aider à se relever. Cador entra alors furieusement dans la grange. À l'envers, il semblait encore plus grand que d'ordinaire.

— Mais qu'est-ce que tu fous ? gronda-t-il.

Jem s'éloigna d'Austol et se releva brusquement. Pourquoi Cador était-il si furieux ? Jem ouvrit la bouche avant de la refermer, déconcerté. Cador vint se placer aux côtés de Jem et sembla l'examiner à la recherche de blessures.

Austol se redressa sans précipitation et épousseta la poussière sur son jean.

— Il apprend à monter. La jument, ajouta-t-il une seconde plus tard.

Cador soupira et s'approcha de Nessa pour lui gratter le dos.

— J'ignorais où tu te trouvais, dit-il à l'animal, bien qu'il s'adresse vraisemblablement à Jem. Tu ne devrais pas errer. Tu es si délicat que tu t'attireras des ennuis.

Jem crispa sa mâchoire.

— Je m'en sors parfaitement bien tout seul. Je m'apprêtais à sauter sur le dos de Nessa et à apprendre à monter à cheval. Alors, pousse-toi. S'il te plaît.

Prenant une profonde inspiration, il s'élança et s'agrippa à la crinière de la jument. Il fut à deux doigts, dévastateurs et humiliants, de réussir avant de tituber en arrière. Cette fois-ci, Cador le rattrapa aisément et Jem chassa ses mains.

— Ce n'est que ta première leçon, le rassura gentiment Austol. Reviens demain et nous continuerons à travailler.

Cador se renfrogna.

— Tu as sûrement des choses plus importantes à faire.

— Non, répondit simplement le palefrenier. Je suis là tous les jours. Tu souhaites assurément que ton mari soit capable de monter à cheval ?

Cador fusilla Austol du regard.

— S'il choisit de le faire.

— Je…

Jem ne savait pas quoi penser. Il était peut-être idiot de croire qu'il pouvait apprendre. L'envie douloureuse de retrouver la sécurité de sa maison grandit si intensément qu'elle faillit le faire tomber à genoux. Il secoua la tête.

— Je n'en sais rien. Je dois retourner auprès de mon oiseau.

Austol lui lança un regard interrogateur et Jem s'apprêtait à lui expliquer la situation quand un cri horrible s'éleva au loin. Le geignement d'un enfant.

Austol se tendit.

— Ma sœur a besoin de moi. Reviens quand tu veux, Jem, lui dit-il avant de lui lancer un sourire fugace. Ce serait amusant.

Il sortit de la grange en courant tandis que les lamentations se poursuivaient.

Jem le suivit jusqu'à la porte.

— Merci ! cria-t-il.

Il vit alors Austol sauter par-dessus la clôture entourant le petit lopin de terre voisin, où se trouvait un cottage en pierres dans le jardin duquel des poulets caquetaient. Les cris de la jeune fille venaient de l'intérieur.

— Devrions-nous aider ? demanda-t-il à Cador. Nous pourrions aller chercher le guérisseur ou…

— Ça ne te regarde pas. Viens.

Cador rejoignit Massen qui paissait. Il le monta avec une grâce exaspérante, compte tenu de sa carrure.

Il approcha ensuite sa monture de Jem, tendit la main, et hissa son époux sur le dos de l'étalon d'un seul bras, comme s'il ne pesait pas plus qu'un panier de fleurs coupées. Être manié ainsi avec tant de confiance et de force fit frissonner Jem, ce qui le contraria encore plus que la grâce de Cador.

Il s'était à peine souvenu de son paquet de vêtements. Désormais, il s'y agrippait et enroulait ses doigts autour de sa douce tunique. Les geignements avaient cessé, bien que la tranquillité provenant du petit cottage propret paraisse étrangement menaçante, à présent. Jem n'avait jamais entendu de tels cris.

— Es-tu sûr que nous ne devrions pas essayer d'aider ?

Il chuchota sa question bien qu'ils soient seuls. Cador ne s'en préoccupait-il pas ? Comment un homme pouvait-il murmurer des mots doux à un cheval tout en ignorant les souffrances d'un enfant ?

Cador ne répondit rien et guida seulement Massen en direction de la sombre étreinte de la forêt.

Chapitre 11

— POURQUOI CE prince du continent vit-il avec toi ?

Tapotant paresseusement l'encolure de Massen, Cador leva les yeux après la question de Ruan. Ce dernier jouait avec sa lance. Il avait une peau brune et un sourire facile. Ses cheveux étaient rasés de près, comme pour tous les chasseurs. On apercevait ses mèches grises. Des rides s'étiraient autour de ses yeux marron, mais il était aussi féroce et puissant qu'il l'avait été à l'époque où Cador n'était qu'un garçon.

Jetant un coup d'œil au travers des aiguilles de pin trempées par la pluie, Cador ne voyait toujours aucun signe de leur gibier. Tenant sa lance contre sa cuisse, la pointe vers le bas, il réfléchit à la question.

— Je n'en sais rien, murmura-t-il honnêtement, pour répondre au ton discret de Ruan.

Cador réalisa qu'il ne lui était pas venu à l'esprit que Jem n'était pas *obligé* de vivre dans le cottage. Même si le Neuvellan s'enfuyait, il n'irait pas loin sur Ergh. Le traquer serait si facile que c'en serait risible. Il était coincé, et sa prison n'avait pas besoin de barreaux. Il existait certainement un endroit où il pourrait vivre à Rusk en attendant.

Il pourrait avoir sa propre maison, où il n'insisterait pas pour passer ses longues nuits sur le sol, puisque l'idée de partager le lit de Cador uniquement pour dormir ne trouvait apparemment pas grâce à ses yeux. Ça faisait désormais trois nuits que Jem dormait devant la cheminée et tentait de dissimuler ses grimaces le matin.

Pourtant, l'idée qu'il vive seul mettait Cador mal à l'aise. Il ne connaîtrait personne à Rusk. Il n'avait pas d'amis ou de famille à Ergh. Son oisillon grandissant ne pouvait pas lui offrir une si grande compagnie, bien que Jem semble se satisfaire de s'occuper d'elle.

Pourtant, ce n'était pas comme s'ils échangeaient grand-chose. Jem serait peut-être ravi de vivre seul. Il en serait peut-être soulagé. Cela devrait être un soulagement pour eux deux. Les habitants de Rusk n'en voudraient certainement pas à Cador s'il n'avait pas envie d'avoir pour fardeau un mari inutile avec qui il ne partageait rien.

Enfin, s'il y réfléchissait bien, il supposait qu'ils s'intéressaient tous les deux aux animaux. Il avait répondu aux nombreuses questions de Jem sur les poules et lui avait montré comment traire les chèvres. Jem était un élève étonnamment doué, étant donné qu'il était habitué à ce que des domestiques se plient à ses moindres caprices. Tout aussi étonnant, Cador se surprenait à aimer les leçons. Il avait même hâte de les donner.

Il trouvait de plus en plus de sujets à enseigner au fil des jours. Il lui montrait comment s'opérait le puits, et la méthode pour réparer la clôture autour de l'enclos des animaux. Jem le gratifiait de petits sourires, chaque fois que Cador le félicitait, et il avait répondu aux questions occasionnelles sur les oiseaux du continent ainsi que sur cet endroit spécial, du nom de volière, que Jem avait bâti pour eux. Enfin, l'endroit que des domestiques ou des artisans avaient construit en son nom.

— Tu ne l'as épousé que pour le bien d'Ergh, dit Ruan après un long silence.

Cador lui lança un regard acerbe, bien que les yeux de Ruan

soient toujours rivés sur les arbres autour d'eux. Avait-il été mis au courant du plan ? Savait-il que Jem serait kidnappé ? Si plus de gens que nécessaire étaient mis au courant, cela deviendrait de plus en plus dangereux. Il valait mieux faire comme si Jem et lui étaient de véritables époux. Au moins comme s'ils s'étaient envoyés en l'air. Il tenta de trouver les bons mots pour ce mensonge quand Ruan reprit la parole.

— Ce n'est pas comme si tu avais eu le coup de foudre pour *lui*. C'est clairement politique. Inutile d'assurer le spectacle avec nous. Nous savons tous que ce n'est pas un mariage sincère. Ça devrait être un choix du cœur. De l'âme. Quand j'ai épousé ma Gerren, ça m'a comblé.

Cador avait toujours ricané devant de telles idées romantiques, bien qu'il sache que Ruan et Gerren vivaient heureux dans leur cottage au sein de la vallée, à l'est de Rusk.

— Le Prince Jowan ne me comble certainement pas. Mais il est mon fardeau. Il n'appartient à personne d'autre.

— C'est vrai qu'il ne sait même pas monter à cheval ?

— Oui.

Ruan émit un bruit de dégoût.

— Comme la vie doit être débonnaire, là-bas.

Cador grimaça pour confirmer, luttant contre l'impulsion étrange qui le poussait à défendre Jem, même s'il avait dit la même chose à de nombreuses reprises. Les branches bruissèrent – unique indice de son approche – et Delen apparut sur sa monture dans leur petite clairière.

— J'ai entendu dire qu'Austol essayait de lui enseigner, dit-elle.

Merde alors. Cador imaginait les ragots se propager dans tout Rusk. Il ignorait pourquoi cela l'agaçait autant, mais il s'obligea à hausser les épaules.

— C'est une cause perdue.

— Au moins, Jem essaie, répondit sa sœur avec douceur.

— Il ne devrait pas éloigner Austol de ses responsabilités, marmonna Cador.

Elle le regarda longuement.

— J'imagine qu'Austol est avide de distraction.

Oui. Ce n'était pas faux. Ils partagèrent tous les trois un lourd silence. La culpabilité piquait Cador alors que les jeunes cris faisaient écho dans son esprit.

— Hedrok te réclame, lui dit Delen. Tu devrais leur rendre visite.

La culpabilité enfla pour devenir un torrent.

— Oui, confirma misérablement Cador en pensant à son neveu qui serait bientôt alité. Je le ferai. Demain.

Ou peut-être le jour d'après. Le problème n'était pas qu'il n'avait pas envie de le voir, mais…

Tu as peur. Admets-le !

La conversation se reporta aisément sur la chasse alors qu'ils s'approchaient d'une autre zone. Cador bannit ses songes sur Hedrok et le nuage noir obscurcissant Ergh. Il gratta l'encolure de Massen, son esprit errant alors qu'il aurait dû être aussi aiguisé que l'extrémité de sa lance.

Jem souhaiterait-il vivre dans son propre cottage ? Si c'était le cas, pourquoi ne l'avait-il pas demandé ? Ça ne changerait absolument rien pour Cador. Ce serait même une raison de faire la fête ! Pourtant… Il serait sage de garder un œil sur lui. De s'assurer qu'il ne bouleversait pas le plan sans s'en apercevoir.

De plus, Jem serait plus en sécurité avec lui. Les villageois seraient curieux. Il les imaginait lancer une compétition pour coucher avec Jem s'ils savaient que son mari ne s'intéressait pas à lui. Ils ne désireraient pourtant pas un habitant chétif du continent, mais le feraient pour la compétition. C'était peut-être le but d'Austol, bien que cela ne lui ressemble pas.

Cela ne devrait nullement déranger Cador. Pourtant, quand il pensait à Austol et Jem, emmêlés l'un avec l'autre sur le sol de la grange ou échangeant un sourire, il avait envie d'écraser son poing dans le visage imberbe du palefrenier. Ce qui était une ineptie, puisqu'il n'avait toujours ressenti qu'un respect amical pour cet homme.

La forêt était figée. Il poussa Massen à franchir un bosquet bien fourni. Les aiguilles griffèrent les joues de Cador. Au-dessus de leur tête, les askels pépiaient et s'appelaient les uns les autres. Cela avait été une surprise que l'un des oiseaux sauvés par Jem ait survécu.

Cador ne savait toujours pas s'il aurait été préférable qu'il abrège leur souffrance à tous, avec l'indulgence de ses bottes, car Jem avait une telle confiance dans le fait qu'il pouvait sauver le minuscule survivant. Parfois, dans la nuit, Cador regardait l'éclat orange du feu sur le visage de Jem pendant qu'il s'occupait de l'oisillon et se réveillait au cri le plus infime.

Cette gentillesse avait une certaine discipline. Cador admettait qu'un homme paresseux n'aurait jamais sauvé les oisillons, pour commencer. Jem n'était pas paresseux. Il se souvenait de la pression régulière des doigts de son époux sur son poignet, à bord du bateau. Il songea alors que s'il était réellement malade ou blessé, il y aurait pire que de retourner chez lui pour recevoir les soins de Jem. Bien sûr, le garçon partirait bientôt, ça ne valait donc pas la peine d'y penser.

Pourtant, maintenant, l'idée de ce qui arriverait après la guerre le rongeait. Une fois qu'ils seraient victorieux – il ne pouvait se permettre de songer à ce qu'il se passerait s'ils perdaient, d'une façon ou d'une autre –, Jem pourrait retourner dans son château de Neuvella et retrouver sa vie aisée.

Il se rappela une fois encore la pression des doigts sur son poignet. La main droite de Jem serait celle qui lui serait retirée et envoyée à sa mère, comme c'était celle qui avait été marquée par les défenses d'Ergh. C'était malheureux, comme c'était manifestement celle qu'il utilisait le plus. Mais il serait certainement capable de s'adapter.

Il n'avait pas le choix.

L'acide bouillonna dans l'estomac de Cador. Il devait bien admettre qu'il avait été plus facile d'accepter le plan quand il ne s'était agi que de mots et non pas d'actes. Et une fois que la guerre serait terminée, Jem serait toujours son époux. À quelle fréquence se verraient-ils ? Pas très souvent, supposa-t-il.

L'idée le mettait étrangement mal à l'aise plutôt que de le soulager. Son esprit traître dérivait de temps à autre vers Jem alors qu'il aurait dû rester concentré sur la chasse. Il songea plutôt au fait que le Neuvellan était tout aussi déterminé avec les chèvres et les poules qu'il l'était avec l'oisillon, comme s'il les écoutait, comme s'il comprenait leur langage lorsqu'ils bêlaient et caquetaient.

Toutefois, quand Cador revenait de sa chasse quotidienne avec Massen, Jem se tenait à bonne distance. Il devrait vraiment apprendre à monter. Sa peur des chevaux ne lui rendrait nullement service, sur Ergh.

Jem apprécierait sans doute les chevaux une fois qu'il connaîtrait leur douceur et leur loyauté et qu'il surpasserait sa peur. Massen l'adorerait si seulement Jem lui donnait une chance. Cador était tenu de lui enseigner l'art de monter à cheval, n'est-ce pas ? Surtout qu'ils n'avaient aucune raison de déranger Austol. C'était parfaitement inutile. À vrai dire…

Le grondement immanquable des sabots de sangliers leur

parvint au loin. Le cœur de Cador tambourina et toutes les autres pensées fuirent enfin. La poursuite commençait.

Plus tard, une fois que Ruan eut dépecé la prise du jour et qu'elle fut emmenée à Rusk pour la distribution, Cador conduisit Massen vers sa maison. L'étalon avait galopé sans hésitation et sans se plaindre pendant des heures. Cador le laissa donc flâner en chemin et ils finirent par rejoindre la route qui partait de son cottage pour rejoindre Rusk.

Ils entrèrent dans la clairière et découvrirent Jem en lisière de forêt, à l'autre extrémité. Il était crispé. Son nouveau pantalon de cuir moulait ses fesses alors qu'il se penchait légèrement en avant pour regarder fixement la forêt. Fronçant les sourcils, Cador descendit du dos de Massen et s'approcha silencieusement, de peur d'effrayer ce que Jem observait. Un byghane, peut-être.

— Qu'y a-t-il ? chuchota-t-il alors qu'il se tenait à un bras de distance.

Jem s'écria, puis fit volte-face d'un bond. Cador et lui se regardèrent fixement, lors d'une seconde de sidération, puis ils éclatèrent de rire. Ce relâchement de pression fut si soudain que Cador n'avait même pas imaginé qu'il en avait besoin.

Il était si agréable de rire. Plus que ça, il était agréable de rire avec Jem. Il se rendit compte que depuis l'apparition du sourire hérétique et dynamique de Jem sur le bateau, il avait eu envie de le revoir. Il y avait eu de petits sourires, depuis, mais pas cette expression joyeuse.

— Tu m'as fait peur ! dit Jem en appuyant une main sur son torse.

Ses dents luisaient sur son large sourire et ses yeux de miel se plissaient.

Cador fut obligé de lui sourire en retour.

— Ce n'était pas mon intention. Je pensais que tu m'avais entendu arriver.

— On pourrait le croire. Tu es si grand et…

Les yeux de Jem parcoururent le corps de Cador.

— Ce que je veux dire, c'est que tu… J'aurais cru que tu ferais plus de bruit.

S'éclaircissant la voix, il désigna la forêt d'un geste de la main.

— J'ai entendu des oiseaux, mais je n'arrive pas à les repérer.

— Rapproche-toi.

Le regard de Jem alterna entre Cador et les arbres.

— Il fait si sombre, là-bas. Même en plein jour. D'accord, le temps est à nouveau nuageux, mais…

Il inspecta l'obscurité.

Cador rit et ouvrit la bouche afin de demander pourquoi Jem était si nerveux, mais il ravala ses paroles. Il avait grandi dans ces bois, mais maintenant qu'il regardait l'obscurité, il se mit à la place de Jem. Peut-être que cette forêt pouvait sembler sombre et intimidante.

— Il n'y a aucun danger, répondit-il plutôt que d'opter pour une plaisanterie.

Jem lui lança un regard sceptique.

— Je ne suis pas sûr que notre définition du *danger* soit la même.

— Peut-être pas, répondit-il en gloussant. Disons juste qu'il y a *un peu* de danger. La condition est de rester bien loin des sangliers, de ne pas perdre son chemin et… d'accord, il y a quelques dangers.

— C'est précisément la raison pour laquelle je vais rester de ce côté.

Cador faillit répondre que Jem ne devrait pas s'inquiéter, car il le protégerait. Qu'il n'avait rien à craindre dans les profondeurs de la forêt ou ailleurs si Cador l'accompagnait. Pourtant, c'était un mensonge. Cette honte grandissante et problématique retint donc sa langue.

Jem plissa les yeux en observant les arbres depuis la sécurité de la clairière où il fit le tour du cercle alors que Cador caressait Massen.

— Devrais-je t'apprendre à monter à cheval ? Je suis sûr que je ferai un meilleur boulot qu'Austol.

Après lui avoir lancé un regard interrogateur, Jem secoua la tête.

— Massen est bien trop grand. Je préférerais retourner avec Nessa, si possible.

Il se tourna pour contempler une nouvelle fois les arbres.

Clairement, sa peur de la forêt était la raison pour laquelle il ne s'était pas aventuré plus loin et n'était pas retourné à Rusk pour de nouvelles leçons. Cador ouvrit la bouche pour lui proposer de l'emmener, mais il la ferma brusquement quand il songea à Austol et Jem, étendus ensemble sur le sol de la grange.

Bien qu'il s'en moque. Mais si Jem souhaitait de moins bonnes leçons avec Austol, il pouvait marcher jusqu'à Rusk tout seul. Cador était bien trop occupé. Jem pouvait faire comme il lui plaisait.

Bientôt, il en sera incapable. Pendant combien de temps ? Jusqu'à la fin de la guerre ? Et si elle se prolonge ? Et si tout dégénère ?

Renfermant cette inquiétude grandissante et claquant brusquement le couvercle au-dessus, Cador entra et se débarrassa de sa tunique. Un étrange petit bruit lui parvint aux oreilles et il se figea, jetant un coup d'œil autour de la pièce. Rien ne bougeait sous la faible lumière fournie par le feu dans la cheminée.

Couic !

Ah, bien sûr, cela venait du nid. Il ne devrait pas toucher l'oiseau délicat. Jem serait furieux s'il lui faisait du mal. Plus que ça, il aurait le cœur brisé. Non, Cador devrait le laisser tranquille.

Pourtant, il se rapprocha sur la pointe des pieds, ses bottes croûtées de boue laissant échapper des bruits de succion. Lorsqu'il jeta un coup d'œil dans le nid de fortune créé par la cape rouge de Jem, dans lequel avaient été ajoutées des brindilles et de la mousse, Cador s'exclama. L'oiseau était déjà plus grand, son corps informe et gris couvert de quelques infimes plumes jaunes. L'animal trembla et couina à nouveau. Avait-il faim ? Soif ? Était-il malade ? Souffrant ? Si Cador le prenait dans ses mains, il l'écraserait sûrement involontairement.

Couic !

Les plumes éparses frémirent alors que la minuscule créature gémissait. Ses yeux étaient fermés. Comment Jem l'avait-il nommé ? Oui, c'est ça… Derwa. Un nom ridicule pour un oiseau qui ne survivrait même pas. Le bec béant, elle réclama de la nourriture.

S'il ne la nourrissait pas, elle ne se tairait jamais, n'est-ce pas ? Jem avait creusé pour trouver des vers frais. Cador en récupéra donc un dans la boîte et essuya la terre restante. L'insecte se tortilla et l'Erghien mit de côté toute son hésitation. Si Jem pouvait les manger, il le pouvait aussi. Autrement, il n'aurait jamais la paix.

Retenant sa respiration, il mit le verre dans sa bouche et mâcha. *Ne l'avale pas ! Ne l'avale pas* ! La sensation gigotante dans sa bouche manqua de lui provoquer un haut-le-cœur, mais il cracha le ver écrasé dans sa paume avec un juron bruyant. Il n'avait qu'un goût de terre et de chair vaseuse, mais c'était ignoble.

Quelle importance si l'oisillon avait faim ? Si Jem était si déterminé à la sauver, il ne devrait pas la négliger. Bien que, pour être juste, il avait passé d'innombrables heures à s'occuper d'elle. Un autre cri résonna et Cador soupira. Il avait déjà mâché le ver, autant la nourrir avec.

Ses doigts étaient immenses, en comparaison avec la bouche de l'oisillon, mais il réussit à déposer la bouillie dans cette gueule vorace.

— C'est ça, murmura-t-il.

Le courant d'air frais sur son torse nu fut le seul indice l'alertant sur le fait qu'il n'était plus seul. Ce fut désormais à son tour d'être surpris et de se sentir étrangement embarrassé alors qu'il se retournait et trouvait Jem dans l'embrasure de la porte en train de le regarder. Il bondit, comme s'il avait été surpris en train d'étouffer la créature plutôt que de la nourrir.

— Elle faisait trop de bruit.

— C'est ce qu'ils font, généralement, répondit Jem en souriant. Ça fait moins d'une heure que je l'ai nourrie, mais elle supplierait toute la journée. Elle sera bientôt prête à se percher sur son nid, si les askels sont comme les dillywigues. La transition entre leur état de masses tremblantes, leur stade avec des plumes négligées, puis leur vie d'oiseaux prêts à voler est si rapide que c'en est remarquable. Mais j'ignore comment la protéger sans volière.

— C'est quoi, exactement ?

Cador enfila une tunique propre et retira ses bottes.

— J'imagine qu'on pourrait dire que c'est une grande pièce en extérieur. Elle est assez grande pour que les oiseaux volent et prennent des forces, mais c'est assez sécurisé pour qu'ils soient protégés des prédateurs. Je peux faire dix pas dans la mienne, chez moi.

— Hmm. En quoi est-elle faite ?

— En acier et en bois, répondit-il en gloussant. C'est comme une petite prison, j'imagine. Mais c'est pour leur sécurité.

Jem adressa l'un de ses beaux sourires à Cador.

— Merci d'avoir nourri Derwa.

— Ce n'était rien, répondit-il avant de poursuivre rapidement. Je voulais seulement qu'elle la ferme.

Il avait besoin de rincer le goût de ver dans sa bouche et il marcha donc en direction de son garde-manger, un recoin creusé dans le mur du cottage.

Il versa de la bière dans sa chope et avala une gorgée avant de se mettre à préparer des galettes grâce aux céréales rustiques cultivées à Ergh. Il échangeait souvent du sanglier pour du beurre de lait de chèvre, comme il ne prenait pas la peine de le baratter lui-même, mais il ne pouvait traîner jusqu'à Rusk quotidiennement pour chercher à manger.

Ce type de pain était facile à préparer et il aimait pétrir la farine complète avec un œuf et du beurre pour en faire une pâte. Du coin de l'œil, il voyait que l'attention de Jem s'était éloignée du nid.

À vrai dire, son regard était rivé sur les mains de Cador alors que celui-ci pétrissait la pâte sur la table élimée, tandis que ses manches étaient remontées jusqu'à ses coudes. La marque de mariage sur sa main gauche avait guéri, les petites ailes d'oiseau s'étirant depuis la base de son pouce dans un envol diagonal sur sa paume.

— N'as-tu jamais vu quelqu'un préparer du pain, auparavant ? demanda-t-il.

Jem tourna brusquement la tête vers le nid.

— En fait, non, répondit-il d'une petite voix. Surtout pas un puissant chasseur.

Cador haussa les épaules et continua de pétrir. Après une longue journée de poursuite lors de laquelle il était resté sur ses gardes, il aimait les mouvements simples de création du pain. Il étira ses doigts et malaxa les cubes de beurre jusqu'à ce que la pâte soit uniforme. Lorsqu'il en fut satisfait, il la roula en une boule.

Les plaques de cuisson en pierre étaient à côté de la cheminée. Jem se décala promptement à l'approche de Cador. Celui-ci ignorait ce qui l'avait effrayé. Il croyait même qu'ils avaient commencé à s'habituer l'un à l'autre. Quel était le problème, maintenant ?

— Qu'y a-t-il ? aboya-t-il, subitement vexé.

— Rien !

Jem gigota et serra le nid contre lui, évitant le regard de son époux.

Ce dernier positionna les pierres de cuisson et attisa le feu, y jetant davantage de bûches et secouant les cendres ardentes avec un tisonnier en fer. Il ignorait pourquoi il était si nerveux. Mais ils devaient vivre ensemble pendant des mois et il ne comptait pas marcher sur des œufs dans sa propre maison.

Il devrait peut-être proposer à Jem de lui trouver une maison à Rusk, après tout. Ce serait plus facile pour eux deux. Si Jem se retrouvait seul, c'était son problème. Cador n'était pas sa fichue gouvernante. Il n'avait pas besoin de s'inquiéter pour lui s'il ne savait pas monter à cheval ou s'il dormait devant la cheminée alors qu'il y avait un lit parfait à moins de dix pas de là. Pourtant, aucun mot n'arriva sur le bout de sa langue obstinée.

Bientôt, le parfum du pain chaud envahit le cottage.

— L'odeur est incroyable, dit Jem d'une voix hésitante.

Cela n'aurait pas dû procurer un tel plaisir à Cador, mais il ne put dissimuler un sourire avant de hausser les épaules.

— Ce n'est pas grand-chose. Tout le monde à Ergh peut faire ce pain.

— Tu pourrais… Tu me montreras comment faire ?

Cador dissimula sa surprise avec un autre haussement d'épaules.

— Si tu veux.

Il pouvait aisément manger un pain entier à lui tout seul. Ainsi, en préparer un autre ne serait pas du gâchis.

Il se servit du même saladier en bois, mesurant la farine par expérience et ajoutant le sel.

— Remonte tes manches, ordonna-t-il à Jem.

Celui-ci s'exécuta, exposant ses avant-bras fins. Des poils bruns étaient éparpillés sur sa peau de bronze.

Une fois encore, Jem fut un bon élève. Il creusa un puits dans la farine et ajouta l'œuf. Il coupa ensuite le beurre en cubes avec un couteau et pétrit le tout.

— C'est bien, comme ça ? demanda Jem une fois que son époux fut devenu silencieux.

Celui-ci observait les mains de Jem travailler la pâte. Les défenses gravées sur sa paume droite remontaient depuis la base de ses doigts. Elles disparaissaient dans la pâte avant de réapparaître.

— N'aie pas peur d'être brusque avec la pâte.

Cador s'approcha derrière lui et passa les bras autour de son corps pour guider ses mains. Il écarta les doigts de Jem pour passer les siens entre eux, et il incorpora le beurre dans la pâte.

Jem acquiesça et ses boucles rebondirent. Cador fut frappé par une folle envie de baisser la tête et de frotter sa joue contre ces cheveux brillants. Les mains fines de Jem étaient douces en comparaison des siennes, qui étaient calleuses et couvertes de cicatrices. Pourtant, elles étaient aussi étonnamment fortes.

Bien qu'il soit trop petit, il y avait quelque chose d'agréable dans la façon dont il se collait contre le corps de Cador. À vrai dire, Jem semblait avoir la taille parfaite pour se pencher au-dessus de la table, avec ses pieds à plat sur le sol et le torse détendu au-dessus du bois.

Il pourrait tourner la tête et la poser sur le pin usé. Il serait souple et laisserait Cador l'ouvrir avec ses doigts, puis sa langue. Il serait à l'aise pour s'offrir, alors que Cador le gratifierait de coups de reins violents et d'un agréable plaisir. Le feu attisé brûlerait alors que l'Erghien emmêlerait ses doigts dans les cheveux de son époux et s'enfoncerait dans ce corps agile, soutirant des cris à sa belle bouche…

Cador fit un bond en arrière et laissa tomber les mains de Jem avant que celui-ci ne sente la pression de son sexe qui enflait subitement.

— Tu vois ? réussit-il à dire malgré sa bouche sèche.

Jem se contenta de hausser les épaules, la tête baissée pour se concentrer sur sa tâche. Le cœur de Cador tambourina. Lui montrer comment pétrir du pain et traire les chèvres était une chose. Mais c'était une folie d'envisager de lui enseigner à quel point les ébats pouvaient être bons. Il n'avait jamais couru après les innocents. Quelle était l'utilité des vierges ? Il aimait les amants qui lui étaient égaux. Qui savaient ce qu'ils étaient et n'avaient pas besoin d'être dorlotés.

Il n'était pas cruel avec ses partenaires, mais il n'avait jamais ressenti l'envie de… quoi ? De les apaiser ? De les guider ? Quelle était cette *tendresse* inconnue qui montait et s'installait en lui ? Il avait comme l'impression qu'elle lui avait manqué et qu'il la retrouvait enfin. Cette tendresse enflamma son sang et embrasa sa verge. Était-il victime d'un sort continental ?

Cador ne croyait pas en la magie, encore moins qu'en les dieux. Il avait clairement besoin de se soulager. Cela faisait trop longtemps et son besoin physique embrouillait son cerveau. Pourtant, avant qu'il recule, il se surprit à épousseter de la farine sur l'avant-bras de Jem, ayant besoin de contact. Une poudre pâle et obstinée demeura et il l'épousseta à nouveau, ses doigts s'enroulant autour du muscle fin.

L'oisillon pépia vivement dans le silence et Cador tituba pour s'éloigner de Jem. Il trébucha presque contre la porte de sa petite cave à légumes. Une odeur de brûlé commença à envahir ses narines et il se précipita vers la cheminée pour retourner le pain. Il devait clairement aller chercher Kensa, Jory ou *n'importe qui* pour un bon ébat. Il devenait fou.

Il sauva le pain et se maudit de l'avoir laissé roussir. Jetant un coup d'œil à la table, il découvrit qu'il était surveillé. Jem déglutit péniblement et baissa les yeux vers son saladier. Heureusement, ils auraient bientôt une nouvelle fournée.

CADOR SIFFLOTA EN entrant dans sa clairière, le lendemain. Il avait hâte de partager son butin de chasse avec Jem. Pourtant, la mélodie mourut sur ses lèvres alors que Jem n'apparaissait pas dans l'embrasure de la porte. Il n'était pas non plus dans la clairière. Aucune fumée ne s'élevait depuis la cheminée. Sans les bêlements enthousiastes des chèvres et l'agitation ordinaire des poules, l'immobilité serait complète.

Cador réalisa qu'il ne lui avait fallu qu'une semaine pour s'habituer à la présence de Jem, qui le saluait à son retour. Ce n'était pas déplaisant de voir le sourire timide du Neuvellan et de le voir écouter avidement ses récits de chasse, comme s'il s'agissait de l'histoire d'un de ses livres.

Il ressentit alors une vague de culpabilité qui lui était devenue familière – pour les livres, le plan, les secrets –, mais il n'avait pas le temps pour ça, aujourd'hui. Car aujourd'hui, Jem avait disparu. Cador l'appela, mais il ne reçut aucune réponse. La porte du cottage demeura fermée. Cador laissa Massen paître, le malaise bouillonnant dans son ventre.

La maison était déserte, mais pas amorphe. Derwa couinait dans son nid, qui se trouvait désormais dans une vieille caisse assez grande pour qu'elle puisse sautiller. Elle se tenait à une bonne distance du foyer dans lequel il n'y avait quasiment plus que des cendres froides.

Mais où était-il ?

S'était-il enfin aventuré au-delà de la clairière ? Il avait peut-être rassemblé son courage pour retourner à l'écurie principale afin de suivre d'autres leçons avec Austol. Cador se renfrogna. Quelle importance, s'il l'avait fait ? Il était libre de faire ce qui lui plaisait. Ils l'étaient tous les deux.

Cador agissait comme un idiot. Il secoua la tête et partit récupérer la viande qu'il commença ensuite à préparer. Il devrait être ravi de passer du temps seul, dans sa propre maison, sans cet invité indésirable. Oui ! Il s'efforça donc de siffloter une autre mélodie.

Pourtant… Et si Jem se perdait ? Ce serait facile pour quelqu'un qui ne connaissait pas la forêt ou le terrain d'Ergh. Cador se crispa en imaginant comme Jem serait effrayé, seul dans l'obscurité.

Et s'il était blessé ? Ou si quelqu'un lui avait fait du mal ? Et s'il était *emmené* ?

Debout devant la table, il fit volte-face pour inspecter le cottage. Il n'y avait aucun signe de lutte. Rien n'avait été déplacé. Les fourrures de Jem étaient proprement pliées sur le sol devant la cheminée. Quand Cador jeta un coup d'œil au nid, Derwa s'écria et l'observa avec sa bouche béante. Certes, elle espérait toujours avoir de la nourriture, mais il savait aussi que Jem ne l'aurait pas laissé s'affamer.

À moins que ce ne soit pas sa décision.

Cador dut admettre qu'il était ironique de s'inquiéter à l'idée que Jem ait été kidnappé, puisque ce serait finalement son destin. Mais cet enlèvement aurait un but ! Il vaudrait la peine. Si quelqu'un l'avait emmené, aujourd'hui, pour une tout autre raison, le plan entier pouvait être menacé. Il ne pouvait laisser faire. Il ne pouvait laisser quiconque venir kidnapper Jem.

Ses dents grincèrent et il serra les poings en s'efforçant de prendre une grande inspiration. Pourquoi imaginait-il le pire ? Jem avait peut-être emprunté le chemin jusqu'à Rusk. Il n'y en avait qu'un, il aurait dû être facile à suivre.

Mais s'il se perdait réellement ? Tel l'habitant inutile du continent qu'il était, il le pourrait certainement. Il était si délicat qu'il tomberait raide mort au moindre coup de froid. Ou il pourrait croiser un sanglier. Il serait impuissant, sans Cador. Tout comme l'oisillon dont il s'occupait.

La petite pépia bruyamment. Cador aurait aimé que ce satané oiseau puisse parler. Jem avait exécré l'idée d'abandonner Derwa, ces derniers jours. Pourquoi partirait-il maintenant ? Et où ?

— Ça n'a aucune importance ! grommela-t-il.

Il se servit une chope de bière depuis le lourd tonneau dans son garde-manger, et en but la moitié. Il profiterait de ce temps qu'il avait, seul, et voilà tout. Derwa s'écria à nouveau et Cador s'approcha donc de la cheminée d'un pas lourd afin d'attiser le feu. La petite créature ne méritait pas d'attraper froid, même si ses plumes poussaient déjà.

Il jeta de longues bûches dans le foyer avec bien trop de force, puis dut éteindre les braises ardentes sur le sol avec sa botte. Jem n'était pas un enfant. Il s'en sortirait seul.

Pourtant, Cador n'arrivait pas à rester en place. La nourriture n'eut aucun goût. Même la bière ne passa pas. Il ne cessait de regarder la clairière, incapable de faire une sieste, comme il le ferait habituellement après s'être levé tôt pour une longue chasse.

Bon sang, mais où était Jem ?

Dans un juron, Cador coinça deux couteaux dans ses bottes, attacha son épée dans son dos, et attrapa l'une de ses lances. Une fois à l'extérieur, il siffla pour appeler Massen et éperonna ensuite son fidèle étalon pour le lancer dans un galop implacable.

Chapitre 12

— TOUT VA bien ! Je suis en parfaite sécurité.

Curieusement, la voix de Jem, dans le silence sinistre de la forêt, hérissa encore davantage les cheveux sur sa nuque. Mais était-ce réellement sinistre ?

Un tapis d'aiguilles de pin et de terre étouffait le bruit de ses bottes. Il évita des flaques de boue où la pluie nocturne avait détrempé le sol malgré le dense feuillage. Ici et là, la vie sauvage détalait et les oiseaux criaient.

Ce n'était pas le bourdonnement régulier auquel il était habitué à Neuvella, où la chaleur constante tout au long de l'année semblait encourager les insectes et les animaux à faire bien plus de bruit. Néanmoins, une vie cachée l'entourait. La forêt n'était sinistre que s'il la rendait ainsi.

Enfin, il aurait aimé qu'elle ne soit pas aussi *sombre*.

Une autre journée nuageuse et morne progressait, mais même si le soleil avait brillé puissamment dans le ciel cobalt, la lumière aurait eu du mal à pénétrer au travers des imposants conifères. Jem frissonna et serra sa cape autour de lui alors qu'il continuait de marcher.

Il lui avait fallu des jours pour observer les arbres, longer le périmètre de la clairière de Cador et trouver son courage. Il s'était assuré que Derwa soit bien nourrie et avait ensuite enfilé ses nouvelles bottes raides. Il était temps de bien les assouplir, puisqu'il ne pouvait pas se contenter de se cacher dans le cottage. Il accepterait la gentille proposition d'Austol et irait suivre des cours. Pourquoi ne le devrait-il pas ?

Une chouette hulula et le cœur de Jem bondit dans sa gorge. Ravalant un gloussement, il continua sa route, se rappelant que l'unique véritable danger de la forêt – d'après Cador – résidait dans la présence de sangliers. Jem imaginait que ces bêtes massives faisaient du bruit quand elles se déplaçaient, même si Cador arrivait à ne pas en faire.

Il sourit, se souvenant comme ils avaient ri l'autre jour. Comme Cador lui avait patiemment montré la technique de pétrissage du pain, ses mains immenses tenant les siennes dans le saladier.

N'aie pas peur d'être brusque avec la pâte.

Jem grogna légèrement dans sa barbe. L'effet que Cador avait sur lui devenait de plus en plus gênant. Il avait ressenti une envie brûlante de s'appuyer contre ce corps immense. Il avait aussi eu terriblement envie de s'agenouiller et de le supplier pour sa verge.

Le désir monta en lui alors qu'il suivait le chemin sinueux. Bien sûr, il ne le ferait jamais. Il grimaça en pensant comme Cador rirait et se moquerait de lui. Les amants de Cador étaient féroces ou, du moins, ils étaient grands et avaient une large carrure comme Jory. Il grommela, tentant de bannir les inventions instantanées de son esprit : Cador passant ses mains calleuses dans les cheveux rebelles de Jory, se servant brutale-ment de sa bouche et se vidant dans sa gorge…

Lors d'un instant fou, Jem fut tenté de s'enfoncer davantage dans la forêt, pour s'éloigner quelque peu du chemin, afin de pouvoir soulager son sexe douloureux dans son nouveau pantalon et de se débarrasser de cette excitation permanente.

Il neutralisa son désir et continua d'avancer, bien que son

esprit dérive sans cesse vers des fantasmes interdits. Il était si distrait qu'il n'entendit pas le cavalier approcher, jusqu'à ce que le cheval trottant – un immense étalon noir ressemblant à Massen – arrive dans son champ de vision. Il était monté par le frère de Cador. Un sanglier, dont les entrailles pendaient, était posé sur sa croupe. Du sang gouttait de la lance de Bryok.

Plutôt que de tirer sur les rênes, ce dernier sembla éperonner sa monture. Jem fut obligé de plonger hors de son chemin, son cri bloqué dans sa gorge alors qu'il heurtait le sol et que des aiguilles griffaient ses paumes. Bryok se retourna sur le chemin étroit, comme s'il allait tenter une nouvelle fois de le piétiner avec les sabots rapides de son cheval.

Il n'eut pas le temps de faire autre chose que lever les mains devant son visage et laisser échapper un geignement pitoyable. Il allait mourir dans la terre, brisé et ensanglanté, et les sangliers mangeraient des morceaux de son corps et…

Les sabots du cheval dérapèrent alors qu'il s'arrêtait et se cambrait sur ses pattes arrière. Il retomba ensuite, si près de Jem, que le sol trembla. Il ignorait si le cheval avait regimbé ou si Bryok avait tiré sur ses rênes.

Ce dernier le surplombait, depuis le dos de son puissant étalon. Enserré par une peur moite, Jem fut frappé par le souvenir du moment où il avait levé les yeux de la même façon vers Cador, depuis le sol, après avoir été poussé du cheval pâle. Mes dieux, une éternité s'était manifestement écoulée depuis. Désormais, il en savait beaucoup plus sur son mari.

Cador fredonnait pour ses chèvres et parlait à son étalon comme si celui-ci le comprenait. Il donnait ses fourrures à son époux pour qu'il n'ait pas froid. Il ronflait et rotait, mais laissait aussi échapper de petits soupirs quand il se réveillait et s'étirait, encore assoupi. Il grommelait et se plaignait de Derwa, mais la nourrissait patiemment quand il se croyait seul.

Se recroquevillant sur le sol, dans les profondeurs de la forêt, Jem réalisa que Cador ne lui faisait plus du tout peur. Peut-être que s'il passait plus de temps avec Bryok, il découvrirait que ce dernier était tout aussi réel et… sûr.

En sûreté.

Avec Cador. Alors qu'il levait les yeux vers le visage de Bryok, marqué de cicatrices et moqueur, sa peur monta comme des lierres entourant ses membres. Cet homme ne lui procurait aucune impression de sécurité. Jem n'aurait pas dû s'aventurer seul dans les bois ! Le regard de Bryok était intransigeant, et Jem craignait qu'il soit animé d'une véritable haine. Ce n'était pas de l'indifférence ni de la frustration, mais un venin insidieux qui gelait Jem sur place comme s'il coulait dans ses veines.

— Cador n'est pas loin, dit-il d'une voix si rauque que le mensonge eut du mal à s'échapper.

Si seulement ses mots pouvaient l'invoquer…

Un sourire, qui n'en était pas moins terrifiant, fendit le visage de Bryok.

— Tu crois qu'il te sauvera ? Tu crois qu'il laissera sa faiblesse l'emporter sur la volonté de notre peuple ?

Le rire de Bryok fit écho, tel un coup de tonnerre.

— Ton destin est scellé, Prince Jowan.

Bryok galopa ensuite dans l'obscurité, l'éclaboussant de boue et disparaissant comme s'il n'avait été conjuré que par l'imagination de Jem. Pourtant, son visage était bel et bien taché. Il essuya la boue avec sa cape avant de se lever sur ses genoux tremblants.

La tentation de repartir en courant en direction du cottage vibrait au travers de ses membres. Pourquoi s'était-il cru assez courageux pour marcher seul sur ce chemin ? Autour de lui, la vie de la forêt se poursuivait, comme si elle n'avait jamais été perturbée. Le vent secouait les aiguilles de pin, les askels chantaient et, au loin, un faucon criait.

Le bruit qui n'avait pas sa place était le tambourinement du cœur de Jem et le sang qui battait à ses oreilles, alors qu'il était déchiré par l'indécision. Il pouvait fuir en direction du cottage de Cador et prier les faux dieux pour qu'il revienne bientôt de la chasse. Ils seraient alors en sécurité, ensemble, au sein de la demeure envahie par l'odeur du pain frais et les crépitements du petit bois. Ou…

Jem s'obligea à regarder dans l'autre direction, où le chemin tournait entre deux grands sapins qui cachaient le ciel gris. Il ignorait si Rusk était encore loin. Était-ce même le bon chemin ? Il croyait avoir suivi fidèlement l'unique voie, mais comment pouvait-il en être certain ? Il vaudrait sûrement mieux battre en retraite.

Mais n'avait-il pas toujours battu en retraite, encore et encore ? Il s'était caché dans la volière ou dans sa chambre, pour panser ses blessures, et il avait été trop trouillard pour chercher à obtenir ce qu'il voulait. Il avait été trop timide pour tenter sa chance.

Prenant une profonde inspiration, il marcha en direction de Rusk. Il voulait apprendre à monter à cheval. Il ne battrait pas en retraite. Il ne laisserait pas la scène avec Bryok l'effrayer. Austol lui avait proposé son aide et il l'accepterait.

Il apprendrait à monter à cheval. Même s'il tombait une centaine de fois et se ridiculisait totalement, il ne battrait pas en retraite. Il n'avait qu'à faire un pas de plus, puis un autre, et un autre et encore un autre jusqu'à ce qu'il arrive. Son destin était entre ses mains.

Que ferait Morveren ?

Souriant, il cria en direction des arbres.

— Je dois atteindre Rusk ou mourir en essayant !

JEM DUT ADMETTRE qu'il était soulagé de ne pas avoir péri en se rendant à Rusk. Il émergea intact de la forêt et se dirigea directement vers l'écurie. Il passa devant quelques villageois et n'arriva pas à distinguer si leurs regards étaient curieux, suspicieux ou meurtriers.

Il ne lambina nullement à la recherche de clarification.

Austol sembla ravi de le voir. Il amena Nessa dans l'écurie et dit à Jem de faire connaissance avec elle, puis il s'affaira pour terminer une tâche quelconque. Jem leva les yeux vers la bête, sous la lumière trouble de l'écurie. L'animal le dévisagea en retour, large et inflexible. Ni l'un ni l'autre ne cligna des yeux.

La jument souffla alors et agita sa queue. Levant la main, Jem la tendit à Nessa pour qu'elle la renifle. Elle baissa ses naseaux et donna un coup de langue rêche et mouillée sur la paume de Jem. C'était bon signe, non ? Il aurait aimé prêter plus attention aux chevaux dans son enfance pour ne plus avoir peur d'eux.

Il avait passé des heures à dos de cheval, avec Cador, mais c'était différent. Il devait désormais apprendre à monter seul et à prendre les rênes. Maintenant qu'il était à Ergh, l'idée d'un carrosse dans ce pays étrange, avec ses chemins pleins d'ornières et ses terrains rocailleux, était absurde. Il ne pouvait se contenter de rester dans les alentours du cottage plusieurs mois consécutifs. Peut-être qu'il l'aurait fait, s'il avait eu ses livres, mais ce n'était pas le cas.

Il tapota la tête de Nessa, hésitant, et repoussa la douleur engendrée par la perte et l'inquiétude. Il n'arriverait rien à ses livres ! Même s'il ne revoyait jamais ces tomes-là précisément, ils pouvaient être remplacés. Bien que cette pensée lui fasse *mal* et qu'il imagine les pages usées qui s'ouvraient facilement sur ses scènes préférées.

Nessa s'appuya contre sa main et Jem imagina qu'elle percevait sa détresse. Il avait été idiot d'éviter les chevaux toutes ces années. Il était temps de conquérir sa peur. Il n'y avait pas tant de tâches à accomplir dans le cottage et s'il glandait nuit et jour, comment Cador pourrait-il le respecter ?

Quand Jem avait rapidement maîtrisé la traite des chèvres, le hochement de tête approbateur de Cador et son sourire fugace lui avaient fait le même effet qu'un vin sucré et entêtant. Leur mariage était faux, mais ils n'avaient d'autres choix que d'être compagnons, pour l'instant. Ils se retrouvaient dans la forêt, seuls sur des kilomètres…

Nessa poussa sa tête contre la main de Jem et il rit en la grattant derrière les oreilles.

— Toutes mes excuses, madame, murmura-t-il. Je ne devrais pas te négliger.

— Elle te demandera de la caresser toute la journée, si tu la laisses faire, expliqua Austol avec un sourire affectueux pour Nessa. N'est-ce pas, ma fille ?

Il se tourna ensuite vers Jem.

— Tu es prêt à réessayer ?

— Je ne vais pas te déconcentrer de ton travail ?

Jem tenta de se focaliser sur l'enthousiasme et non la peur. Il pouvait y arriver. Il *voulait* vraiment le faire.

— Les chevaux sont mon travail. Je peux toujours assumer mes tâches pendant que je te donne une leçon. Alors, vas-y. Tu te souviens de ce que je t'ai montré ?

Jem demanda à Austol de le lui réexpliquer. La technique nécessitait principalement de l'élan et de la confiance. Il avait du mal avec les deux.

— Tu ne lui feras pas mal, je te le promets.

Austol le regardait depuis un box qu'il balayait.

Inspirant profondément l'odeur de renfermé, Jem retira sa cape. La sueur s'accumulait sur sa nuque. Son nouveau pantalon de cuir était toujours serré et il se demanda s'il était possible qu'il ait plus de chance avec ses hauts-de-chausse fluides. Peu importait, il continuerait d'essayer.

Avant de se lancer, il but une gorgée d'une gourde d'eau qu'Austol lui avait gentiment tendue. Chez lui, Jem emmenait une gourde décorée d'un épais verre vert dans sa volière, mais à Ergh, elles étaient ornées de défenses de sanglier, ce qui était bien plus approprié, supposa-t-il. Le bouchon était en acier rugueux et non dans un métal fin surmonté d'un bijou.

— Pourquoi m'aides-tu ? demanda-t-il de but en blanc avant de pouvoir réfléchir à une meilleure tournure.

Austol haussa les épaules.

— Pourquoi ne devrais-je pas le faire ?

— Bryok dirait sûrement que je suis une ordure du continent et que je ne mérite pas tes efforts.

La lèvre d'Austol se retroussa.

— Bryok peut aller se jeter des Falaises de Glaw.

Dès que ses mots se retrouvèrent dans l'air froid et humide, il observa la porte comme pour s'assurer qu'ils étaient toujours seuls.

— Ce que je veux dire, c'est que… Bryok ne parle pas au nom d'Ergh tout entier. T'a-t-il menacé ?

— Oh, euh…

Jem savait qu'il devrait se montrer prudent. Bryok était le

frère de Cador et le fils aîné du chef de clan qui prendrait un jour le pouvoir.

— Il n'a pas été particulièrement accueillant.

Austol lui lança un sourire narquois.

— Effectivement. J'imagine ce qu'il t'a dit.

— Est-il toujours si furieux ?

— Oui.

Austol soupira, baissant les yeux et s'occupant avec un seau de grains.

— Sa colère n'est pas injustifiée. Il a souffert. Mais il n'est pas tout seul, dans cette histoire, bien qu'il agisse comme tel.

Jem songea au cri terrible qu'il avait entendu depuis le cottage voisin lors de sa précédente visite. Qu'est-ce qui clochait avec la sœur d'Austol ? Il tenta de formuler une question inquisitrice qui ne serait pas bouleversante ou si malpolie qu'elle en serait impardonnable, mais il abandonna rapidement l'idée. Si Austol voulait en partager davantage, il le ferait.

— Pourquoi es-tu gentil avec moi ? lui demanda-t-il plutôt.

— Pourquoi ne devrais-je pas l'être ? répondit Austol avec un rire gêné.

— Personne ne semble désireux de me parler, c'est tout. Mais ils me dévisagent tous un peu.

Austol grimaça.

— J'en suis désolé. Tu es le premier habitant du continent que nous voyons, en dehors des religieux, et il n'y a pas grand-chose d'intéressant chez eux. Ils veulent seulement parler des dieux et de la repentance pour qu'Ergh regagne leur faveur. Mais tu es un prince et le mari de Cador. Tu es largement plus intrigant.

Jem s'esclaffa.

— Je déteste te décevoir, mais je n'ai absolument rien

d'intéressant. Ma fratrie aurait bien plus de choses à raconter. À moins que tu veuilles que je récite les histoires fictionnelles de mes livres préférés.

Austol gloussa.

— Tu en as apportés ? J'ai lu les mêmes livres à voix haute tant de fois que j'ai arrêté de compter.

Pour sa sœur ? Jem ne posa pas la question, une fois encore, bien que l'idée que des livres existent dans les parages fasse bouillonner son enthousiasme.

— Malheureusement, je n'ai pas pu en apporter. Y a-t-il beaucoup de livres, ici ? Cador n'en a pas, dans son cottage.

— Ce sont surtout des bouquins apportés par les religieux, donc des récits édifiants qui nous mettent en garde contre la colère des dieux. Et, bien sûr, Ergh est l'exemple de l'horrible destin qui nous attend.

— Tu sais, je n'ai jamais réellement cru qu'Ergh existait. Pourtant, me voilà.

Austol le gratifia d'un triste sourire.

— Apparemment, nous aurions tous dû apprendre notre leçon sur le danger lié à une disgrâce. Je n'imagine pas ce que tu as fait pour mériter d'être banni ici.

Jem rit, hésitant.

— Je suis sûr qu'il existe plein de choses merveilleuses à Ergh.

— À une époque. Mais maintenant…

Austol secoua la tête et afficha un sourire bien trop étincelant.

— D'accord, on a assez retardé l'échéance. Réessaie.

Bien que la curiosité de Jem ne fasse que s'accroître, il fut heureux que le sujet change avant qu'il puisse poser une question impertinente et se mette son nouvel ami à dos. Se penchant en arrière, il s'élança en sautillant et en agrippant la crinière de Nessa. Il crispa ses abdominaux afin de bondir et de s'asseoir sur son dos. Il manqua de s'écraser, mais cette fois-ci, en s'agrippant et en grognant, il passa une jambe au-dessus d'elle.

— Et voilà ! applaudit Austol.

Jem ne put s'empêcher de rire tant il était ravi. Il caressa l'encolure de Nessa.

— Je l'ai fait. Je l'ai vraiment fait !

Austol s'approcha de lui en souriant.

— Je te l'avais dit. Maintenant, tu peux l'emmener dans les champs.

— Je ne peux pas d'abord m'en délecter ?

S'esclaffant, Austol lui tapota le genou, mais avant qu'il puisse répondre, Cador entra en trombe dans la grange avec – *pfff* ! – Jory sur ses talons, tel un chien loyal.

— Là, tu vois ? demanda ce dernier.

— Mais où est-ce que tu étais ? s'enquit Cador.

Il s'arrêta, en dérapant sur la paille, et fusilla son époux du regard comme s'il allait l'arracher du dos de Nessa et le jeter par-dessus son épaule.

Ignorant l'extrême excitation vibrante – hautement inappropriée – qui enserra ses testicules, Jem contracta la mâchoire.

— J'étais là, de toute évidence. À apprendre comment monter à cheval.

Cador concentra sa fureur sur Austol, qui caressa les flancs de Nessa, inclina la tête en arrière et demanda calmement :

— Y'a un problème ?

Jory s'esclaffa.

— Il était…

— Préviens-moi avant d'aller te balader, hurla Cador en

interrompant son ami. Tu ne peux pas aller où tu le souhaites, petit prince.

— Pourquoi pas ? cria Jem en retour. Suis-je censé être prisonnier à Ergh, en fin de compte ? Vas-tu m'attacher à ton lit pour me garder captif ?

Maudit soit-il. Ses mots accentuaient son désir et la chaleur monta jusqu'à son visage tandis que son sang se précipitait vers le bas.

— Non, répondit Cador avec les dents serrées. Tu es évidemment libre de faire ce que tu souhaites.

Il fusilla Austol du regard.

— Tu viens de dire… répondit Jem avant de secouer la tête. Peu importe.

L'euphorie qu'il avait ressentie après l'accomplissement de son but se dégrada. Il avait beau détester ça, il voulait que Cador soit fier de le voir assis sur le dos de la jument. Il voulait voir des fossettes sur les joues barbues de Cador. Il avait envie d'entendre qu'il n'était pas délicat ou inutile.

— Tu as abandonné Derwa, l'accusa Cador.

— Elle peut rester seule un après-midi, maintenant.

Il ignorait s'il était plus scandalisé ou blessé à l'idée que Cador le trouve négligent.

Sans un mot, ce dernier s'en alla à toute vitesse et Jory lui emboîta rapidement le pas. La rancœur brûlait Jem et l'acide bouillonnait dans son ventre. Il eut dans l'idée d'éperonner Nessa pour qu'elle les suive, mais il tomberait sans doute d'une façon des plus humiliantes. Non, Cador était libre de bouder. Jory avait probablement hâte de l'apaiser.

Désormais, toute sorte d'images envahissaient l'esprit de Jem. Il ravala un cri de frustration. Il imaginait Jory s'agenouiller impatiemment. Relâcher la verge enflée de Cador, blottir le nez contre ses testicules, le sucer aussi loin qu'il le pouvait…

— Merde alors, marmonna-t-il.

— Cador se comporte comme un crétin, dit Austol. Ignore-le. Tu t'en sors très bien.

Jem souhaitait tant entendre cet éloge qu'il en avait honte.

— Merci.

Pourquoi Cador n'avait-il pas pu en dire autant ? Jem venait de rencontrer Austol, mais celui-ci s'était montré patient et compréhensif. Dommage que Jem n'ait pas été forcé de l'épouser *lui* plutôt que Cador.

Cette idée le frappa comme un éclair. Cador n'avait-il pas dit qu'ils étaient tous les deux libres de prendre des amants ? S'il allait batifoler avec Jory ou quiconque l'enchantait, pourquoi Jem ne devrait-il pas en faire de même ?

Il n'y avait aucune raison. Leur mariage n'en avait que le nom et leur avait été imposé. Cador avait déclaré qu'il ne voudrait jamais le toucher, que c'était hors de question. Pourquoi Jem devrait-il rester solitaire et languissant ?

Son cœur tambourina. Il allait prendre les choses en main. Austol semblait l'apprécier. Rien ne leur interdisait de devenir des amis qui se procuraient mutuellement du plaisir. Beaucoup de gens faisaient cela, n'est-ce pas ?

— Tu veux bien m'aider à descendre ? demanda-t-il avec une détermination retrouvée.

Austol sourit.

— Tu es sûr de ne pas vouloir essayer de faire une balade, d'abord ?

— J'en suis sûr.

Il allait le faire. Pendant des années, il avait hésité et s'était caché. Il avait laissé le rejet d'un unique soldat l'abattre. Il avait peut-être secrètement espéré que Cador le verrait sous un nouveau jour, mais il se dupait. Il pouvait sans doute descendre du dos de Nessa sans assistance, mais il attendit qu'Austol lui tende une main.

Se relevant sur le sol jonché de pailles, Jem s'agrippa à la tunique du palefrenier et se pencha en avant, déterminé à enfin – *enfin* – avoir son premier baiser. Que Cador aille se faire voir dans les profondeurs de la mer d'Askorn.

Néanmoins, Austol saisit fermement ses épaules et le garda à un bras de distance.

— Oh là, oh là.

Il aurait dû le savoir. L'humiliation l'écrasa. Évidemment qu'Austol allait le rejeter. Jem n'était simplement pas désirable. Il était risible, bien que l'homme ne se moque pas de lui, au moins. Il baissa plutôt les yeux vers lui avec une pitié évidente, ce qui était sans doute pire.

— Jem, je suis désolé si je t'ai donné la mauvaise impression. Laisse-moi préparer du thé et on peut…

— Je n'ai pas besoin de thé ! J'ai besoin d'enfin embrasser quelqu'un ! J'ai besoin de ne plus être un vierge pathétique !

Sa voix menaça de craquer et la honte grandit à chaque mot qui lui échappait désespérément.

Austol haussa grandement ses sourcils.

— Cador et toi, vous n'avez pas couché ensemble ?

Il aurait dû se mordre la langue. *Stupide* !

— Eh bien, tu vois, le truc c'est que… dit-il avant de secouer la tête. Je n'aurais pas dû dire ça.

— Ce n'est rien.

Austol regarda autour de lui et continua de parler à voix basse.

— Ce sera notre secret.

Il guida Jem vers une balle de foin pour que celui-ci s'y asseye, et il se percha non loin de lui sans pour autant être assez proche pour le toucher.

Jem regarda fixement ses bottes crottées de boue. Il aurait aimé pouvoir disparaître. Mes dieux, pourquoi avait-il fait ça ? *Pourquoi* ? N'avait-il pas appris sa leçon avec le soldat ? Il était avide de punitions.

— Je suis content d'être ton ami, dit Austol, mais je ne peux pas être plus que ça. Les hommes ne me plaisent pas. J'envisage d'épouser Hedra, l'une de nos guérisseuses, si… si je le peux.

— Oh. Oui, je comprends. Bien sûr.

Incapable de croiser le regard d'Austol, Jem acquiesça tristement. Après son bref éclat de courage, il se sentait complètement dégonflé. Était-il réellement si rebutant ? Il reconnut qu'il n'avait fait des avances qu'à deux hommes, dans sa vie, mais ce nouveau rejet le blessait. Mes dieux, s'il n'était pas plus prudent, il allait fondre en larmes.

Non. Il devait se montrer suffisamment digne, cette fois. Ou du moins, il devait être calme. Il s'éclaircit la voix.

— Je suis désolé. Je n'aurais pas dû faire ça. J'ai été timide trop longtemps et maintenant…

Il jeta un coup d'œil à la porte, par laquelle Cador et Jory étaient partis ensemble.

— Je suis si frustré. Confus.

— Et tu es *vierge* ? chuchota Austol avec le même ton que s'il avait demandé si Jem était un triton.

Le Neuvellan opina tristement du chef.

— Apparemment, ça n'est pas commun, ici.

— Oh, certains ne s'intéressent pas aux ébats. Mais tu sembles motivé. À la façon dont vous vous dévisagez, Cador et toi, je pensais que vous vous envoyiez en l'air chaque fois que vous aviez un moment de libre.

Jem l'observa, bouche bée.

— La façon dont nous nous… J'admets que je suis motivé, pour te citer. Mais Cador ne veut pas de moi.

L'idée même était une folie. Cador pouvait certainement avoir tous ceux qu'il désirait et il ne voudrait jamais de *Jem*.

Austol fit une chose des plus étranges… il éclata de rire.

— Bien sûr que si !

Décontenancé, Jem tenta de comprendre quelle était la plaisanterie. Il *devait* y en avoir une, mais Austol paraissait parfaitement sincère. C'était peut-être un humour Erghien que Jem ne comprenait pas.

— Cador ne veut pas de moi, répéta-t-il.

Austol riait toujours.

— Alors pourquoi est-il jaloux de tout homme qui est à ta portée ?

— Jaloux ? Cador ?

Cela était *fatalement* une plaisanterie.

— Tu vois, ce que tu ressens quand il est avec Jory ? C'est de la jalousie, mon ami. Et il ressent la même chose.

— Mais…

Jem n'arrivait pas à y croire.

— Je ne suis pas jaloux de Jory ! insista-t-il.

Austol leva les yeux au ciel.

— Tu dis que je suis le seul, ici, à avoir été gentil avec toi, mais Jory n'a-t-il pas essayé ? Et n'as-tu pas résisté sans aucune raison ?

Il gigota.

— Quand tu le formules ainsi…

— Fais-moi confiance, Jory n'est pas une menace, le rassura-t-il alors que son sourire disparaissait. Mais Cador et toi, vous n'avez pas couché ensemble ?

Jem secoua la tête.

— Il a dit qu'il préférerait coucher avec un sanglier.

Austol grimaça.

— Alors c'est un imbécile, doublé d'un menteur. Il te veut. Et pourquoi ne te désirerait-il pas ? Tu es intelligent, déterminé et beau.

— C'est faux. Je suis bien trop petit. Je suis…

— Ne me balance pas ta litanie de défauts. Ne te rabaisse pas. Crois-moi. Cador te veut. Même s'il agit comme un crétin, parfois.

— Mais…

Était-ce possible ?

— Est-il vrai qu'il était ivre, lors de votre mariage ?

— Oh, ne me le rappelle pas. J'ai pensé qu'il était le plus infâme des barbares. Qu'il était une bête. Et pourtant…

Austol sourit malicieusement.

— Pourtant, la… bestialité a un certain attrait, n'est-ce pas ?

— Il m'attire, confia Jem dans un murmure tout en rougissant. J'aime l'idée d'être… pris, par lui. J'imagine… beaucoup de choses.

— Je parie que oui, répliqua Austol en souriant. Il n'y a pas de honte à ça. Même s'il se comporte comme un crétin, il est matière à fantasmes.

L'envie de défendre Cador se manifesta de façon inattendue.

— Il n'est pas toujours comme ça. Il a été étonnamment gentil, de bien des façons. Au début, j'ai cru qu'il était horrible, mais plus maintenant. Il peut être grossier et…

Jem devrait-il tout dire ? Pouvait-il réellement faire confiance à Austol ?

— C'est « arrogant », le mot que tu cherches ?

Il fut obligé de sourire.

— Ça fera l'affaire. Pourtant, il a un autre côté, aussi.

Le sourire narquois et amusé d'Austol s'agrandit.

— Je t'assure !

— Je suis d'accord. Bien qu'il agisse clairement comme un crétin puéril, parfois, Cador est quelqu'un de bien. Un homme qui en vaut la peine. Il ne ressemble en rien à son frère. Cador ou Delen seraient de bien meilleurs dirigeants, quand l'heure viendra, expliqua Austol avant de secouer la tête. Mais c'est le problème des dieux. Quant à Cador qui dit qu'il préférerait coucher avec un sanglier, il raconte des conneries. Son ego idiot et sa fierté entêtée entravent son chemin, sans aucun doute. Je reconnais le désir quand je le vois.

Le cœur de Jem bondit malgré son déni.

— C'est impossible.

Un sourire étira les lèvres d'Austol.

— Tu devrais lui donner de quoi être véritablement jaloux. Ça lui donnera une leçon.

— Quoi ? Comment ?

Le sang tambourina dans les oreilles de Jem. Austol avait-il raison ? Cador le désirait-il réellement ? Ce n'étaient pas simplement des rêveries saugrenues de la part de Jem ? Des rêveries qu'il avait impitoyablement tenté d'étouffer.

— Oh, ce sera facile. Ce serait *amusant*. Je ne me suis pas amusé depuis… trop longtemps.

Austol sourit rapidement, mais Jem vit la tristesse et la lassitude dans son regard.

— Un peu d'amusement serait le bienvenu, répondit-il d'une voix hésitante. Mais je ne ferais rien de malhonnête ou de blessant.

— Non, rien de tel. Reviens demain pour une autre leçon.

Rien que ça, ça devrait suffire.

Jem ricana.

— J'en doute.

— Bien sûr. Tout comme ça ne te dérangerait pas du tout si Cador passait la journée de demain avec Jory.

— Je vois où tu veux en venir, marmonna-t-il. Bien que je ne sois pas convaincu que tu aies raison. Cador voudrait de *moi* ? C'est aussi improbable que mes contes préférés.

Jem n'était pas Morvoren.

Austol haussa les épaules.

— Viens quand même pour une leçon d'équitation. Il n'y a pas de mal à ça.

Il regarda la porte de la grange alors que quelques enfants entraient en courant, essoufflés et les joues roses.

— Pouvons-nous rendre visite à Eseld pour lui lire une histoire ? demanda une fille aux tresses brunes.

Austol soupira.

— Je suis désolé. Pas aujourd'hui.

Les deux filles geignirent leur déception, sur le même ton, tandis que les épaules du garçon s'affaissaient. Leur enthousiasme et l'éclat dans leurs yeux s'étaient évanouis. Le cœur de Jem souffrit pour eux. Eseld devait être la sœur d'Austol, et il se demanda une fois encore ce qui n'allait pas.

— Voudriez-vous plutôt que je vous raconte une histoire ? demanda-t-il.

Les enfants tournèrent la tête en direction de Jem, toujours assis sur une balle de paille. Les yeux écarquillés, ils échangèrent ensuite un regard. Jem pouvait presque lire dans leurs pensées et il faillit répondre : *Oui, c'est moi, le mystérieux prince du Sud. Non, je ne vous mordrai pas.*

Il haussa plutôt les épaules.

— À vous de me dire. Je connais beaucoup d'histoires qui devraient être nouvelles pour vous.

Il baissa la voix d'un ton de conspirateur.

— Aucune d'elles n'a été écrite par les religieux.

Les enfants échangèrent un autre coup d'œil, puis un sourire bourgeonna sur leur visage.

— Oui, s'il vous plaît, répondit la fille aux tresses.

Jem resta donc sur le foin et les enfants s'assirent à ses pieds, dans leur pantalon de cuir et leur tunique commodes. Austol prépara du thé pour tout le monde et offrit des biscuits au gingembre alors que Jem racontait la première grande aventure de Morvoren – sans les ébats détaillés dont elle profitait avec son amant triton bien monté.

Austol écouta sans conviction alors qu'il travaillait, riant avec les enfants chaque fois que c'était le bon moment. Il était merveilleux de les faire rire, et Jem se sentit satisfait, d'une façon qu'il ne pourrait expliquer. Il accepta volontiers de raconter d'autres histoires le lendemain. Après la claque du rejet d'Austol – bien qu'il en comprenne la raison –, il était merveilleux de se sentir désiré.

Plus tard, alors qu'il suivait le chemin jusqu'au cottage de Cador, son esprit s'intéressa au désir de son époux ou à l'absence de désir. Il suivit un cycle commençant par l'incrédulité, suivi par un espoir prudent, puis une anticipation palpitante, avant d'en revenir à l'incrédulité.

Cador le désirait-il réellement ? Austol en avait été si certain. Bien sûr, Jem connaissait à peine le palefrenier. Cet homme se trompait peut-être souvent.

Ou pas.

L'obscurité ne tomberait que dans une heure, mais les ombres grandissaient alors qu'il marchait sur un chemin de terre, de cailloux, de racines, couverts d'aiguilles de pin. Jem ne pouvait avoir d'espoir. Il connaissait l'amertume de la déception qui suivrait. Être rejeté une troisième fois le dévasterait. C'était la raison pour laquelle il s'était enterré dans la sécurité des livres – Morvoren ne le laissait jamais tomber.

Dans un virage, il entendit un cheval hennir. Jem s'arrêta et sa gorge s'asséca. Bryok l'attendait-il ? Certainement pas. Il le chargerait et le piétinerait s'il choisissait de le faire, il ne se faufilerait pas discrètement. Jem avança tout de même sur la pointe des pieds, son cœur tambourinant alors qu'il jetait un coup d'œil derrière les arbres.

Il soupira brusquement. Cador se tenait sur le dos de Massen, avec du cuir usé autour de ses cuisses et de ses épaules.

En sécurité.

Ils se dévisagèrent mutuellement. Jem arrivait à peine à respirer.

Cador s'éclaircit la gorge.

— Le chemin est trompeur, ici. Tu vois ? On dirait qu'il peut aller à droite ou à gauche. Il faut aller à gauche.

— Oh.

Jem arracha son regard de Cador et inspecta le chemin devant lui. Il ne l'avait pas remarqué, la première fois qu'ils étaient passés en galopant, ou quand il s'était rendu à Rusk, car il n'avait eu aucune raison de jeter un coup d'œil en arrière.

— Oui. C'est trompeur.

Il avait véritablement l'impression qu'une bifurcation se dessinait sur le chemin. Il aurait sûrement arrêté de marcher et se serait tracassé en se demandant quel chemin choisir.

— Si tu te perds, je vais devoir te chercher pendant des heures, grommela Cador. Si le prince Neuvellan meurt sous ma surveillance, mon père sera furieux.

Jem acquiesça et découvrit qu'il avait envie de sourire. Il avait envie de *sourire*. Cador l'avait attendu pour qu'il ne se perde pas. Cador s'était inquiété pour lui, précédemment. Austol pouvait-il avoir raison ? Le picotement du rejet céda la place à une chaude étincelle d'espoir, alors même que Jem se rappelait de ne pas s'emballer.

— Maintenant, tu le sais. Prends à gauche.

Sur ces mots, Cador se retourna avec Massen et disparut sur le chemin sans proposer à Jem de le ramener.

Mais marcher ne le dérangeait nullement. Le cottage n'était pas loin et ses pas étaient plus légers.

Chapitre 13

J EM N'ÉTAIT PAS doué dans l'art d'inspirer de la jalousie.

Sa confiance croissait et décroissait. En ce moment, il était certain de ne pas pouvoir plaire à Cador. Qu'on lui fasse croire que c'était possible était un jeu de dupes. Le mieux qu'il pouvait espérer était une amitié et une bonne compagnie jusqu'à la récolte, quand ils retourneraient sur le continent, bien que cela semble particulièrement loin.

Oh, comme Santo et ses parents lui manquaient. Que les dieux lui viennent en aide, car Pasco et Locryn lui manquaient également. Assis à côté de la cheminée, Jem rit dans sa barbe, imaginant les dieux auxquels il ne croyait pas lui accorder une certaine miséricorde. Le dieu de l'eau le porterait peut-être jusque chez lui, sur une vague immense.

Son gloussement mourut alors que la porte du cottage s'ouvrait sur une bourrasque glaciale. La météo ne ressemblait toujours pas à ce qu'il connaissait du printemps, loin de là. Au moins, il ne neigeait plus. Cador entra d'un pas lourd, grognant pour le saluer avant de récupérer une chope de bière et de boire. De la boue et de la neige fondue tombèrent sur le sol de pierres.

Jem se pinça les lèvres et ses narines se dilatèrent. Cela tuerait-il cet homme de laisser ses bottes près de la porte ? Jem y arrivait sans difficulté. Mais il n'en dit rien. La semaine dernière, Cador et lui avaient peu parlé, comme un nouveau malaise sans nom s'était installé entre eux.

Jem était parti suivre ses leçons tous les jours, restant jusqu'à la fin d'après-midi pour raconter des histoires à un groupe d'enfants qui ne cessait de croître. Ils se réunissaient à ses pieds et levaient les yeux vers lui avec un air avide et un visage parfois barbouillé de terre.

Plusieurs parents restaient en retrait, mais se rapprochaient de plus en plus chaque jour pour entendre ces histoires. Une femme s'asseyait même désormais avec les enfants. Elle lançait des sourires encourageants à Jem.

Austol avait demandé à tout le monde d'apporter sa propre tasse pour le thé, comme il n'en avait pas assez pour tout le monde. Le lendemain, deux femmes avaient commencé à apporter les biscuits croustillants et légèrement amers que les habitants d'Ergh semblaient préférer.

Mais Cador n'était plus revenu à la grange et il n'avait plus commenté les heures que Jem y passait. Il n'avait pas demandé comment il s'en sortait avec ses leçons et n'avait certainement exprimé aucune jalousie. Austol devait s'être trompé.

Derwa s'agita et Jem rampa jusqu'à sa caisse. À quatre pattes, il jeta un coup d'œil à l'intérieur et murmura quelques inepties pour la réconforter alors qu'elle clignait des yeux en le regardant. Ses yeux étaient désormais entièrement ouverts. Il avait fallu plus longtemps qu'il s'y était attendu, mais son développement se rapprochait suffisamment de celui des dillywigues.

Il remplit la gamelle d'eau au coin de la caisse grâce au pichet qu'il gardait non loin. Il remarqua également le silence étrangement pesant dans le cottage. Toujours à quatre pattes, il leva les yeux et trouva Cador en train de le regarder depuis le milieu de la pièce. Ses mains calleuses étaient figées sur le cou de sa cape longée de fourrure, comme s'il avait été sur le point de la retirer.

— Quoi ? demanda Jem.

Reprenant ses esprits, Cador tourna les talons et arracha sa cape.

— Rien, marmonna-t-il.

L'estomac de Jem fit un salto. Hmm. Cet air sur le visage de Cador… Austol avait dit qu'il savait reconnaître le désir quand il le voyait. Était-ce à cela que ça ressemblait ? Cador voulait-il que Jem se retrouve à quatre pattes ?

Voilà une perspective séduisante qui faisait enfler sa verge. Il s'allongea à nouveau sur ses fourrures. Il avait pris l'habitude de porter ses hauts-de-chausse doux et moulants, ainsi que sa tunique de soie dans le cottage. Il gardait le cuir et les tuniques rugueuses pour l'extérieur. Son haut-de-chausse ne dissimulait rien. Il se blottit donc sous les fourrures et ouvrit son livre.

— Qu'est-ce que c'est ? demanda Cador après un temps.

Il était assis à la table et buvait davantage de bière. Une bougie vacillait à côté de lui, projetant une lumière dans ce coin de la maison.

— Un livre.

— Oui, je vois ça, répondit Cador d'une voix intransigeante.

— Je n'étais pas sûr que tu connaisses, vu qu'il n'y en a aucun ici.

— J'ai mieux à faire que de glander et de lire. Si nous ne chassions pas, notre peuple mourrait de faim.

Ce n'était pas faux. Jem ne répondit rien.

Cador marmonna dans sa barbe.

— Où l'as-tu obtenu ? demanda-t-il ensuite sèchement.

— Austol. Il a des livres merveilleux.

À vrai dire, il s'agissait de fables moralisatrices particulièrement stériles sur les dieux ou d'histoires pour enfant sur le même sujet. Néanmoins, le palefrenier lui avait prêté quelques livres religieux et lui avait assuré que son époux n'approuverait certainement pas.

— Ah bon ? gronda Cador avant d'avaler davantage de bière.

— Oui ! répondit Jem en gardant un ton joyeux. Et il m'a montré comment contrôler un cheval, aujourd'hui. Je suis assez à l'aise sur le dos de Nessa, maintenant, donc nous l'avons montée ensemble. Il m'a appris comment appliquer la bonne pression avec mes jambes. Il était assis contre moi. Avec ses cuisses contre les miennes, je le sentais vraiment bien.

Jem répéta les mots qu'Austol lui avait conseillé de dire.

Cador repoussa sa chaise si violemment qu'elle s'écrasa sur le sol dans un bruit sourd, faisant sursauter Jem. Se levant, alors que son torse gonflait et retombait rapidement, Cador ouvrit la bouche avant de la refermer.

— Bien, dit-il enfin au travers de ses dents serrées. Bientôt, tu n'auras plus besoin de leçons.

Sur ces mots, il quitta le cottage et la porte claqua dans son sillage. Jem sourit. Austol avait peut-être mis le doigt sur quelque chose, après tout.

COMBIEN DE FOIS Jem devrait-il nettoyer le sol en une seule semaine ?

Il était revenu de sa leçon de cheval en frissonnant, le vent mordant malgré toutes les promesses selon lesquelles le vrai printemps arriverait d'un instant à l'autre. Une fois encore, Cador avait laissé des traces de boue. Certains jours, il rentrait pour le repas du midi avant de repartir chasser et les traces de ses bottes le prouvaient. Le bazar ne semblait nullement le déranger, mais Jem ne pouvait se détendre tant que le cottage n'était pas propre.

Grommelant, il remplit des seaux au puits et les plaça au-dessus du feu brûlant pour les réchauffer. Il récura le sol, ce qui lui tint chaud jusqu'à ce qu'il soit prêt à se déshabiller, à remplir la baignoire, à attiser le feu et à prendre son bain.

Devoir se contorsionner dans la baignoire trop petite ne le dérangeait pas. Il ferma les yeux en entendant le petit bois crépiter dans la cheminée. Derwa pépiait, satisfaite. Bientôt, elle aurait besoin d'une véritable volière. Autrement, elle apprendrait à voler dehors et prendrait donc des risques.

Bien trop vite, l'eau refroidit et Jem se blottit dans son peignoir. Il aurait aimé qu'il soit plus épais. Grognant, il remit la baignoire dans son coin. S'il devait constamment récurer le sol, Cador et ses muscles pouvaient vider la baignoire.

Ces muscles apparurent dans l'esprit de Jem alors qu'il s'installait sur les fourrures chaudes devant la cheminée. Il joua paresseusement avec ses tétons mouillés. Cela faisait une éternité qu'il n'avait pas pu se procurer du plaisir. Il avait poussé son corps plus loin que jamais avec toutes ces leçons. Ses muscles étaient endoloris, bien que plus forts. Il avait besoin de se soulager, et comme Cador était à la chasse...

Pourquoi pas ?

Souriant discrètement, Jem courut quasiment en direction de son coffre pour récupérer sa bougie et un flacon d'huile parfumée. Il retira le bouchon et inhala le doux parfum de rose. Il ne sentit qu'une odeur de propre avec un soupçon de douceur parfaite. C'était l'un des luxes que Neuvella avait appris à maîtriser.

Il pensa à l'agacement de sa mère face à l'augmentation du prix de l'huile de la part d'Ebrenn, car cela impacterait leur industrie des huiles odorantes et des parfums. Il avait véritablement tenu pour acquis tous ces merveilleux petits conforts de la maison. Après avoir déposé une goutte sur ses doigts et les avoir frottés l'un contre l'autre, il inhala le parfum délicat et jura d'apprécier davantage de tels cadeaux.

Sur le dos, devant la cheminée, avec les douces fourrures sous son corps, il ouvrit son peignoir et sortit un de ses bras pour ne pas être encombré. Il laissa la bougie et l'huile à côté de lui, pour l'instant. Il se contenta d'abord de glisser ses doigts froissés par l'eau sur son corps. La délicieuse chaleur du feu atteignait sa peau nue.

Que penserait Cador s'il le découvrait ainsi ?

Jem gémit légèrement et écarta les cuisses. Il lubrifia ses mains et les baissa pour caresser sa verge durcissante ainsi que ses lourds testicules. Il caressa ensuite la peau sensible menant à son orifice et il s'enfonça, explorant, tout en décrivant de lents va-et-vient sur sa longueur avec l'autre main. Il ferma les yeux.

Il s'imagina qu'il était de retour dans sa chambre du palais, en toute sécurité. La porte était bien fermée à clé. Se touchant, il revivait ses fantasmes préférés dans lesquels il s'exposait à un soldat costaud ou à un bûcheron ou à l'un des pirates en maraude dans les aventures de Morvoren. Il imagina un homme féroce bandant pour lui et le regardant alors que Jem caressait son corps, se prenait avec la bougie et étirait merveilleusement ses fesses.

Hmm. Il tâtonna aveuglément pour récupérer la bougie... une bourrasque glaciale lui provoqua alors la chair de poule. Il ouvrit brusquement les yeux et trouva Cador dans l'embrasure de la porte, les lèvres entrouvertes alors que de la neige tourbillonnait autour de lui. Il baissa les yeux vers les cuisses écartées de Jem et son érection dans sa main.

Lors d'un moment infini, ils furent tous les deux figés. Jem retint sa respiration. Cador ferma brusquement la bouche. Un muscle tressauta dans sa joue et il semblait lutter contre lui-même.

Finalement, les lèvres de Cador se tordirent dans un sourire narquois.

— Ne me laisse pas t'interrompre, dit-il d'une voix rauque.

Jem retira sa main et roula sur ses genoux, tirant une fourrure sur ses cuisses.

— Tu… Tu es censé être…

Haussant les épaules d'un air négligé, Cador ferma la porte dans un bruit sourd.

— Il neige et le vent s'est levé. Nous n'avons aucune visibilité. Nous chasserons demain, expliqua-t-il en pendant sa cape de fourrure. Tu es souvent obligé de te procurer toi-même du plaisir, comme personne ne veut le faire.

— Je… Je… ça ne te regarde pas ! Quelle importance si je le fais ?

Le visage de Jem le brûlait. Mes dieux, être surpris en étant si exposé était humiliant.

— Aucune importance. Comme je l'ai dit, je ne veux pas t'interrompre.

Cador baissa les yeux vers la bougie posée sur les fourrures. Il haussa ses sourcils bruns.

— Ça alors. Je ne m'attendais pas à un tel jeu de la part de quelqu'un d'aussi… fragile que toi.

Le corps de Jem se crispa et son cœur tambourina avec une furieuse vague de défiance. Il releva le menton.

— Je ne suis pas fragile.

— Manifestement non.

Portant toujours ses satanées bottes, Cador avança vers la

table alors que Jem se rasseyait sur ses talons. Sa verge palpitait sous sa fourrure et le feu brûlait son dos.

Sa respiration était rapide, laborieuse et bien trop bruyante dans le cottage immobile.

— Je ne suis pas faible !

Il resserra ses poings autour de la fourrure. Il l'aurait déchirée si elle n'était pas aussi robuste.

— Je me pénètre souvent.

— Ah bon ?

Cador semblait las, bien que son corps soit tendu et que ses doigts tressautent nerveusement. On aurait dit un homme qui jouait un jeu.

Quel était ce jeu ? Jem eut envie de crier. Il avait envie de *hurler*. Il releva plutôt le menton.

— Oui.

Il s'efforça de chasser son embarras et fut envahi par l'envie de prouver à Cador qu'il avait tort, d'une manière ou d'une autre.

Si c'était un jeu, Jem voulait le remporter. Il prouverait à quel point il était fort. Comme il était audacieux. Comme il était courageux.

Cador semblait l'ignorer, désormais, mais non…. Il observait la bougie posée sur la table. Il la libéra de son bougeoir en fer où un excès de cire s'accumulait à sa base. Il la retourna dans ses mains, l'examina et glissa ses doigts rêches de haut en bas sur sa longueur. Les testicules de Jem le picotèrent et le désir tirailla profondément son estomac.

— Et tu t'es « pénétré » avec une bougie comme celle-ci ? Avec celle qui se trouve à côté de toi ?

Le cœur au bord des lèvres, Jem acquiesça.

— Tu veux dire que tu te baises avec ?

Jem ne put s'empêcher de prendre une profonde inspiration à cause de cette grossièreté. Une vague de désir crispa son entrejambe et sa verge suinta sous la fourrure.

Il acquiesça une fois encore.

Cador rit.

— Tu es trop timide pour le dire ?

— Non !

Il grinça des dents.

— Je me baise avec, ajouta-t-il alors qu'un frisson le traversait. Je le fais. Je me baise. J'enfonce la bougie. Je m'apprêtais à le faire avant que tu te pointes.

— Comme je l'ai dit, ne me laisse pas t'interrompre, petit prince.

Cador reposa prudemment la bougie sur la table. Était-ce un tremblement, qui s'emparait de ses mains ?

Une part de Jem avait envie de se couvrir et de courir se mettre en sécurité. Il avait envie de se cacher et de fermer la porte à clé. Mais où irait-il ? Dans la tempête ? Et pourquoi devrait-il fuir ? Cador le pensait extrêmement docile et Jem avait atteint ses limites.

Que ferait Morvoren ?

S'agrippant à une extrémité de la fourrure, il la repoussa. Son corps entièrement nu, et surtout sa verge suintante, était désormais exposé. À la fois terrifié et ravi, il saisit sa bougie fiable et lutta contre l'envie de se recouvrir. Il n'était pas délicat. Il ne l'était pas !

— Je vais te montrer.

Cette phrase fut comme un cri de guerre. Pourtant, ces mots affamés et prononcés d'une voix basse libérèrent une profonde réserve de désir urgent qui lui coupa le souffle. Son fantasme devenait maintenant réalité – il se *montrait* à un autre homme.

Il était nu et cherchait douloureusement à se soulager. Il s'exposait et laissait quelqu'un d'autre le regarder quand il était le plus vulnérable. Il se soumettait, bien que ce soit lui, qui manie la bougie et se touche.

Il y avait quelque chose d'incroyablement excitant dans l'idée d'être regardé. Il s'était senti puissant, mais aussi impatient de se présenter à quatre pattes pour un autre homme. Pour Cador. C'était réellement en train de se produire et il ne pouvait plus fuir, désormais. Son besoin exploserait. Il mourrait.

Cador restait planté là, à le regarder, ses épais sourcils arqués comme s'il n'arrivait pas à croire ce qu'il était en train de voir. Son torse s'élevait et retombait rapidement. Ses yeux bleus s'étaient assombris. Ils trahissaient sa faim.

Je vais te montrer.

La honte qui s'attardait en Jem ne faisait pas le poids face au flot enragé de courage rebelle palpitant dans ses veines. Une excitation, un désir et une envie trop longtemps réprimés le poussèrent à lubrifier la bougie et à tendre la main vers son orifice. D'ordinaire, il prendrait son temps pour s'ouvrir avec ses doigts. À présent, il prendrait feu s'il attendait.

Il grogna, enfonçant le cylindre de cire solide dans son corps. Le bord était arrondi, en bas, tant elle avait été utilisée, et il exerça avec force cette intrusion familière. Il ferma les yeux et inclina lentement la bougie lubrifiée, appuyant sa main gauche sur les fourrures alors que ses hanches se cambraient.

Il se crispa autour de la cire et haleta alors qu'elle appuyait sur cet endroit secret en lui. S'il ouvrait les yeux et qu'il se trompait – Cador restant donc de marbre –, il en serait brisé.

Le grognement fut si discret que Jem faillit ne pas l'entendre. Faillit.

Dans un soulagement merveilleux, il comprit que Cador

était excité. Excité par lui. Cador le désirait. Vibrant grâce à une délicieuse anticipation torride, il ouvrit les yeux pour croiser un regard bleu et glacial qui s'était indéniablement assombri sous l'effet du désir. Cador se lécha les lèvres et frotta le talon de sa main contre le renflement énorme dans son pantalon de cuir.

— Comment tu te sens ? demanda Cador d'une voix rauque.

Manifestement, ils avaient arrêté de faire semblant. Ils se lançaient. Il n'y avait plus de sourire narquois. Plus de jeux.

— Rempli, répondit Jem.

Il écarta les genoux sur les fourrures et s'assit sur ses talons, exposant son corps entier. Une main derrière lui stabilisait la bougie, tandis que l'autre caressait son torse pendant que ses doigts tournaient autour de ses tétons.

Son membre était rougeâtre et rigide. Une autre goutte de liquide pendait au bout. Mais Jem ne la toucha pas immédiatement.

Au fil des ans, il était devenu maître dans l'art de se prendre avec la bougie, contractant ses cuisses pour s'élever et redescendre sur la cire dure, chaude et lubrifiée. Ce sentiment de complétude alors qu'il se crispait était paradisiaque. Il gémit et ferma les yeux, puis il les rouvrit pour voir Cador en train de le regarder.

Les yeux de l'Erghien suivirent la main de Jem jusqu'à son entrejambe, ainsi qu'à ses doigts qui s'emmêlaient dans le nid de poils sombres à la base de sa verge. Il tendit la main pour saisir ses testicules et les faire rouler. De petits cris et soupirs de plaisir s'échappaient entre ses lèvres entrouvertes. Cador demeurait silencieux. Son torse se soulevait et sa verge durcie étirait le cuir.

Jem essuya le liquide sur sa longueur et l'étala sur sa peau. Il leva ensuite son doigt vers sa bouche pour le goûter.

— Merde, grogna Cador d'une voix rauque.

Il tâtonna sur son pantalon pour se libérer. Sa fière et épaisse érection mit l'eau à la bouche de Jem.

Le Neuvellan devrait peut-être ramper et le supplier de sucer cette belle verge. Le supplier de s'étouffer dessus. Le supplier d'être pris avec et besogné jusqu'à ce qu'il tremble, brisé en deux et empli de semence…

Il s'écria et tordit la bougie en lui, se prenant et caressant désespérément son pénis en même temps alors qu'il goûtait toujours son propre musc sur sa langue. Son regard était rivé sur celui de Cador. Sa peau était en feu. Il était enfin regardé et son mari le désirait. Le sexe de ce dernier s'était durci pour lui.

Il haleta alors que Cador se masturbait violemment, ses jambes larges comme des troncs écartés pour qu'il puisse tenir debout et sa main volant au-dessus de son sexe enflé. Oh, comme il aimerait avoir ce bâton de chair solide en lui, palpitant et animé…

— Mes dieux, hurla Jem en jouissant sur sa main et en éclaboussant les fourrures.

Son orgasme le brûla si puissamment qu'il vit des étoiles. Il ferma les yeux en tremblant et en se contractant autour de la bougie.

Cador laissa échapper un bruit étranglé et Jem leva les yeux pour le voir jouir, une semence laiteuse jaillissant de son gland violacé. Le regard de Cador était rivé sur celui de son mari alors qu'il caressait incessamment sa longueur jusqu'à tressaillir. Haletant, Jem retira maladroitement la bougie de son corps contracté.

D'épaisses gouttes blanches tombèrent sur le sol en pierres, entre eux. Cador baissa les yeux vers sa semence, bouche bée. Son sexe ramolli pendait de ses hauts-de-chausse. Son poing était toujours enroulé autour. Il haleta et Jem respirait lui aussi laborieusement, restant à quatre pattes.

Il avait fait jouir Cador.

Même s'il ne l'avait pas touché, voir Jem se pénétrer – *merde alors* – l'avait fait bander. La scène l'avait poussé à se caresser et à crier son orgasme, dont la preuve était saisissante et visible sous les yeux du Neuvellan.

Cador le *désirait*.

Avant de savoir ce qu'il faisait, Jem rampa et baissa la tête, léchant la semence saumâtre, comme il avait désespérément envie de la goûter. Il la lécha avec d'avides petits bruits, choqué par son comportement animal, mais incapable de s'arrêter.

Ses testicules palpitèrent et il grogna en tirant sur sa longueur, laissant jaillir quelques gouttes supplémentaires. Sa chair enfiévrée était désormais douloureusement sensible. Il lécha désespérément la semence de Cador qui le faisait mourir d'envie. Il voulait l'avoir dans sa bouche, dans son cul… il voulait en être recouvert. Il voulait être revendiqué.

Un grondement bruyant lui échappa. Jem bondit alors. Le bout de ses orteils effleura à peine le sol. Cador le souleva, ses lèvres pulpeuses entrouvertes et ses yeux assombris par le désir scrutant le visage de Jem. Il avait posé ses mains chaudes sur les côtes de son époux.

Ils se dévisagèrent mutuellement, leurs expirations laborieuses se mêlant. Jem avait envie d'attirer la tête de Cador vers la sienne pour un baiser. Ils devaient sûrement s'embrasser à Ergh. Il n'en était toujours pas certain, mais il était temps de le découvrir.

Avant qu'il puisse l'embrasser, Cador le posa et recula. Il avança jusqu'à la porte, puis s'engagea sous la neige tourbillonnante, sans s'arrêter pour prendre sa cape. La porte claqua dans son sillage. Jem regarda fixement le bois, tremblant à cause de la bourrasque froide qui s'attardait. Soudain, il se sentit incroyablement exposé – pas seulement parce qu'il était nu.

Il saisit son peignoir devant la cheminée. La bougie huilée était posée innocemment sur les fourrures. Les joues rouges, Jem tenta de comprendre ce qu'il venait de faire. Ce *qu'ils* avaient fait. Cador était parti en furie, sans un mot, et son absence soudaine laissait un vide.

La bougie ressemblait à un doigt accusateur. Il la lava rapidement et la rangea dans son coffre avec l'huile. Il se pencha pour enfiler ses hauts-de-chausse et ses fesses l'élancèrent. Il avait été délicieusement brusque en se prenant et, même maintenant, une vibration palpitait profondément en lui.

Venait-il réellement de faire ça ?

Ça n'avait pas semblé réel. Il s'était procuré du plaisir devant un autre homme. Il venait d'offrir le spectacle le plus obscène qu'il aurait pu imaginer, même dans ses fantasmes fiévreux. Le musc de Cador s'attardait lourdement sur sa langue, interdite et enivrante.

Mes dieux, il *l'avait léché sur le sol.*

Il gigota sur place, embarrassé et choqué, et commença à faire les cent pas tant il était agité. Au moins, il avait récuré le sol, plus tôt. Il éclata de rire et une note hystérique résonna. Oui, heureusement qu'il avait récuré le sol avant de se mettre à quatre pattes et de ramper devant Cador pour lécher sa semence comme… Il ne savait même pas comme quoi ! Il aurait dû se sentir complètement humilié, et pourtant…

Il rit à nouveau, claquant une main sur sa bouche. Quoi que Cador en pense, Jem découvrit qu'il ne le regrettait pas. Il ne se sentait pas dégradé, mais au contraire, bonifié. Même enjoué. Mieux sustenté, comme s'il était plus à l'aise dans sa propre peau.

Il ne pouvait contrôler la réaction de Cador ensuite. Assurément, l'homme était choqué, comme il avait fui dans la tempête sans ses vêtements d'extérieur. Il était peut-être dégoûté, bien que Jem espère le contraire. Il avait enfin – *enfin* – mis en œuvre ses fantasmes secrets, et il se sentait *courageux*.

Cette faim s'était tapie en lui bien trop longtemps. Et maintenant ?

Il était vorace.

Chapitre 14

A VEUGLÉ PAR LA neige, Cador s'obligea à s'arrêter après une dizaine de pas. Il accueillit la froide morsure du vent sur son visage chaud, son souffle haletant. Cependant, il aimait beaucoup moins les bourrasques sur sa verge exposée, il remonta donc rapidement son pantalon, le tissu rêche engendrant des étincelles sur sa semi-érection.

Il venait tout juste de jouir, mais son sexe était déjà réveillé. Quand il était entré et avait trouvé Jem nu, un désir décomplexé – *voire licencieux* – l'avait saisi avec une soudaine violence, comme une défense empalerait un chasseur qui avait baissé sa garde lors d'un moment fatal.

Il lui avait fallu toute la maîtrise qu'il pouvait rassembler pour feindre le désintérêt. Il jura. Il avait été idiot de provoquer Jem, rien qu'un soupçon. Car lorsque son époux s'était pénétré avec cette bougie, d'un air de défi, Cador avait eu du mal à résister à l'envie de le pencher au-dessus de la table, de le jeter sur le lit ou encore de le revendiquer à même le sol.

Il l'aurait pénétré jusqu'à la garde. Il se serait écrasé dans son corps parfait et souple pour le prendre jusqu'à ce qu'ils jouissent tous les deux encore plus fort. Jusqu'à ce que Jem crie son nom et que la semence de Cador déborde de son corps, pâle et saisissante sur sa belle peau brune.

Cador avait couché avec des dizaines de personnes, à l'époque, mais jamais il n'avait... Personne n'avait jamais... Il frissonna alors que l'image était gravée dans son esprit. Jem, rampant jusqu'à lui, penchant sa tête surmontée de boucles brillantes, pour lécher désespérément sa semence.

Sans parler de la vue de Jem, en train de se prendre avec la bougie, de se pénétrer impitoyablement, alors que son mince sexe courbé était délicieusement rigide. Jem s'était caressé impatiemment de ses fines mains puissantes, alors que des grognements et des gémissements s'élevaient bruyamment, éhontément.

Il était *vierge* ?

Trouvant le puits dans le tourbillon blanc, Cador se pencha lourdement sur le rebord en pierre gelée et songea à la question. Jem n'était peut-être pas innocent et n'avait dit cela que pour attirer sa compassion lors de leur nuit de noces ? Il était peut-être expérimenté, après tout.

Non.

L'honnêteté avait lui dans les prunelles de Jem depuis l'instant où ils s'étaient rencontrés, aussi étincelante que ces yeux de miel. Dès l'instant où il avait bondi sur la Place Sacrée pour protester qu'il était un homme. Il n'était pas un imposteur.

Pourquoi Jem ne devrait-il pas se procurer du plaisir ? Il avait pincé ses tétons, devenus de durs bourgeons, s'était pénétré et avait cherché la jouissance. La sueur avait mouillé sa peau nue, ses longs cils avaient papillonné et son sexe s'était raidi…

Cador avait beau désirer le prendre violemment jusqu'à ce qu'ils hurlent tous les deux, il brûlait également d'envie de voir le visage de Jem quand il s'insérerait en lui et le remplirait jusqu'au point de rupture, lui offrant ainsi la verge qui le faisait mourir de désir. Il souhaitait embrasser ces joues lisses, cette bouche succulente. Il brûlait d'envie de montrer à Jem à quel point il pouvait être bon.

Au diable le reste, il mourait d'envie de serrer Jem contre lui. De le faire sourire réellement, de l'entendre rire, de le regarder s'occuper de son oisillon, de l'entendre parler des choses les plus anodines. Il mourait d'envie de connaître Jem comme il n'avait jamais voulu connaître quiconque. Il n'avait jamais eu envie de protéger qui que ce soit d'autre.

Ça n'avait aucun sens.

Il grogna en se rappelant l'innocence et l'impatience avec laquelle Jem avait léché la semence de Cador. Son besoin avait été à vif quand il avait levé la tête, le liquide crémeux au coin de sa bouche. Ils venaient tous les deux de jouir, mais il avait eu l'impression que c'était à peine le début. Ils étaient loin de la fin. Ils n'en étaient qu'aux prémices d'une relation plus puissante que si elle ne tournait qu'autour des ébats. Il avait eu terriblement envie de l'embrasser et de se goûter sur la langue de Jem.

Cador s'était donc enfui et ses tremblements actuels n'avaient aucun rapport avec le froid. Il ne pouvait se cacher éternellement dehors. La neige le fouettait désormais plus vivement et ses doigts étaient engourdis. Il se frotta les mains et son regard se riva sur l'alliance ainsi que les petites ailes d'oiseau en plein vol. Il serra le poing pour les cacher.

Il n'y avait rien à craindre. Il était chez lui ! Il rentrerait dans sa maison et s'occuperait de ses tâches comme n'importe quel autre jour. Il ne savait pas quoi dire à Jem, donc il ne dirait rien. Pourquoi le devrait-il ? Il avait lancé un défi et Jem l'avait relevé – de façon assez impressionnante. Ils avaient profité d'un plaisir fugace. Il n'avait pas besoin que les choses changent. Elles continueraient comme elles avaient commencé, marquant les jours jusqu'à ce que...

— Bordel !

Son cri fut entièrement couvert par le vent. Il ne supportait pas de penser à ce que l'avenir lui réservait. Pour l'instant, il ne se taperait *pas* Jem. Il retrouverait ses esprits et assouvirait son désir avec quelqu'un d'autre aussi vite que possible. Jem pouvait en faire de même.

Pourquoi ne le devrait-il pas ? Cador n'avait jamais entendu dire qu'Austol couchait avec des hommes, mais ça ne signifiait pas pour autant qu'il ne le faisait jamais ou qu'il en était incapable. Il était libre de le faire. Jem également. C'était la solution parfaite. Austol pouvait coucher avec Jem et Cador serait tranquille. Enfin, jusqu'à ce qu'ils partent en guerre.

Néanmoins, l'idée qu'Austol revendique le Neuvellan fit bouillonner son sang. Ses doigts tentèrent de saisir aveuglément sa lance. Au plus profond de lui, une avidité rongeante le consumait.

À moi.

La frustration et la fureur montant, il repartit en trombe vers le cottage. Il ne le supportait pas. Il dirait à Jem qu'il lui trouverait un autre endroit où dormir à Rusk, demain. Il reprendrait ses esprits une fois qu'il serait seul, à nouveau. Jem pouvait faire comme il lui chantait et Cador retrouverait sa vie simple.

Avec la neige aveuglante, il partit dans la mauvaise direction et atteignit l'écurie. Il ne les voyait pas, mais les chèvres bêlaient depuis leur abri, tandis que les poules étaient en sécurité dans leur poulailler.

Jurant, Cador ouvrit la porte de la grange, les flocons tourbillonnant autour de ses bottes avant qu'il la referme contre le vent. Il n'était pas prêt à retourner au cottage. Massen souffla comme s'il se moquait de lui. Le danger d'être avalé par le maelstrom blanc était réel, mais Cador connaissait cette terre. Sa maison.

Oui. *Sa* maison. Il n'avait rien à craindre. Jem et lui l'avaient fait et ça ne se reproduirait jamais. Cador maîtriserait sa faiblesse. Il n'avait pas le choix.

Car il ne pouvait rien faire concernant le plan de Tas et le rôle de Jem. S'il voulait supporter l'idée de ce qui allait se produire, il devait garder Jem à distance. Il ne pouvait laisser s'enraciner cette tentation qui mûrissait.

Il avait juré de suivre les ordres de Tas. Plus que ça, son père avait une totale confiance en lui. Il avait été si fier de la loyauté de son fils et de sa force. Comment Cador pouvait-il le défier maintenant ? Il ne s'était jamais rebellé comme Bryok. Comment pouvait-il décevoir son unique parent quand tant de choses étaient en jeu ?

Son souffle se condensant, il fit les cent pas. Il ne s'agissait pas seulement de déception, le mot était bien trop faible pour ça. Ce serait une trahison. Une trahison envers Tas et leur peuple. Cador et Jem, ainsi que la folie qui les avait brièvement consumés, étaient bien pâles en comparaison. Il devait faire passer Ergh en premier. C'était son devoir et il passait avant tout le reste.

Même avant mon mari ?

— Mais il n'est pas mon mari ! hurla-t-il.

Sa protestation fut vive dans le silence étouffé de la grange, et elle fut avalée par le hurlement du vent dehors. Rien de tout ça n'était réel. Ça ne l'avait jamais été et ça ne pourrait jamais l'être. Il ne pouvait se préoccuper de ce prince du continent. Il ne pouvait pas le besogner. Il ne pouvait s'autoriser à se préoccuper du destin de Jem. Bien que…

Il n'y avait vraiment aucune raison pour que Jem soit obligé de souffrir pour que le plan fonctionne. Sa main coupée aurait sans aucun doute un impact puissant sur sa mère, mais elle n'était certainement pas nécessaire. Les kidnappeurs pouvaient envoyer une boucle de ses cheveux. Jem pouvait écrire une supplication et sa mère reconnaîtrait son écriture. L'histoire pouvait être rendue crédible de bien des manières.

Cador continua à faire les cent pas, les bras croisés, alors que son esprit s'affairait. Tas serait avec la reine, déjà prête à déclarer la guerre. Si elle hésitait, il la convaincrait. Et Jem pourrait être en sécurité. Il pouvait faire partie de tout ça ! Ils mettraient l'enlèvement en scène et Jem y participerait volontairement.

Il se frotta les mains, sa confiance grandissant à chaque pas. Tas ne serait pas déçu ni trahi tant que le résultat restait le même. Il comprendrait. Il serait peut-être même impressionné par l'initiative de Cador. La meilleure façon d'agir était sûrement d'impliquer Jem, qu'ils avaient sous-estimé. Son époux le connaissait désormais mieux. Oui, au moment voulu, il se confierait à Jem et ils élaboreraient un nouveau plan.

Son torse se comprima alors qu'il imaginait l'horreur sur le visage de Jem quand il apprendrait la vérité. La discussion ne serait pas facile et c'était peu dire. Cador ravala une vague de nausée.

Elle ne serait pas facile du tout.

Mais inutile de se précipiter ! Pourquoi inquiéter Jem avec tout cela maintenant ? Il leur restait encore des mois. Cador avait le temps de travailler sur la solution et de trouver les bons mots. Il s'assurerait que personne ne blesse Jem. Il ne se sentirait donc plus coupable et honteux, comme s'il s'étouffait sur ses mensonges.

— Mais je ne le besognerai pas ! dit Cador à Massen. Ce serait une très mauvaise idée.

Il saisit une carotte dans une boîte de friandises pour la lui donner. Il imagina que Massen opinait du chef, car il perdait complètement la tête.

— C'est réglé, conclut-il.

Repartant la tête haute, malgré les flocons de neige aiguisés qui bombardaient son visage, il atteignit le cottage et entra. Soupirant de soulagement, il ferma la porte d'un coup de pied.

— Où es-tu allé ?

Jem s'était habillé et il bondit à l'endroit où il attisait le feu.

— La tempête s'empire ! J'ai cru…

Il secoua la tête, ses mains tressaillant sous l'effet de l'agitation.

Jem n'avait eu aucune raison de… quoi ? *S'inquiéter* pour lui ? Il était encore plus inexplicable que cette idée ravisse Cador dans une vague de chaleur traîtresse. *Oublie le danger de la tempête – le péril est plus grand ici.* Il n'avait pas besoin que quelqu'un se tracasse parce qu'il était perdu dans une tempête, ou apaise son mal de mer, ou le salue après une partie de chasse avec un doux sourire et une envie impatiente de lui parler, de l'écouter.

Il n'avait jamais eu besoin de ça. Il refusait d'en avoir besoin maintenant.

Cador réussit à paraître calme. Froid.

— Ça ne te regarde pas. La tempête ne me dérange pas.

Il tenta de s'inventer une tâche dont il aurait dû s'occuper dehors. Mais pourquoi se justifiait-il ? C'était sa maison ! Jem n'était pas son *vrai* mari ! Inutile de s'inquiéter ou de donner des explications.

Il s'était beaucoup trop ramolli. Il avança vers le garde-manger d'un pas lourd pour remplir une chope de bière et il manqua de la faire tomber avec ses doigts maladroits en train de décongeler quand il but. Il devait reprendre le contrôle. Il avait l'impression d'être un novice montant sur le dos de son étalon pour la première fois, comme si Massen avait couru sur les champs rocailleux sans prêter attention aux ordres paniqués de Cador.

— Tu es obligé de porter tes bottes à l'intérieur ?

Avalant sa grande gorgée de bière, il se tourna impassiblement vers Jem. Son agitation céda la place à la perplexité.

— Quoi ?

La mâchoire de Jem se crispa et ses poings étaient serrés.

— J'ai dit : *tu es obligé de porter tes bottes à l'intérieur* ?

Cador ne s'était certainement pas attendu à ça. Il baissa les yeux vers ses chaussures couvertes de neige, alors que des flaques se formaient sous ses pieds, et il regarda alors le Neuvellan.

— Clairement.

Les narines de Jem se dilatèrent.

— Pourquoi tu n'enlèves pas tes bottes près de la porte au lieu de laisser de la boue et de la neige partout ?

— Ça finit par sécher, répondit-il en haussant les épaules.

— Pas avant que je marche dedans !

— Tu devrais faire plus attention.

— *Moi* ? demanda Jem en élevant la voix. C'est… barbare !

Cador feignit d'être choqué.

— Ah bon ? Tu sais comme je déteste être *barbare*. Je suis vraiment désolé d'avoir sali le sol.

Ses mots restèrent suspendus. Le regard de Jem s'abaissa vers la pierre qu'il avait léchée. Bon sang, Cador fut obligé de la regarder également, son sexe enflant en un instant. Son contrôle lui échappait davantage à chaque battement de cœur.

Il s'obligea à boire une autre gorgée de bière avant d'avancer vers la porte. Cette fois-ci, il récupéra sa cape et ses gants avant de sortir dans le froid. Il hésita sur le seuil.

Si Jem s'inquiétait pour lui, ça n'avait aucune importance. Pourtant, il grommela :

— Je vais m'occuper de Massen.

Cador partit ensuite en se préparant pour affronter le vent cinglant.

Une heure plus tard, il faisait les cent pas dans la grange. Massen s'ébrouait, agacé contre lui. Cador avait brossé la robe de son étalon et lui avait donné de nouvelles friandises, mais l'animal voulait évidemment qu'on le laisse tranquille, à présent. Cador ne pouvait lui en vouloir, mais il continua à faire les cent pas et à marmonner dans sa barbe, parcourant les différentes idées de plans alternatifs.

Il arriva devant la porte, mais tourna les talons. L'espace n'était pas grand. Il était composé de trois box. Celui de Massen était le plus grand, bien sûr, et les autres étaient vides. Les quatre coins de la pièce étaient utilisés pour le stockage de divers équipements. Cador pouvait donc traverser la grange en un rien de temps. Bien que, actuellement, il soit obligé de contourner le nouvel objet qui occupait la moitié du parquet grinçant.

Il devrait se contenter de le jeter. D'y abattre sa hache et de récupérer ce qu'il pouvait comme bois de chauffage. Ça ne représenterait pas grand-chose, comme il était majoritairement constitué de croisillons de fer fin. Le forgeron avait fait du bon boulot en le rendant délicat, mais robuste. Il était à peine assez grand pour que Cador se tienne debout à l'intérieur. Il y avait donc largement la place pour Jem et Derwa.

Il soupira. Il ne pouvait y échapper. Il devait à nouveau af-fronter Jem. Et pourquoi devrait-il être craintif ? C'était Jem, qui s'était exposé de façon si obscène. Qui avait eu si désespérément envie de sperme qu'il l'avait léché sur le sol.

Bon sang, cette idée enflamma le sang de Cador. Inutile de le nier. Le fait que Jem se prenne devant lui, qu'il se soumette de façon si innocente et délicieusement obscène l'excita comme jamais auparavant. Il songea à la façon dont il prendrait son époux s'il en avait l'occasion et ses pensées se manifestèrent violemment.

Il y avait tant d'options – prendre sa jolie bouche, l'ouvrir en deux et lécher son anus, l'emplir avec ses doigts et sa verge, l'attacher et le pousser à supplier. Après sa manière de ramper et de lécher le sperme, Cador avait l'impression que Jem apprécierait d'être attaché…

Il jura. Il bandait à nouveau, douloureusement et chaudement. Il fut obligé de continuer à faire les cent pas et à se concentrer sur les tâches les plus terre à terre jusqu'à ce que son érection s'estompe. Il jeta un coup d'œil à la volière. Une fois que la neige aurait enfin fini de tomber pour la saison, cela serait une bonne maison pour Derwa jusqu'à ce qu'elle puisse s'envoler.

Hmm. Ce sujet serait peut-être assez neutre pour que Jem et lui passent à autre chose. Pour qu'ils en reviennent à la normale – ou à ce qui s'en rapprocherait pour l'instant – et fassent comme si le reste n'était jamais arrivé.

La neige avait arrêté de tomber et le vent était plus calme, désormais. Cador retourna donc au cottage et annonça :

— J'ai quelque chose à te montrer.

Manifestement, Jem avait aussi fait les cent pas et il se tenait donc, figé, au milieu de la pièce. Il ne répondit rien. Cador retourna dans la grange en retirant ses gants pour avoir quelque chose à faire. Jem pouvait le suivre ou non. Le Neuvellan apparut peu de temps après, dans ses nouvelles bottes et avec sa cape. Il passa une tête à l'intérieur, hésitant, puis s'exclama.

Son visage, diaboliquement beau, s'illumina et il courut en direction de la volière.

— Oh !

Cador ne put nier le plaisir qui s'étira dans son torse à l'idée de voir la joie de Jem et d'avoir une responsabilité dans tout ça. Il s'efforça de hausser les épaules.

— Le forgeron l'a fabriquée.

Jem glissa les doigts sur les barres de fer entortillées, posées dans une base en bois. Le métal était fin et délicat, mais incassable.

— C'est merveilleux.

— Je suis sûr que c'est plus petit que ce dont tu as l'habitude.

— C'est quand même merveilleux.

Il riva son beau regard sur Cador. Ce dernier eut l'impression que le soleil venait de transpercer les nuages gris.

— Merci.

Ils se regardèrent droit dans les yeux au travers des barreaux de la volière. Cador avait l'impression d'être enraciné, captivé par les yeux de Jem, brillant comme le soleil, et par l'éclat joyeux de son sourire. Alors que ce sourire s'estompait, ils continuèrent de se toiser. L'air froid et humide dans la grange sembla crépiter et étinceler, animé par toutes les possibilités.

— Vous vous embrassez, ici ? laissa échapper Jem.

Il écarquilla les yeux et Cador s'imagina qu'il était sur le point de claquer une main sur sa bouche pour empêcher d'autres mots de lui échapper.

Son cœur accéléra.

— Dans la grange ?

— Non, je veux dire… peu importe !

Jem observa ses bottes, ses doigts fins s'agrippant aux barreaux de la volière.

— Tu veux dire, est-ce qu'on s'embrasse, à Ergh ?

Cador n'eut d'autre choix que de glousser. Les gens du continent imaginaient-ils qu'ils copulaient seulement comme des bêtes sauvages ? Certes, il appréciait, mais les baisers satisfaisaient une faim spéciale. Il baissa les yeux et vit que la langue de Jem dépassait nerveusement de ses lèvres rosées pour les lécher.

Après avoir soupiré, tremblant, Jem leva la tête.

— Je n'ai jamais été embrassé.

Cador n'arrivait pas à respirer. L'espace d'un instant infini, Jem et lui se dévisagèrent. À la suite de cette confession chuchotée, la résolution de Cador s'effrita et sa reddition fut totale.

Il n'eut que quelques pas à faire pour contourner la volière. Il saisit le visage de son époux entre ses mains avant que l'un d'eux ne puisse protester. Il baissa la tête et captura la bouche de Jem avant de ravaler son halètement et de goûter un soupçon de gingembre.

Cador l'embrassa ardemment, puis ralentit et se radoucit. Il recula, juste assez pour que Jem entrouvre les lèvres dans un soupir, et passa sa langue à l'intérieur. Jem sursauta et se figea. Son cri fut étouffé par l'Erghien qui le revendiquait avec des caresses patientes de sa langue.

Fondant dans le baiser, Jem se rapprocha de lui en gémissant. Cador tenait toujours son visage en coupe, décrivant des cercles sur ses pommettes dans le même rythme régulier que sa langue.

C'était comme boire un hydromel estival des plus sucrés. Cador était certain que sa soif ne serait jamais étanchée. Les gémissements et geignements de Jem étaient comme une musique émouvante. Les doigts de ce dernier serraient sa taille, montrant comme il lui faisait confiance alors qu'il s'ouvrait. Sa langue était maladroite, mais candide. Il était impatient, honnête, et ne ressemblait en rien à ceux que Cador avait déjà embrassés.

Alors qu'il reculait et se redressait, Cador glissa ses mains sur les épaules de son époux. Il aurait dû le laisser tranquille, mais il n'en fit rien, évidemment. Maintenant qu'il s'était autorisé à le toucher, la vague était trop puissante.

Il tenta de garder une voix légère, bien que sa gorge se resserre sous l'effet d'une émotion inconnue qu'il n'arrivait pas à contrôler.

— Oui. Nous nous embrassons, ici.

Alors que Jem avait les yeux fermés, ses petits soupirs effleurèrent le visage de Cador. Ses longs cils épais vacillèrent tandis qu'il croisait son regard.

— C'était… s'interrompit-il en passant les doigts sur ses lèvres brillant à cause de la salive. Les baisers sont-ils toujours comme ça ?

Cador ravala un grognement. L'innocence de Jem était comme une étincelle sur du petit bois sec impatient de brûler. Il avait faim, en voulait plus. Il était incapable de le nier alors qu'il revendiquait la bouche de Jem, sa langue exigeante. Jem répondit à son appel. Haletant et s'agrippant l'un à l'autre, ils se léchèrent et se goûtèrent. Jem était sur la pointe des pieds, comme s'il voulait grimper sur Cador.

Ce dernier ne pouvait penser à ce qui se passerait. L'avenir viendrait et ils l'affronteraient. Mais pas maintenant. Pas avant des mois. Il ne pouvait se refuser ce plaisir ni le refuser à Jem, surtout si la paix était fugace. L'avenir n'offrait aucune perspective. Il n'y avait que *le présent*.

— Je te veux dans mon lit, gronda Cador.

Il était prêt à le supplier.

Jem déglutit et hocha la tête. Son regard était sincère.

— S'il te plaît. J'ai besoin de…

Il acquiesça une fois encore.

— Tu veux bien me montrer comment ?

Cador n'imaginait pas qu'un homme, dans le monde entier, puisse résister à cette supplication. Il prit Jem dans ses bras et avança dans la nuit figée par la neige. Les seuls bruits qui s'élevaient étaient le crissement de ses bottes et leurs souffles rapides qui se condensaient entre eux.

Le corps mince, mais ferme de Jem tenait parfaitement dans ses bras. Ses doigts effleuraient les cheveux courts à la base du crâne de Cador et lui provoquaient des frissons.

Oh, oui. Cador lui montrerait tout.

Chapitre 15

C'ÉTAIT RÉELLEMENT EN train d'arriver.

Son cœur bondissant, Jem s'agrippa au cou de Cador et s'appuya contre ses muscles spectaculaires alors qu'il était porté. Il avait rêvé de ce scénario à d'innombrables reprises, mais la réalité était encore meilleure. Parce qu'il ne s'agissait pas de n'importe quels muscles spectaculaires. Ce n'était pas un homme sans nom et fantasmé.

C'était Cador et Jem était en sécurité.

Cador, exaspérant et grossier, mais également tendre. Jem vibrait à cause de la nervosité et de l'exaltation, craignant de franchir enfin cette porte – bien qu'il n'ait pas besoin de marcher, comme il était porté.

Il avait confiance en Cador pour ne pas lui faire de mal. Il n'aurait jamais imaginé ressentir une telle confiance devant l'autel du temple, aux côtés d'un inconnu intimidant, un barbare inconnu du Nord.

Alors que Cador le faisait entrer dans le cottage, hésitant à peine à refermer la porte d'un coup de pied alors qu'il se dirigeait vers le lit, ce jour devant l'autel sembla avoir eu lieu cent ans plus tôt. La vie de Jem sur le continent d'Onan était si distante qu'elle aurait aussi bien pu être imaginaire – un rêve fiévreux dont il se souvenait à peine.

Cador le posa sur le lit et lutta avec les vêtements de Jem. Il lui retira ses bottes et faillit déchirer tout le reste dans sa hâte, tant il voulait voir Jem nu. Celui-ci tendit la main vers une couverture pour se couvrir, mais il s'interrompit. Prenant une profonde inspiration, il jura à nouveau d'être audacieux.

Cador se tenait au pied du lit et son regard était rivé sur lui. Le sexe de Jem le faisait souffrir et se recourbait vers son ventre. Alors qu'il prenait de lentes inspirations superficielles, il écarta les cuisses. Il aimait voir Cador frissonner, sachant que c'était pour lui – ce qui était à la fois improbable et réel.

Cador passa sa cape par-dessus sa tête, puis sa tunique. Il se pencha pour tirer sur ses bottes, puis il les leva après avoir jeté la dague qu'il cachait à l'intérieur dans un fourreau. Haussant un sourcil, il se dirigea théâtralement vers la porte et plaça les bottes sales sur le sol à côté.

Un rire jubilant bouillonna en Jem. Il pourrait tomber amoureux de cet homme. Mes dieux, il était déjà en train de le faire, n'est-ce pas ? Il tombait encore et encore et encore.

Il n'eut pas le temps de se questionner à ce sujet, car Cador était de retour, nu à présent. Il rampa sur le lit entre les jambes de Jem. Il le couvrit de son poids merveilleux et de ses baisers. Jem se frotta contre lui, à peine capable de bouger.

— S'il te plaît ! le supplia-t-il.

Le feu tremblotait. Il avait besoin d'être attisé. Sous les longues ombres et les lueurs rouges et orangées, le cottage semblait secret et neuf, comme un cocon où rien n'existait d'autre que la brûlure de la barbe de Cador contre son visage alors qu'ils s'embrassaient.

Il n'y avait plus que ce frottement alors que Cador descendait le long de son corps, suçotant ses tétons et taquinant sa peau chatouilleuse, encourageant les soupirs et les gémissements qui se déversaient désespérément de sa bouche.

La lumière était suffisante pour qu'il voie Cador embrasser

son corps. Pour qu'il le voie écarter ses jambes et les remonter, pliant son grand corps pour effectuer cette tâche. Jem empoigna les fourrures sur lesquelles il était allongé, s'attendant à ce que Cador avale sa verge. Il était enfin prêt à le vivre.

Mais ce dernier continua de descendre. Avec ses mains rendues rugueuses par l'utilisation de la lance, il écarta les fesses de Jem. Le souffle de ce dernier se coupa. Il gigota, ne sachant pas avec certitude ce qui les attendait. Cador allait-il… ferait-il… allait-il vraiment…

La pression mouillée de la langue de Cador contre son orifice le fit hurler. Derwa pépia devant la cheminée, mais Jem n'aurait pu se taire, même si la vie de l'oisillon en dépendait. Mes dieux, même si sa propre vie en dépendait ! Il était impuissant face à un plaisir plus fort qu'il ne l'avait cru possible.

Cette intimité était si intense qu'il la supportait à peine. Même dans les pages les plus scandaleuses de Morvoren, les bouches n'étaient jamais utilisées *ainsi*. La texture mouillée et rugueuse de la langue de Cador enflamma les parties les plus délicates et cachées du corps de Jem. Cador lécha son entrée et, curieusement, cela semblait plus choquant que s'il lui faisait une fellation.

Les caresses éhontées de la langue de Cador ainsi que son souffle chaud et la griffure de sa barbe sur sa peau tendre… Cela ressemblait à ce qu'un animal pourrait faire. Cela paraissait sauvage. Interdit. *Parfait*.

Jem entrouvrit les lèvres pour un gémissement provenant du plus profond de son âme. Il tendit aveuglément les mains vers la tête de Cador, ses doigts s'agrippant aux cheveux courts.

— Mes dieux, gémit-il.

La chaleur du gloussement de Cador ondula sur la peau de Jem.

— Il n'y a pas de dieux, ici. Seulement des bêtes.

Comme pour appuyer son argument, il lécha Jem *de l'intérieur*, se servant de la puissance de sa langue pour l'ouvrir entièrement.

— Oh !

Il cambra les hanches. Ses cuisses étaient largement ouvertes et ses genoux collés contre son torse. Il n'avait jamais été aussi exposé face à quelqu'un d'autre, mis à part plus tôt dans la soirée, quand il s'était procuré du plaisir avec la bougie sous les yeux de Cador.

Ce dernier allait le dévorer ainsi, ses larges épaules s'appuyant contre lui et son visage niché entre ses fesses. Il les maintenait écartées, alors que Jem, prisonnier volontaire, subissait la tyrannie de sa langue, de ses lèvres et de sa barbe griffante.

Son barbare allait le dévorer tout entier. Quelle mort glorieuse !

Suintante, la verge de Jem devint dure et violacée alors que des étincelles de plaisir dansaient dans son corps entier. Il avait envie de se toucher, mais il ne supportait pas de relâcher le crâne de Cador, de crainte qu'il arrête cette torture exquise.

Des cris murmurés s'échappèrent de ses lèvres. Il secoua la tête d'un côté, puis de l'autre sur l'oreiller. Un doigt étira son anus. Ça ne ressemblait en rien à la bougie avec laquelle il avait joué. Il accueillit avidement cette différence et poussa contre elle.

Cador grogna contre sa peau, sa bouche toujours sur l'orifice de Jem.

— C'est ça, grommela-t-il d'une voix suffisamment claire. Prends-le comme tu prendras ma queue. C'est mon gentil garçon. Prends tout.

Jem se crispa autour de son doigt. Il voulait que ce soit vrai, qu'il soit capable de prendre toute la verge de Cador en lui malgré ses doutes et la logistique. Il voulait être bon. Il voulait être sauvage comme il avait seulement osé le rêver.

Cador plia légèrement le doigt, trouvant le point idéal dans un angle parfait. Frissonnant, Jem s'écria.

— Oui. Plus !

Son doigt était profondément entré, le caressait et le faisait trembler. Cador embrassa l'intérieur de ses cuisses en levant les yeux vers lui.

— Tu en es certain ?

Jem fut obligé de soupirer et même de rire à moitié.

— Est-ce que je donne l'impression de ne pas l'être ?

Cador sourit, mais retira son doigt.

— Dis-le.

— J'en suis certain.

Sa voix était rauque et sa gorge sèche par anticipation.

— Tu veux ma queue ?

Cador se rassit sur ses talons et se caressa lentement. Mes dieux, il était réellement énorme. Le gland luisait et son épaisse longueur longée de veines se dressait fièrement.

— Oui. Je veux ta queue. Et celle de personne d'autre.

Dans un grognement et un mouvement si vite qu'il en fut choquant, compte tenu de sa taille, Cador le couvrit une fois de plus de son corps et l'embrassa profondément. La saveur musquée sur sa langue provenait du corps même de Jem. Ce dernier gronda impatiemment pendant le baiser. Il voulait tout.

Cador se redressa et partit en direction de son coffre. Il laissa tomber quelques vêtements et d'autres couteaux dans des fourreaux sur le sol en pierre, sans même leur jeter un coup d'œil. Il rejoignit Jem avec une fiole sombre contenant de l'huile et il en versa dans sa main avant de se lubrifier et d'ouvrir les fesses de Jem avec ses doigts.

L'huile fut déposée profondément en Jem et luisait aussi sur le sexe de Cador. Le Neuvellan attendit que son époux le mette à quatre pattes et le monte. Ce serait douloureux, mais il le supporterait. Il mourait d'envie de connaître cette intrusion.

Il voulait que Cador cherche son propre plaisir, le prenne ardemment et rapidement avant de le noyer de sa semence. Jem avait douloureusement envie d'être revendiqué et empli, de ne plus se demander à quoi cela ressemblerait. Il avait besoin de *savoir*. Après des années à imaginer et fantasmer, il était prêt, quel qu'en soit le coût.

Il hocha la tête en direction de Cador et le dit à voix haute. Il avait besoin d'entendre ces mots.

— Je suis prêt.

Ayant désespérément envie de le toucher, il glissa donc les mains sur le torse de Cador, les poils chatouillant ses paumes alors qu'il traçait la courbe des défenses tatouées.

Pourtant, Cador ne le souleva pas pour le pénétrer brusquement. Il saisit plutôt le visage de Jem entre ses mains, ses doigts glissant à cause du lubrifiant, et il l'embrassa doucement. Passionnément. Sa langue donna de longs et lents coups jusqu'à ce que Jem ne puisse que gémir. Ses genoux contre son torse, il fut délicieusement coincé.

Il sentit ensuite la pression du sexe de Cador contre ses fesses. Était-il… Allaient-ils… *comme ça* ? Il s'attendait à être monté comme un animal. Il s'exclama, brisant leur baiser alors que le gland poussait contre son orifice. Il cligna des yeux en regardant Cador, qui fit courir une main sur la hanche de Jem.

Face à face, c'était presque trop. Le regard empli d'envie de l'Erghien le bloqua, autant que son corps. Jem avait, en partie, envie de fermer les yeux et de se cacher, mais il en était incapable. Les doigts ronds de Cador tournaient autour de son orifice, positionnant son pénis et l'aidant à l'ouvrir.

Car il était clairement en train d'être ouvert. L'étirement fut si intense qu'il retint sa respiration. Son anus le brûlait. D'un instant à l'autre, Cador plongerait à l'intérieur. Jem se prépara et ferma les yeux. Pourtant, ses avancées étaient minimes. Cador prit une éternité pour le pénétrer.

— C'est ça. Lentement.

Le souffle de Cador effleura les lèvres de Jem et il y déposa un baiser.

— Regarde-moi.

Les poumons de Jem se gonflèrent douloureusement alors qu'il ouvrait les yeux. La vague d'émotions fut insupportable, car Cador le traitait comme un oisillon niché dans le creux de ses mains, dans une chaude sécurité. Il baissa les yeux vers lui avec patience et gentillesse, écartant ses boucles d'une main délicate.

Oui, la douleur provoquée par la verge qui l'étirait jusqu'au point de rupture était indéniable. Sa longueur était bien plus grande que des doigts ou une bougie. Mais Cador le revendiquait avec tant de précautions, tout en déposant de doux baisers sur son front. Il posa aussi une paume sur sa joue et Jem sentit l'effleurement de cette marque guérie, les ailes de dillywigues déployées.

Comme lorsque Cador avait léché l'intérieur même de son corps, l'intimité de leur lien fut si intense que Jem la supporta à peine. Leurs respirations ne faisaient plus qu'une, tout comme leur corps. Le bleu des yeux de Cador était si proche que Jem craignait de se noyer dans ces profondeurs. Le poids de son corps était parfait. Jem tira sur les larges épaules de son époux.

Le sourire de celui-ci plissa le coin de ses yeux.

— Tu veux plus de moi ?

— Oui !

Jem n'hésita pas. Il ne le pouvait pas.

— Tu aimes ma queue en toi ?

— Oh, oui.

Malgré le poids de Cador, Jem put rouler les hanches. Il contracta ses fesses.

— J'en veux encore plus.

Cador grogna.

— Attention. Je ne pourrai pas me contrôler.

Jem se resserra autour de lui.

— Je m'en moque. J'en ai besoin. J'ai besoin de savoir.

Il se cambra et se crispa. L'étirement embrasa un feu intérieur qui exalta son sang et fit enfler son sexe.

— Je peux te supporter, lui assura-t-il en se tendant. Vas-y. Fais-moi mal.

Il savait, alors même qu'il parlait, que Cador ne lui ferait pas réellement mal. Coincé par son corps musclé, touché par des mains qui pouvaient faire craquer son cou comme une branche, Jem sut à chaque battement de son cœur que Cador le protégerait.

Ce dernier grogna et s'agrippa au visage de Jem avant de l'embrasser ardemment.

— Petit prince, murmura-t-il.

Le cœur de Jem s'envola comme s'il avait des ailes d'askel. Pour la première fois, ça ne ressemblait pas à une insulte. Il s'écria après un va-et-vient brûlant de la verge de Cador, la chair épaisse comme une barre de fer alors qu'elle l'empalait.

Et mes dieux, c'était effectivement douloureux. La tête en arrière et le cou tendu, Jem ferma les yeux. Il prit de profondes inspirations par la bouche, luttant contre les larmes qui menaçaient de couler.

Son orifice était étiré plus largement qu'il ne l'aurait cru possible. Cador l'emplissait tellement qu'il serait certainement fendu en deux. Là où Cador l'avait précédemment dévoré, il allait désormais le briser.

Pourtant, Jem ne se brisa pas et ne se fendit pas non plus. Il était pratiquement plié en deux, l'effleurement des poils raides à la base éraflait la peau sensible autour de son orifice. Ses poumons contractés se gonflèrent et il prit une bouffée d'air, heureux, alors que ses yeux le brûlaient. Cador était entièrement installé en lui. Son sexe, dans toute sa longueur et son épaisseur, était en lui.

Jem plongea les doigts dans les bras épais de Cador. Il sentait la tension dans ses muscles crispés alors que son amant s'immobilisait. Ses lèvres vinrent effleurer le visage de Jem, se posant au coin de ses yeux et l'embrassant délicatement alors qu'il murmurait quelque chose qu'il ne put distinguer. Quand Cador captura sa bouche, Jem goûta le sel de ses propres larmes.

Il haleta pendant leur baiser, la douleur qui brûlait dans ses fesses s'amenuisant. Il contracta prudemment ses muscles internes. En réponse, Cador passa une main entre eux et attrapa la longueur de Jem. Elle s'était ramollie, mais il ne fallut que quelques caresses lubrifiées pour libérer un flot de sang déchaîné vers le sud.

Contre toute attente, le plaisir traversa les veines de Jem comme une marée partant de ses testicules. Avec ses fesses étirées, son corps délicieusement empli, et les doigts étonnamment agiles de Cador qui taquinaient maintenant sa verge, Jem oublia toute douleur.

— Comment ? demanda-t-il.

Il grimaça ensuite et attendit que Cador ignore sa question ridicule.

Mais l'Erghien ne se moqua pas de lui. Il se contenta de déposer un doux baiser sur ses lèvres.

— Tu es fait pour ma queue. Tu jouiras quand je serai en toi, chuchota-t-il. Même si ça te fait mal.

Il bougea, avec d'infimes mouvements au début, toujours enfoncé jusqu'à la garde dans le corps de Jem. Ce dernier gémit, mais Cador le poussa légèrement et l'embrassa, sa langue patiente lui ouvrant la bouche tout comme sa verge le faisait avec son corps. Les mouvements augmentèrent très légèrement jusqu'à ce qu'il se retire presque entièrement. Seul son gland demeurait en Jem.

Ce dernier se crispa autour de lui, sa propre verge se raidissant entre leurs corps. La main maligne de Cador la taquinait toujours. Le regard de ce dernier le piégea.

— Tu veux que je te besogne ?

— Ne le faisais-tu pas déjà ? demanda brusquement Jem.

Cador rit, un grondement s'élevant de son torse alors que ses joues se creusaient. Il semblait plus jeune quand il riait ainsi, avec un bonheur véritable, et non pas ces brefs aboiements caustiques et moqueurs ou ces grognements emplis de rancœur. Il était *beau* et Jem fut obligé de l'embrasser. Il attira le visage de Cador vers le sien pour goûter sa joie.

— Baise-moi. S'il te plaît, le supplia Jem quand ils haletèrent tous les deux.

Cador ne perdit pas de temps à s'enfoncer entièrement. Ils crièrent à l'unisson, les grondements et les grognements s'élevant dans l'air dans une mélodie de plaisir passionné. La douleur était toujours présente, mais elle était dérisoire face au délice qui s'élevait depuis les testicules de Jem et traversait son corps épuisé dans chaque goutte de sueur humidifiant sa peau.

Cador, rouge et transpirant, le prenait puissamment – bien qu'il ne soit pas trop brutal et qu'il se retienne nettement. Il ne voulait pas lui faire de mal. Le torse de Jem se comprima, tant son cœur était grand, et il eut envie d'embrasser Cador pour toujours.

Pourtant, actuellement, il n'arrivait qu'à être pris, à répondre aux coups de reins de Cador et à tâtonner sur ses muscles glissants alors que des cris fervents s'échappaient de ses lèvres ouvertes. C'était mieux que tout ce qu'il avait imaginé. Cela le consumait, corps et âme, et il brûlait à l'idée d'en avoir encore plus. Il avait besoin de jouir. Il avait besoin d'être empli de la semence de Cador.

Ce dernier sembla le savoir et là où il avait lâchement empoigné la verge de Jem, il le caressait désormais avec une volonté renouvelée.

— Jouis pour moi, mon petit prince. Envole-toi.

Il tendit son autre main pour appuyer sur la peau sensible derrière les testicules de Jem. La pression du sexe de Cador en lui et ses mains malines lui crispèrent les testicules avant qu'ils explosent.

Le monde infini s'éleva autour de Jem alors qu'il jouissait, criant le nom de Cador. Sa colonne vertébrale se cambra et sa bouche s'ouvrit. Impuissant, il trembla et frissonna. Alors que la pression se transformait en légères secousses, Cador décrivit des va-et-vient avec une vigueur retrouvée. Il emplit Jem de sa semence, son cri de plaisir faisant écho sous le toit en bois.

Coincé avec ce membre en lui, Jem enroula ses jambes tremblantes autour de la taille de Cador. Il l'avait enfin fait. Il avait vécu ses fantasmes – bien qu'il en ait encore tant qu'il était impatient d'explorer. Et si tout cela n'était qu'un rêve, il serait ravi de dormir pour toujours.

Chapitre 16

L^{à.}

Cador avait assouvi son désir tenace et pris la virginité de Jem. Il s'était totalement vidé et était sorti du corps délicieusement crispé de son mari. Il devrait désormais s'éloigner et ordonner à Jem de dormir devant la cheminée. Pour lui faire comprendre clairement que cela ne se reproduirait plus. Ce serait plus intelligent.

Cador soupira. Il n'avait jamais eu la réputation d'être un bon penseur.

Il attira Jem avec lui en roulant sur le dos, le coinçant sous son bras et remontant les fourrures sur eux. Jem posa la joue sur le torse de son époux et ce dernier lissa une main sur ses boucles, jouant avec les pointes mouillées sur sa nuque.

Il était un idiot. Il se maudit ardemment alors qu'il caressait le corps de Jem, posant une main possessive sur sa hanche. Savoir qu'il était le premier homme en lui satisfaisait son profond instinct primaire.

Mais il y avait plus que ça. Jem, qui s'était dérobé lors de leur nuit de noces, lui faisait désormais suffisamment confiance pour être audacieux, s'exposer et s'offrir avidement sans fausse modestie. Tout cela emplissait un vide en Cador dont il avait ignoré l'existence. Cela l'imprégnait d'une tendresse qu'il n'avait jamais connue. Une tendresse dont il ne voulait pas.

Une tendresse qui le détruirait s'il n'était pas prudent.

Jem, qui était en train de caresser le ventre de Cador du bout des doigts, s'arrêta et leva la tête.

— Qu'y a-t-il ?

Cador s'était crispé sans s'en rendre compte. Son corps s'était rigidifié, car il connaissait le destin terrible de Jem et le rôle qu'il jouait. Mais il changerait ce destin. Il gagnerait la confiance que Jem lui avait accordée si innocemment. Il trouverait un moyen, quel qu'en soit le prix.

Après une douloureuse inspiration, il relâcha la tension et se concentra sur le moment présent. Actuellement, ils étaient en sécurité. Jem était dans son lit et personne ne devait le savoir. À ce moment, l'avenir n'existait pas.

— Rien, mentit Cador en passant une main sur les fesses de Jem. Tu as mal ?

Le regard de Jem dériva alors qu'il baissait la tête et gloussait, gêné.

— Ça va.

Cador leva le menton de son mari d'un doigt.

— C'est *maintenant* que tu décides d'être timide ?

Le visage de Jem se fendit d'un sourire et il s'esclaffa.

— Apparemment.

Faire sourire Jem offrit à Cador une satisfaction dangereuse et un sentiment de paix. Cela deviendrait une addiction, s'il n'était pas plus prudent. Mais il était impuissant et ne pouvait se refuser ce luxe.

Il glissa délicatement les doigts entre les fesses de Jem. Ce dernier se crispa. Cador murmura.

— Tout va bien.

Il sentit sa propre semence mouillée et tenta d'ignorer une satisfaction vibrante.

— Tu n'es pas blessé ?

— Je ne crois pas. C'est vraiment un miracle.

Jem lui lança l'un de ces sourires spéciaux et son cœur loupa un battement. S'appuyant sur le torse de Cador avec un coude, le Neuvellan observa la verge de son époux.

Paresseusement, il traça le contour de cette longueur ramollie qui se recourbait vers la gauche. Ce contact était plus curieux qu'incitateur. Il était aussi merveilleusement innocent. Il taquina les poils raides à la base du sexe de Cador et sur son entrejambe. Être observé si intensément était enivrant, tout comme le fait d'être le sujet de l'observation silencieuse de Jem.

Cador se surprit à écarter les jambes, laissant son amant examiner ses testicules vidés – même si le plaisir paresseux de son contact finirait par l'enflammer une fois de plus. Peu de temps après, Jem se blottit contre le flanc de Cador et se plaça sous son bras.

Ils s'endormirent et quand Derwa les réveilla avant l'aube avec ses cris affamés, Cador s'intima d'avoir la force de ne pas reproduire cette nuit passée ensemble.

Mais il était faible. Il garda Jem dans ses bras, le couvrant de baisers jusqu'à ce qu'il gigote pour se libérer, riant et se plaignant que le sol soit si froid alors qu'il répondait aux cris de Derwa.

Nu, Cador alluma le feu et enveloppa une fourrure autour des épaules de Jem. Ils regardèrent Derwa sauter dans sa caisse, ses plumes jaunes désormais bien fournies. Bientôt, elles deviendraient grises et l'oiseau s'envolerait.

Mais pas aujourd'hui.

— Tu veux monter ? demanda Cador.

Jem baissa les yeux vers le sexe de son époux, puis se tourna vers le lit. Sa langue sortit et il se lécha les lèvres. Cador n'eut d'autre choix que de rire et d'écarter une boucle rebelle du front de Jem.

— Je voulais parler de Massen. Nous devrions y aller doucement avec ton cul.

Jem baissa la tête avec un sourire timide.

— Monter à cheval n'est pas beaucoup plus facile.

— C'est vrai.

— Ne dois-tu pas chasser ? Ou la neige t'en empêche ?

Cador partit vers la porte.

— Si la neige nous empêchait de chasser, nous serions morts de faim depuis bien longtemps à Ergh.

L'air vif durcit ses tétons alors qu'il regardait dehors.

— Et elle fond déjà. Elle aura disparu avant midi. Mais je n'ai pas vraiment envie de chasser. À moins que tu veuilles tenter le coup.

— *Moi* ? Je ne pourrais pas. J'arrive à peine à trotter sur le dos de Nessa. Austol a encore beaucoup à m'apprendre.

Si cet imbécile présomptueux s'approchait à nouveau de Jem…

— Je vais t'apprendre.

Il le décréta avec le même ton qu'employait sa grand-mère quand elle ne tolérait aucun argument.

Plutôt que de se montrer indigné, confus ou révolté, Jem rit. Il lui lança même un sourire malicieux qui réveilla la verge de Cador. Ce dernier s'apprêtait à lui demander ce qu'il y avait de si amusant quand son époux lui dit :

— Il avait raison. Tu *es* jaloux.

— Quoi ? Jaloux ? D'Austol ?

Cador ricana et avança jusqu'à la table, versant l'eau du pichet dans une coupe.

— Ne sois pas stupide. Je me fiche de savoir ce qu'Austol fait. En plus, il préfère les femmes.

— Je sais. Il me l'a dit quand j'ai essayé de l'embrasser.

La coupe en métal heurta la table dans un claquement et de l'eau éclaboussa le bois usé. Cador toussa et s'étouffa avec sa gorgée.

— Mais quand l'as-tu embrassé ? Tu as dit que tu ne l'avais jamais fait !

— Je ne l'ai pas embrassé, répondit Jem, qui essayait de ne pas rire. Je me suis seulement penché en avant avec l'intention de le faire et il m'a ouvertement rejeté. Tu as dit que nous étions tous les deux libres de fréquenter qui nous le souhaitions.

Son sourire disparut.

— Mais c'est toi que je veux. Je t'ai désiré dès l'instant où je t'ai vu à l'autre bout du temple.

La honte à l'idée de n'avoir pas même remarqué Jem à l'opposé de ce même temple transperça Cador avant de se mêler à une jalousie absurde et à la frustration. Pourtant, son contrôle était comme de la fumée qu'il tentait inutilement de saisir. Les volutes glissaient entre ses doigts.

— Austol a dit…

Grognant, Cador souleva Jem et l'embrassa, envahissant sa bouche avec des coups de langue passionnés jusqu'à ce qu'ils gémissent tous les deux. Il poussa Jem contre les couvertures toujours étendues devant la cheminée. Ils se frottèrent l'un contre l'autre, le sexe plus petit de Jem aussi durci et affamé que le sien. Cador prit leurs verges dans sa main et les caressa désespérément sans prendre la peine de mettre de l'huile.

Ils jouirent en un rien de temps grâce à cette friction et Cador n'eut nullement honte de cette rapidité, sachant qu'il banderait à nouveau bientôt. Sachant qu'il devait avoir honte de bien d'autres choses.

Jem lui passa une main sur le torse et les épaules.

— C'est vrai, murmura-t-il.

Lors d'une seconde de panique, l'Erghien crut que son époux avait entendu ses pensées.

— Quoi ?

Jem sourit.

— Ce qu'Austol a dit. Il a dit que ce serait facile de te rendre jaloux.

Son soulagement fut idiot. Si Jem connaissait ses pensées, il aurait fui depuis longtemps. Si Cador était une meilleure personne, il lui aurait dit de s'enfuir maintenant plutôt que de l'embrasser une fois de plus.

FROISSANT SON VISAGE et rassemblant apparemment son courage, Jem trottina en direction de Massen et essaya de le monter. Il réussit bien mieux que Cador ne s'y était attendu, mais l'étalon faisait deux fois la taille de Nessa, la gentille jument. Cador attrapa donc son époux par les fesses et l'aida à s'installer convenablement avant qu'il s'écrase contre le sol couvert de neige fondue.

Ils s'esclaffèrent et Cador monta derrière lui. Il gratta les oreilles de Massen et se pencha contre Jem. Ce dernier tenait parfaitement devant lui, blotti entre ses cuisses. Il pouvait aisément déposer un baiser sur le sommet de son crâne et il le fit donc.

C'était comme s'il avait bu bien trop de bière ou d'hydromel. Il était enivré par la simple présence du prince. Baissant la tête pour se blottir contre sa joue, Cador inhala ce doux parfum terreux. Jem soupira, satisfait, et glissa les mains sur les cuisses de son mari.

— Devrions-nous retourner à l'intérieur ? murmura-t-il.

Cador gloussa et l'embrassa sur l'oreille, tout en baissant la main pour caresser sa verge au travers du pantalon de cuir.

— D'abord, nous montons.

Jem se cambra contre la main de Cador.

— Tu me taquines cruellement.

— Oui, répondit-il en caressant son érection grandissante. J'ai prévu de te tourmenter la majeure partie de la journée.

Sur ces mots, Cador prit les rênes et fit claquer sa langue. Il eut seulement besoin d'éperonner légèrement Massen avant qu'ils détalent dans la forêt. Le contraste fut saisissant avec leur voyage pénible sur le continent, en direction du nord, car Jem semblait bien plus à l'aise à dos de cheval. Il avait beaucoup de choses à apprendre, mais l'étirement et les courbatures constantes avaient disparu.

Le souvenir du moment où il l'avait poussé du dos du cheval pâle, qu'ils avaient monté jusqu'à la côte d'Onan, le heurta violemment. Cador resserra son bras autour de la taille de Jem. Il avait été si imprudent, avec lui.

Comme il était étrange de ressentir une telle paix et une telle aisance entre eux. Enfin, ça ne pouvait durer, et il renferma donc ces vérités. Aujourd'hui, il montait à cheval avec Jem, en sécurité, contre lui. Aujourd'hui n'était pas demain. Aujourd'hui, il guidait Massen vers le nord, loin de Rusk.

La forêt céda la place à des champs tachés de neige où les sevels poussaient auparavant. Désormais, des lierres robustes serpentaient autour des troncs tordus et brisés. Massen connaissait ces chemins hantés. Bientôt, le baiser de l'eau salée fut porté par les vives bourrasques.

Bien que le ciel soit gris, comme d'habitude, la journée était chaude. La neige fondait et le sol ramollissait en attendant la promesse du printemps. Ils galopèrent sur les falaises, qui leur offraient une vue panoramique sur des vagues blanches infinies et la plage de roches noires le long de la côte ouest d'Ergh.

Jem s'exclama et sursauta tant que Cador resserra son bras autour de lui. Un drède s'était envolé dans leur champ de vision, ses ailes immenses se déployant alors que le vent le portait. L'oiseau ne semblait fournir aucun effort, exploitant les courants d'air aussi aisément que le petit askel malgré sa taille.

— Un drède ? cria Jem dans le vent vif alors qu'ils galopaient.

— Oui.

Cador tira sur les rênes de Massen pour qu'ils puissent regarder l'oiseau – *la bête* – tourner en rond sous leurs pieds dans les profondeurs.

Ils errèrent sur la falaise au rythme de Massen. Ils le laissèrent s'arrêter pour paître les jeunes touffes d'herbe. La main de Jem était posée au-dessus du genou de Cador. Il dessinait paresseusement des cercles avec son pouce alors qu'ils observaient le drède. Sans prévenir, l'oiseau plongea avec une rapidité choquante.

Jem s'écria et s'agrippa au genou de Cador.

— Oh ! souffla-t-il alors que l'animal battait ses ailes puissantes.

L'eau de la mer grise l'éclaboussa alors que ses serres en émergeaient, autour d'un grand poisson. Le drède disparut de leur champ de vision, retournant certainement dans son nid, sur la falaise, sous leurs pieds.

Cador sentit le frisson de Jem. Il ignorait s'il s'agissait de peur ou d'excitation. Sûrement les deux, pensa-t-il.

— Elle se poursuit éternellement, dit Jem en tournant la tête vers la mer.

— Hmm, confirma Cador.

— Quelqu'un a déjà essayé de découvrir jusqu'où elle allait ?

— Il existe des récits, qui se terminent généralement par les dieux qui repoussent les bateaux vers Ergh ou qui les coulent dans les profondeurs.

— Naturellement. J'étais terrifié, quand on a vogué jusqu'ici depuis Onan, ajouta-t-il après un silence. J'ai vu la mer du sud d'Onan et elle aussi, elle a un horizon infini. Mais elle ne m'emplissait pas d'un tel… vide. Peut-être parce qu'elle était chaude. Ou parce que je n'étais pas seul.

La gorge de Cador se serra.

— Et maintenant ? La mer d'Askorn te terrifie encore ?

— Un peu.

Il gloussa, son pouce caressant toujours le genou de Cador.

— J'essaie de penser au courage dont ferait preuve Morvoren et je la laisse me guider.

— Est-elle une amie de Neuvella ?

Jem rit à nouveau.

— Oui, mais elle vit dans les pages de mes contes. Elle vit aventure après aventure avec son amant triton musclé.

La culpabilité provoquée par les livres le transperça. Cador n'était pas certain d'avoir bien entendu.

— Quel genre d'amant ?

— Un triton. De la mer.

Cador ne put se retenir de rire.

— A-t-il une queue comme un poisson ?

— Quand il est dans l'eau. Sur terre, il a des jambes comme les nôtres.

— Hmm. Je me demande quel genre de verge a un triton.

— Oh, elle est immense. Dans l'eau et sur la terre.

— C'est mentionné dans le livre ?

— Oui. Morvoren la décrit avec force détails.

— Tu plaisantes ?

Jem gigota pour regarder derrière lui, en souriant narquoisement.

— Pas du tout. Morvoren est une femme qui a… un appétit vigoureux.

Il rit, surpris.

— Et tout ça, c'est écrit ?

— Tu es scandalisé ? Ergh n'a vraiment que des livres écrits par les religieux ?

— Pour ce que j'en sais, mais je n'ai jamais été du genre à lire. J'aurais peut-être été plus assidu si j'avais pu lire l'histoire de cette Morvoren.

Il n'ajouta pas qu'il aurait pu le faire, s'il n'avait pas jeté les livres du coffre de Jem. Il avait été terriblement mesquin.

— Je pourrais te raconter l'histoire de Morvoren.

— Ça te plairait ?

— Oui. Elle me manque tellement. J'ai raconté toutes ses histoires aux enfants. Ils viennent à l'écurie quand leurs leçons sont terminées.

— Tu as raconté aux enfants des histoires sur la queue géante d'un triton ? bafouilla Cador.

Jem rit.

— Bien sûr que non. Je leur ai raconté une version prudemment modifiée dans laquelle il n'y a jamais plus qu'un baiser théâtral. Certains gamins ont gigoté, mais les mères se sont pâmées.

— Les mères ?

— Quelques-unes se sont jointes à nos histoires. D'autres parents également. C'est adorable de recevoir des sourires plutôt que des regards suspicieux.

Le cœur de Cador le fit souffrir quand il songea comme Jem

avait dû se sentir seul sur Ergh et comme il en avait peu fait pour l'apaiser.

— Peut-être que la rumeur selon laquelle le prince Neuvellan n'est pas si terrible se répandra.

Il lissa les cheveux de Jem et l'embrassa sur le front, incapable de trouver les bons mots.

— Devrais-je te les raconter, alors ? demanda Jem avec un petit sourire.

Massen marchait tranquillement alors que le vent se calmait agréablement. Les oreilles de Cador ne le brûlaient donc plus. Il écouta gaiement Jem qui lui racontait les aventures de Morvoren, une femme qui en était venue à avoir un amant triton possédant une queue immense.

— Était-elle innocente, quand ils se sont rencontrés ?

— Oui.

Jem, qui s'était à nouveau tourné pour regarder devant lui, lui jeta un coup d'œil sous ses paupières plissées.

— Son triton a été doux avec elle, au début.

— Hmm.

Cador caressa paresseusement le ventre de Jem, sa main glissant sous la cape. La tunique se froissa sous ses doigts.

— Ensuite, elle l'a supplié pour qu'il la prenne violemment.

— Il l'a fait ?

Se mordant la lèvre, Jem acquiesça. Il regarda une nouvelle fois devant lui, un tremblement ondulant dans son ventre sous la paume de Cador.

— Ils étaient sur une plage, sur le doux sable blanc, alors que l'eau chaude s'amassait autour d'eux, comme la marée montait.

Cador baissa les yeux vers les roches noires en dessous.

— J'ai du mal à imaginer un tel endroit.

— C'est merveilleux. Tu peux entrer dans l'eau sans hésiter.

Elle est claire comme du cristal et d'un bleu profond.

La chaleur de la Place Sacrée et l'explosion de vert ainsi que toutes les fleurs avaient déjà été assez étranges. Une telle mer lui couperait le souffle.

— Et Morvoren a-t-elle supplié son triton de la prendre sur cette plage ?

— Oui, répondit Jem avant d'hésiter. À quatre pattes, elle l'a supplié de la prendre.

Cador baissa la main pour saisir la verge de Jem, le cuir s'étirant.

— Tu bandes déjà. Je parie qu'elle mouillait pour son amant avant même qu'il la touche.

— Oui, souffla Jem en poussant contre Cador et en roulant des hanches. Il la remplissait avec sa queue et ils copulaient comme des animaux dans les bas-fonds.

— En plein air ?

Il songea au choc de Jem, la première nuit de leur voyage, quand d'autres s'étaient envoyés en l'air sous les étoiles. Relevant la cape de Jem jusqu'à son torse, il libéra rapidement sa verge et l'exposa sous la grisaille de midi.

— Où n'importe qui aurait pu venir et les voir ?

Jem gémit, ses doigts s'enfonçant dans les cuisses de Cador. Ses jambes étaient écartées au-dessus du large dos de Massen. Sa verge était rouge et rigide malgré l'air froid. Cador cracha dans sa paume et le caressa patiemment.

— Le triton l'a-t-il empli avec sa semence ?

— Oui, geignit Jem en se penchant en arrière pour se cambrer. Plus vite. S'il te plaît.

Cador s'exécuta, accélérant le mouvement et accentuant sa poigne. Son liquide préséminal suintait du gland enflé. Il se mit à l'œuvre, et l'étala sur son pouce.

— Et tu t'es déjà masturbé en lisant l'histoire de Morvoren qui prenait cette queue ?

— Tant de nuits. De matinées. D'après-midi.

Riant, Cador lui mordit le lobe d'oreille.

— Je parie que oui. Et tu t'es déjà baisé avec cette bougie en rêvant d'un amant comme son triton.

— Oui. Mais aussi comme toi.

Sa propre verge avait enflé dans son pantalon et Cador grognait, désormais.

— Moi ?

— Grand et fort. Musclé. Poilu. Deux fois ma taille. Dominant.

Merde. Cador avait seulement eu l'intention de faire jouir Jem, mais il luttait désormais contre l'envie de s'enfoncer dans ses fesses pincées. Il donna un coup de reins, malgré le cuir entre eux, et Jem s'appuya contre lui.

Caressant encore plus rapidement la verge de Jem, Cador déclara avec ses dents serrées :

— Si j'avais pensé à apporter de l'huile, je t'aurais rapidement mis à quatre pattes. Je me serais plongé en toi et je t'aurais baisé jusqu'à ce que tu hurles. Je t'aurais empli de ma semence et je l'aurais léchée sur ton cul avant de te la faire manger en t'embrassant.

Jem s'écria et déversa son sperme crémeux sur la main de Cador, la tête posée contre son épaule et sa bouche ouverte. Massen s'était arrêté quand ils avaient commencé à décrire des va-et-vient l'un contre l'autre. Cador n'hésita pas à passer sa cape par-dessus sa tête pour la jeter sur le sol. Il tira et déchira son propre pantalon, puis celui de Jem. Il se pencha ensuite suffisamment pour incliner sa verge entre les petites fesses rondes de son époux.

Ils chuteraient probablement s'il essayait de le pénétrer sur le dos du cheval. De plus, sans huile, ce serait trop douloureux, étant donné que Jem était encore vierge la veille. Cador ne prendrait pas le risque de lui faire du mal, bien que son amant l'encourage. Ce n'était déjà pas si mal. Jem s'appuya sur le bras que son époux avait passé autour de son ventre et se pencha en avant alors que Cador décrivait des va-et-vient dans la fente crispée de ses fesses.

Il jouit rapidement sur la peau nue de Jem et l'ourlet de sa tunique. Haletant contre sa nuque, Cador les pencha en arrière. Massen s'ébroua impatiemment et Jem gloussa dans les bras de l'Erghien, ses épaules tremblantes.

— Il mérite des friandises supplémentaires, dit Jem.

— C'est vrai. Je me demande…

La pensée de Cador mourut sur sa langue alors que le roulement de sabots faisait écho non loin. Ils étaient bien trop proches. Avait-il confondu leur approche avec le tambourinement de son cœur ?

Jem s'était figé. Il tâtonnait désormais pour remettre son pantalon et sa cape.

— Qui est-ce ?

D'ordinaire, Cador se moquerait de savoir que quelqu'un l'avait surpris en plein jeu. Il n'y avait aucune honte à ça. Mais c'était différent avec Jem. Il n'avait pas le temps de se demander pourquoi. Il souhaitait simplement couvrir Jem rapidement et envoyer balader la personne qui s'approchait.

Néanmoins, le Neuvellan était dans tous ses états et il finit par perdre l'équilibre. Alors que Cador rattachait son pantalon, il ne put démêler ses mains assez rapidement pour le rattraper. Dans un cri et un bruit sourd étouffé, Jem heurta le sol. Un élan de panique saisit Cador. Jem était à quelques mètres seulement du bord de la falaise, ce qui était bien trop près.

Évidemment, Bryok apparut alors au sommet d'une petite montée. Cador se figea sous le regard noir de son frère, comme s'il avait été transformé en pierre.

— Mais où est-ce que tu étais, bordel ? demanda Bryok en tirant sur les rênes de sa monture.

Ses joues étaient couvertes de sang. Il baissa son regard furieux.

Cador regarda également Jem, par terre. Son cœur tambourinant, Cador avança pour tendre la main, même s'il était bien trop haut pour que son époux la saisisse. Jem se leva d'un bond et son regard croisa celui de Bryok avant qu'il s'éloigne sans bruit et en baissant la tête.

Il ne semblait pas blessé, au moins. Cador eut envie de sauter du dos de son cheval pour examiner Jem et s'assurer qu'il était indemne. Pourtant, il resta figé sur place.

Lâche.

Un autre cavalier s'était approché. Delen les regardait tous les trois depuis son cheval.

— On se demandait si tout allait bien, dit-elle calmement. Ça ne te ressemble pas, de louper une bonne journée de chasse. Ruan t'a vu de loin, tu chevauchais dans cette direction.

Cador chercha une excuse. Son esprit était vide.

— J'ai demandé à voir la mer, intervint Jem.

Il était assis, le dos droit. Sa cape, dont l'ourlet était boueux, était en place.

— Ah.

Delen inclina la tête et sourit.

— Elle ne semblait pas te passionner pendant le voyage. Enfin, c'est une belle journée pour la voir.

Elle baissa les yeux vers le sol.

La cape que Cador avait jetée était abandonnée sur l'herbe jaune et boueuse. *Merde.* Cador ne s'autorisa pas à baisser les yeux vers sa tunique ou son pantalon – qui semblait bien trop bas sur ses hanches, comme s'il avait été incapable de l'attacher correctement et à temps.

— Prince Jowan, laisse-moi te montrer les roches de Lowenn, dit Delen en descendant de cheval. Leur histoire est intéressante.

Elle récupéra la cape de Cador dans la boue et la lui jeta avant de s'éloigner sur son cheval. Jem la suivit sans jeter un coup d'œil à son époux. La monture loyale de Delen passa non loin pour renifler le sol.

Ils s'étaient à peine assez éloignés pour être hors de portée de voix quand Bryok grommela.

— Ne me dis pas que tu te tapes cette pourriture du continent. Je ne laisserais même pas mon chien le monter.

Une fureur glaciale transperça Cador alors qu'il luttait contre l'envie d'écraser son poing dans le visage de son frère, marqué par les cicatrices. Son silence fut un aveu. Le ricanement de Bryok céda la place à un véritable choc. Un vrai dégoût.

— Ne me dis pas que tu l'as fait ? Que ça… t'a plu ! cracha Bryok. C'est déjà assez minable que tu aies laissé Tas et son plan te faire tomber si bas, au point que tu épouses ce prince pathétique.

Il grimaça.

— Même briser cette petite merde en deux avec ta queue, c'était bien trop fair-play.

La tête de Cador s'emplit de bruits et d'images : les cris de plaisir de Jem, son orifice étiré autour du sexe de Cador quand il remontait ses genoux jusqu'à ses épaules et décrivait des va-et-vient dans cette chaleur incroyablement serrée. Il l'avait même embrassé, sans jamais vouloir s'arrêter.

Cela avait été bien plus que du fair-play.

La mâchoire crispée, il se retint de peu d'éperonner Massen pour qu'il aille propulser Bryok dans la boue.

— Mais tu dois te foutre de moi, dit Bryok en riant, bien qu'il soit étrangement nerveux et hésitant. C'est impossible que tu couches avec *lui*.

Comment réagirait son frère aîné si Cador lui disait la vérité ? S'il lui disait qu'il était heureux de coucher avec Jem. De fait, pour que quelqu'un lui coupe la main, le seul moyen serait d'abord de passer sur le cadavre pourrissant et broyé de Cador.

Bryok haïssait la stratégie de Tas, uniquement parce qu'il n'avait aucune patience et voulait attaquer le continent ou déclarer la guerre, quelles qu'en soient les conséquences. Non pas parce qu'il se préoccupait du bien de Jem ou de celui de tous les innocents qui seraient perdus dans une guerre impulsive. Cador n'apporterait que quelques retouches au plan de Tas, sans le jeter dans la boue ni le piétiner. Trop de vies étaient en jeu.

Mais le mensonge avait toujours un goût de cendres sur sa langue.

— Bien sûr que non.

Bryok lui claqua une main dans le dos.

— Tu m'inquiétais, mon frère. J'aurais dû savoir qu'il ne fallait pas douter de toi.

Tu ne fais que ça, douter de moi.

Depuis aussi longtemps qu'il s'en souvenait, les éloges de son frère l'avaient toujours enjoué. Cette rare approbation était gratifiante et grisante. Cette addiction le poussait à en vouloir plus, bien qu'il s'ordonne sans cesse d'arrêter.

Désormais, il ne restait que des remords et une terrible honte dérisoire, même si le mensonge protégeait Jem. Si Bryok savait que le plan changeait, personne ne pouvait deviner sa réaction.

— Creeda a récolté du miel en secret et a préparé ses gâteaux aux fruits d'hiver, dit Bryok. Le préféré d'Hedrok. Le tien aussi. Pourquoi ne viens-tu pas manger à la maison, ce soir ? Ça fait trop longtemps.

Bryok jeta un coup d'œil à Jem, au loin, où il était en train d'écouter Delen parler alors qu'elle lui montrait la mer.

— Viens seul. J'inviterai aussi Jory. Kensa, Ruan et Gerren. Notre sœur, bien sûr. Creeda et elle passent plus de temps que jamais ensemble. Et il y aura beaucoup de bières.

La honte s'accumula et retourna l'estomac de Cador. Cela faisait bien trop longtemps qu'il n'avait pas mis un pied dans la maison de son frère. Il n'avait passé que quelques minutes fugaces avec Hedrok quand ils étaient revenus du continent. Il s'était convaincu que c'était parce qu'il était coincé avec Jem et qu'il n'avait aucune envie d'encombrer la femme et les enfants de Bryok avec la présence d'un prince pourri gâté, même pour une minute. Quels mensonges !

D'autres surgirent.

— Je ne peux le laisser seul trop longtemps, je ne lui fais pas confiance.

Cador sourit d'un air moqueur en regardant Jem, sachant qu'il était hors de portée de voix. Il valait mieux, pour le moment, faire comme s'il ne se préoccupait pas de lui. Il avait à peine eu le temps d'accepter l'idée que ce soit effectivement le cas.

— Pourquoi penses-tu que je suis avec lui, aujourd'hui ? Cette petite merde inutile a failli mettre le feu à mon cottage, hier soir. Il n'a jamais appris à allumer un feu. Il a essayé trop près des fourrures.

Bryok ricana d'un air dégoûté.

— L'exemple classique. Bien. Viens voir Hedrok un autre jour.

C'était un ordre et Cador savait qu'il devrait obéir. Il le devait à ce pauvre Hedrok.

— Bientôt.

C'était lâche, mais il avait seulement envie de s'enfermer avec Jem et d'ignorer le monde. Oublier la mort, le kidnapping, la guerre et ne pas être obligé de penser à autre chose que de faire sourire Jem. L'embrasser, le besogner et le dévorer avant qu'ils affrontent ce qui arriverait.

Confronter la désapprobation de son frère – ou sa fureur – était insupportable quand il pouvait s'échapper avec son amant. Son *mari*. Il arrivait à peine à se faire à l'idée. Était-ce trop demander de se délecter de la présence de l'autre ? D'avoir quelques jours de paix pendant qu'ils trouvaient leur voie ? C'était si nouveau. Cador ne supportait pas de laisser Bryok ternir le tout.

Jem et Delen les rejoignirent. Le Neuvellan baissait toujours la tête alors que Cador le hissait sur Massen. Ils partirent tous au sud. Quand Jem et lui se retrouvèrent seuls dans l'étreinte sombre de la forêt, ils continuèrent à chevaucher en silence. Jem était assis, le corps raide, comme s'ils étaient de retour sur le continent. Comme si toucher Cador était bien la dernière chose dont il avait envie.

Ce dernier ne pouvait pas vraiment lui en vouloir comme il l'avait laissé par terre. Il se pencha pour se blottir dans le cou de Jem. Il l'enveloppa dans ses bras en déposant de petits baisers sur sa mâchoire, son cou, sa joue et le lobe de son oreille.

Son cœur loupa un battement. Son soulagement fut indéniable quand Jem se radoucit et s'affala contre lui avant de tourner la tête pour un baiser passionné. Jem aurait dû lui dire de se noyer dans les profondeurs de la mer. Il aurait au moins dû exiger l'excuse qu'il méritait.

— Je suis désolé, murmura Cador contre ses lèvres.

Jem soupira pendant leur baiser, en sécurité dans les bras de son époux alors qu'ils abandonnaient le monde derrière eux.

Chapitre 17

TANDIS QUE L'ÉCHO sourd des pas de Massen résonnait dans la grange, le pouls de Jem accéléra. S'accroupissant, il arrangea les branches, les aiguilles de pin et les broussailles du taillis pour en faire un sol agréable pour la volière. Derwa le regarda depuis son perchoir, sur le bord de la caisse qu'il avait placée au coin de la volière. Les plumes grises se mêlaient au jaune, et son pépiement était joyeux. Ce n'était plus un cri constamment affamé.

Jem aurait dû être en colère contre Cador. Assis dans la boue, quand Bryok et Delen étaient apparus, il s'était senti idiot et rejeté. Son époux l'avait ignoré. Compte tenu de ce qu'ils venaient tout juste de partager, c'était un choc.

Il devrait encore être en colère, actuellement, mais sa souffrance avait été vaincue par la simple excuse de Cador et ses baisers à la fois tendres et emplis de remords. Jem n'arrivait manifestement pas à la regretter. Après tout, ils étaient mariés. Serait-il si impensable de croire qu'ils trouveraient le bonheur ensemble ? Du réconfort, des rires et du désir ? Même de l'amour, bien qu'il sache qu'il ne devrait pas en rêver. Mais Bryok n'aurait certainement aucune objection à ce que son frère soit satisfait.

Jem ne regrettait pas non plus d'avoir passé une autre nuit dans le lit de Cador. Il ne le pouvait clairement pas après avoir eu une nouvelle fois son sexe plongé en lui. Bien que ses fantasmes aient été plus brusques, son cœur était attendri par la retenue perpétuelle de l'Erghien. Ses fesses étaient indéniablement endolories et il devait se montrer patient. Le problème, avec la patience, était qu'elle s'accompagnait d'une peur tenace à l'idée que cette découverte ne dure pas.

Cador n'était pas encore entré dans la grange, mais Jem entendait le souffle de Massen dans la clairière. Il était resté écarlate et avait arboré une semi-érection toute la journée. Il *palpitait* d'envie. Il avait toujours pris du plaisir dans le fait de… eh bien, de se soulager. Désormais, l'envie de se toucher était presque constante, bien qu'il ne cède pas, car l'envie d'*être touché* était encore plus forte.

Il attendait le retour de Cador comme un animal en chaleur tout en faisant impatiemment les cent pas. Il aurait peut-être dû en avoir honte, mais il trouvait cette sensation absolument délicieuse. Il était impatient d'être touché par Cador, d'avoir sa verge. Et surtout ses baisers.

Alors que Cador arrivait enfin, Jem lui sourit. Son estomac se contracta quand il vit son expression surprise.

— Qu'y a-t-il ? demanda-t-il, debout dans la volière.

Cador secoua la tête.

— Rien, répondit-il d'une voix rauque. C'est… tu es…

Il s'éclaircit la voix.

— Tu es à l'intérieur.

Jem montra les barres de fer entortillées autour de lui.

— J'ai largement la place. Derwa aura aussi toute la place qu'il lui faut.

Les cheveux blonds de Cador avaient suffisamment poussé pour prendre une teinte dorée sous la lumière des torches. Les doigts de Jem le démangeaient tant il avait envie de le toucher.

— Comment va-t-elle ? demanda ce dernier.

Jem sourit.

— Vois ça par toi-même.

Il faisait assez chaud pour que Cador n'ait pas eu besoin d'emporter sa cape de fourrure. Il se débarrassa de sa veste de cuir et la pendit sur un crochet au mur de la grange. Il n'avait plus qu'un maillot de cuir sans manche qui moulait son torse. Il tira sur les liens et les ouvrit suffisamment pour se gratter le sternum, ses ongles ronds griffant les poils au-dessus des défenses sur son tatouage.

Fermant la porte à barreaux derrière lui, Cador s'agenouilla dans la volière et tendit un doigt en direction de Derwa. Elle sautilla joyeusement sur ce nouveau perchoir. Il caressa ses plumes croissantes avec les doigts de son autre main, d'un contact prudent et léger. Il était gigantesque par rapport à elle.

— Bonjour, ma petite, murmura-t-il.

Elle pépia joyeusement et Cador lui lança un sourire radieux. Lorsqu'elle vacilla, il passa instantanément sa main libre sous elle.

— Attention.

Il la reposa lentement dans la sécurité de sa caisse rembourrée et sourit lorsqu'elle sautilla et battit des ailes.

Jem les observait, son affection se mêlant au rugissement de désir.

Toujours agenouillé, Cador leva les yeux et sursauta.

— Quoi ?

— Viens ici.

Jem avait voulu lui donner un ordre, mais il en avait eu le souffle coupé.

Le regard de Cador parcourut le corps du Neuvellan de haut en bas. Un sourire aguicheur étira ses lèvres.

— As-tu besoin de quelque chose ?

— *Oui*, grogna-t-il.

— Qu'est-ce que ça pourrait bien être ?

Cador inclina la tête avec une expression neutre trahissant une infime curiosité.

Aussi impatient que soit Jem, il n'eut d'autre choix que de rire. Il n'aurait jamais cru que Cador le ferait autant rire.

— Tu le *sais*. Tu es parti toute la journée !

Les lèvres de Cador tressautèrent, mais il conserva un air calme.

— Pendant tout ce temps, tu as été innocent, et maintenant, tu es insatiable.

— Oui. Viens ici.

Tentant vainement de dissimuler un sourire, Cador se leva. Sa tête n'était plus qu'à quelques centimètres du toit de la volière.

— Que vas-tu faire de moi, maintenant que je suis ton prisonnier ?

Jem ne put se retenir plus longtemps. Grognant, Cador le prit dans ses bras. Son rire surpris fut interrompu par la langue de Jem dans sa bouche. Les pieds de ce dernier ne touchaient plus terre alors qu'il s'accrochait aux larges épaules de Cador et l'embrassait bruyamment, haletant et gémissant.

L'Erghien l'embrassa en retour, fredonnant en guise de réponse. Il perçut légèrement le goût de la bière qu'il emportait dans sa flasque en défense de sanglier. Lorsqu'ils se séparèrent, il posa Jem et plongea le nez dans ses cheveux pour prendre une profonde inspiration. Le Neuvellan frotta sa joue contre le torse de son époux, se délectant de la griffure des poils sur sa peau.

À moi.

Il délaça le maillot serré de Cador jusqu'à ses côtes afin de pouvoir passer ses mains à l'intérieur et de le griffer avec ses ongles pour le marquer. Ce parfum qui lui fit penser à de la mousse sur une pierre envahit ses sens. Il embrassa, lécha et prit un téton entre ses dents. Jem bandait totalement, à présent. Il se frotta contre la hanche de Cador, se moquant d'avoir l'air débauché. Il *adorait* ça.

Cador gloussa chaudement.

— De quoi as-tu besoin, mon petit prince ?

— N'est-ce pas évident ? Je n'essayais pas d'être subtile.

Un rire résonnant dans son torse, Cador l'embrassa et inséra paresseusement sa langue dans la bouche de Jem avant de s'éloigner.

— Dis-moi ce que tu veux, chuchota-t-il contre ses lèvres.

Jem était tant empli de désir qu'il avait du mal à savoir par où commencer. Il voulait *tout*. Mais oui, un fantasme avait été récurrent dans la journée. Prenant une profonde inspiration, il frotta sa main contre le renflement de Cador, son sexe rigide contre le pantalon moulant.

— Hmm, s'extasia Cador en cambrant les hanches et en glissant un doigt sur la joue de Jem. Tu veux ma queue ?

— Oui, souffla Jem en le caressant plus ardemment. Dans ma bouche. Je peux ?

— Le peux-tu ? répéta Cador.

Jem hésita.

— Euh… Le *pourrais*-je ?

Un rire explosa depuis le torse de Cador et ses joues se creusèrent de fossettes.

— Ce n'est pas ta putain de grammaire qui m'inquiète.

— Alors quoi ? demanda Jem, qui avait le vertige tant il était heureux.

— Que pourrais-tu faire ?

Jem déglutit péniblement, car sa gorge s'était asséchée. Savoir ce que Cador voulait l'entendre dire à voix haute, avec force détails, crispa sa propre verge dans son pantalon.

— Pourrais-je sucer ta queue ?

— Oh, oui, tu peux me sucer matin, midi et soir, gronda-t-il. Vas-y, pose cette jolie bouche sur moi.

S'agenouillant sur les branches et les aiguilles de pin, Jem demanda :

— Comme ça ?

Il brûlait de savoir ce que Cador désirait. Lui donner ce qu'il voulait le ravissait, comme si le cercle de besoin et de réaction était complet.

— Hmm.

Cador caressa la tête de son époux et passa les doigts dans les boucles qu'il semblait adorer toucher.

Jem ouvrit la bouche, puis la referma alors que des pépiements résonnaient dans la petite volière. Ils regardèrent tous les deux Derwa, perchée sur sa caisse, à moins d'un bras de là.

— Chhut ! lui lança malicieusement Jem en tirant sur le pantalon de Cador.

Néanmoins, ce dernier chassa ses mains.

— Elle regarde !

— C'est un oiseau.

À vrai dire, il préférerait qu'elle ne soit pas là, mais la verge de Cador ne se trouvait qu'à quelques centimètres et il en avait l'eau à la bouche.

— Oui, une petite créature innocente ! Ce n'est pas bien.

Un rire réchauffa le torse de Jem.

— Alors, le chasseur barbare devient subitement timide ?

En guise de réponse, Cador le souleva pour le faire sortir de la volière et le passa par-dessus son épaule avant que celui-ci ne puisse faire autre chose que s'écrier. Cador avança jusqu'au cottage. Massen leur jeta à peine un coup d'œil alors qu'ils passaient.

— Retire tes vêtements, ordonna Cador une fois qu'ils furent à l'intérieur. Laisse-moi te voir.

Jem manqua de déchirer sa tunique en la passant par-dessus sa tête. Lorsqu'il fut déshabillé, le sol en pierre fut frais sous ses pieds nus. Cador le souleva et Jem enroula les jambes autour de sa taille. L'Erghien le reposa devant la cheminée allumée. Les genoux de Jem furent protégés par la petite pile de fourrures et les braises ardentes réchauffèrent sa peau nue.

Il leva les yeux vers Cador, debout devant lui, alors qu'il était toujours habillé. Un frisson le transperça et il se lécha les lèvres. Il se moquait de savoir que Cador porte encore ses bottes pleines de boue. Il posa une main hésitante sur des cuisses semblables à des troncs et un pantalon en cuir doux et usé.

— C'est ce que tu veux ? Être à genoux pour moi ? demanda Cador dans un chuchotement grondant.

Il glissa un doigt sur les lèvres de Jem. Sa verge avait enflé et son époux observait le renflement étiré d'un air affamé.

Acquiesçant, Jem ouvrit totalement le maillot de Cador afin de pouvoir frotter son visage contre la traînée de poils menant vers le bas. Il libéra l'épaisse verge de Cador de son pantalon, abaissant le cuir afin de pouvoir saisir les lourds testicules. Des poils raides chatouillèrent sa paume. D'aussi près, le tout semblait vraiment *large*.

Le gloussement de Cador fut grave et intime.

— Suce-moi. Vas-y. Tu peux le faire.

Et il le pouvait. Il l'avait imaginé à d'innombrables reprises depuis qu'il était jeune et il le faisait enfin. Bien qu'il soit agenouillé, il sentait qu'il prenait le pouvoir et qu'il était fort. *Libre.* Il pouvait le faire et, mes dieux, il allait le faire.

Il commença avec des baisers fugaces et des coups de langue, inhalant avidement l'odeur de musc de Cador. Ce dernier lui caressa la tête et lui murmura des encouragements alors que Jem explorait et expérimentait.

— C'est ça, dit-il en gémissant. J'aime ça.

Quand Jem fut prêt, il ouvrit la bouche et suça le gland de Cador, goûtant des perles de liquide préséminal. Cador grogna vivement et resserra ses doigts autour des cheveux de Jem.

— Suce plus fort.

Jem s'exécuta, faisant glisser le prépuce et hochant la tête. Ses lèvres s'étirèrent autour de l'épaisse longueur de Cador et sa mâchoire s'ouvrit largement. Il suça jusqu'à s'étouffer, toussant et salivant. Cador se retira et lui caressa la joue, tout en frottant son gland contre les lèvres de son amant.

— Lentement, murmura-t-il. Bon garçon.

Jem s'écria légèrement tandis que son sexe palpitait. Il se rapprochait de la jouissance sans même s'être touché. Désespéré, il suça une nouvelle fois la verge de Cador tout en s'agrippant au cuir autour de ses hanches, alors que ses narines se dilataient. Sa mâchoire était endolorie. Il avait du mal à respirer. Il adorait ça.

— *Putain*, grommela Cador en resserrant son poing autour des cheveux du Neuvellan. Tu es né pour ça.

Jem gémit autour de son sexe, crispant tous ses muscles. Il cherchait l'extase de son époux et la sienne, car leur destin était mêlé. Ses cheveux tirés semblaient connectés à ses testicules. Alors qu'il suçait avec toute son énergie, le cottage s'emplit de bruits mouillés de plaisir.

La semence jaillit dans sa bouche alors que Cador s'agrippait à sa tête tout en laissant échapper un grondement puissant. Jem avala et crachota. L'Erghien se libéra ensuite et finit en éclaboussant la bouche ainsi que le visage de son mari.

— Tu es né pour ça, répéta-t-il.

Son torse se soulevait difficilement et son maillot de cuir restait ouvert.

De son pouce, Cador essuya sa semence qu'il tendit à Jem. Ce dernier le lécha, impatient de récupérer chaque goutte salée et merveilleusement masculine.

Jem était sur le point d'exploser. Ses testicules étaient presque douloureusement contractés. Avant qu'il puisse baisser la main pour se masturber et trouver un agréable soulagement, Cador s'agenouilla et le fit tomber sur les fourrures. Il lui ouvrit les jambes et lui remonta les genoux en les écartant largement.

Cador le suça férocement jusqu'à la base. Quelques secondes plus tard, Jem se vidait dans sa gorge. Cador avala en posant ses larges mains chaudes à l'intérieur des cuisses du Neuvellan. Ce dernier s'écria avant de geindre quand son corps se ramollit.

Haletant, Cador le relâcha lentement dans un bruit de succion. Il laissa retomber les genoux de Jem, mais continua de les écarter. Il se plaça entre eux pour le pousser lourdement contre les fourrures avec son poids agréable. Ses vêtements de cuir provoquaient une certaine friction.

Alors qu'ils s'embrassaient paresseusement devant le feu crépitant, leurs semences se mélangèrent sur leur langue. Jem se dit alors qu'il ne voudrait peut-être plus jamais quitter Ergh, après tout.

— AUSTOL ! cria Jem en surgissant dans l'écurie en périphérie de Rusk.

Voilà des jours qu'il jouait avec Cador et il avait encore du mal à réaliser que c'était réel. Il réprimait à peine son sourire permanent. Bien qu'il ne soit pas proche du palefrenier, il avait hâte de se confier à lui. Il mourait d'envie d'en parler à Santo, mais iel se trouvait de l'autre côté de la mer. Austol avait semblé gentil et patient. Jem espérait donc ne pas s'imposer excessivement avec lui.

— Prince Jowan ! Mes salutations.

Jory apparut en lui adressant un signe de la main et un sourire. Ses cheveux roux décoiffés étaient coincés derrière ses oreilles.

Pfff.

Jem lutta pour ne pas grimacer. Son dégoût pour Jory était injuste. Cet homme s'était toujours montré amical. Austol avait raison, il s'agissait de jalousie. Maintenant que Jem et Cador étaient amants, elle devenait inutile.

Et si Cador le préfère ? Il a dit que Jory était un expert avec sa bouche. Comment suis-je, en comparaison ? Cador se lassera-t-il de moi et retournera-t-il avec Jory ? Il est plus grand, plus fort et ils se correspondent mieux. Et si...

Secouant la tête, Jem fit taire la voix persistante de l'inquiétude. Enfin, il l'étouffa, tout du moins.

— Euh, bonjour.

— Es-tu venu pour continuer à raconter tes histoires ? Les enfants en ont réclamé d'autres. Certains de leurs parents, aussi. Tu leur as manqué.

— Oh !

L'idée qu'il puisse manquer aux Erghiens ne lui avait pas traversé l'esprit.

— Je serai ravi de leur faire la lecture plus tard. Enfin, pas vraiment leur faire la *lecture*, mais parler avec eux. Pour leur raconter des histoires.

Il était à la fois ravi et troublé. Il jeta un coup d'œil autour de lui.

— Austol est ici ?

Le sourire de Jory s'affaissa.

— Pas aujourd'hui. Tu avais besoin de quelque chose ?

— Est-il souffrant ?

Les joues de Jory, couvertes de taches de rousseur, se creusèrent dans une tentative de sourire.

— Pas de quoi s'inquiéter.

Son regard dériva vers les larges portes ouvertes de l'écurie. Jem pensa au cottage d'Austol, non loin. Il n'avait entendu aucun cri torturé, mais…

— C'est sa sœur ?

Désormais, Jory était clairement mal à l'aise alors même qu'il le niait.

— Non, non. Tu n'as pas à t'inquiéter, comme je te l'ai dit.

Jem hocha la tête, bien qu'il soit gêné en se souvenant de ses cris d'agonie.

— Leurs parents vivent dans ce cottage, aussi ?

— Non. Ils sont morts il y a quelques années. Un accident de pêche.

— Oh. J'en suis désolé.

La chaleur fit rougir ses joues. Il était bien trop indiscret, ce qui était impardonnable.

— Nessa est ici ? J'espérais la monter.

Le sourire de Jory illumina son visage et ses taches de rousseur.

— Elle est dans le pré. Un peu d'exercice lui ferait du bien.

Il attrapa sa bride et ses rênes. Jem le suivit.

— Comment va Cador ?

— Bien, répondit Jem en se crispant.

Pourquoi Jory posait-il la question ?

— Je l'ai à peine vu. Vous vous entendez bien ?

— J'imagine.

Le Neuvellan observa Jory du coin de l'œil. Cet homme avançait aisément à grandes enjambées. Il était peut-être sincèrement curieux ou se montrait tout simplement poli. S'il était jaloux de Jem, il le cachait bien.

— C'est quelqu'un de bien. J'espère qu'il sera un bon époux, mais après tout, je n'aurais jamais cru le voir avec une marque sur sa main.

— Pourquoi pas ? demanda prudemment Jem.

Était-ce un jeu ?

Jory siffla pour appeler Nessa à l'autre bout de la pelouse jaunâtre et boueuse, mais elle continua de brouter paresseusement. Il leva les yeux au ciel.

— Quand il était rond comme une queue de pelle, il insistait toujours pour dire qu'il ne se marierait jamais. Qu'il n'aimerait jamais suffisamment quelqu'un.

— Peut-être qu'il ne t'aimait pas suffisamment.

Les mots s'échappèrent avant que Jem ne puisse refermer sa bouche.

Jory haussa ses sourcils roux en se tournant vers lui. Quelques secondes plus tard, il éclata de rire.

— Moi ? Je n'espère pas. Nous ne serions pas de bons époux, l'un pour l'autre. Non, non, insista-t-il avant que son rire redouble d'intensité. Il est bien trop grognon. Tu n'as rien à craindre, avec moi, Prince Jowan.

— À craindre ? bafouilla Jem. Je ne… bien sûr que non… C'est juste que…

Sa botte s'enfonça dans du crottin frais et il grimaça.

Jory ne cessait de sourire, mais son regard se fit plus malin.

— Cador et moi, on s'est envoyés en l'air au fil des années, mais rien de plus. Il n'y a que de l'amitié entre nous. À vrai dire, je ne l'ai jamais vu ébranlé à ce point pour qui que ce soit. Jusqu'à ce que tu arrives.

Jem oublia la présence de l'étron sous ses pieds.

— Moi ? répéta-t-il alors que son cœur loupait un battement. *Ébranlé ?*

— J'avoue que je ne l'aurais jamais prédit. Mais je connais mon ami. Ce n'est pas souvent qu'il se rend malade d'inquiétude. J'ai cru qu'il allait tordre le cou d'Austol de ses mains nues. Il a soufflé, soupiré et crié parce qu'il avait peur pour toi. Parce qu'il te veut pour lui tout seul.

La chaleur envahit le visage de Jem jusqu'à ses oreilles. Des images de la façon dont Cador l'avait pris se succédèrent dans son esprit. Il baissa la tête, mais bien sûr, Jory n'était pas dupe – malheureusement.

— Ahhh ! Vous avez fait bon usage du temps que vous avez passé dans la forêt, tous les deux. Il a une telle queue ! C'est un coup excellent. Je suis sûr que tu l'es aussi.

Gigotant, Jem ricana. Comment pouvait-il avoir cette conversation ? *À voix haute ?* Tout le monde était si franc, à Ergh !

— Tu es petit, oui, mais tu as une détermination d'acier. Je le vois bien. Cador ne voudrait pas de toi si ce n'était pas le cas, conclut-il avant de siffler à nouveau. Viens par ici, espèce de paresseuse !

Il trottina jusqu'à Nessa.

Patientant, Jem se repassa les mots de Jory et sourit discrètement l'espace d'un instant, avant de se tracasser. Une détermination d'acier ? Il n'avait jamais vu les choses sous cette perspective et il doutait que les autres l'aient perçu ainsi. Était-ce le cas de Cador ? La façon dont Jem s'était soumis à lui – en le suppliant pour qu'il lui donne sa queue, en le vénérant à ses pieds, en offrant son corps pour qu'il le besogne et le contrôle – ne trahissait certainement pas une détermination d'acier, si ?

Et pourtant... Jem ne s'était-il pas senti puissant et désiré ? La confiance ne l'avait-elle pas envahi alors même qu'il léchait la semence de Cador par terre ? Il avait eu confiance dans son propre désir. Il avait pris le pouvoir en choisissant quand il offrirait enfin son corps. Il avait trouvé de la force en lui accordant sa confiance. Sa détermination d'acier était peut-être bâtie avec de fines barres entortillées, comme celles de la volière, mais elle était tout aussi incassable.

Il monta Nessa dans le pré boueux, Jory étant reparti dans l'écurie. Le Neuvellan fut satisfait de laisser la jument flâner, bien qu'il la fasse trotter de temps à autre. Il se délecta du tiraillement dans ses fesses. Son esprit dériva alors qu'il ressassait les mots de Jory. Penser à Cador lui donnait le vertige.

Quand il se rendit compte que Nessa s'était approchée du cottage d'Austol, près de l'écurie, Jem ne put résister. Il tira sur ses rênes pour l'emmener vers un poteau usé de la clôture basse et jeta un coup d'œil à la maison. Une fine volute de fumée s'enroulait dans le ciel lugubre. Les alentours étaient silencieux. Voyant l'arrière du cottage, il remarqua une structure curieuse.

Était-ce une œuvre d'art ? Elle ressemblait effectivement à une petite statue de la taille de Jem. Elle n'était pas taillée dans la pierre, mais plutôt moulée avec une sorte d'argile. Se rapprochant d'un pas, Jem plissa les yeux en direction des quatre têtes. Les joues gonflées caractéristiques de Hwytha révélèrent qu'il s'agissait d'un hommage grossier aux dieux.

Jem ne s'était pas rendu compte qu'Austol était aussi pieux, mais il se souvenait vaguement que Cador avait mentionné le retour de la foi sur Ergh. Il fit un autre pas pour s'approcher et mieux voir la flamme au-dessus de la tête de Tan. Du bois craqua sous sa botte.

Baissant les yeux, il se rendit compte que les mêmes branches et brindilles tordues qui entouraient l'hommage aux dieux au village tapissaient également le sol, ici. Un frisson parcourut sa colonne vertébrale, bien qu'il ne comprenne pas pourquoi. Le bois noueux lui rappelait des mains griffues tentant de l'attraper. Il recula, hors de portée, puis tenta de rire de sa propre puérilité.

Mal à l'aise, il rejoignit l'avant du cottage où des poules caquetaient dans leur poulailler. Il ne s'y arrêterait qu'une minute pour s'assurer qu'Austol allait bien et pour lui apporter tout ce dont il pourrait avoir besoin.

Austol serait certainement content d'apprendre qu'il avait eu raison – il avait été merveilleusement facile de rendre Cador jaloux. Oui, et il demanderait également l'opinion du palefrenier sur ce que Jory avait dit.

Jem se surprit à se faufiler en direction de la porte en bois usé. L'air était lourd et figé, malgré les caquètements étranges des poules. Une unique fenêtre était couverte d'un rideau. Son instinct lui intima de partir, mais il l'ignora. Son imagination prenait le pas sur lui. Il avait lu trop de livres d'aventures et d'intrigues.

Austol faisait peut-être la sieste. Pourquoi ne profiterait-il pas d'une journée de repos ? Sa sœur était probablement sortie jouer avec ses amis, courir dans Rusk et faire de bêtises, comme les enfants le faisaient. Comme ils le devraient ! Jem allait se contenter de frapper et de dire bonjour.

Pourtant, avant qu'il le puisse, un bruit sourd résonna. Le cri angoissé qui le suivit n'était pas celui d'une petite fille. *Austol !* Jem ouvrit brusquement la porte. Le nom mourut sur ses lèvres alors qu'il plissait les yeux dans ce cottage bien trop sombre. Malgré la lumière projetée par les braises, il ne voyait que des ombres.

Puis la fille cria.

Jem ignorait si son cri était motivé par la douleur, l'effroi ou les deux. Il se tenait sur le seuil et clignait des yeux en regardant l'enfant sur le sol. Austol, derrière elle, tentait de la soulever. Jem arrivait à peine à distinguer le visage du palefrenier, mais la colère dans sa voix était indéniable.

— Dégage !

Mais il pouvait aider ! Il aiderait, quelle que soit la situation. Dans l'éclat grisâtre de lumière apportée par l'ouverture de la porte, il avança et s'accroupit près des pieds nus de la jeune fille. Il tendit les mains afin de les saisir pour qu'Austol et lui puissent soulever ensemble son corps fin. Toutefois, ses mains se figèrent à mi-chemin.

Tandis que son regard s'ajustait à l'obscurité, il prit cons-cience qu'une étrange éruption cutanée couvrait les pieds ainsi que les jambes de l'enfant, s'arrêtant au-dessus de ses genoux. Sa chemise de nuit usée était froissée au milieu de ses cuisses. Jem voyait que les marques horribles étaient plus rouges et fraîches vers le haut, alors que le rash ancien sur ses pieds paraissait marron et sec.

Plus que ça, il voyait que ses jambes étaient décharnées. Bien qu'elle soit fine, dans l'ensemble, ses mollets étaient des brindilles. Jem avait peur de les toucher. Il resta accroupi, sans bouger, tandis que la honte et la peur luttaient en lui.

— Dé-gage, dit Austol au travers de ses dents serrées.

Son visage rougit. Il souleva sa sœur en passant les bras derrière elle. Elle hurla.

Jem se détesta d'avoir hésité ne serait-ce qu'une seconde. Il saisit ses jambes, au niveau des genoux, et ces membres parurent désarticulés. Sa peau était anormalement sèche. Il la souleva et Austol en fit de même alors qu'elle criait à nouveau. Ils la portèrent jusqu'à un lit étroit, non loin, appuyé contre un mur à côté de la cheminée.

Austol lui chuchota des mots réconfortants et enroula fermement des fourrures autour d'elle avant de l'embrasser sur le front. Jem rougit de honte en réalisant qu'il ne put se concentrer sur son visage que lorsque ses jambes décharnées furent couvertes.

Elle avait les mêmes cheveux longs et noirs qu'Austol, bien qu'ils soient ternes et collés contre son visage moite. Ses yeux étaient plissés et son nez, petit. Sa peau de blé était plus pâle que celle de son frère. L'agonie tordait son visage. Jem ne pouvait dire quel âge elle avait. Huit ? Dix ? Douze ?

— Mais qu'est-ce que tu fous là ?

Jem arracha son regard à la jeune fille frissonnante et fit un pas en arrière à cause de l'âpreté d'Austol.

— Je suis désolé. Je voulais te voir. Je ne pensais pas… s'interrompit-il avant de lever les mains. Je n'ai pas réfléchi. Pardonne-moi.

Austol ferma les yeux et frotta son visage fatigué. Il était en sueur et sa tunique était tachée.

— Bon. Eseld a besoin de se reposer.

Jem sut qu'il devait partir, pourtant ses pieds étaient enracinés dans le parquet usé.

— Qu'est-ce qu'elle a ?

Austol laissa tomber ses mains le long de son corps, ses yeux marron s'embrasant.

— Va-t'en, Jem. Ça ne te regarde pas.

— Je veux seulement…

— Va-t’en !

Austol cria si fort que Jem sursauta.

— Combien de fois dois-je te le demander ? s’enquit-il alors que le chagrin submergeait son visage. S’il te plaît.

— Je suis désolé, chuchota Jem avant de reculer.

Néanmoins, le regard d’Eseld le suivit et il vacilla sous cet air creux. Il n’avait jamais vu une telle affliction, mais bien sûr, de quel malheur avait-il été témoin, en dehors de celui des oisillons qui ne survivaient pas ?

— Je suis désolé, répéta-t-il en se tournant alors qu’une petite femme trapue entrait à toute vitesse.

Sa peau était pâle et ses cheveux dorés attachés sur le sommet de son crâne. Elle s’arrêta subitement.

— Toi, dit-elle d’un ton accusateur.

Ses yeux clairs observaient cependant Jem avec une curiosité apparente. Étrangement, elle portait une robe grise similaire à celles des religieux.

— Il s’en va, déclara Austol au travers de ses dents serrées.

La femme, qui avait environ leur âge, semblait subjuguée par Jem.

— Prince Jowan, marmonna-t-elle. Un fils d’Onan. Béni par les dieux.

— Euh… s’étonna Jem en exécutant une petite révérence. C’est un honneur de vous rencontrer. Je suis désolé. Je ne connais pas votre nom.

— Hedra, répondit-elle alors que son regard avide le parcourait.

Jem recula jusqu’à la porte d’un air gêné. Il avait l’impression d’être un cheval qu’on examinait avant de l’acheter. Cette femme était certainement la promise d’Austol – n’avait-il pas dit qu’elle était une guérisseuse ? Les guérisseurs portaient peut-être des robes, sur Ergh.

— Encore une fois, je m'excuse, dit Jem en fonçant dans une autre personne qui se trouvait dans l'embrasure de la porte.

Il découvrit que Cador était également arrivé.

Ce dernier était pétrifié et observait fixement la silhouette frissonnante d'Eseld. L'horreur était ouvertement inscrite sur son beau visage, tout comme un chagrin terrible qui poussa Jem à tendre la main vers lui.

Cador recula loin de lui en secouant la tête. Jem le suivit et referma délicatement la porte du cottage derrière eux. Son cœur s'enfonça alors qu'il remarquait Jory, près de l'écurie, qui discutait avec Bryok, *évidemment*.

Jem était embarrassé et confus. Il était blessé par la colère d'Austol, inquiet pour Eseld et troublé par Hedra. La dernière personne à laquelle il voulait avoir affaire, c'était bien Bryok. Heureusement, les deux hommes disparurent au loin.

— Qu'est-ce que tu fais là ? demanda-t-il à Cador.

Il attrapa les rênes de Nessa et la guida vers l'écurie.

— Qu'est-ce que *je* fais là ? Massen a besoin d'un nouveau sabot. Mais qu'est-ce que tu foutais dans le cottage d'Austol ?

Lors d'une seconde de folie, Jem crut que Cador faisait une nouvelle fois preuve de jalousie et son cœur traître enfla. Mais non, ce n'était pas de la jalousie.

— Je voulais seulement dire bonjour, se défendit-il avant de grimacer à cause de sa voix défensive aiguë et de soupirer. J'ai entendu un bruit et j'ai cru qu'Austol avait besoin d'aide. Et c'était le cas ! Bien qu'il m'ait demandé de partir. J'aurais dû respecter son souhait.

Cador soupira également.

— Bien sûr que tu voulais aider. Ce n'est pas ta faute.

Cador eut manifestement envie d'en dire plus, mais il n'en

fit rien. Un apprenti était occupé avec Massen, dans l'un des box les plus éloignés. Ainsi, Jem brossa lui-même Nessa pendant que Cador faisait les cent pas dans un silence maussade.

— Qu'est-ce qui ne va pas avec sa sœur ? Eseld, demanda enfin Jem d'une petite voix.

L'horreur et le chagrin refirent leur apparition, froissant le visage de Cador. Il demeura silencieux si longtemps que Jem craignit même de respirer, de peur de rompre le charme.

Dis-le-moi. S'il te plaît.

— Je veux aider, chuchota Jem.

— Je sais. Mais elle n'est pas l'un de tes oisillons.

— Pourquoi ne me dis-tu pas ce qu'il se passe ?

Cador grimaça en se frottant le visage.

— Si seulement je savais par où commencer.

Il leva les yeux vers les poutres du plafond haut, comme si les dieux auxquels il ne croyait pas y avaient inscrit une réponse quelconque.

— Tu peux me le dire.

Jem patienta. Il avait envie de l'attraper et de le secouer pour lui soutirer la vérité, ou simplement de le serrer contre lui pour lui offrir du réconfort. Il caressa plutôt Nessa.

Cador soupira longuement avant de croiser le regard de Jem.

— Je le ferai. Tu peux m'accorder un peu plus de temps ? J'ai tant de choses en tête.

Il grimaça en désignant son crâne.

Après la tension provoquée par ce qui s'était produit dans le cottage et l'expression désormais malheureuse de Cador, Jem tenta d'alléger cette lourde ambiance.

— J'imagine que toutes ces choses ont largement la place.

L'espace d'un instant, Cador se contenta de cligner des yeux.

Puis il éclata de rire, ses joues se creusant.

— Alors, tu sais plaisanter, en fin de compte.

Jem s'autorisa également à rire et ce soulagement fut agréable.

— Qui plaisante ?

Gloussant, Cador passa une main sur les cheveux de Jem avant que son regard ne redevienne sérieux.

— Je te raconterai tout. Bientôt. Je le jure.

Jem acquiesça.

— Je serai patient.

Honnêtement, il avait beau avoir envie de tout savoir, il avait subi suffisamment de stress et d'inquiétude pour la journée.

— Je suis prêt à aller me coucher. Mais il est trop tôt.

— Eh bien… dit Cador en se penchant pour que ses lèvres effleurent l'oreille de Jem. Il est trop tôt pour dormir. Que pourrions-nous faire au lit pour passer le temps ?

Le désir parcourut la peau de Jem et son estomac se crispa.

— J'imagine que nous pourrions penser à autre chose.

Il passa les mains sous la chemise de Cador, aplatissant les paumes sur…

— Jem !

Le cri joyeux d'une enfant fit écho dans l'écurie alors qu'elle entrait à toute vitesse, accompagnée d'une dizaine d'enfants. Jem et Cador s'éloignèrent d'un bond, comme s'ils allaient s'embraser.

— Oui ! répondit Jem. Euh, je suis là. Ouais.

— Tu vas nous raconter la suite de l'histoire ? demanda Sowena alors que ses tresses brunes se balançaient.

— Bien sûr, dit-il avant de jeter un coup d'œil à Cador. J'imagine que nous ne sommes pas si pressés, après tout ?

Cador sourit aux enfants qui se réunissaient déjà en demi-cercle autour de la balle de foin devenue le perchoir de Jem lorsqu'il racontait ses histoires.

— J'imagine que non.

Jem leur raconta donc la suite des aventures de Morvoren alors que d'autres parents arrivaient pour écouter également. Cador resta en retrait, une épaule appuyée contre le box de Nessa pour lui gratter les oreilles. Toutefois, il suivit le récit aussi intensément que les enfants et Jem sentit le poids agréable de son regard sur lui telle une caresse.

Plus tard, Cador le hissa sur Massen. Tout en le dévisageant, il lui prit la main et traça les défenses gravées avec son doigt. Il leva ensuite la paume de son époux jusqu'à ses lèvres pour un tendre baiser avant de monter derrière lui et d'éperonner l'étalon pour qu'il rejoigne la forêt.

Jem savait déjà qu'il tombait amoureux de Cador, mais désormais, il planait.

Chapitre 18

I L DEVAIT LE dire à Jem.

Non seulement il devait lui dire la vérité sur la maladie, mais sur tout le reste. L'histoire complète, du début à la fin, bien qu'il le redoute. Il avait été le pire des idiots d'emmener Jem dans son lit. De s'autoriser ce petit plaisir glorieux. Il devrait le regretter, mais il en était incapable.

Tandis que Jem s'occupait de Derwa dans la grange, le lendemain matin, Cador faisait les cent pas dans le cottage, la pierre froide sous ses pieds. Marmonnant, il jeta une autre bûche dans le feu et accueillit le baiser des étincelles sur ses orteils nus.

Être témoin de l'agonie d'Eseld était insupportable. Un rappel saisissant de ce qui était en jeu. Il s'était interdit de penser à son neveu et à la maladie qui l'envahissait centimètre par centimètre, comme d'épais sables mouvants. D'autres enfants avaient eu les jambes amputées pour endiguer la progression de la maladie. Vainement.

Manifestement, rien ne pouvait stopper cette pathologie et il était lâche de détourner le regard. Sa façon d'éviter Hedrok depuis leur retour sur le continent avait été plus que honteuse. Tout comme le fait qu'il soit incapable d'affronter l'horreur de tout ça. Qu'il ait épousé un homme innocent en sachant que celui-ci n'était rien qu'un pion.

Bien sûr, Jem était bien plus que ça. Quand Tas avait annoncé son plan, la première fois, Cador n'avait pas eu l'idée de demander quelle serait la destinée du prince. Il ne connaissait même pas le nom de Jem jusqu'à ce jour sur la Place Sacrée, quand il s'était moqué de ce petit prince rebelle bondissant pour affirmer qu'il était un homme. Il avait l'impression que tout cela s'était déroulé une éternité plus tôt.

Il fit les cent pas devant le mur de lances et glissa ses doigts sur le bois mortel. Les armes étaient comme de vieilles amies, dans sa poigne. Mais était-il pour autant un guerrier ? Il était un chasseur, mais il n'était jamais allé se battre. Aucun d'eux ne s'était battu. Que savaient-ils de la guerre ?

Ils devaient tout de même trouver un moyen d'avancer sans céder aux exigences des religieux. Tas avait raison sur le fait que ces derniers cherchaient à avoir le contrôle, car n'était-ce pas ce qu'ils souhaitaient tous à leur façon ? Ergh devait conserver son indépendance. S'ils autorisaient les temples et les enclaves permanentes pour les religieux, qu'arriverait-il ensuite ? Seraient-ils « domptés » et moulés pour correspondre à l'idée que le continent se faisait de la civilisation ?

Il songea aux carrosses, aux soies, aux gâteaux sucrés délicieux en forme de papillons, et il frissonna. Ces choses-là étaient peut-être insignifiantes et ne méritaient pas qu'on s'y attarde, mais il visualisait un avenir où, petit à petit, Ergh devenait méconnaissable.

Qu'adviendrait-il d'Ebrenn et de son peuple ? À quel point seraient-ils changés si Ergh, Neuvella et Gwels joignaient leurs forces pour le conquérir ? Ergh voulait uniquement contrôler les vergers de sevels, mais à quoi ressemblerait cette maîtrise ? Cador avait laissé tant de questions de côté, laissant Tas tout diriger, car il avait toujours été un fils obéissant. Il s'enorgueillissait d'avoir la confiance et les faveurs de son père.

Si seulement les sevels poussaient à nouveau sur Ergh… Mais les habitants avaient essayé pendant des années. Ebrenn était désormais le seul endroit où ces fruits poussaient. Désormais, les guérisseurs étaient certains que les sevels étaient la clé pour prévenir cette maladie vicieuse et impitoyable. Les cris déchirants d'Eseld firent écho dans sa tête et il eut désespérément envie de les étouffer.

Mais il le faisait depuis bien trop longtemps. Il évitait son neveu comme si, en ne le voyant pas se détériorer, il pouvait altérer la vérité. Il avait négligé le tout comme un enfant qui mettrait les doigts dans ses oreilles. Comme un putain de lâche.

Oh, comme il aimerait que la vie soit simple à nouveau. Il aimerait revenir à l'époque où cette terrible maladie n'existait pas, où ils ne jouaient pas de jeux politiques et ne planifiaient pas la guerre.

Pourtant, il n'avait pas rencontré Jem, à cette époque. Vivant sa simple vie dans son petit cottage, il n'avait jamais posé un pied sur le continent. Il n'avait que brièvement pensé à la royauté distante et au prince Neuvellan qui aimait les livres et les oiseaux.

Il ignorait désormais ce qui était juste. Cependant, il savait qu'il devait se confier à Jem, mais s'il déblatérait le tout avant d'avoir un plan solide, il était certain de dire ce qu'il ne fallait pas.

Il ne pouvait pas dire à Jem : *au fait, un complot s'organise pour que tu sois kidnappé et qu'on te coupe la main dans le but de déclencher une guerre. Je mourrai avant de laisser quiconque te faire du mal, mais je ne sais pas vraiment ce que nous ferons à la place. Pas de quoi t'inquiéter !*

Il devait être certain. Il devait avoir confiance. S'il devenait un guerrier, il devait agir en tant que tel. Jem aurait besoin de garantie. Cador pouvait jurer de le protéger, mais ces mots ne seraient-ils pas vides de sens s'ils n'étaient pas plus consistants ?

Il avait des idées, mais devait les façonner. Les rendre concrètes. Il fit les cent pas devant le feu, puis repassa devant les lances. Il eut alors une idée. Il demanderait conseil à sa sœur. Bien sûr ! Delen savait ce que Tas pensait. Ils pouvaient manigancer une nouvelle stratégie qui protégerait Jem et sauverait tout de même les enfants.

Cependant, gérer Bryok serait un problème. Ce dernier ferait n'importe quoi pour son fils. Pour sa petite fille qui, d'un jour à l'autre, pouvait montrer les premiers signes terribles de la maladie qui leur arrachait Hedrok. Cador ne pouvait en vouloir à son frère pour cela. Il devait cependant y avoir un autre moyen. Un meilleur moyen.

Delen était proche de Creeda. Ils travailleraient ensemble pour faire comprendre à Bryok que Jem n'était pas l'ennemi. S'ils pouvaient avoir leur aîné de leur côté et lui faire voir que Jem pouvait les aider, ce serait dans l'intérêt de tous.

Car Jem compatirait très certainement avec leur détresse. Il était bon et gentil. Il ferait tout ce qui était en son pouvoir pour les aider. Il pouvait peut-être même exercer plus de pouvoir qu'ils ne l'avaient imaginé. Cador l'avait certainement sous-estimé, comme l'avait fait Tas. Jem pouvait avoir bien plus de valeur qu'un pion.

Cador fit les cent pas si rapidement qu'il courait presque sur la longueur du cottage comme un animal en cage. Il devait y avoir un autre moyen et il le trouverait. Delen était à la chasse, aujourd'hui, et comme Cador ne s'était pas joint à elle, il lui en parlerait demain. Il s'était tourné et retourné toute la nuit, mais il dormirait mieux ensuite et serait en pleine forme le lendemain matin.

Voilà. C'était décidé.

L'énergie qui l'avait traversé s'enfuit follement comme elle le faisait après de bons ébats. Il était épuisé, mais satisfait. Jem et lui pouvaient se détendre, pour l'instant. Ils pouvaient profiter d'un jour de plus ensemble avant d'affronter tout le reste. Ce n'était certainement pas trop demandé. Une journée de paix et d'accouplement serait bientôt trop rare.

Ils déjeunèrent du sanglier fumé et des navets rôtis. Cador était assez satisfait de lui-même, mais Jem déclara mélancoliquement :

— Si seulement j'avais mes livres.

Cador grogna intérieurement. De tous les sujets qu'il pouvait évoquer... Il tenta de le chasser comme une mouche enquiquinante.

— Tu connais les histoires par cœur, de toute façon. Tu les racontes si bien.

Jem sourit.

— Merci, dit-il avant de boire une gorgée de bière alors qu'ils étaient assis autour de la table. Je chéris quand même encore ces pages. J'aimerais savoir qu'elles sont entre de bonnes mains.

La culpabilité monta comme des lierres épineux qui encerclaient Cador. Voilà un élément de plus à ajouter à sa liste de trahison. Il était si impuissant et ne pouvait arranger ça. Il ne pouvait que mijoter dans son déshonneur après avoir agi de façon si puérile. Si cruelle.

Jem ne sembla pas remarquer son émoi.

— Santo et mes parents se seraient assuré de les emmener. Même mes frères n'auraient pas été si vindicatifs au point de m'envoyer à Ergh sans eux. Peut-être que...

— C'était moi !

La honte jaillit avec ses mots et le sang réchauffa son visage. Tandis que Jem le dévisageait, les yeux écarquillés, il se confia dans une précipitation impuissante.

— J'ai vu des servants qui avaient du mal à charger ton coffre. Il était trop lourd.

Il soupira vivement, dégoûté par sa propre tentative pour pardonner sa trahison. Rien de plus.

Il s'éclaircit la voix avant d'avouer le reste.

— Je sentais que tu étais mon fardeau. Je savais que tu étais irréprochable, mais je t'ai quand même puni. J'ai retiré les livres de ton coffre. C'était… *mesquin.*

Il cracha ce mot comme s'il avait le goût de lait caillé.

— Je n'ai aucune excuse. Je suis désolé.

Pour ça et tant d'autres choses.

Lors de secondes infinies, Jem se contenta de le dévisager et de battre des paupières pour chasser le soupçon de larmes dans ses yeux de miel. Cador avait tant envie de remonter le temps et d'effacer sa propre stupidité afin d'épargner cette douleur à Jem.

— Je suis désolé, répéta-t-il. Que puis-je faire ?

Jem ne répondit rien.

— Qu'as-tu fait de mes livres ? demanda-t-il plutôt d'une voix rauque.

— Je…

Ne lui avait-il pas déjà dit ? Devait-il le répéter ?

— J'ai retiré tes livres du coffre, répéta Cador alors même qu'il se détestait.

— Oui, mais où les as-tu mis ? demanda Jem, élevant la voix alors que ses mains tremblaient. Où ?

Cador ne se souvenait pas de s'être déjà senti si indigne et honteux.

— Je les ai laissés par terre.

Jem prit une brusque inspiration.

— Tu as laissé mes livres dans la boue ? Comme s'ils n'étaient rien d'autre que… des déchets ?

L'Erghien acquiesça tristement, mais que pouvait-il faire d'autre ?

— File-moi une rouste. Je le mérite.

Si seulement Jem savait à quel point il le méritait… Il devrait peut-être tout avouer maintenant et en finir, mais il empirerait sûrement la situation en accumulant les blessures, surtout s'il faisait une gaffe sans avoir de stratégie calme et rationnelle.

Jem secoua la tête alors que sa colère s'amenuisait.

— Je n'ai pas envie de te frapper.

— Mais tu le devrais ! J'ai agi comme un simple sarf rampant sur son ventre.

— Ça ne fera pas apparaître mes livres comme par magie.

Les épaules affaissées, il baissa les yeux.

Cette souffrance mêlée de choc et de déception était encore pire que la colère et l'incrédulité.

— Non, tu devrais me punir !

Tu le dois.

Jem se contenta de lui tourner le dos. Cador eut envie de le supplier. Il s'affala alors que son époux enfilait sa cape et s'en allait, s'échappant probablement dans la grange auprès de son oisillon qui ne le trahirait un jour qu'en s'envolant vers la liberté.

— Jem !

Le ciel gris s'assombrissait alors que l'après-midi progressait. Quand Cador découvrit Derwa, qui sautillait seule dans la volière, son cœur s'enfonça. Mais Jem n'était certainement pas retourné dans le cottage d'Austol, n'est-ce pas ? S'était-il rendu seul à Rusk ? Non. Cador était certain qu'il ne le ferait pas. Bien qu'il soit devenu populaire auprès de certains enfants et parents, il était encore un étranger.

Sa piste avait été assez facile à suivre, une fois que Cador l'eut cherchée. Il avait été étrangement fier que Jem se soit aventuré au-delà des arbres. Désormais, son estomac se nouait quand il pensait aux dangers que son époux affrontait. Il s'agrippa tant à sa lance qu'il n'aurait pas été surpris de laisser des marques de doigts dans le bois ancien.

Celle-ci était plus courte que celles dont il se servait à dos de cheval. D'ordinaire, il la portait dans son dos, à moins d'avoir son épée, mais il était trop nerveux. Chaque bruit étouffé dans la forêt resserrait l'anneau de fer autour de ses poumons. Il voulait que sa lance soit prête dans sa poigne.

— Jem !

Se cachait-il ? Était-il blessé ? Les ombres s'allongeaient. S'approfondissaient. Cador connaissait ces bois comme son propre cottage, mais il trébucha. Des aiguilles de pin griffèrent son visage et étouffèrent ses pas. Son cœur tambourinait bien trop fort à ses oreilles, dans le silence… et il battit encore plus bruyamment quand un corbeau croassa depuis les branches au-dessus de sa tête.

Cador ne s'était jamais senti seul, dans ses bois. C'était désormais le cas et il sursautait devant les ombres. L'inquiétude le rongeait. Il comprenait que Jem n'arrive même pas à le regarder, après ce qu'il avait fait, mais il avait besoin de savoir qu'il était en sécurité.

Alors qu'il cherchait, son esprit se reconcentra sur Jem, qui racontait les histoires de ses livres chéris. Les enfants et les parents l'avaient écouté avidement, sans plus aucune trace de suspicion envers lui. Cador avait cru qu'il valait mieux pour tout le monde d'éloigner son époux de Rusk. Il ne l'avait pas empêché de prendre des leçons avec Austol – aussi tenté qu'il en ait été, pour apaiser sa propre jalousie –, mais il n'avait pas non plus encouragé son peuple à faire la connaissance de Jem.

Il avait cru que les habitants du continent étaient particulièrement différents. Ils l'avaient tous cru. Pourtant, il avait beau vouloir maintenir l'indépendance d'Ergh face aux religieux, il visualisait désormais un avenir de partage et de camaraderie avec le peuple d'Onan. Un avenir où Jem était accepté et accueilli à Ergh.

Mais ils devaient d'abord mener une guerre et Cador la craignait plus que jamais.

— Jem !

Il s'arrêta pour écouter. Rien.

Plus aucune trace de neige n'était visible. Le sol était boueux et ramolli. Les fleurs blanches qui jaillissaient pour tapisser la forêt au premier soupçon du véritable printemps laissaient apparaître leurs bourgeons, ravies de rester au soleil rien que quelques heures pour fleurir. Les petits byghanes se tiendraient bientôt sur leurs pattes grêles et Cador chasserait en ne portant qu'un maillot, se délectant de la chaleur avant le retour trop rapide de l'hiver.

Pour l'instant, il était heureux d'avoir sa cape et sa tunique, bien que la sueur colle à sa peau. Frissonnant, il se sentit à vif. Écorché. C'était peut-être pour le mieux – qu'il laisse Jem le détester pour cela et toute sa traîtrise. Ils ne partageraient donc plus aucun plaisir interdit.

Cador ne le méritait pas. Il avait toujours été si sûr de tout. Que les dieux n'existaient pas, que les habitants du continent étaient l'ennemi et qu'il ne tomberait jamais amoureux.

S'agrippant à sa lance, il repoussa une branche couverte d'épines. *Amoureux.* Quelle folie ! Il ne pouvait certainement pas tomber *amoureux* si rapidement. Bryok ricanerait et lui dirait qu'il devrait abandonner Jem aux sangliers et à la nuit qui tombait. Autrefois, Cador aurait peut-être ri avec lui, comme si ce n'était qu'une plaisanterie.

— Jem !

Il criait désormais, sa gorge sèche.

Il s'arrêta subitement, chacun de ses muscles se crispant alors qu'il écoutait. Il y avait eu quelque chose. Un bruit étrange. Une voix. Une réponse. Il tendit l'oreille, le sang palpitant dans ses tympans.

Là !

Il se précipita vers son nom qui avait été crié. Il évita l'étreinte amère d'un arbre juste à temps alors qu'un sanglier grognant et poilu courait dans sa direction. Reniflant, l'animal s'arrêta alors que Cador luttait dans la boue. Ses bottes glissèrent et le firent tomber sur les fesses.

Les distractions étaient fatales. Cador avait laissé ses pensées tourmentées prendre le dessus. Il tendit la main vers la lance dans son dos. Non… il l'avait eue dans la main. *Où, où, où ?*

Son cœur allait remonter par sa gorge tandis qu'il tâtonnait à l'aveugle dans les broussailles. Les sabots du sanglier étaient assourdissants alors qu'il revenait défendre son territoire.

Il saisit sa dague dans sa botte, son dernier recours. Il n'eut alors qu'un aperçu – des yeux globuleux, des défenses puissantes, des dents dévoilées dans une féroce grimace – et Cador sut que c'était la fin alors même qu'il agitait sa dague.

Il entendit son dernier cri provocateur comme s'il venait de loin, comme s'il était profondément noyé sous les vagues glaciales de la mer d'Askorn. Un autre cri déchira la forêt et Cador cligna des yeux en direction du sanglier. Il essaya de comprendre pourquoi ses défenses ne l'avaient pas empalé. Sa lame propre était toujours dans sa main.

À quelques centimètres de sa botte, le sanglier trembla et grogna, une lance ayant transpercé son corps épais. Alors qu'il expirait, dans ses derniers souffles mortels, Cador suivit la lance du regard en direction du chasseur qui l'avait maniée.

Du sang avait éclaboussé le joli visage de Jem. Les lèvres entrouvertes, il haletait. Son regard était affolé alors qu'il observait le sanglier abattu. Il s'agrippait tant à la lance de Cador que ses articulations semblaient sur le point de transpercer sa peau.

Cador laissa tomber le couteau et se releva. Cette mort aurait été bien plus honorable qu'il ne le méritait, mais il n'avait jamais été aussi reconnaissant d'être encore en vie. Le sanglier était aussi épais qu'un tonneau et il était tout en muscles. Jem l'avait vaincu.

— Tu m'as sauvé, s'émerveilla Cador.

Son torse se soulevant difficilement, Jem regarda le sanglier figé. Dans un grondement d'effort, il libéra la lance. Le sang suintait de la blessure mortelle. Jem regardait la lance comme s'il ne comprenait pas comment elle s'était retrouvée entre ses mains. Il la laissa retomber sur la terre trempée de rouge.

— Mon petit prince sera bientôt un chasseur.

S'envolant presque, comme sa cape gonflait autour de lui, Jem bondit et enfonça ses paumes contre le torse de Cador. Même nourrie par la rancœur et l'énergie d'un meurtre, sa force ne rivalisait pas avec la carrure de Cador. Mais ce dernier accepta cette agression. S'il ne le faisait pas, Jem allait éclater en sanglots et il ne pensait pas pouvoir le supporter.

Les respirations laborieuses du Neuvellan comblaient le silence. Il regardait tour à tour Cador et le sanglier, ses doigts tressaillant.

— Je… dit-il en fronçant les sourcils. Tu…

Il laissa échapper un grognement frustré.

Cador comprenait cette colère à cause des livres, de la peur du sanglier grondant et de l'excitation indéniable engendrée par sa mort. Jem poussa une nouvelle fois son torse de ses deux mains. Cador bougea à peine. Il aurait aisément pu rester sur ses deux pieds, mais il devina ce dont Jem avait besoin en ce moment.

Il tomba volontiers – impatiemment – sur le dos, sur le sol boueux et ensanglanté. Jem le chevaucha et appuya son érection contre la longueur enflée de Cador au travers de leurs pantalons de cuir. Jem venait aussi de plonger la langue dans sa bouche pour l'embrasser dans un gémissement désespéré.

L'Erghien connaissait bien cette frénésie, et bien qu'il n'ait pas lui-même transpercé le sanglier, il se joignit au désespoir de son époux. Prenant le visage de Jem entre ses mains, il lécha le sang chaud de la bête qui l'avait éclaboussé et le donna à Jem dans un profond baiser passionné.

Haletant, Jem tira sur les liens de leurs pantalons pour libérer leurs membres raides. Cador aurait pu lever les jambes pour que son mari le prenne, mais ce dernier déshabilla désespérément sa moitié inférieure pour s'empaler dans un cri.

Cela devait être douloureux. Jem grinça effectivement des dents en le prenant entièrement. Cador tenta de l'apaiser avec de douces caresses, mais son amant chassa impatiemment ses mains et arracha sa tunique afin d'être nu pour le chevaucher.

Quel spectacle !

Ses cuisses fines se contractèrent, sa bouche s'ouvrit, son dos se cambra et ses yeux se fermèrent. Jem plongea les doigts dans le torse de Cador tout en décrivant des va-et-vient. Son érection était violacée et ses tétons à la fois rouges et tendus.

Pourtant, il semblait incapable de trouver le soulagement dont il avait si clairement besoin. Il grogna et geignit sans ralentir, malgré l'âpreté d'un ébat sans lubrifiant. Cador craignit qu'il se blesse, bien qu'il prenne sa verge comme un guerrier.

Cador était prêt à jouir d'une minute à l'autre, mais quelque chose n'allait pas. Alors qu'il chevauchait le sexe de son époux, une confusion désespérée froissa son visage.

S'agrippant à la taille de Jem, Cador le souleva, le poussa dans la boue et roula au-dessus de lui avant qu'il puisse protester. Mais il n'en fit rien. À vrai dire, il gémit avec gratitude quand Cador l'écrasa et captura ses poignets. Alors même que le feu d'un meurtre récent enflammait ses veines, Jem mourait d'envie d'être pris.

L'Erghien ressentit une étrange fierté à l'idée d'avoir deviné ce dont Jem avait eu besoin. Cette fierté s'entrelaça avec le plaisir, quand il sut que Jem lui faisait confiance. Il saisit le visage du Neuvellan entre ses mains et l'embrassa passionnément. Cador bandait déjà, mais sa verge était désormais une véritable barre de fer. Comment avait-il pu croire un jour que Jem ne méritait pas son attention ? Son contact ?

— Tu as terriblement envie de ma queue puissante, hein ? le nargua-t-il malicieusement.

Il s'assit et continua d'appuyer les poignets de Jem contre le sol, de chaque côté de son crâne. Lorsque Jem acquiesça, Cador fit claquer sa langue en guide de désapprobation.

— Regarde-toi. Nu dans la gadoue.

Il s'assit, relâchant les poignets de Jem et chevauchant ses genoux. Le Neuvellan ne bougeait pas. Seul son torse se soulevait difficilement. Sa verge était raide et suintait.

Cador était encore habillé, bien que sa longueur palpitante soit fièrement dressée au-dessus de son pantalon ouvert. Il détacha sa cape autour de son cou et la laissa retomber derrière lui. Conservant sa tunique, il laissa son regard parcourir le corps nu de Jem.

Le sexe de ce dernier tressaillit. Il laissa échapper de petits bruits plaintifs du fond de sa gorge. Cador glissa un doigt sur le torse tremblant de Jem. Il n'avait jamais été aussi tiraillé entre des ébats impitoyables et l'envie d'aplatir les mains sur cette peau chaude, pendant que ses lèvres traceraient un tendre chemin afin de le goûter lentement jusqu'à ce que le besoin de laisser jaillir leur semence ensemble les fasse tous les deux trembler.

— Cador ?

Il secoua la tête pour sortir de sa rêverie et se rendit compte qu'il caressait son sexe de son autre main.

— J'ai envie de te faire un tas de choses.

Je veux les faire avec toi.

— Tu me laisserais faire, n'est-ce pas ?

Ses doigts décrivirent un cercle autour des tétons de Jem.

— Oui, souffla ce dernier.

— Tu me laisserais faire n'importe quoi.

Ce n'était pas une question.

— Oui, répondit-il tout de même.

La confiance qu'il plaçait dans ce simple mot, prononcé pendant qu'il patientait dans une position si vulnérable, serra le cœur de Cador. Jem n'avait autorisé aucun autre homme que lui à le toucher, ce qui rendait le tout encore plus doux.

Le seul et l'unique.

Il ne s'agissait pas seulement d'une pensée fugace. C'était un vœu, rapide et aussi impitoyable que le sanglier qui l'avait chargé et qui viserait, avec ses défenses, la partie la plus douce et secrète de l'âme de Cador. L'idée qu'un autre homme pose ses mains crasseuses sur Jem, le pénètre et déverse sa semence en lui, engendra une fureur qui s'éleva du plus profond de son être, comme lorsqu'il chassait et qu'un autre le défiait pour la récompense.

Le besoin extrême que Jem lui fasse confiance le carbonisait. Il savait qu'il ne méritait pas cette confiance, mais il la souhaitait tout de même douloureusement. Il jura de la mériter.

— S'il te plaît. J'ai besoin de toi.

Cette supplication avait été à peine chuchotée, mais Cador sursauta, comme s'il avait crié. Il avait échoué de tant de manières, mais là ? Il pouvait donner à Jem exactement ce dont il avait besoin.

— Baise-moi, le supplia Jem.

L'entendre parler de façon si grossière enflamma le sang de Cador.

— Oh, je vais le faire.

Il fut difficile de résister à l'envie de se plonger dans cette chaleur latente, mais il se dit qu'il pouvait d'abord lui procurer d'autres plaisirs.

— Nu dans la gadoue, tu me supplies de te donner ma queue. Ici, alors que n'importe qui pourrait venir nous espionner.

Il jeta théâtralement un coup d'œil autour de lui.

— Peut-être qu'ils nous regardent déjà.

En vérité, il ne vit aucun mouvement, mis à part celui des branches de pin sous la brise printanière. De plus, il ne laisserait aucune âme voir Jem ainsi. Si beau et libre.

À moi.

Jem gémit face à son fantasme. Il aimait l'idée d'être regardé, comme Cador l'avait deviné. Après tout, il avait aimé se donner en spectacle avec cette bougie.

— Tu es resté innocent si longtemps, mais en réalité, tu es une catin.

Jem haleta et cambra les hanches. Il leva les mains de la boue pour saisir la tunique de Cador.

Oh, oui, il aimait ça. Cador sourit devant ce trésor qu'il avait déterré.

— Tu aimes être baisé, n'est-ce pas ? Tu adores te pencher pour obtenir tout ce que tu peux.

Il tint les poignets de Jem l'un contre l'autre une fois de plus, relevant ses bras au-dessus de sa tête dans la boue. De sa main libre, il descendit et le pénétra avec son majeur qu'il plia afin de trouver et caresser cet endroit spécial.

— Tu pourrais jouir rien qu'avec ça.

— Oui, lui confia impatiemment Jem.

— Tu as tant envie de prendre une queue, murmura Cador. Les hommes de Rusk attendraient leur tour. Devrais-je demander s'il y a des volontaires ?

Prenant une brusque inspiration, Jem écarquilla ses yeux de miel à cause de ce qui ressemblait à une peur sincère. Il tira sur ses poignets pour les libérer.

— Non ! Seulement toi.

Cador était clairement allé trop loin, mais un nouveau désir palpitait en lui alors qu'il entendait ces mots, accompagnés d'une étrange légèreté dans sa poitrine quand il relâcha les poignets de son époux et se penchait pour embrasser sa joue et caresser sa hanche.

— Chhut. Tout va bien. Je ne ferai jamais une telle chose.

— Tu le promets ?

— Je le promets.

Il frotta son nez contre les boucles trempées de sueur de Jem.

— Tu es à moi. Tout à moi.

Cador captura sa bouche dans un baiser sauvage et lui griffa le visage avec sa barbe tandis que leurs langues se rencontraient et qu'ils gémissaient.

De la salive pendait entre eux alors que Cador s'éloignait.

— Retourne-toi pour moi, comme une bonne catin, ordonna-t-il.

Dans un cri extatique, Jem se mit à quatre pattes. Cador cracha sur sa verge, tentant de la lubrifier du mieux possible.

— S'il te plaît, gémit Jem. Je peux te prendre.

— Tu le peux, confirma Cador.

Posant une main ferme sur la hanche de Jem, il s'enfonça brutalement jusqu'à sa base.

Jem hurla presque son plaisir et Cador était à deux doigts d'en faire de même. Il saisit les boucles boueuses de Jem et tira sa tête en arrière avec une poigne de fer. Il le prit sans merci, alors que la boue et le sang du sanglier les éclaboussaient tous les deux. Grognant, ils s'accouplèrent comme des animaux. Jem contracta ses fesses autour de la longueur de Cador qui décrivait des va-et-vient. Les coups de reins éprouvants leur arrachaient des cris extatiques à tous les deux.

Il songea à Jem, le jeune vierge, qui se procurait du plaisir lorsqu'il était enfermé, seul, avec ses fantasmes secrets.

— C'est ce que tu imaginais, avec ta bougie ?

— Oui, répondit Jem. Mais…

— Quoi ? s'enquit Cador en lui tirant les cheveux.

Quoi que ce soit, il le lui donnerait. Il ferait tout ce que Jem désirait. Tout. Bien que ce soit Jem, qui se fasse besogner, Cador avait l'impression d'être à la merci de son époux.

Il mourait d'envie de lui donner ce dont il avait besoin. Il voulait voir un sourire creuser ses adorables joues. Le besoin de rendre Jem heureux le désespérait tant qu'il arrivait à peine à respirer.

— J'ai imaginé tant de choses, mais…

Il s'écria alors que Cador se retirait et s'enfonçait profondément à nouveau.

— C'est bien mieux.

La fierté et la joie transpercèrent Cador et ses testicules se crispèrent. Jem était petit, mais il prenait parfaitement sa verge.

— Mon petit prince courageux.

Les mots lui échappèrent alors qu'il s'enfonçait plus ardemment. Il allait jouir, mais il avait d'abord besoin que Jem atteigne l'orgasme.

Il baissa la main et caressa le sexe rigide de Jem.

— Tu es prêt à jouir pour moi comme une bonne petite traînée ?

Une fois encore, il se libéra presque entièrement avant de s'enfoncer.

La tête en arrière et la bouche ouverte, Jem s'écria, des jets laiteux peignant la boue. Sa verge tressauta dans la poigne de son époux alors que ses fesses se contractaient. Il ne fallut que quelques coups de reins pour que Cador se vide dans cette chaleur étroite et parfaite.

La tunique collant à sa peau mouillée de sueur, il se libéra et se délecta de la preuve de son orgasme suintant de l'orifice frémissant de Jem. Délicatement, il caressa du pouce l'anneau enflé de muscles.

Jem frissonna, toujours exposé à quatre pattes, complètement épuisé dans la boue. Il était désormais appuyé sur ses coudes. Bien que Cador vienne juste de jouir, il aurait aimé pouvoir bander à nouveau immédiatement afin de se déverser sur le corps nu de son mari. Il était presque si beau que c'en était insupportable, et Cador le couvrirait de sa semence jusqu'à ce qu'il ne reste pas la moindre goutte…

Le craquement d'une branche fit violemment sursauter Jem. Il tourna vivement la tête et tourna sur ses genoux afin de faire face à Cador, couvert de boue.

— Il y a vraiment quelqu'un ?

Cador l'attira dans ses bras, l'encourageant à se blottir sur ses cuisses pour qu'il puisse le serrer contre lui. Il tendit la main vers la cape abandonnée et l'enroula autour de Jem pour le protéger.

— Chhut. Il n'y a personne. Ce n'est qu'un byghane.

À vrai dire, il n'en était pas convaincu. Il jeta un coup d'œil déterminé en direction des arbres autour d'eux. Il caressa les cheveux boueux de Jem. Il ne voyait personne, il s'était donc peut-être réellement agi d'un byghane ou d'une autre créature forestière.

— Je ne laisserai personne te voir.

Il ne laisserait même personne toucher à un seul de ses cheveux.

Les doigts de Jem s'emmêlèrent dans les poils sur le torse de Cador alors qu'ils dépassaient des liens lâches de sa tunique.

— Merci.

Ces mots de confiance accrurent cette nouvelle et douce sensation au plus profond de Cador, qui devint alors aussi vaste qu'un amélanchier dans la chaleur fugace de l'été. Jem lui avait-il jeté un sort ? Était-ce une sorcellerie divine du continent ? Cador était perdu. Consumé.

Coupable.

— Jem. J'ai mal agi.

Celui-ci acquiesça contre la gorge de son époux.

— Je suis toujours en colère. Mais c'est fait. Les livres ont disparu.

— Je me suis trompé sur bien des sujets, dit-il en serrant Jem contre lui.

— Je te crois quand tu dis que tu es désolé.

— Je le suis. Il y a tant de choses…

Il déglutit difficilement.

— Il y a tant de choses que je changerais. Tant de choses que je *vais* changer. Je le jure. Je…

Sa gorge était douloureusement serrée.

— Cador ?

Jem lui caressa le torse grâce à ses doigts fins qui passèrent sous sa tunique.

— Sincèrement, je suis navré pour tes livres. Et tu dois savoir d'autres choses. Je dois te *dire* d'autres choses. D'abord, j'en parlerai à ma sœur. Je jure que je te raconterai tout, bientôt. Je jure que je te protégerai.

Les doigts de Jem se figèrent et il demeura silencieux dans les bras de Cador. Il resta également blotti sur ses cuisses et niché dans ses bras, mais clairement, il digérait l'information.

— Me feras-tu confiance ? le supplia Cador. Bien que tu n'aies aucune raison de le faire.

Il avait encore moins de raison de le faire qu'il ne l'imaginait.

Jem s'assit, son regard de miel devenant sérieux.

— Si je ne te faisais pas confiance, nous serions toujours des inconnus.

Cador fut obligé de l'embrasser. Leurs langues s'emmêlèrent et il goûta le soupçon métallique du sang alors que ses lèvres étaient à vif et enflées. Leurs souffles ne faisaient qu'un.

Jem prit le visage de Cador entre ses mains et le scruta.

— Qu'est-ce qui ne va pas, avec les enfants ?

— Je te raconterai tout. Bientôt.

Après un silence éternel, Jem opina du chef.

Jetant un coup d'œil autour de lui, comme si le charme était rompu, Jem rit légèrement.

— Il fera bientôt nuit. Je suis nu.

Il frissonna et resserra la cape autour de lui.

— J'ai tué un sanglier, ajouta-t-il en observant la carcasse. Moi ! J'ai fait ça.

Il glissa une main sur la tête de Cador.

— Vais-je devoir me couper les cheveux, maintenant ?

— Non ! grogna quasiment ce dernier sans même prendre la peine de réfléchir.

Il plongea les doigts dans les boucles de Jem couvertes de boue.

— Bien sûr, c'est ton choix, ajouta-t-il à contrecœur. Tu as gagné cet honneur. Tu es un chasseur.

Jem plissa le nez.

— Je préfère guérir plutôt que chasser. Je plaisantais, même si j'ai l'impression que tu as appris à aimer mes cheveux, non ? demanda-t-il en haussant un sourcil. C'est qui, maintenant, qui n'a aucun sens de l'humour ?

Cador rit et serra les bras autour de lui.

— Un point pour toi.

Il observa sérieusement la lance oubliée et le sang qui la tachait.

— Très drôle, dit-il alors que son sourire disparaissait quand il regarda le sanglier. J'ai tout juste réussi à l'esquiver. Et puis tu étais là et…

Il frissonna.

— Il t'aurait tué. Je n'avais pas le choix.

— Ainsi va le monde. Tu ne devrais ressentir aucune culpabilité.

— Je sais.

Il n'arrivait toujours pas à détourner les yeux de la créature morte.

Puis il tourna délicatement le visage de Jem vers le sien.

— Je te dois ma vie, Prince Jowan. Comment puis-je te récompenser ?

— Hmm, réfléchit Jem en se tapotant le menton alors qu'il recommençait à plaisanter. Que devrais-je exiger ?

— Je suis à ta merci.

— J'imagine que tu vas devoir me baiser éternellement.

Il chercha la bouche de Jem et l'embrassa passionnément, avalant ses petits halètements et ses sourires. Ce mot fit écho dans l'esprit de Cador – dans son âme même – comme s'il s'agissait de la plus douce des mélodies estivales.

Éternellement.

Chapitre 19

H ONNÊTEMENT, JEM ÉTAIT ravi que Cador soit venu à pied. Ainsi, il n'avait pas besoin de monter Massen, avec ses fesses endolories, jusque chez eux.

Chez eux.

Cette pensée le fit sourire alors qu'il s'interdisait de ressentir cet élan d'affection entêtant pour Cador. Cet homme était celui qui avait jeté ses livres adorés dans la boue comme s'ils ne valaient rien.

Mais c'était le passé et cela s'était déroulé une éternité auparavant. Aujourd'hui, Cador était venu le chercher dans la forêt, parce qu'il était inquiet, et il avait crié son nom avec des hurlements rendus rauques par l'inquiétude.

Cador lui procurait du plaisir aussi brusquement que Jem le souhaitait, puis le berçait comme s'il était précieux. Il dissimulait un secret sombre, comme il l'avait admis, mais le Neuvellan avait appris à lui faire confiance. Il avait appris à l'aimer de tout son cœur.

Toujours crasseux, il s'agenouilla avec Derwa dans la volière tandis que Cador repartait à cheval sous la nuit tombante pour dépecer et récupérer le sanglier. La prise de Jem. Il en était dégoûté, mais il se sentait en même temps victorieux. Apparemment, il était un homme aux multiples talents.

Derwa sautillait dans la volière en pépiant joyeusement. Jem caressa ses plumes grandissantes avec le dos de son doigt. Elle battit des ailes et s'éleva sur quelques centimètres. Jem s'exclama, ravi. Assis sur ses talons, il la regarda réessayer. Elle battit follement des ailes et… là. Derwa vola d'un côté de la volière à l'autre.

Lorsque Cador revint, il plaça le sanglier dans une cave réfrigérée sous le sol de la grange. Il se tourna ensuite vers Jem, toujours agenouillé dans la volière, qui essayait de ne pas sourire.

— Quoi ? demanda Cador en fronçant les sourcils.

— Regarde ! chuchota Jem, comme s'il essayait de ne pas rompre le charme qui permettait à Derwa de voler dans cet espace confiné.

Elle s'arrêta pour se percher d'un côté de la caisse et gazouilla. Ses plumes grises ondulaient et il imagina sa fierté.

Prenant une grande inspiration, Cador tomba à genoux en dehors de la volière. Jem et lui n'étaient séparés que par de fines barres de métal alors qu'ils regardaient Derwa tester ses ailes. Jem ne s'était pas rendu compte qu'il avait enroulé une main autour de l'un des barreaux fins, jusqu'à ce que Cador couvre ses doigts avec les siens.

— Va-t-elle s'envoler, maintenant ?

Un picotement de regret tirailla Jem.

— Oui. Du moins, j'imagine que c'est la même chose avec les askels.

— Tu as réussi, dit Cador en caressant paresseusement les doigts de Jem et en rivant son regard sur les premiers vols de Derwa. Tu l'as guérie. J'avoue que je n'avais pas cru cela possible.

— Il suffit d'être patient.

Il libéra sa main de celle de Cador et se leva.

Ce dernier en fit de même et l'observa sérieusement.

— Il faut plus que ça. Tu es un guérisseur.

Jem haussa les épaules pour ignorer son éloge, bien qu'il lui fasse plaisir. Prenant une profonde inspiration, il ouvrit la porte de la volière et le fer crissa. Il rejoignit Cador et ils regardèrent l'oiseau effectuer d'autres vols brefs, d'une extrémité à l'autre de son enclos.

Elle franchit alors la porte de la volière, vacilla et battit puissamment des ailes avant de quitter la grange à la tombée de la nuit.

Le cœur de Jem se serra et il se pinça fermement les lèvres. À côté de lui, Cador se contenta de souffler.

— Oh.

Il saisit la main de Jem et entrelaça leurs doigts.

— Pouvons-nous laisser la porte de la grange ouverte, au cas où elle voudrait rentrer ce soir ? demanda Jem une fois qu'il se fut raclé la gorge.

— Bien sûr. Tu crois qu'elle reviendra ?

— C'est peu probable. Une fois qu'ils s'envolent, ma mission est terminée.

— Elle va me manquer, constata Cador avant de rire avec regret. C'est idiot, je le sais.

— Ce n'est jamais idiot. Ils me manquent tous, mais ça vaut la peine.

— Et tu ne les revois jamais ?

Jem soupira.

— Pas les dillywigues. C'est sans doute la même chose avec les askels.

Cador leva la main de Jem et déposa un baiser sur ses articulations. Il grimaça alors.

— Tu es immonde.

Ils éclatèrent de rire et la pression douce-amère sur le torse de Jem se détendit. Il réalisa alors que Cador réussissait étonnamment à le faire rire quand il en avait le plus besoin. Un souvenir de leur nuit de noces lui revint – les plaisanteries de Cador sur son membre immense – et il s'esclaffa tardivement.

Cador alla récupérer de l'eau dans le puits. Une fois à l'intérieur, il la réchauffa et remplit la petite baignoire pour Jem. Lui aussi, il était bien sale, mais il recula et laissa son époux prendre son bain. Il le regarda et patienta, nu. Le feu crépitait dans le foyer non loin et l'eau clapotait alors que Jem se lavait avec l'éponge, debout dans la baignoire. Le regard lourd de Cador était rivé sur lui.

Bien que Jem ne tente pas de l'exciter et que le sexe de son époux soit mou, la scène était tout de même intime. Ils étaient dans leur propre monde, en sécurité et ensemble. Rien d'autre n'avait d'importance. Ce soir, au moins. Le silence dans le cottage semblait alourdi de secrets. Spécial. Il leur était réservé.

Jem grimaça en sortant de la baignoire et en posant les pieds sur la fourrure toujours étendue devant la cheminée, bien qu'il partage le lit de son mari, désormais.

— Tu devras récupérer de l'eau propre, cette fois-ci.

— Sottises.

Cador entra dans la baignoire et fit mousser le savon arrondi.

— Tu es vraiment un barbare.

Dévoilant ses dents, Cador grogna et ils rirent. Jem s'allongea sur la fourrure, des gouttelettes séchant sur sa peau humide alors qu'il tendait les mains vers la chaleur du feu. Il ne put dissimuler une grimace quand il s'installa.

Cador le remarqua, bien évidemment.

— C'était trop brutal ?

— Non, lui assura-t-il.

Il ne mentait pas. Cet ébat avait été tout ce qu'il avait toujours souhaité et même plus que ce dont il avait cru avoir besoin. Mais oh, comme il en avait eu besoin.

— Je t'ai demandé d'être brutal.

— Oui, mais sans huile…

Cador sortit de la baignoire en éclaboussant le sol et hocha la tête en direction de la moitié inférieure du corps de Jem.

— Laisse-moi voir.

Encore ! Le visage de Jem s'enflamma et devint aussi brûlant que le feu.

— Je vais bien, je t'assure.

Cador haussa un sourcil.

— Seras-tu toujours aussi timide chaque fois que je te baiserai ?

Toujours. Ce mot poussa une nuée de dillywigues à battre des ailes dans le ventre de Jem. Le cou de Cador rosit jusqu'aux défenses tatouées sur son torse poilu, comme s'il avait aussi compris l'insinuation.

Éternellement. Toujours. Ils laissaient sûrement ces mots franchir leurs lèvres trop aisément. Quel était ce secret que gardait Cador ? Qu'avaient les enfants ? Pourquoi ne pouvait-il pas simplement le révéler maintenant ? Pourquoi devait-il d'abord parler à Delen ? Pourquoi…

— Montre-moi.

Le changement rapide dans le ton de Cador, qui devint autoritaire, coupa le souffle de Jem et fit tressaillir sa verge épuisée. Ses questions tenaces s'envolèrent. Un sourire étira rapidement les lèvres pulpeuses de Cador et des fossettes creusèrent ses joues.

Son ton montrait qu'il ne tolérerait aucune contradiction.

— Je t'ai dit de me montrer ton cul.

Un gémissement s'échappa d'entre les lèvres de Jem, malgré lui, et une nouvelle spirale de désir tourbillonna en lui. Sur le dos, il releva les genoux et s'ouvrit sous le regard intense de Cador. Ce dernier s'agenouilla et inspecta ses fesses endolories. Il examina la chair enflée avec un contact des plus délicats et se pencha pour s'affairer.

Jem le désirait si terriblement que ses doigts le démangeaient, que son cœur tambourinait et que ses yeux le picotaient à cause des larmes. Son membre se durcit aussi instantanément.

Le souffle chaud de Cador chatouilla ses testicules. L'Erghien appuya son visage contre les fesses écartées de Jem et embrassa son orifice. Le Neuvellan trembla et haleta à cause de la sensation sur sa peau extrêmement sensible et de la proximité merveilleuse. Cador leva la tête, remarquant l'érection de son époux.

— Déjà ? le taquina-t-il. Tu es si jeune.

Il fut obligé de rire.

— Oui, répondit-il alors que son rire disparaissait. Et je suis une catin.

Ce mot lui semblait interdit et palpitant. Il était l'objet de ses fantasmes les plus sombres.

Cador sembla lire dans son esprit.

— Hmm.

Son regard s'attarda sur la verge de Jem.

— Tu peux jouir à nouveau pour moi ? Je parie que oui.

Son cœur tambourina.

— Oui.

Cador saisit ses genoux et les releva.

— Écarte les cuisses pour moi.

Jem n'était honnêtement pas certain de pouvoir supporter un autre ébat, dans l'immédiat, mais il obéit et un frisson parcourut sa colonne vertébrale. Heureusement, Cador commença à s'affairer avec sa bouche et lécha ses testicules.

Cambrant le dos, Jem grogna. Il était étendu avec Cador entre ses cuisses, qui lui procurait du plaisir avec enthousiasme alors même qu'ils s'étaient épuisés violemment dans la forêt peu de temps auparavant. Une fois encore, il devint impuissant de la plus parfaite des façons.

Il se cambra contre la bouche de Cador. Le besoin désespéré de jouir à nouveau brûla dans ses veines. Il gémit et se raidit, entortillant la fourrure dans ses poings. Sa chair était trop sensible, mais il ne pouvait nier qu'il bandait à nouveau. Il devait jouir. Autrement, il mourrait.

Il gémit tandis que Cador suçait sa longueur, la lumière orange illuminant son visage et sa barbe. Jem voulait que ça s'arrête… et en même temps, il ne voulait plus *jamais* que ça s'arrête. Il jouit peu de temps après, un geignement s'échappant entre ses lèvres alors qu'il tremblait. C'était presque trop.

Presque.

Cador avala sa semence – il n'en restait certainement plus – et le relâcha dans un bruit de succion. Il se pencha ensuite pour un lent baiser salé. Un baiser obscène et excitant. Bientôt, Jem dormait contre le cœur de Cador et rêvait de ciel bleu où Derwa volait librement.

NU ET AU chaud, sous une montagne de fourrures sur le lit de Cador le lendemain matin, Jem bâilla. Il avait l'impression d'être le prince gâté que Cador l'avait un jour accusé d'être.

Ce dernier s'était réveillé horriblement tôt, alors qu'il faisait encore nuit, pour attiser le feu et préparer du pain frais dont l'odeur envahissait encore délicieusement le cottage. Il avait récupéré des œufs pour le petit déjeuner de Jem et l'avait embrassé sur le front. Il lui avait dit de se rendormir pendant qu'il irait chasser et le Neuvellan s'était exécuté.

Cette matinée était splendide.

Oui, Cador lui cachait quelque chose d'important, mais il avait promis de tout révéler aujourd'hui. Jem s'efforça de chasser ce nœud d'inquiétude et se rappela qu'il avait décidé d'être patient. Il n'allait pas gâcher une belle matinée.

Il étira ses bras au-dessus de sa tête et cambra le dos. Ses fesses se contractèrent et il avait une semi-érection. Il résista tant bien que mal à l'envie de se procurer du plaisir en se souvenant du moment où il s'était agenouillé, nu dans la forêt, que ses doigts s'étaient enfoncés dans la gadoue et que la poigne douloureuse de Cador avait été parfaite quand il l'avait pris.

Jem se caressa légèrement. Il pourrait aussi imaginer ce que Cador ferait ce soir. Il avait tant de fantasmes…

Tant que tout irait bien. Qu'avaient les enfants ? Que voulait lui avouer Cador ? Que…

— Non, je vais profiter de cette matinée.

Il repoussa les couvertures et bondit avant de s'écrier face au froid qui régnait, en comparaison à la chaleur du lit confortable. Le feu brûlait pourtant dans l'âtre. Il s'habilla rapidement et une autre question se tapit à l'arrière de son crâne. Il avait besoin de réponse.

Il retint sa respiration en rejoignant la grange sur la pointe des pieds. Il laissa ses yeux s'ajuster à l'obscurité. La porte de la volière était ouverte, comme il l'avait laissée, et assurément, Derwa n'était pas là. Ses yeux s'emplirent de larmes alors même qu'il souriait.

Il ne pouvait espérer que les askels reviendraient – et il ne devrait pas l'espérer –, donc il s'autorisa à pleurer. Il s'essuya ensuite les joues et passa un peu de temps avec les chèvres ainsi que les poules, dans l'enclos, avant de manger le petit déjeuner que Cador lui avait laissé.

Peu de temps après, il partit en direction de Rusk, la pluie tombant depuis le même ciel gris qu'il avait vu pendant des semaines et des semaines. Mais Jem fredonna d'un air rebelle. Il ne laisserait pas l'horrible météo d'Ergh le déranger. S'il arrivait à pardonner Cador pour les livres, un peu de pluie n'était rien.

Et il pouvait le faire. Bien que son cœur souffre, quand il imaginait Morvoren et les autres abandonnés dans la terre. Il croyait que Cador ne ferait plus une telle chose, à présent. Son ventre était rempli du pain frais que son époux lui avait préparé et il se concentrerait là-dessus – ainsi que sur les fleurs qui perçaient le sol humide.

S'assurant de ne pas s'aventurer trop loin du chemin, Jem observa les petits bourgeons robustes. Les arbres immenses le protégeaient de la majeure partie du crachin de plus en plus puissant. Jem s'accroupit sur un lit d'aiguilles de pin pour les regarder de plus près. L'air était humide et glaiseux, richement parfumé par le printemps.

Ergh avait été si gris et froid, mais Jem réalisa désormais la chance qu'il avait d'être ici. De connaître un véritable printemps alors qu'une vie nouvelle surgissait de sa prison hivernale. Il se pencha et prit une profonde inspiration, mais bien sûr, les minuscules fleurs enroulées n'avaient encore aucun parfum.

Un oiseau chanta – un askel ? – et il imagina que c'était Derwa. Il ne saurait jamais si elle avait survécu à sa première nuit dans la nature, mais il n'y avait pas de mal à penser qu'elle voletait désormais au-dessus de lui.

Une voix fit subitement écho au travers des arbres et Jem

manqua de tomber la tête la première dans la terre. La voix de Cador. Se levant d'un bond, il suivit le bruit distant avant d'hésiter. Cador était à la chasse. Jem tomberait-il sur une situation dangereuse ? Il aurait dû apporter l'une des nombreuses lances de son époux, bien qu'elles soient si grandes qu'il aurait dû la traîner.

Il avait du mal à croire qu'il avait réellement transpercé un sanglier d'une lance. Il était merveilleux de constater la force que pouvait inspirer une terreur abjecte. Il frissonna en se souvenant de la sensation de la lance plongeant dans la chair et éraflant des os, tandis que Cador était bouche bée dans la boue. Le soulagement qui l'avait visiblement submergé et la gratitude dans ses yeux bleus… Son adoucissement.

Son amour ?

Alors qu'il était debout sous la protection de branches de pin gigantesque, une chaleur dans le torse de Jem le fit sourire. Il devrait laisser Cador chasser et battre en retraite sur le chemin, avant de se rendre à Rusk et de s'excuser auprès d'Austol. Pour lui offrir toute l'aide qu'il pouvait lui donner.

Néanmoins, la voix de Cador résonna une fois encore dans une bourrasque. Il avait élevé le ton sous l'effet de… quoi ? La colère ? Ça ne ressemblait pas à un triomphe, bien que Jem ne puisse distinguer ses mots. Il avança en direction de ce bruit avant même de s'en rendre compte, désespérément attiré.

Son instinct lui chuchota tout de même d'arriver d'un pas léger.

Caché dans les ombres, il se rapprocha. De plus en plus. Il remarqua d'infimes mouvements et des muscles enfermés dans du cuir. Il arriva sur la pointe des pieds et saisit sa cape d'une main afin qu'elle ne se coince pas sur les aiguilles piquantes alors qu'il se glissait dans l'étreinte d'un pin.

Ne portant plus de cape longée de fourrures, Cador et Delen étaient face à face dans une petite clairière. Leurs bras étaient nus sous leurs maillots de cuir et Jem vit que Delen avait un autre tatouage autour de son avant-bras, l'encre décrivant un motif fermement entortillé sur sa peau brune. Ils avaient enfoncé leurs lances dans le sol mou et leurs chevaux reniflaient les sous-bois.

— Alors pourquoi as-tu été gentille avec lui ? l'accusa Cador.

Delen fit un geste de sa main libre.

— Pourquoi devrais-je me montrer cruelle ? Ce n'est pas sa faute. Ça ne servirait à rien.

— Pourtant, tu resterais les bras ballants et laisserais cela se produire ?

— Tu défierais Tas ? Tu oublierais qu'il est notre père – notre *chef de clan*. Il n'a pas élaboré ce plan à la légère. Nous avons besoin de cette guerre et c'est le moment.

— Mais il est innocent dans toute cette histoire.

Jem arrivait à peine à respirer. Seul un idiot croirait qu'ils discutaient de quelqu'un d'autre que lui. Et pourquoi évoquaient-ils la guerre ?

— C'est vrai, confirma Delen. Mais les enfants ? De plus en plus sont affectés au fil du temps. Ne sont-ils pas innocents ? Comment compares-tu des vies d'innocents les unes avec les autres ? Nous avons un devoir envers Ergh. Envers Hedrok.

Le visage de Cador se froissa sous l'effet du chagrin.

— Mais Jem…

Son nom sur les lèvres de l'Erghien eut le même effet qu'un coup de botte dans son estomac. Il écrasa le soupçon d'espoir, à l'idée qu'ils soient en train de discuter de quelqu'un d'autre, après tout.

— J'ai averti Tas que tu étais trop sensible, répondit Delen, qui semblait sincèrement attristée.

— Moi ? répondit Cador en ricanant.

— Évidemment. Malgré toutes tes fanfaronnades, tu n'es pas le guerrier endurci que tu aimerais être. Tu as beau insister que le mariage n'est que pour les idiots sentimentaux, il n'a pas fallu longtemps au prince Jowan pour réussir à t'affecter. Pour que cette marque prenne tout son sens.

Cador regarda sa paume gauche avant de serrer son poing.

— Pourquoi insistes-tu pour l'appeler ainsi ? Jem…

— Le *prince Jowan* doit jouer son rôle. Rien de tout ça n'a été décidé à la légère, expliqua Delen en secouant la tête. Honnêtement, quand je l'ai vu, je me suis dit que tout se passerait bien, finalement. Il n'est pas franchement ton type d'homme.

— Ça n'a rien à voir avec ça !

Elle haussa un sourcil.

— Ah bon ? Jory dit qu'il est évident que tu couches avec lui, si ce n'est plus. Nous ne t'avons jamais connu possessif, mon frère.

Jem repoussa une explosion de joie désemparée, à l'idée que Cador tienne plus à lui qu'aux autres, derrière la peur qui montait. Quel était ce plan ? Quel était son rôle ? Il n'allait manifestement pas l'aimer. Loin de là.

Une part de lui avait envie de s'enfuir et de rester dans l'ignorance, mais bien sûr, il demeura immobile, caché derrière l'arbre. Les aiguilles transperçaient sa cape et chatouillaient sa joue. Il s'agrippa au tronc rugueux et attendit.

— Je suis censé rester tranquillement ainsi pour qu'il soit enlevé ? Je dois laisser ses kidnappeurs le faire disparaître ?

Un poing glacial enserra le cœur de Jem. Il n'arrivait pas à respirer.

— Tu n'avais aucun scrupule, avant, dit Delen.

— Je ne le connaissais pas, à l'époque !

— Concentre ta sensibilité sur ton neveu ! Sur la sœur d'Austol, sur le fils de Meraud dans sa tombe, sur la cousine de Jory dans la sienne. Combien d'autres devrais-je en nommer ?

Alors que Delen débitait une liste manifestement infinie, l'esprit de Jem se mit à tourbillonner. Kidnappé. Il allait être kidnappé. De tous les secrets que Cador aurait pu lui cacher, de tous les mensonges qu'il aurait pu lui dire, Jem n'avait jamais imaginé quoi que ce soit de si horrible.

Son cœur tambourinant, il eut subitement conscience qu'il était particulièrement seul. Son peuple était de l'autre côté de la mer, et bien qu'il se soit rendu compte que les Erghiens n'étaient pas si différents, après tout, à qui pouvait-il faire confiance si son époux participait à ce complot ?

Il ravala un sanglot alors qu'un terrible chagrin montait en lui. Malgré toutes ses appréhensions initiales, il avait fait *confiance* à son mari. Sincèrement. Mais si Cador pouvait lui cacher ceci… Il ferma les yeux pour interrompre le flot de larmes et ses doigts s'enfoncèrent dans le tronc de l'arbre.

Kidnappé.

Où devait-il être emmené ? Par qui ? Pourquoi ? Quand ? Il eut la même impression que lorsqu'il s'était trouvé sur le rivage de la mer d'Askorn et qu'il avait regardé au loin, l'inconnu infini et redoutable. Seul. Mais le pire était qu'il se sentait maintenant *trahi*. Le chagrin et la souffrance montèrent en lui, occultant tout le reste comme une forteresse de nuages qui maintiendrait une noirceur permanente sur Ergh.

Il songea à sa mère. Son envie de la revoir, ainsi que son père, Santo et ses frères, fit céder ses genoux. Il s'agrippa à l'arbre. Les reverrait-il un jour ? Rentrerait-il un jour chez lui ?

— Nous avons peut-être besoin de cette guerre, mais personne ne touchera à un seul de ses cheveux, insista Cador. On lui coupera encore moins la main pour l'envoyer à sa mère.

L'obscurité saisit Jem comme s'il était subitement minuit. Il ravala une vague de nausée alors que son petit déjeuner menaçait de remonter et que la joie était balayée par l'angoisse. Il n'arrivait pas à respirer. Le sang palpitait à ses oreilles et il tituba en arrière, son corps prenant la fuite de son propre gré. Il ne voulait plus entendre un seul mot, il était incapable de supporter ce chagrin.

Bien sûr, Cador et Delen avaient entendu le bruissement des branches. Ils pivotèrent dans sa direction, leurs lances à la main. *Cours !* Mais ses pieds devinrent aussi lourds que de la pierre quand il croisa le regard de Cador et lut l'horreur dans ces iris bleus écarquillés.

— Tu allais me couper la main ?

Jem ne reconnut pas sa propre voix. Les mots arrachés à sa gorge étaient à peine audibles.

Il se mit alors à courir, incapable de supporter la réponse. Cador lui avait menti dès leur rencontre. Il devait être kidnappé ? Sa main devait être coupée ? Et puis quoi ? Il serait emprisonné ? Torturé ?

Et Cador le *savait* ?

Telle une douleur probablement fantôme, sa paume brûlée palpita alors qu'il esquivait les branches, détachait sa cape et courait comme il ne l'avait jamais fait auparavant. Car Cador et Delen le pourchassaient – évidemment.

Ils crièrent son nom, le suppliant, mais Jem les ignora. Le vent soufflait alors qu'il courait, courait, courait. Pour une fois, sa taille était à son avantage, car il leur échappa en passant entre les épaisses branches de pin, bien qu'ils connaissent si bien cette forêt.

La pluie tombait dru, désormais, tel un mur gris qui transperçait les épaisses broussailles et les branches griffant ses joues. Ils avaient dû arrêter leur poursuite, à un moment ou un autre, car ils auraient fini par le rattraper. Sa petitesse ne pouvait se mesurer à leur endurance. Bien que ce soit lui, qui se soit enfui, Jem ne put s'empêcher de ressentir un nouvel élan de douleur quand il se demanda pourquoi Cador avait abandonné si facilement.

Curieusement – peut-être que les dieux avaient senti qu'il méritait un peu de chance, car Jem retrouva Rusk et zigzagua entre les arbres pour rejoindre l'écurie. Sa tunique trempée et son pantalon de cuir lui collaient à la peau, tandis que ses orteils pataugeaient dans ses bottes mouillées. Il était sûrement presque midi, mais la tempête obscurcissait le ciel. Le tonnerre gronda et le fit sursauter.

L'écurie était le seul endroit qu'il connaissait. Austol lui offrirait certainement un abri, du moins, pour le moment. Au moins jusqu'à ce qu'il puisse comprendre ce qu'il devait faire, où aller.

Il avait commencé à se sentir à l'aise, sur Ergh. Il s'était senti le bienvenu. Les enfants et leurs parents, qui s'étaient réunis pour ses histoires, savaient-ils qu'il devait être enlevé et grièvement blessé ? Il ne l'espérait pas, mais il remettait en question tout ce qu'il pensait savoir.

— Prince Jowan !

Jem se renfrogna instantanément alors que Jory le rejoignait en courant. Ce dernier était aussi trempé par la pluie et essoufflé. Ses cheveux roux étaient assombris et collés à son crâne.

— Tu dois venir avec moi. Cador…

— Cador peut se noyer au fond de la mer d'Askorn !

Jem recula, ses bottes glissant dans la boue. Il essuya furieusement la pluie qui tombait dans ses yeux.

Jory leva les mains. Il devait crier pour se faire entendre malgré le déluge.

— S'il te plaît. Il y a… s'interrompit-il avant de secouer la tête. Il y a tant de choses que tu ne sais pas.

— Je sais tout ce que j'ai à savoir, dit-il avant de tituber en arrière. Ne t'approche pas de moi !

Jory avait-il été au courant depuis le début ? Cador et lui couchaient-ils ensemble tout en complotant ? Avaient-ils ri de sa crédulité ?

Une petite voix lui rappela que Cador semblait avoir des regrets et qu'il n'avait aucune raison de croire que Jory et lui s'étaient fréquentés. Néanmoins, le rugissement de la jalousie et de la rancœur s'associa à la suspicion. Jory n'était pas son ami. Il avait assuré à Jem qu'il n'avait rien à craindre de sa part. Pourquoi dirait-il cela ?

— Jem.

La voix d'Austol résonna alors qu'il avançait dans leur direction. Jem le rejoignit impatiemment.

— S'il te plaît, tu dois venir avec moi ! lui intima Jory. Nous devons trouver Cador.

Austol lança un coup d'œil méfiant à Jory.

— Il n'a pas envie de venir avec toi.

— Je sais, mais il le doit, insista Jory en le suppliant avec ses mains. Je crois que tu es en danger.

— Je sais que je le suis ! Cador est un menteur. J'ai été idiot.

Le poids du bras d'Austol se resserrant autour des épaules de Jem fut un soulagement chaleureux. Il avait quelqu'un de solide contre qui s'appuyer.

— Il est clairement en colère, déclara calmement Austol à

Jory. Il n'a pas envie de venir avec toi ni de voir Cador, pour l'instant. Viens, Jem. Nous pouvons discuter. Pour découvrir de quoi il retourne.

Il siffla et l'un des chevaux arriva au trot depuis le pré, ses sabots propulsant de la boue et de l'eau de pluie.

Mais Jory secoua la tête.

— Je ne peux pas vous laisser partir.

L'estomac de Jem se retourna désagréablement. Il songea à Jory et Bryok, ensemble, hier près de l'écurie. Quel était le problème ? Jory était-il son kidnappeur ? Il imaginait bien que Bryok était impliqué.

Austol étouffa un cri de surprise.

— Quoi ? Sommes-nous prisonniers, Jory ? C'est de la folie, dit-il en serrant les épaules de Jem pour le rassurer. Nous allons discuter.

Le cheval qui les rejoignit n'avait aucune bride, mais il restait là, obéissant, tel le troisième point dans leur impasse triangulaire.

— Je ne peux vous laisser partir, répéta Jory.

Il n'y avait plus aucune trace de sa bonne humeur habituelle et sa mâchoire était obstinément crispée.

Les cheveux se hérissèrent sur la nuque de Jem. Jory était sincère, il ne les laisserait pas partir. Il était grand, certainement plus que Jem ou Austol. Jory tendit la main en direction du cheval. Le palefrenier le poussa subitement dans la boue tout en criant à Jem de monter pendant qu'il se battait avec Jory.

Saisissant la crinière de la monture, Jem bondit – et il réussit ! – alors que son cœur tambourinait. Un instant plus tard, Austol était derrière lui et ils détalèrent, les cris de Jory se perdant dans la pluie bruyante.

Ils galopèrent le long de la frontière de Rusk avant qu'Austol ne guide le cheval dans des champs trempés. Le déluge cessa enfin. Jem cligna des yeux devant ce paysage inconnu. Étaient-ils partis au sud ? Il le pensait, mais ne pouvait en être certain.

Peu importait. Au moins, il était loin de Jory, Cador et Delen. Il avait besoin de temps pour réfléchir. Soulagé, il descendit du cheval, en bordure d'un épais bosquet sur une colline, et il s'agenouilla dans la boue.

— Merci, dit-il d'une voix rauque au palefrenier. J'ai seulement besoin de temps. Je…

Il avait besoin de bien plus que du temps, mais il n'arrivait pas à le formuler.

— Je comprends, répondit Austol.

Il caressa l'encolure du cheval et baissa tristement les yeux vers le Neuvellan.

— Je sais que c'est facile à dire pour moi, mais essaie de ne pas avoir peur.

Jem n'eut d'autre choix que de rire d'un air maussade.

— C'est une cause perdue. Il y a tant de choses que j'ignorais.

— Moi aussi, répondit Austol en soupirant.

Les nuages noirs s'étaient écartés et le ciel brillait de plus en plus chaque minute. Cette masse de blanc plutôt que la grisaille apportait un changement. Jem avait si soif. Il avait envie de raconter toute cette horrible histoire à Austol pour lui demander son avis, mais il était trop démoralisé.

Il se leva plutôt.

— Je suis vraiment désolé que ta sœur soit malade. Quelle en est la cause ? Puis-je aider ?

Austol s'appuya contre le cheval et caressa rythmiquement son encolure. Il ferma ensuite les yeux.

— Il a fallu des années pour découvrir la cause. Pour trouver une solution.

Il déglutit difficilement et sa gorge cliqueta alors qu'il croisait calmement le regard de Jem.

— Merci. Tu es quelqu'un de bien. Si ça te réconforte, je crois que Cador est vraiment tombé amoureux de toi. Je comprends pourquoi.

Cela n'aurait pas dû réconforter Jem – qui aurait dû se l'interdire sans même en profiter un instant –, mais ce fut le cas. Il ouvrit la bouche pour répondre, mais fut subitement aveuglé. Il cligna des yeux et leva une main pour bloquer la vive lumière sidérante.

Il lui fallut bien trop longtemps pour qu'il réalise que c'était le soleil. Le soleil ! Non seulement la pluie s'était arrêtée, mais désormais, le soleil apparaissait derrière les nuages restés impénétrables si longtemps. Il verrait peut-être même le ciel bleu.

À cet instant, Jem crut qu'il allait pleurer de joie en sentant la chaleur du soleil sur son visage, pour la première fois depuis son départ de la Place Sacrée. Cette simple beauté l'écrasa et il ferma les yeux, ses mains relâchées le long de son corps.

— C'est peut-être un signe des dieux, murmura-t-il en réussissant à sourire.

Les mots avaient à peine franchi ses lèvres gercées que des mains se posaient sur lui, brusques et impitoyables. Jem ouvrit les yeux juste à temps pour voir son monde assombri par le sac noir posé sur sa tête et étouffant ses cris alors qu'il était emmené.

Chapitre 20

JEM AVAIT L'IMPRESSION qu'on l'avait jeté à plat ventre sur le dos d'un étalon des heures auparavant. Il s'accrochait comme si sa vie en dépendait, son estomac douloureux à cause des soubresauts impitoyables. Un cavalier était assis derrière lui et celui-ci arrêta subitement le cheval en percevant un cri au loin.

Jem s'écrasa sur le sol mouillé. Il avait été brusquement poussé et, au moins, ses kidnappeurs n'avaient pas pris la peine de lui attacher les mains. Il put donc amortir sa chute au dernier moment.

Ses doigts étaient engourdis par le froid et le choc, tandis qu'il luttait avec le nœud du sac sur sa tête. Le matériau rêche touchait sa bouche à chacune de ses respirations irrégulières, et il tira sur le lien.

Le reste de son corps était gelé – le soleil n'avait apparemment fait qu'une brève apparition avant que la pluie incessante ne reprenne sa place. Mais son visage était chaud, à cause de sa respiration étouffée et du sang qui lui était remonté à la tête quand il s'était trouvé sur le dos du cheval.

Ses narines se dilatant et sa bouche s'ouvrant, Jem haleta et tira sur le sac. Il tenta de déchirer le tissu avec ses doigts et abandonna le nœud sur la ficelle qui le sécurisait autour de son cou. Il donna inutilement des coups de pied et un geignement aigu lui échappa.

Enlevez-le ! Enlevez le sac !

Il étouffait et personne ne semblait s'en préoccuper. Des voix basses résonnaient non loin et il faillit crier à l'aide. S'obligeant à inspirer et expirer lentement, il se calma. Il ne leur donnerait pas cette satisfaction.

Dans la boue, recroquevillé, il compta ses inspirations et se rappela que la ficelle était juste assez lâche et le tissu bien assez poreux pour qu'il respire. Il serait mort depuis longtemps, autrement.

S'enfonçant dans la boue qui lui avait probablement évité des fractures, Jem respira et écouta. Il serra ses poings glacés et les frotta contre sa tunique sale, à la recherche d'un soupçon de chaleur. Maintenant qu'il était plus calme, il remarqua que l'air était salé. Des voix se rapprochèrent, couvrant le bruit de la pluie.

— Ils devraient déjà être là, à cette heure-ci.

Cet aboiement était sans aucun doute celui de Bryok. Jem n'en était pas surpris, mais il frissonna tout de même.

— Sois patient, mon cher, dit une femme.

Hmm. Compte tenu du mot affectueux, il devait s'agir de l'épouse de Bryok ? Jem chercha son nom dans sa mémoire. Creeda.

Il écouta alors que d'autres parlaient d'un bateau. Quelqu'un allait voguer à leur rencontre ? Ces kidnappeurs ? Venaient-ils du continent ? Avec une telle distance, les plans avaient dû être élaborés longtemps à l'avance et ne devaient donc pas être flexibles.

Le kidnapping avait-il toujours été prévu pour aujourd'hui ? Était-ce la raison pour laquelle Cador avait cherché l'aide de Delen ? Car il était à court de temps et qu'il avait eu des doutes à la dernière minute ?

Jem appuya ses paumes l'une contre l'autre et entrelaça ses

doigts. L'idée de perdre l'une de ses mains était insupportable. Laquelle ? Il avait seulement besoin d'une minute pour répondre alors que la question se manifestait dans son esprit.

De son pouce, il traça les défenses cicatrisées sur sa paume droite. Il n'avait pas épousé Cador en ayant l'illusion qu'ils tomberaient amoureux. Ils étaient des inconnus obligés de se lier. Mais imaginer que Cador avait su que son époux serait grièvement blessé, même s'il avait juré à Delen qu'il ne le permettrait pas… Et pour quoi ? Une guerre ? Impliquant la mère de Jem ? Il ne trouvait aucune logique.

Il attendit d'entendre la voix de Cador. Il la redoutait, sachant que son cœur finirait en poussière. Pourtant, si Cador faisait partie du groupe, il demeurait silencieux. Jem imagina le regard de ce dernier sur lui – sur sa chute pitoyable dans la boue où il s'était désespérément enroulé sur lui-même. Resterait-il planté là, à le regarder ?

N'y avait-il eu qu'une seule aube, depuis que Cador et lui s'étaient envoyés en l'air dans la gadoue ? Ils s'étaient indubitablement procuré un plaisir mutuel – Cador n'avait pas fait semblant de déverser sa semence en lui. Il l'avait ensuite bercé et ses lèvres avaient été douces. Il y avait eu une véritable affection entre eux.

N'est-ce pas ?

Jem n'avait pas voulu se leurrer, mais il s'accrochait à l'espoir obstiné avec ses doigts engourdis.

Un instant plus tard, il recommença à s'affairer sur la ficelle. Contrôlant désormais sa panique, il tirait et poussait avec de petits mouvements, tandis que Bryok et les autres se plaignaient du retard d'un bateau. Ils ne semblaient pas du tout se préoccuper de lui. Ils le sous-estimaient.

Jem se servirait de cette erreur. Il n'aurait qu'une occasion.

— Et où est Hedra, bordel ? hurla Bryok. Nous ne pouvons pas la préserver sans ses aptitudes.

Creeda essaya une nouvelle fois de l'apaiser.

— Elle va venir. Elle s'est préparée à la cérémonie pendant des semaines.

Les doigts de Jem se figèrent sur la ficelle effroyablement nouée. Parlaient-ils de l'Hedra d'Austol ? Une cérémonie ? Pour la préserver ? Mais préserver *quoi* ? Sa main ? La terreur froide dans son estomac s'alourdit et il obligea ses doigts à ne pas trembler alors qu'il enfonçait un ongle rond sous le nœud. Il devait s'enfuir.

La panique fit battre ses ailes et il se mordit la langue pour éviter de s'écrier. Ses jambes tressaillirent. Il eut un goût de sang dans la bouche. Mais une fois encore, il s'efforça de prendre de lentes inspirations et il travailla sur ce fichu nœud, tandis que Bryok pestait sur les conspirateurs peu fiables.

Enfin ! Jem eut envie de pleurer de joie alors qu'il enfonçait son ongle assez profondément pour détacher patiemment le nœud. Sa gorge paraissait contusionnée à cause de la ficelle qui s'enfonçait dans son cou. Il rassembla tout son sang-froid pour délacer entièrement le nœud et libérer le tissu rugueux plutôt que de l'arracher au-dessus de sa tête.

Son souffle chaud était poisseux dans le sac trempé de transpiration et il mourait d'envie de respirer l'air frais. Il passa plutôt lentement, très lentement le tissu au-dessus de son nez. Il inspira, heureux, quelques instants et attendit en restant recroquevillé sur la boue. Personne ne sonna l'alarme.

Retenant sa respiration, il remonta le sac au-dessus de ses yeux.

Le soleil se couchait, à présent, plusieurs heures s'étaient donc écoulées. Seule une lumière grise persistait. Bryok et les autres – ils étaient cinq, au total, y compris une femme qui était effectivement Creeda – se profilaient, mais ils étaient assez loin. Bien qu'ils soient certainement assez proches pour le voir s'ils baissaient les yeux, il faudrait peut-être cinq grandes foulées à Bryok pour l'atteindre.

Le fait que Cador ne soit pas présent parmi eux libéra un nœud de tension dans la colonne vertébrale de Jem, au moins. Et Austol ? Lui avaient-ils fait du mal ? Bien que ce soit inutile, Jem pria rapidement et silencieusement les dieux ou toute force qui pouvait l'écouter. Il ne pouvait nullement agir, il valait donc mieux faire ça que rien du tout.

Bien que la pluie ait finalement complètement cessé, l'air saumâtre était moite. Jem réalisa que le tremblement du sol boueux n'était pas lié à son cœur paniqué, mais à des sabots en train d'approcher. S'agissait-il d'Hedra ? Peu importait de qui il s'agissait et ce qu'il ou elle pourrait faire, il ne pouvait attendre de le découvrir.

Un cheval renifla le sol près de lui et alors que le bruit des sabots s'approchant devenait aussi fort que le tonnerre, Jem se leva d'un bond. Il ignora ses genoux tremblotants et la raideur de son corps couvert d'ecchymoses.

Le cheval pâle était grand, mais Jem n'hésita pas. Il courut et sauta, emmêlant ses doigts dans sa crinière. L'animal s'ébroua et fit un pas de côté quand Jem tomba lourdement sur son dos.

— Attrapez-le ! cria quelqu'un.

Jem éperonna sa monture de toutes ses forces, sans regarder derrière lui alors que les Erghiens s'élançaient vers l'avant. Quelqu'un tira violemment sur sa botte et Jem manqua de tomber, mais il donna un vif coup de pied et fut libéré. La silhouette de son assaillant s'écrasa sur le sol.

D'autres cris résonnèrent, couvrant le vent et le tambourinement de son cœur. Jem ne regarda toujours pas en arrière. Penché au-dessus du dos de cheval, il s'agrippa à la crinière et se cramponna tout en donnant des coups avec ses talons.

— Plus vite ! cria-t-il.

Il ignorait totalement où ils se trouvaient. Il savait seulement qu'ils étaient près de l'océan. Ses kidnappeurs le poursuivaient, l'unique direction était donc devant lui, au-delà d'une crête. Il chevaucha ensuite le long d'une falaise, la mer d'Askorn bouillonnant à sa droite.

Il continua d'avancer tout droit, en direction d'autres falaises et de la mer.

À la dernière minute, le cheval se cambra sur ses pattes arrière, sous la lumière grise, et Jem réalisa alors où ils se trouvaient. Il vacilla et heurta le sol humide avec son dos, dans un mouvement brusque qui lui coupa le souffle et chassa l'air de ses poumons.

Alors que le cheval hennissait et battait en retraite, Jem roula sur le ventre et se retrouva à l'extrémité de la terre. Les autres étaient trop proches. Il rampa, enfonçant ses mains abîmées dans la boue. Il continua de ramper avant de se redresser et de courir.

Il fila sur l'un des chemins étroits le long des falaises de Glaw.

Ce bout de terre n'était assez large que pour trois chevaux côte à côte, ce qui donnait l'impression qu'il n'y avait pas de place. Une éventuelle chute mortelle attendait de chaque côté. Le chemin rétrécissait encore davantage devant lui. Il tituba pour s'arrêter et se souvint du jour où il avait observé les doigts du poing d'Ergh, les côtes les plus au sud du pays.

Cador n'avait-il pas mentionné une vigie, ici, sur la côte ? Jem ne vit aucune tour ni aucune patrouille, mais il avait à peine remarqué les alentours quand il avait galopé. S'il criait, quelqu'un viendrait-il précipitamment l'aider ? Cette personne se dresserait-elle contre Bryok, le fils du chef de clan ? Jem ne le pensait pas, mais il appela tout de même à l'aide.

Il se plaça face à ses poursuivants alors qu'ils tiraient sur les rênes de leurs chevaux, toujours sur la terre ferme. Bryok s'esclaffa et imita ses cris. La nuit tombait rapidement. Les jours étaient si courts, sur Ergh, même en cette saison censée être le printemps. Un vent glacial provenant de la mer souffla les boucles de Jem alors qu'il se tenait au bord du précipice.

Il n'avait plus la possibilité de fuir.

Chapitre 21

GALOPANT SOUS LA lumière déclinante, Cador écrasa les rênes dans ses poings en se penchant au-dessus du dos de Massen. Il imagina le craquement du nez d'Austol et sentit presque le goût des éclaboussures fantomatiques de sang quand il tabasserait ce salopard traître.

Cador se moquait totalement des regrets larmoyants d'Austol et de ses supplications. Il voulait être pardonné. Oui, une fois que Jory avait couru pour venir chercher Cador et Delen, craignant que Bryok mijote quelque chose de sinistre, le palefrenier était lui aussi venu les trouver. Oui, il avait avoué immédiatement que Bryok avait manigancé son propre plan, à l'insu de Tas.

Oui, Cador avait encore envie d'écraser le visage d'Austol.

Ils chevauchaient tous les quatre aussi vite que leurs montures pouvaient le supporter, Cador en tête, Delen et Jory sur leurs talons, Austol pleurnichant derrière. Cador et sa sœur avaient attaché leurs lances courtes dans leur dos. La lame de sa dague était collée contre sa cheville dans sa botte.

Il avait arrêté d'écouter quand Austol leur avait dit que Bryok avait emmené Jem au sud de Rusk, vers l'autre port avant les collines de Glaw. Il était plus complexe d'accéder à celui-ci, le chemin descendant les collines étant encore plus raide, mais il était parfois utilisé par les pêcheurs.

Se penchant au-dessus de l'encolure de Massen, il encensa sa vitesse et le poussa avec des promesses de carottes infinies, tant que l'étalon pourrait en manger, si seulement il emmenait son maître à temps. Il ignorait quel était le plan de Bryok, en dehors du kidnapping que Tas avait planifié. Aucune importance. Tout ce qui comptait, c'était de rejoindre Jem avant qu'il soit trop tard. Le tenir dans ses bras, en sécurité et en vie.

Il grogna à voix haute lorsqu'il se souvint du visage de Jem, frappé par l'horreur, au milieu des branches de pin. La trahison était gravée sur son visage – ses yeux de miel étaient écarquillés, sa jolie bouche ouverte et tremblante. Il aurait dû tout dire à Jem quand il en avait eu l'occasion. Il aurait dû lui avouer et encourager Delen à coopérer ensuite.

Quel idiot !

Il plissa les yeux dans l'obscurité alors qu'ils s'approchaient du second port. Il remarqua dans la boue des signes d'une récente activité, mais lorsqu'il baissa les yeux depuis le sommet de la falaise, il ne vit personne. *Là*, il y avait un éclat de lumière plus loin sur la côte. Sur les falaises de Glaw elles-mêmes. Un poing enserrant son cœur, Cador appela les autres et les guida.

— Mais qu'est-ce qu'ils foutent ? cria Delen.

Il aurait aimé pouvoir répondre. Devant lui, il voyait des torches que l'on allumait et qu'on levait, ainsi que des cavaliers sur leurs chevaux. Mais où était Jem ? Il ne put distinguer les visages jusqu'à ce que l'air moqueur de Bryok se rive sur lui. Sur l'une des falaises étroites faisant saillie, son frère aîné sauta de son cheval à qui il asséna une claque sur la croupe pour le chasser.

Bryok ouvrit largement ses bras alors qu'ils ne portaient que son maillot de cuir et son pantalon, tout comme Cador.

— Mon frère ! Tu arrives juste à temps pour la cérémonie.

— Où est-il ?

Cador se moquait de ce dont son frère parlait.

— Jem !

— Je suis là !

La voix du Neuvellan était fluette, portée par le vent.

Le soulagement et la peur luttèrent alors que Cador le cherchait. Il se demanda un instant si la voix avait été celle d'un fantôme et s'il était arrivé trop tard, après tout. Il vit ensuite du mouvement sur la pointe de terre étroite. Son regard s'ajusta à l'obscurité, au-delà des torches.

Mes dieux ! Jem se tenait près de l'extrémité de la falaise. S'il faisait un pas dans trois directions différentes, ce serait son dernier. Mais il était en vie et Cador vénérerait les dieux pour toujours si son mari lui était rendu en un seul morceau.

Bryok bloqua le chemin de Cador. D'autres cavaliers restèrent sur leurs montures, y compris Creeda. Cador lutta contre l'envie de bondir, de pousser Bryok et d'attraper Jem. Il devait rester calme.

— Tout va bien. Je suis là, maintenant, cria-t-il à Jem.

Le visage de Bryok, marqué par les cicatrices, se tordit sous la lumière vacillante.

— Fais-lui tes adieux, mon frère. Nous sommes presque prêts.

Il regarda la femme blonde avec une robe ressemblant à celle des religieux pendant qu'elle dessinait un cercle sur le sol boueux. Cador considéra qu'elle avait été l'apprentie d'une guérisseuse, mais il se rappela vaguement que des chuchotements avaient parlé d'un bouleversement ayant mis fin à ses études.

— Hedra, s'il te plaît, la supplia Austol d'une voix rauque en bondissant de sa monture. Ce n'est pas bien. Tu ne peux pas faire ça. On ne le peut pas.

Elle l'ignora et souleva un sac dont elle renversa le contenu dans le cercle : de longues branches mortes des arbres à sevels que les nouveaux croyants exposaient autour des hommages aux dieux, à Rusk. La bile remonta dans la gorge de Cador. Il avait toujours trouvé cela troublant, sans savoir pourquoi. Quelle était cette folie ?

Lentement, alors qu'il s'obligeait à rester calme, il descendit du dos de Massen et échangea un regard inquiet avec Delen, qui était toujours sur le dos de son cheval. Delen, Jory et lui étaient assurément en infériorité numérique. Ils ne pouvaient faire confiance à Austol, malgré ses supplications envers Hedra. Bryok n'avait pas de lance, ce qui était un avantage. Creeda savait se battre, mais elle n'était pas une chasseuse. Les trois autres personnes qui les accompagnaient l'étaient, en revanche.

— Ruan, que se passe-t-il ? demanda Cador.

Ruan et deux autres chasseurs que Cador avait également qualifiés d'amis, un jour, étaient assis sur leur monture nerveuse. Cador tendit les mains.

— Vous savez que Tas nous guide.

Avant que Ruan puisse répondre, Bryok gronda.

— Qu'il aille se faire foutre.

Cador en fut choqué, mais ça n'aurait pas dû être le cas. Un instant, il eut l'impression d'être un garçon naïf. Delen et lui suivaient toujours les ordres de leurs parents tandis que Bryok se rebellait.

— Nous en avons assez d'attendre, cracha son frère aîné.

Les veines faisaient saillie dans son cou et il serra les poings. Derrière lui, Jem était toujours piégé. Cador s'efforça de se concentrer sur les mots que grondait Bryok.

— Delen et toi, vous êtes peut-être ravis de rester en retrait et d'attendre, mais si vos enfants mouraient jour après jour, vous ne seriez pas aussi patients.

— Tu sais que nous ne pouvons pas simplement exiger la terre d'Ebrenn, demanda Delen. Nous avons besoin de Neuvella et de Gwels comme alliés.

— Et nous les aurons !

Les yeux de Bryok scintillaient sous la lumière des torches.

— Quand la reine de Neuvella verra la tête de son fils sur les remparts de l'Ouest, elle écrasera son ennemi ! dit-il en élevant la voix. *Notre* ennemi !

Cador n'arrivait plus à respirer. La vision du souhait de Bryok l'horrifia plus que tout ce qu'il aurait pu imaginer.

— Non ! s'écria-t-il comme il était incapable de faire autre chose.

Il vit que son horreur se reflétait sur le beau visage de Jem avant que Bryok se rapproche.

— Notre sœur et toi, vous étiez si déterminés à respecter les ordres de Tas, comme toujours, cracha Bryok. Nous suivons toujours sa stratégie. Je ne fais qu'apporter un changement mineur. Si le garçon est kidnappé, la reine sera sûrement inquiète, oui. Elle se joindra peut-être à nous dans la bataille. Ou alors, elle pourrait laisser les religieux la convaincre de négocier. Tu sais que ces salopards de culs bénis feraient n'importe quoi pour garder le contrôle. Si elle reçoit la main du prince, elle s'inclinera peut-être devant ses ennemis pour le récupérer en toute sécurité. Mais aucune mère ne *négociera* après avoir vu la tête de son enfant.

— Je ne te laisserai pas faire, jura Cador. Nous trouverons un autre moyen.

— La reine fera couler le sang pour son fils, confirma Creeda. Les religieux pensent qu'ils connaissent particulièrement bien les dieux. Mais les dieux exigent un sacrifice. Ils en ont toujours demandé. Nous les leur avons refusés trop longtemps. Ils ont détruit nos arbres à sevels. Maintenant, ils détruisent nos enfants. Nous sacrifierons un prince d'Onan et nous aurons la guerre dont nous avons besoin. Et les dieux nous réconforteront !

— Depuis quand crois-tu aux dieux ? demanda Cador à Bryok.

Il haussa les épaules.

— Je m'en tape. Qu'ils restent dans leur délire.

Il ne sembla pas remarquer ni se préoccuper du fait que la colonne vertébrale de Creeda se crispa, tout comme sa mâchoire, alors que la fureur brûlait dans ses yeux.

— Hedra dit qu'elle peut préserver la chair. Qu'elle fasse sa putain de cérémonie. Le plus important, c'est que nous retournions sur le continent avec la tête du prince et tous les guerriers d'Ergh pour reprendre Ebrenn. Pour prendre les sevels et guérir nos enfants.

— Pourquoi avez-vous besoin de sevels ? s'enquit Jem.

Cador grimaça. Il aurait aimé que son époux reste silencieux et se fasse oublier. Toutefois, maintenant, l'attention de Bryok était focalisée sur lui.

— Ferme-la !

— Nos arbres à sevels sont morts il y a quelques années, expliqua Austol. Nous ignorons pourquoi et ils ne veulent plus pousser. Certains des enfants qui ne se sont pas fait les dents sur ce fruit sont frappés par une maladie débilitante. Ma sœur. Le fils de Bryok. Beaucoup d'autres. Les guerriers sont certains que les sevels sont la cause et le remède. Nous avons voulu en échanger contre des marchandises, mais Ebrenn est radin. Ça ne suffit pas. Nous devons contrôler les vergers de sevels, autrement les enfants seront toujours en danger.

Bryok trembla sous le coup de la colère et de la salive voleta depuis ses lèvres.

— Ferme-la ! Il ne mérite aucune explication !

Jem ignora Bryok et s'adressa à Austol.

— Aujourd'hui, tu…

Il secoua la tête et Cador vit le chagrin provoqué par une autre trahison. Jem prit une profonde inspiration.

— Mais pourquoi ne nous avez-vous pas demandé de sevels ? Ils poussent abondamment, à Ebrenn. Si les enfants souffrent, je sais que…

— Tu ne sais rien ! hurla Bryok. Si l'ennemi sait ce que tu recherches, il s'y accroche jusqu'à son dernier souffle. Même si nous nous soumettons aux religieux et que nous les laissons endoctriner Ergh, même s'ils convainquent Ebrenn de nous envoyer des cargos entiers de sevels, ça ne suffira pas. Nous devons contrôler leur croissance. Nous devons nous approprier cette terre.

Les boucles de Jem voletèrent autour de sa tête à cause d'une bourrasque d'air saumâtre. Les flammes des torches vacillèrent violemment. Cador mourait d'envie de le toucher, de l'éloigner de cet endroit.

— S'il te plaît. Je connais ma mère, dit-il en se tenant si près de l'obscurité. Elle…

— Ne te complique pas les choses, gamin, grogna Bryok. Rapproche-toi et j'abrégerai tes souffrances.

— Ta mère vengera ta mort, ajouta Creeda. Ton sacrifice ne sera pas vain, je le jure.

— Non ! hurla Cador. Je ne vous laisserai pas faire. Jamais. *Jamais* !

— Tu te fichais de ce qui lui arrivait, avant ! dit Bryok alors que sa lèvre se retroussait tant il était dégoûté. Mais maintenant que tu baises cette merde pathétique, tu lui accordes plus d'importance qu'à ton propre peuple ? Qu'à la vie de ton neveu ? Et ne le nie pas ! Je vous ai vus dans la forêt. Tu baisais ton petit jouet dans la boue. Il ne te mérite pas, mon frère. Il s'est immiscé dans ta vie pour gagner tes faveurs. Il t'a retourné contre nous ! Je savais qu'il était temps d'agir.

Cador gonfla le torse.

— Je ne le nierai jamais. Jem est mon époux. Je veux le baiser jusqu'à ce que nous soyons vieux et grisonnants. Il ne m'a retourné contre personne. Il est…

— Il n'est rien ! hurla Bryok. Qu'en est-il d'Hedrok ? Il ne tient plus debout. La maladie remonte impitoyablement le long de son corps. Il connaît son destin. Il sait que tous les sevels du monde entier ne le sauveront plus, maintenant. Il sait qu'il est trop tard, pour lui. Et tu ne prends même pas la peine de lui rendre visite !

La honte écrasa Cador. Il ne pouvait le nier. Il ne le ferait pas.

— Je suis un lâche. Le voir souffrir… c'est insupportable.

Il aurait dû rendre visite à son neveu chaque satané jour. Il était plutôt resté en retrait et avait essayé de penser à tout autre chose.

— Je suis désolé, dit-il en regardant tour à tour Creeda et Bryok. Sincèrement, je le suis.

Bryok passa une main sur son visage buriné. L'obscurité s'était abattue sur eux et la lumière des torches vacillait dans le noir.

— Même s'il est trop tard pour lui, nous protégerons les enfants à naître du même destin.

— Nous ignorons s'il est trop tard pour Hedrok, insista Creeda. Il a mangé beaucoup des sevels que vous avez rapportés.

Cela pourrait suffisamment ralentir la maladie. Nous n'en savons rien ! C'est la raison pour laquelle nous devons agir.

Elle hocha la tête en direction d'Hedra, ses cheveux épais fouettant sa joue comme le vent les avait dénoués.

— Exécute la cérémonie. J'ai prié les dieux de tout mon soûl. Laisse-les bénir ce sacrifice. Que ce soit l'étincelle qui garantira notre guerre. Notre salut !

— Tu sacrifierais mon mari ? s'enquit Cador. Même si je te supplie de ne pas le faire ?

L'envie de saisir sa lance dans le fourreau de son dos le démangeait tant il avait envie de se battre pour le retour de Jem, mais il avait bien trop conscience que Ruan et les autres l'entouraient, et que Jem était au bord de la falaise. Il devait garder la tête froide pour ce dernier.

Un rire paniqué remonta dans sa gorge. S'il ne gardait pas toute sa tête, Jem perdrait aussi la sienne.

Réfléchis.

Il devait imaginer une stratégie comme Tas le ferait, même si cela exigeait de la patience. Il regarda Jem derrière Bryok. Celui-ci était coincé, mais se tenait fermement sur place et contractait sa mâchoire. Même si ses genoux tremblaient, il ne le montrait pas. Cador avait terriblement envie de le toucher.

Ruan passa une main sur ses cheveux grisonnants, frustré.

— Ça suffit. Tu tiens plus à ce prince du Sud qu'à nos enfants ? C'est impossible. Il est gâté, mou et... facilement remplaçable.

Cador acquiesça.

— Je le pensais aussi.

Il scruta Jem, qui l'observait avec des yeux écarquillés. Son regard rivé sur celui de son mari, au-delà du gouffre, Cador poursuivit calmement.

— Il m'a prouvé que j'avais tort. Il vous prouvera à tous que vous avez tort. Laisse-nous partir sur le continent, Jem et moi, dit-il à Bryok. Nous irons voir Tas et la reine. Nous trouverons un moyen pour que ça fonctionne. Si c'est la guerre, qu'il en soit ainsi. Tout sauf ça.

Il implora son frère, qu'il avait essayé de satisfaire depuis aussi longtemps qu'il s'en souvenait. Cador leva les mains.

— S'il te plaît.

Le crissement du métal fut sa réponse alors que Bryok sortait une puissante épée du fourreau dans son dos. Cette lame trancha enfin quelque chose au plus profond de Cador. Il ne chercherait plus jamais à avoir l'approbation de son frère aîné. Il ne l'admirerait plus jamais. C'était terminé.

— Oh, il y aura la guerre, mon frère. Crois-moi. Neuvella et Gwels nous aideront à prendre Ebrenn, puis nous les conquerrons tous. Onan nous appartiendra et ce seront ses habitants qui souffriront !

Le malaise parcourut manifestement les partenaires de Bryok dans cette conspiration. Le visage ridé de Ruan se creusa encore davantage.

— Ce n'était pas le plan. Nous avons besoin d'Ebrenn pour les sevels. Nous les prendrons pour le bien d'Ergh, dit-il en tapant du pied. *Notre* terre. Nous n'avons pas besoin du reste. Nous n'en voulons pas.

— Pourquoi pas ? siffla Bryok en s'agrippant à son épée. Pourquoi ne devrait-il pas nous appartenir ? Pourquoi ces mauviettes devraient-elles le garder ? Nous pouvons avoir l'entièreté d'Onan. Toute leur opulence. Ici, nous luttons pour la moindre petite chose, nous nous battons contre la neige, la glace et l'obscurité. Contre les putains d'hivers infinis. Pendant ce temps-là, ils glandent au soleil et s'empiffrent de nourriture dont nous ignorons même l'existence !

— C'est toi, qui méprisais le luxe sur la Place Sacrée !

s'exclama Cador. Maintenant, tu veux le récupérer ?

— Oui ! Pourquoi devrions-nous trimer dans la gadoue pour chaque bouchée de ce que nous mangeons ? Pourquoi nos enfants devraient-ils le faire ?

Creeda bouillonna.

— Ne te sers pas de nos enfants pour excuser cette avidité. Je pensais que tu étais un homme juste. Je pensais que tu te battais pour notre fils.

— C'est le cas !

Bryok tendit une main dans sa direction.

— C'est aussi pour lui. Pour tous nos enfants ! Si tu voyais comme ils vivent… comme c'est facile. Tu le voudrais aussi, cet avenir. Ils disent que les dieux nous ont bannis… c'est peut-être le cas ! Nous reprendrons ce qui devrait être à nous.

Creeda secoua vivement la tête.

— Nous luttons pour avoir le pouvoir de prévenir la maladie. Elle est arrivée une fois que les arbres fruitiers ont été détruits et ne voulaient plus pousser. Nous avons besoin de ces fruits pour la guérir. Nous n'avons pas besoin de conquérir le continent…

— Je conquerrai les dieux ! hurla Bryok en se tournant vers Jem.

Il leva son épée.

Et courut sur l'étroit chemin de la falaise.

Alors même que Cador se lançait à sa poursuite, il sut. Bryok était hors de sa portée, ses jambes toujours aussi longues et plus rapides, malheureusement. Jem était coincé. Il perdrait la tête dans un unique mouvement de cette lame létale…

Un cri de déni fut arraché à la gorge de Cador alors que Jem sautait dans les abysses, disparaissant pour toujours en un instant.

Chapitre 22

HALETANT, JEM S'AGRIPPA au bord du nid de drèdes, malgré les protestations de ses épaules. Il s'était demandé ce que Morvoren ferait et, peu de temps après, il avait bondi des falaises de Glaw plutôt que de laisser sa tête coupée être utilisée contre sa mère afin de lancer une guerre.

Voilà qu'il était désormais au bord d'une façade rocailleuse et qu'il ne se retenait qu'avec les bouts de ses ongles alors que la mer glacée s'écrasait contre les rochers sous ses pieds. Le drède avait certainement construit son nid pour qu'il tienne dans la durée, ce qui n'était pas rien. Jem était encore en possession de sa tête et de ses mains, ce qui n'était pas rien non plus.

Il geignit quand les mains susnommées le picotèrent. Ses épaules étaient prêtes à lâcher après avoir été tordues si brutalement. Désormais, il devait simplement se hisser.

Facile.

Au-dessus de lui, le vent lui porta l'écho d'un cri qui devait être celui de Cador. L'angoisse de son mari n'aurait pas dû lui provoquer une telle vague d'euphorie, mais il avait besoin de toute l'énergie et la force qu'il pouvait amasser. Ce fut un baume qui apaisa le tourment engendré par le fait que Cador lui ait menti si longtemps. L'espace d'un instant, Jem s'autorisa à se calmer.

Mais cela ne dura qu'un instant.

Grinçant des dents et priant Morvoren – elle lui serait bien plus bénéfique que les dieux supposés –, il se raidit pour se mettre en sécurité. Si le nid cédait et qu'il plongeait vers une mort certaine, au moins, il aurait essayé. Car manifestement, c'était ce qui allait se produire, quoi qu'il tente.

Ses épaules protestant, il plongea ses ongles dans les branches tressées du nid en se balançant d'un côté et de l'autre. Lorsqu'il passa son pied au bord du nid, il réussit à glisser sa botte à l'intérieur et s'arrêta, haletant.

Centimètre par centimètre atroce, il se hissa, chacun de ses muscles se crispant et le brûlant. Il haleta, ses respirations superficielles. Il avait envie de hurler, mais n'en avait pas l'énergie. Chaque partie de son corps se concentra sur le fait de monter dans le nid.

Presque, presque…

La structure était creuse et il roula à l'intérieur. Le soulagement le submergea aussi puissamment que s'il avait joui. Il trembla, sur le dos, et ses pieds dépassaient au bord des branches tassées par de la boue. Son cœur tambourina à ses oreilles, couvrant le bruit des vagues s'écrasant bien en dessous. Son torse se soulevait difficilement.

Il était vivant. Il perçut un goût de sel. Il ignorait s'il s'agissait des embruns portés par le vent vicieux ou de ses larmes.

Quand il était tombé du cheval et avait jeté un coup d'œil au bord de la falaise, il avait remarqué le nid. Compte tenu de la taille immense des drèdes et de ce que Cador avait raconté (la fois où il s'était assis à l'intérieur dans son enfance), Jem avait saisi sa chance au moment où Bryok s'était précipité vers lui avec une vitesse surprenante, sa lame vicieuse levée. Cador avait été distancé.

Sa petite stature avait une nouvelle fois joué en sa faveur. Les drèdes bâtissaient également leur maison avec un savoir-faire impressionnant, bien qu'il ne puisse prendre le risque d'emprunter leur nid trop longtemps. Il plissa les yeux en direction de la crevasse dans la façade rocheuse. Il ne vit aucun œuf et n'entendit pas un seul cri affamé.

Lorsqu'il leva les yeux, il lui fut presque impossible de distinguer l'extrémité de la falaise et la nuit sans lune. Le visage marqué de Bryok avait été terrifiant à la lumière de la torche dont il s'était approché.

Ne te complique pas les choses, gamin.

Comme s'il y avait une solution de facilité pour se faire décapiter. Un rire étranglé mêlé à un sanglot remonta dans sa poitrine. Il ignorait quel rituel d'Hedra préserverait sa tête, mais il frissonna en l'imaginant au sommet d'une pique.

C'était une folie. Sa mère partirait-elle en guerre en son nom ? Il ne doutait pas de son amour, mais elle était une femme pragmatique. Il n'y avait aucune garantie, surtout si les religieux étaient impliqués. Jem supposa que Bryok avait peu à perdre. Ce n'était pas sa tête, après tout. Et il souhaitait clairement la guerre, quel qu'en soit le prix.

Une voix fit écho, couvrant le bourdonnement dans ses oreilles et le hurlement du vent. Delen.

— Il est parti. Il est parti.

Le regret entachait ces mots comme du sang.

— Viens par là, mon frère.

Un rugissement de déni résonna au bord de la falaise. La voix de Cador ressemblait à celle d'un animal blessé. Venait-il sincèrement de hurler pour lui ? Même si cela pouvait être une preuve de son amour, elle était désormais teintée par la trahison.

Un chagrin terrible le consuma. Malgré tout, il aimait cet homme avec une affection sauvage. Il avait envie de le rejoindre, d'apaiser ses souffrances, de le protéger pour qu'il ne souffre plus jamais. Jem avait envie de protéger ce grand corps, de le bercer dans ses bras et de ne jamais le relâcher. Mais comment pouvait-il le faire, maintenant ?

Il serait incapable de faire quoi que ce soit, tant qu'il ne remonterait pas en sécurité. Des cris résonnèrent une fois de plus et la fureur tourbillonna dans le vent cruel. Cador et Bryok. Jem devait bouger. Il faudrait environ cinq personnes de sa taille pour atteindre le sommet. Il pouvait y arriver.

Comme Cador l'avait dit sur le bateau quand ils avaient plissé les yeux en direction du nid lointain de drèdes, la façade rocheuse était marquée par de fines crevasses. Elles étaient parfaites pour qu'il s'y accroche de ses petites mains. Son cœur tambourinait, marquant les secondes alors qu'il montait et plaçait ses pieds dans les ouvertures étroites. Il monta, ses doigts engourdis tâtonnant sur la pierre.

Il lui fallut une vie entière.

Il était si proche et pourtant si loin. Une bataille faisait rage au-dessus de sa tête et même s'il avait crié pour qu'on l'aide, personne ne l'aurait entendu. Il s'accrocha à la surface rocheuse, se demandant s'il aurait mieux fait de ne pas bouger. Mais il mourait d'envie de retrouver la terre ferme. Il était désormais à mi-chemin et il était tout aussi risqué de descendre.

Il grimpa donc, tâtonnant désespérément, ses membres en feu alors que ses oreilles étaient irritées par le froid impitoyable. Le vent menaça de l'arracher de la falaise. La terreur fut son compagnon détestable alors qu'il montait.

Presque. Presque !

Ses doigts se refermèrent autour du sol de la péninsule étroite où il s'était tenu quelque temps auparavant. Les cris et les torches allumées étaient à sa gauche, mais il les ignora. Il était perché sur une crête étroite, du bout de ses orteils, et ses bottes tenaient tout juste. Un effort de plus et il serait en sécurité. Mes dieux, il voulait vivre !

Il crispa ses bras et tira. Ses doigts glissèrent. Il griffa la terre, ses bottes glissant sur la roche et son torse prêt à exploser sous l'effet de la panique. La sécurité était juste là. Il était assez fort. Il pouvait y arriver.

Un dernier éclat vigoureux le propulsa vers le haut. Il roula alors sur l'étroit chemin de terre. Sur le ventre, il rampa jusqu'à la lumière, en direction des cris furieux et des corps en train de lutter. Au-delà du cercle éclairé, il espérait rester invisible dans la nuit.

Cador avait couché Bryok sur le dos. Il était donc à sa merci, une dague prête à lui percer la gorge. Alors qu'il chevauchait le grand corps de son frère aîné, le torse de Cador se soulevait péniblement. Delen se tenait au-dessus d'eux et empêchait les autres de s'approcher.

La voix de cette dernière était rauque.

— Jem est parti. Il a pris une décision courageuse. Ça ne le ramènera pas. Ça ne fera que te détruire.

Les larmes brillaient dans les yeux de Cador et les flammes orange illuminaient son visage pâle.

— Il est parti, je suis déjà détruit.

Le cœur de Jem se serra quand il l'entendit prononcer ses mots.

— Vas-y, l'incita Bryok d'une voix rauque sans le railler. Je ne peux pas voir mon fils mourir. Mets fin à ma vie.

Creeda ne pleura pas et ne le supplia pas. Elle *grogna*.

— Tu vas me laisser ce fardeau, alors. Tu vas tout me laisser. Pour quoi ? Pour ton avidité ? Oui, pour notre fils, mais pas seulement pour lui. Pas seulement pour les enfants. Tu veux conquérir le continent et le plier à ta volonté ? Tu le feras seul. Tu as toujours été un lâche méprisable et pourtant, je t'ai aimé.

Sa lèvre se retroussa et elle avança pour cracher sur son mari.

— Tu m'as déçue pour la dernière fois.

Sur ces mots, elle tourna les talons, monta sur son étalon et galopa dans la nuit.

Alors qu'il était allongé sur le ventre, dans l'obscurité, personne ne jetait de coup d'œil dans sa direction. Il pouvait se cacher, sans bouger, et regarder Cador tuer son frère. Ce serait facile. Il était complètement épuisé et n'était pas certain de pouvoir accumuler la force de chuchoter, encore moins de crier. Si Bryok mourait, Jem serait sûrement en sécurité.

Pourtant, il vit la souffrance de Cador.

— Non ! dit-il d'une voix rauque.

Un jour, Jem devrait dessiner l'étonnement qu'il vit sur tous les visages présents quand ils se tournèrent dans sa direction. Cador se releva en titubant et le dévisagea, sans bouger, la dague glissant de ses doigts.

Se relevant sur ses genoux, Jem hocha la tête en direction des abysses alors qu'il reprenait encore sa respiration.

— Nid de drède.

Un sourire étonné fendit le visage de Cador et des fossettes creusèrent ses joues, sous sa barbe, alors qu'il riait et criait en même temps. Il courut ensuite en direction de Jem et tomba à genoux pour le capturer dans ses bras. Jem s'accrocha à lui, trop faible pour leur refuser ce confort, à l'un comme à l'autre.

Bryok récupéra la dague sur le sol et s'élança vers eux.

Jem haleta, alors que Cador tournait brusquement la tête, mais son frère aîné arrivait déjà sur eux... et son sang chaud éclaboussa leurs visages. La lance de Delen l'avait traversé au niveau de son torse, trouvant peut-être son cœur, car l'horreur ne se lut qu'une seconde sur le visage de Bryok avant qu'il tombe raide mort.

— Sois maudit au fond de la mer d'Askorn, s'emporta Delen, qui respirait laborieusement.

Elle libéra ensuite sa lance.

Bryok tituba au bord de la falaise, avalé par le néant.

Le vent soufflait. Ils restèrent figés sur place, tous les trois, et regardèrent fixement l'obscurité où Bryok avait disparu.

— Bryok… se lamenta Cador en secouant la tête alors qu'un sanglot lui échappait. C'est moi qui aurais dû le tuer.

— Tu es trop sensible, mon frère, lui dit Delen. Il valait mieux me laisser faire.

Alors qu'elle s'agrippait toujours à sa lance, des larmes envahirent ses yeux et reflétèrent la lumière des torches.

— Sois maudit, Bryok, marmonna-t-elle.

Cador semblait incapable de parler et Jem n'évoqua pas son soulagement à l'idée que Bryok ait disparu. Alors qu'il regardait fixement le vide qui aurait dû être son propre tombeau, il se rendit compte qu'il était même *heureux* que cet homme soit mort. Pourtant, ce ravissement ne lui procurait aucun plaisir et sa satisfaction s'avérait amère et horrible.

— Je suis désolée pour ce que tu as enduré, lui dit Delen. Je suis désolée que nous t'ayons si cruellement trompé. Mon frère ne te mérite pas.

Après la désapprobation inarticulée de Cador, elle sourit ironiquement.

— Mais si tu veux bien de lui, je crois qu'il t'aime sincèrement, Prince Jowan.

Elle recula.

Comment pouvait-elle *sourire* ? Et parler d'amour ? Comment pouvaient-ils s'attendre à ce que Jem croie un seul mot de ce qu'ils disaient, surtout quand ils parlaient d'*amour* ? Il en avait le vertige.

Il avait chaud, dans les bras de Cador, mais il se releva. Son époux était toujours à genoux et Jem ne résista pas à l'envie de passer une paume sur ses cheveux soyeux.

Cador glissa les mains le long des jambes du Neuvellan, comme s'il s'assurait qu'il était en un seul morceau. Caressant une fois de plus la tête de son mari, Jem s'autorisa à vivre un dernier moment de proximité lors duquel des bras se verrouillèrent autour de sa taille.

Puis il s'éloigna.

Cador tituba à sa suite tout en jetant incessamment des coups d'œil derrière lui, comme s'il s'attendait à ce que son frère émerge de la mer pour se venger. Jem regarda aussi dans cette direction. Il valait mieux prévenir que guérir.

À vrai dire, il arracha même l'une des torches plantées dans le sol, retourna au bord de la falaise pour observer le vide ainsi que s'assurer que le nid de drèdes était toujours vide et que Bryok n'avait pu atterrir sur un autre, par un coup de chance incroyable.

Il soupira. Il n'y avait rien d'autre que le nid vide, une façade rocailleuse abrupte et le vide fatal. La blessure provoquée par la lance l'avait même sûrement tué avant qu'il heurte l'eau noire et agitée. Résolument, Jem s'éloigna du bord et chassa la main de Cador tendue vers lui.

Tous les autres avaient fui, à l'exception de Delen, Jory et Austol. Ce dernier s'approcha de lui avec les larmes aux yeux.

— Jem, tu vas bien. Merci mes dieux.

— Dégage, lança Cador au palefrenier en dévoilant ses dents. Autrement, je te balancerai dans le vide sans aucun regret.

— Je suis désolé, s'excusa Austol d'un air suppliant. S'il te plaît, crois-moi. Bryok était si convaincu que c'était le moyen d'y arriver. Je… Je… Ma sœur…

Il secoua la tête.

— Ce n'est pas une excuse, conclut-il.

C'était peu dire. Jem avait cru s'être fait un véritable ami. Comment pourrait-il un jour croire un seul mot prononcé par Austol ? Ou Cador ? Face au silence du Neuvellan, le palefrenier battit en retraite et monta sur son cheval dans un mouvement gracieux que Jem lui enviait encore.

Il secoua la tête. Comme il était étrange de penser à cela. Son esprit lui paraissait étrangement distant et brumeux. Il observa le cercle abandonné, formé par les branches d'arbres fruitiers. Les torches qui avaient été plantées dans le sol projetaient toujours une lueur menaçante sur le bois noueux. Il eut envie de jeter ces branches dans les abysses, mais n'était pas certain d'avoir encore assez de vigueur pour rester debout.

Cador était désormais avec Delen, hors de portée de voix. Ils étaient proches l'un de l'autre et parlaient discrètement, leurs visages affichant une expression maussade. Jem les observa impassiblement.

— Tu vas bien ?

Jem cligna des yeux en regardant Jory. Il se tenait à quelques pas de là et le scrutait d'un air inquiet.

— Non, marmonna Jem, dont la voix paraissait distante. Je ne vais pas bien.

— Pardonne-moi. C'était une question idiote, railla Jory. J'imagine que personne n'irait bien après ça.

Il passa une main sur ses cheveux roux décoiffés qui avait séché dans une succession de vagues rebelles.

Pardonner. Un mot si innocent. Par le passé, Jem aurait probablement hoché la tête et accepté. Désormais…

Jory jeta un coup d'œil à Cador, qui était retourné seul au bord de la falaise et baissait les yeux vers l'obscurité dans laquelle Bryok avait disparu.

— Si j'avais été au courant plus tôt, je lui aurais demandé d'être honnête avec toi. Je le jure.

Jory lança un sourire triste à Jem et s'en alla.

Honnête.

« *Je le jure.* »

Tous ces mots semblaient dénués de sens. Pourquoi devrait-il croire un mot de ce que Jory lui disait ? Il songea à Jory et Cador, constamment penchés l'un vers l'autre lors du voyage jusqu'au Nord, depuis Onan, alors qu'ils parlaient et riaient. Il avait été jaloux, mais qui pouvait bien dire s'il avait eu tort de l'être ? Même s'ils n'étaient pas amants, pourquoi Jem devrait-il croire que Jory était innocent dans ce complot ?

Il regarda Jory et Delen monter sur le dos de leur cheval. Cette dernière lui adressa un signe de la tête avant qu'ils s'éloignent, mais Jem ne répondit rien. Il se disait qu'il devrait sûrement être heureux qu'elle ait tué Bryok et lui ait sauvé la vie. Pourtant, il songea à sa main coupée et découvrit que la terreur ne laissait aucune place à la gratitude.

Je crois qu'il t'aime sincèrement, Prince Jowan.

Cette phrase venait d'une femme qui avait été parfaitement prête, plus tôt ce jour-là, à le voir kidnappé et mutilé. Un million de pensées se succédèrent dans l'esprit de Jem. Bien qu'il ne puisse nier qu'il était tombé amoureux de Cador, cela ne signifiait pas que ce dernier ressentait la même chose pour lui.

Il s'était sans doute tapé Jem uniquement parce que c'était pratique. Parce que c'était un moyen de le convaincre de lui faire confiance jusqu'à ce que son heure arrive. Car Jem était consentant. Il n'était qu'un idiot pathétique impatient de céder.

Il n'avait certainement pas envie d'affronter cette réalité, mais il n'avait pas le choix. Il s'approcha prudemment de Cador.

— Écarte-toi de là.

Cador acquiesça, mais ne bougea nullement alors que son regard était rivé sur le vide. Loin sous leurs pieds, les vagues s'écrasaient contre la base rocailleuse des falaises. Le vent soufflait. L'une des torches avait fini de fondre et s'était éteinte.

— Mon frère t'aurait tué, constata-t-il d'un air maussade. Et il m'aurait tué aussi.

— Oui. S'il te plaît, viens ici.

Malgré tout ce qu'il s'était passé, voir Cador si près du danger faisait galoper son cœur.

Cador vint obligeamment se mettre en sécurité loin du bord alors que son regard parcourait le corps de Jem. Débordant soudain d'énergie, il l'attira vers la lumière des torches et s'agrippa à sa main droite. Il ouvrit les doigts de Jem et dévoila la marque sur sa paume.

— Pardonne-moi ma trahison. Je t'en supplie.

Il pressa ses lèvres sèches contre les défenses.

Oh, comme Jem eut envie de céder, à cet instant. Il vacilla. Il était si fatigué. Il n'avait pas envie de se battre. Il serait facile de céder une fois de plus et de dire à Cador qu'il était pardonné.

Prenant une inspiration pour se donner de la force, Jem libéra sa main.

— S'il te plaît, le supplia Cador. Je suis désolé. Je suis tellement désolé. J'aurais dû te dire la vérité depuis longtemps.

— Oui.

Jem croisa les bras pour éloigner ses mains de celle que Cador avait tendue. Son corps tout entier souffrait, mais c'était bien son cœur qui était brisé. Il avait envie de fermer les yeux pour faire en sorte que rien de tout ça ne soit vrai. Il voulait se réveiller, en toute sécurité, chez lui et sous des draps frais. Il découvrirait que son mariage et son voyage n'étaient qu'un rêve. Un rêve à la fois merveilleux et terrible.

Il garda la tête haute.

— Tu m'as épousé en sachant que je serai kidnappé. Mutilé. Pour commencer.

— Je ne te connaissais pas, à l'époque !

Jem feignit un éclat de rire.

— C'est censé me rassurer, de savoir que tu aurais fait subir une telle cruauté à un inconnu innocent ? Maintenant que tu me *connais*, quelqu'un d'autre se fera enlever et couper la main ? La tête ?

— Non ! insista Cador. Tu dois me croire. Je ne les laisserai pas faire.

— Comment sais-tu que ces kidnappeurs ne m'auraient pas torturé ? Tué ?

— Le plan était uniquement de… s'interrompit Cador alors qu'il déglutissait. Le plan était de couper uniquement ta main marquée et de s'en servir pour faire enrager ta mère. Si mon père lui racontait tout et qu'elle refusait de nous aider, nous n'aurions eu aucun allié à Onan. Gwels s'associe à ta mère dans tout ce qu'elle fait. Ebrenn n'aurait eu aucune pitié pour nous et ce roi n'est pas du genre clément.

— Même si c'est vrai, tu as menti et menti et menti.

Alors que Cador ouvrait la bouche, Jem interrompit toute protestation.

— Mentir par omission, ça reste un mensonge !

— J'allais te le dire, insista Cador qui était désormais sur la défensive. Tu étais d'accord pour attendre.

Un éclat de fureur raidit la colonne vertébrale de Jem.

— Je ne pensais pas que ce serait une telle histoire ! Et que fera Ergh si vous remportez le contrôle que vous souhaitez tant obtenir ? Garderez-vous tous les sevels pour vous ? Monterez-vous le prix pour que nous vous payions ou mettions la vie des enfants d'Onan en danger ?

Cador tressaillit comme si Jem lui avait mis une claque.

— Bien sûr que non. Tous les enfants auront ce dont ils ont besoin.

— Comment sommes-nous censés y croire ? Vous ne nous ferez pas confiance. Au lieu de venir voir ma mère, en toute bonne foi, vous avez comploté et manigancé. Ton père est quelque part *chez moi*, en ce moment même ! Il est accueilli comme un invité d'honneur.

Il méprisait l'idée que le chef de clan soit auprès de sa mère, de Santo et du reste de sa famille. Qu'en cette minute même, il soit installé dans le château, en sécurité et au chaud, alors qu'il *mentait*.

— Mais si nous accordons trop facilement notre confiance, c'est notre avenir même qui est en péril, insista Cador.

— Tout comme le nôtre ! Tu comprends le dilemme.

— Oui, mais… répondit Cador en frottant son visage fatigué. Quelqu'un devra faire confiance en premier. Nous devons…

— *Je* t'ai fait confiance !

Ce cri lui avait été arraché et une lamentation sous forme de sanglots laissa Jem terriblement vide. Il ne put retenir les larmes chaudes et honteuses qui se déversaient sur ses joues.

— Je t'ai fait confiance.

Son visage froissé par le chagrin, Cador tendit la main vers lui, mais Jem tituba en arrière.

— Mon amour, s'il te plaît.

Oh, comme l'âme de Jem se serait envolée en entendant ces mots, ce matin-là. Moins d'une heure auparavant, il avait été ravi d'entendre le chagrin de Cador à son égard, quand il avait sauté de cette falaise. Pourtant, rien de tout cela ne paraissait réel, à présent. Il ne s'agissait que d'un récit qu'il pourrait peut-être lire dans l'un de ses livres perdus.

Les piques perçantes de son propre chagrin s'enfoncèrent en lui, tranchantes comme des rasoirs et inéluctables.

— *Non*. Je pensais que tu étais sincère. Je me suis offert à toi.

Il songea à leurs ébats et gigota, embarrassé… même humilié. Il s'était imaginé si courageux et libre. Mes dieux, il avait fait tant de choses ! Sa peau paraissait trop serrée et il avait envie de la griffer.

— Tu t'es moqué de moi pendant tout ce temps ? réussit-il à peine à chuchoter.

— Non ! Jamais !

Cador tendit une nouvelle fois la main dans sa direction, mais la laissa retomber quand Jem sursauta en arrière.

— S'il te plaît, crois-moi. J'ai été honoré de me coucher à tes côtés. C'était un privilège. Une joie ! Avant de le faire, j'en étais venu à la conclusion que je ne pourrais jamais les laisser t'enlever et te faire du mal. Je ne pourrais jamais laisser qui que ce soit te blesser. Je tuerais pour toi, dit-il avant de désigner la mer noire d'une main. Je pourrais voir mon frère abattu un millier de fois pour que tu restes en sécurité. Je le ferais moi-même.

Jem essuya les larmes qui inondaient ses yeux.

— Comment puis-je te faire confiance, maintenant ? Tu as menti depuis l'instant où nous nous sommes rencontrés.

Il regarda fixement sa main brûlée. Il imagina l'agonie si on la lui coupait comme si elle n'était rien. Comme s'*il* n'était rien.

— Je t'en supplie, dit Cador en tombant à genoux. Je le jure, je ne te trahirai plus jamais. Pardonne-moi, mon époux.

Le vent décoiffa Jem et son cœur tambourina si fort qu'il craignait sincèrement de l'entendre se briser. Il baissa les yeux vers les défenses gravées dans sa peau. Des bruits et des images envahirent son esprit – de doux baisers et des éclats de rire, Cador qui mâchait des vers pour Derwa, donnait ses fourrures à Jem, l'attendait dans la forêt pour s'assurer qu'il ne se perde pas, le prenait comme il en avait rêvé, le serrait si tendrement contre lui…

Ses propres souvenirs étaient des mensonges des plus cruels.

Serrant son poing autour de la marque, il croisa le regard suppliant de Cador.

— Jamais.

Le visage de l'Erghien se froissa alors qu'il hurlait d'une voix rauque.

— Mais tu le dois ! Je ne peux pas… S'il te plaît !

— Nous voguerons jusqu'au continent, demain, dit Jem quand il fut certain que sa voix ne se briserait pas. Nous retrouverons nos parents et leur exposerons les mensonges d'Ergh. Ma mère sera juste et équitable, j'ai confiance en elle. Nous nous occuperons des religieux et trouverons un moyen d'avancer, pour les enfants d'Ergh. Pour tous nos enfants. Si nous devons déclarer la guerre à Ebrenn, nous combattrons. Mais je n'attends pas le Festin de la Lune de Sang. Je rentre à la maison.

La maison.

À la frontière d'Ergh, entouré par une mer interdite alors que le vent froid le fouettait, il mourait d'envie de retrouver le soleil chaud et familier de Neuvella. Comme il aimerait que sa mère soit là, pour le rassurer et l'étreindre chaleureusement, avec son parfum préféré à la lavande. Elle était si loin. Le monde qui les séparait était vaste et impitoyable.

Il devait se montrer courageux. Il ne pouvait plus être cet idiot qui accordait sa confiance plus longtemps. Il retournerait au château où la vie avait été si facile, malgré ses désirs furtifs et les souhaits de son cœur. Il avait eu si peu de problèmes ! Il était bien, bien mieux de retrouver la sécurité de sa rêverie.

— Mon petit prince…

Il crispa sa mâchoire.

— Tais-toi. Je n'ai jamais vraiment été à toi. Je ne serai ton mari que sur le papier, comme tu l'avais prévu au début.

Il laissa Cador à genoux. La morsure salée de la mer frappait son visage alors que le vent soufflait, et il perçut le goût des larmes séchées. L'aube n'avait jamais paru aussi distante, mais il marcha audacieusement dans la nuit infinie et les ombres solitaires.

Morvoren serait fière.

À propos de l'auteur

Keira cherche le parfait mélange de personnages, d'intrigue et de fougue dans ses romances MM. Elle écrit de tout, des pirates flamboyants aux escapades bouillantes et émouvantes. Ses sujets préférés sont les ennemis qui deviennent amants, la différence d'âge, la proximité forcée, et les vierges passionnés. Bien qu'elle aime une angoisse délicieuse en cours de route, Keira garantit les fins heureuses !

Lisez plus de romances MM torrides et émouvantes de Keira Andrews :
KeiraAndrews.com